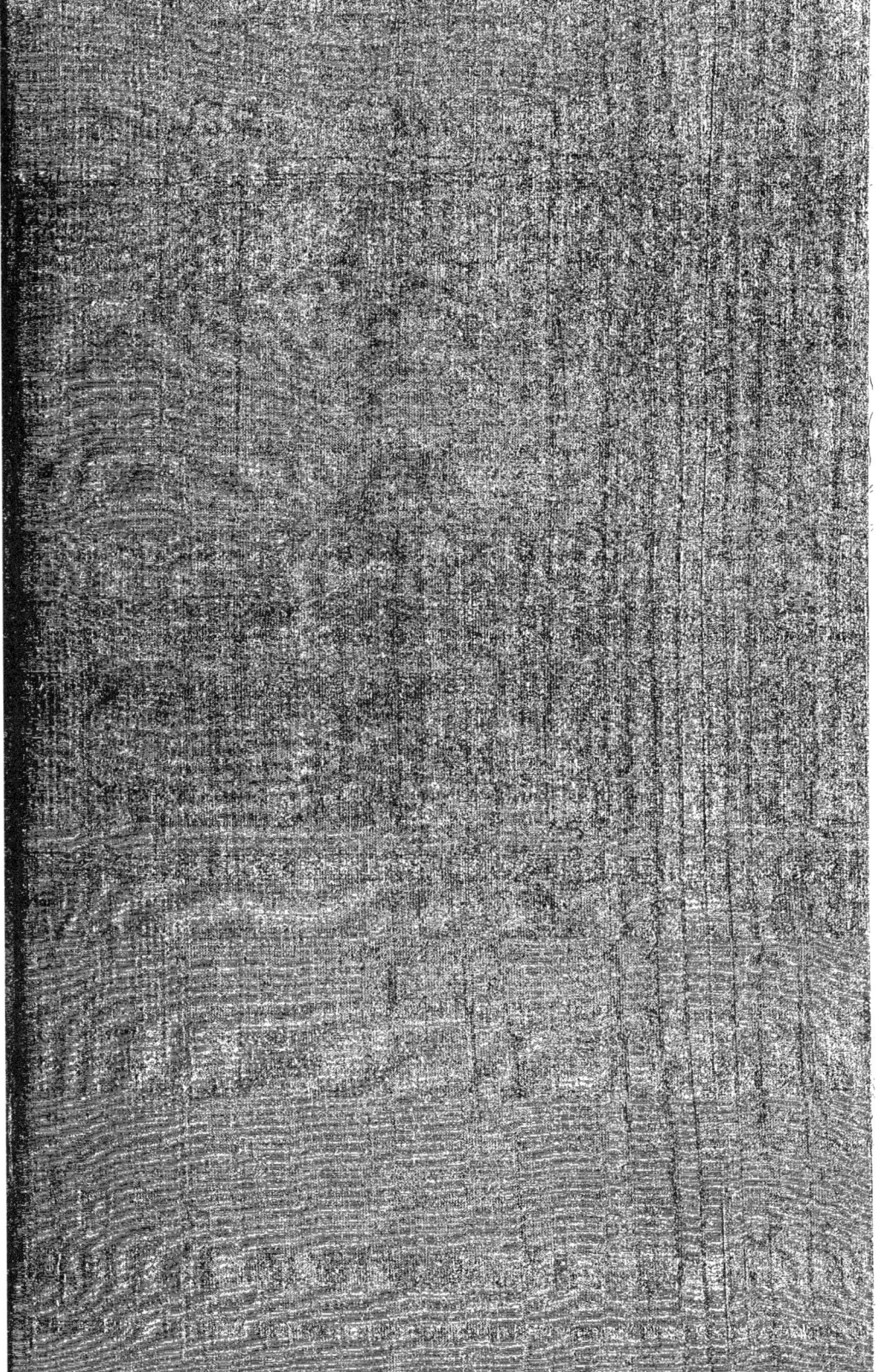

4507

OEUVRES

 COMPLETES

DE

VOLTAIRE.

OEUVRES

COMPLETES

DE

VOLTAIRE.

TOME CINQUANTE-HUITIEME.

DE L'IMPRIMERIE DE LA SOCIÉTÉ LITTÉRAIRE-
TYPOGRAPHIQUE.

1 7 8 5.

RECUEIL

DES LETTRES

DE M. DE VOLTAIRE.

1763–1764.

RECUEIL

DES LETTRES

DE M. DE VOLTAIRE.

LETTRE PREMIERE.

A MADAME

LA COMTESSE D'ARGENTAL.

A Ferney, 2 de janvier.

MADAME l'ange, le bon homme *V.* répond à ——— la belle lettre, bien éloquente, bien penfée, bien **1763.** agréable, que vous avez adreffée à ma nièce, en attendant qu'elle vous remercie elle-même.

1°. Il eft vrai que j'ai toujours penfé que mes deux anges favorifaient beaucoup mon demi-philo-fophe. Comment ne l'aurais-je pas cru, puifque mes deux anges me l'ont propofé ? Ils favent à préfent de quoi il eft queftion, mais notre demi-philofophe n'en fait rien, et n'en faura rien, fi la chofe ne fe fait pas.

Ce qui nous peut intriguer un peu, c'eft que votre capitaine a fait confidence de fon deffein coquet à

——— M. *Micault*, aide-major de l'armée d'*Eſtrée*, ſon com-
1763. patriote, neveu de *Montmartel*, qui eſt à Genève au
nombre des patiens de *Tronchin*. M. *Micault* en a parlé
en ſecret à une dame qui ſe porte bien, laquelle l'a
redit en ſecret à une autre dame diſcrète, de ſorte que
notre ſecret eſt public, et que, ſi le mariage manque,
la longue cohabitation dans le même château pourra
faire grand tort à notre enfant, qui eſt bien loin de
mériter ce tort, et qui eſt digne aſſurément de l'eſtime
et de l'amitié de tous ceux qui la connaiſſent. Elle
raiſonne ſur tout cela fort ſenſément; elle ſe conduit
avec ſageſſe. Je n'ai point connu de plus aimable
naturel, et de plus digne de votre protection.

Le futur, comme j'ai déjà dit, n'a rien. Je me
trompe; il a des dettes, et ces dettes étaient inévitables
à l'armée. Je le crois honnête homme; j'eſpère qu'il
ſe conduira très-bien. Mais, encore une fois, il n'a
que des dettes, une compagnie qui probablement
ſera réformée, un père et une mère qui ont l'air de
ne laiſſer de long-temps leur mort à pleurer à leur
philoſophe, qui ſe ſont donné mutuellement leur
bien par contrat de mariage, et qui ont une fille
qu'ils aiment. *Voilà, belle Emilie, à quel point nous en
ſommes.*

2°. Vous penſez bien que je ſouhaite que l'édition
de *Pierre* vaille beaucoup à *Marie*. Mais ſi nous avons
compté ſur tous les beaux ſeigneurs français qui ont
donné leurs noms, nous ſommes un peu loin de
compte: la plupart n'ont rien payé; quelques-uns ont
payé pour un exemplaire, après avoir ſouſcrit pour
cinq ou ſix.

Monſieur le contrôleur général a fait pis: il a écrit

qu'il fallait que les frères *Cramer* lui envoyaffent deux
cents exemplaires, pour lefquels le roi a foufcrit;
qu'il les payerait en papiers royaux, à quarante francs
l'exemplaire, tandis qu'on les paye, argent comptant,
quarante-huit livres. Si ce miniftre fait toujours d'auffi
bonnes affaires pour le roi, fa Majefté fera très à
fon aife.

Philibert Cramer, très-beau garçon, quoiqu'un peu
boffu, devait folliciter les payemens à Paris; mais
c'eft un feigneur auffi pareffeux qu'aimable, et plus
attaché à l'hôtel de la Rochefoucauld qu'aux vers de
Corneille. Il a de l'efprit, du goût; il n'aime ni
Héraclius ni Rodogune, et a renoncé à la dignité de
libraire. Leurs facrées Majeftés, l'empereur et l'impératrice, ont foufcrit pour deux cents exemplaires, et
la caiffe impériale n'a pas donné un denier. J'ai preffé
les *Cramer* d'agir; mais il n'y a eu de foufcriptions
que celles que j'ai procurées. Cependant, je fue fang
et eau depuis un an; je facrifie tout mon temps. Il
me faut commenter trente-trois pièces, traduire de
l'efpagnol et de l'anglais, rechercher des anecdotes,
revoir et corriger toutes les feuilles, finir l'Hiftoire
générale et celle du czar *Pierre*, travailler pour les
Calas, faire des tragédies, en retoucher, planter et
bâtir, recevoir cent étrangers, le tout avec une fanté
déplorable. Vous m'avouerez que je n'ai guère le
temps d'écrire à des foufcripteurs, que c'eft aux *Cramer*
à s'en charger. Je leur ai donné des modèles d'avertiffement; ils ne s'en font pas encore fervis: il faut
prendre patience.

3°. J'ai toujours bien entendu qu'on ferait, fur le
produit, une penfion au père et à la mère, et cette

penfion fera plus ou moins forte, felon la recette. Si mademoifelle *Corneille* a quarante mille francs de cette affaire, il faudra remercier fa deftinée ; fi la fomme eft plus forte, il faudra bénir DIEU encore davantage. Nous avons déjà donné foixante louis au père et à la mère. Les frais font grands, la recette médiocre. Les *Cramer* nous donneront un compte en règle.

Je baife bien humblement le bout des ailes de mes anges. Je fuis leur créature attachée jufqu'au dernier moment de ma drôle de vie,

LETTRE II.

A M. DAMILAVILLE, *à Paris.*

A Ferney, 2 de janvier.

J'AI reçu, mon très-cher frère, le *petit* chapitre concernant l'*Encyclopédie*, et j'ai retranché fur le champ le *petit* article où je combattais les droits du parle-ment, quoique je fois bien perfuadé que le parlement n'a aucun droit fur les priviléges du fceau ; mais je ne veux point compromettre mes frères. Je fais fort bien que, quand on s'avife de prendre le parti de l'autorité royale contre *meffieurs*, *meffieurs* vous brûlent, et le roi en rit. D'ailleurs, dans le petit chapitre des billets de confeffion, et des querelles parlementaires et épif-copales, j'ai dit affez rondement la vérlté. J'ai peint les uns et les autres tout auffi ridicules qu'ils étaient, fans pourtant y mettre de caricature.

J'ai une envie extrême de lire un mémoire que M. *Loyfeau* fit, il y a quelques années, pour mademoifelle *Alliot* de Lorraine. J'ai connu cette demoifelle à Lunéville; et le ftyle de M. *Loyfeau* augmente ma curiofité. Je demande en grâce à mon frère de m'obtenir cette grâce de M. *Loyfeau.*

J'attends *la Population* de M. de *Beaumont.* Ce livre fera, fans doute, ma condamnation. Je n'ai point peuplé, et j'en demande pardon à DIEU. Mais auffi la vie eft-elle toujours quelque chofe de fi plaifant, qu'il faille fe repentir de ne l'avoir pas donnée à d'autres?

Nous touchons, je crois, à la décifion du confeil fur l'affaire des *Calas.* Eft-il vrai qu'il faudra préalablement faire venir les pièces de Touloufe? ne fera-ce pas plutôt après la révifion ordonnée que le parlement de Touloufe fera obligé d'envoyer la procédure?

Au refte, mes frères, gardez-vous bien de m'imputer le petit livret *fur la tolérance*, quand il paraîtra. Il ne fera point de moi, et ne doit point en être. Il eft de quelque bonne ame qui aime la perfécution comme la colique.

Si l'*Hiftoire du Languedoc* arrive à temps, elle pourra fervir aux *Calas*, en fournissant un petit réfumé des horreurs vifigothes-languedochiennes.

Frère *Thiriot* fe tue à écrire; dites-lui qu'il fe ménage. Cependant, raillerie à part, je lui pardonne s'il mange bien, s'il dort bien, et furtout fi fon frère m'écrit.

J'embraffe tous les frères. Ma fanté eft pitoyable. *Ecr. l'inf.*

1763.
P. S. Il y a un petit mémoire incendié d'un préfident au mortier ou à mortier, frère peu fenfé de l'infenfé d'*Argens*. Je ne hais pas à voir les *claffes* du parlement fe brûler les unes les autres en cérémonie ; cela me paraît fort plaifant, et digne de notre profonde nation : mais vous me feriez furtout un plaifir extrême de m'envoyer, par la première pofte, le mémoire du préfident au mortier.

LETTRE III.

A M. VERNES.

2 de janvier.

JE fuis ravi, mon cher rabbi, de l'intérêt que vous prenez à la chofe. Je fens bien que je marche fur des charbons ardens : il faut toucher le cœur, il faut rendre l'intolérance abfurde, ridicule et horrible ; mais il faut refpecter les préjugés.

Il eft bien difficile, en montrant les fruits amers qu'un arbre a portés, de ne pas donner lieu de penfer que l'arbre ne vaut rien ; on a beau dire que c'eft la faute des jardiniers, bien des gens fentent que c'eft à l'arbre qu'il faut s'en prendre.

Au refte, il y a, dans le *Contrains-les d'entrer* de *Bayle*, des chofes beaucoup plus hardies. A peine s'en eft-on aperçu, parce que l'ouvrage eft long et abftrus. Ceci eft court et à la portée de tout le monde ; ainfi je dois être très-circonfpect.

J'ai beaucoup ajouté, beaucoup retranché, corrigé,

refondu. La crainte de déplaire eft l'éteignoir de ——
l'imagination. Il faudrait que vous vinffiez rallumer
la mienne avec votre ami ; nous tiendrions enfemble
un petit conciliabule de tolérance. Je voudrais qu'en
infpirant la modération l'ouvrage fût modéré.

Gardez-moi un profond fecret, mes frères. Il ne
faut pas que mon hom paraiffe ; je n'ai pas bon
bruit.

Tenez, voilà un petit chapitre pour vous amufer :
renvoyez-le, ou plutôt rapportez-le, et raifonnons.

J'ai donné, à tout hafard, une lettre pour M. le
baron de *Breteuil*, parce qu'il faut que je faffe tout
ce que vous m'ordonnez. Il y a environ trente ans
que je ne l'ai vu, mais cela n'y fait rien : on eft
impudent avec bienféance, quand il s'agit de rendre
fervice et de vous obéir.

La Lettre à Chriftophe me donne la pepie. Je ne
dormirai point que je n'aye vu *la Lettre à Chriftophe* :
avez-vous lu *la Lettre à Chriftophe* ? pouvez-vous me
faire avoir *la Lettre à Chriftophe* ? où trouve-t-on *la
Lettre à Chriftophe* ?

Bonfoir, mon cher philofophe ; mes refpects à
Arius.

LETTRE IV.

A M. LE COMTE D'ARGENTAL.

A Ferney, 5 de janvier.

O MES ANGES,

CE n'eft pas ma faute fi nous avons cru, madame *Denis* et moi, que vous vous intéreffiez au demi-philofophe qui eft arrivé fous vos aufpices, qui nous a dit venir de votre part, et qu'il fallait conclure fubito, allegro, prefto; qu'il n'attendait qu'une lettre de fon père, et que cette lettre viendrait dans trois jours.

Ce père eft l'homme du monde qui dépenfe le moins en papier et en encre; il y a un an qu'il n'a écrit à monfieur fon fils. Il lui fefait une penfion de mille livres avant d'avoir payé fa compagnie, et, depuis ce temps, il lui retranche fa penfion. Ce fils n'a donc que fa compagnie qu'on va réformer, trois chevaux que nous nourriffons, et des dettes. La philofophie eft quelque chofe, je l'avoue; mais cette philofophie eft celle de M. de *Valbelle* et de mademoifelle *Clairon*, qui ont imaginé d'envoyer le capitaine faire main baffe fur la recette des foufcriptions, recette qui n'eft pas prête, comme je l'ai mandé à mes anges. Je ne crois donc pas que je puiffe lui dire: Mettez-vous là, mon gendre, et dînez avec moi. Tout cela ne laiffe pas d'être trifte, parce qu'on fait tout, et que cette aventure peut

aifément être tournée en ridicule par les malins,
dont le nombre eft grand.

Vous croyez donc que je vais aux Délices, et que
je fuis affidu auprès de M. le duc de *Villars*. Je fuis
affiégé par quatre pieds de neige, à perte de vue,
et je la fais ranger pour tranfporter des pierres. Je
me confole d'ailleurs de mes quatre pieds autour de
moi, en confidérant les délices de la Suiffe, qui confiftent, comme vous favez, en quarante lieues de
montagnes de glace, qui forment mon horizon hyper-
boréen. Le duc de *Villars* a quitté les Délices :

Tout auprès de fon juge il s'eft venu loger,

dans une maifon affez convenable à un valet de
chambre retiré du monde. Il vient quelquefois dîner
à Ferney ; mais, tant que j'aurai mes neiges, je
n'irai point chez lui. Je fuis d'ailleurs très-malingre,
et affurément plus que lui, malgré fes convulfions
de Saint-Médard ; et obfervez qu'il n'a que foixante
ans, et que j'en ai bientôt feptante, quoi qu'on die.

O mes anges ! tant que mon vieux fang circulera
dans mes vieilles veines, mon cœur fera à vous.
Mais à préfent, comment renvoyer notre jeune fou-
dard au milieu des glaces et des neiges ? favez-
vous bien que cela eft embarraffant ? Tout ce qui
m'arrive eft comique ; DIEU foit béni ! Je remercie
M. de *Parcieux*, et je n'ai que faire de lui pour favoir
que la vie eft courte.

Pour ce nigaud de *Laugeois*, neveu de *Laugeois*,
vous pouvez avoir la bonté de m'envoyer fon rabâ-
chage davidique, en deux envois, contre-fignés duc

—— de *Praflin*. Je mettrai fa profe à côté des chanfons
1763. hébraïques de *le, Franc de Pompignan*.

Mes chers anges, feriez-vous affez bons pour
m'envoyer ce mémoire d'un préfident au mortier,
incendié par vos préfidens au mortier : cela doit
être divertiffant.

Portez-vous bien, mes anges, c'eft-là le grand
point.

Refpect et tendreffe.

LETTRE V.

A M. DE CIDEVILLE.

A Ferney, 9 de janvier.

OUI, mon cher contemporain, mon cher confrère
en *Apollon*, je compte fur votre amitié; elle vous faf-
cine les yeux en ma faveur, et je lui en fais le
meilleur gré du monde. Plus vos lettres font aimables,
plus nous devons nous plaindre de leur rareté, madame
Denis et moi. Vous êtes, à Paris, à la fource de
tout, et nous ne fommes, dans les Alpes, qu'à la
fource des neiges.

Vous me feriez grand plaifir de me mander fi
l'on a donné quelque pièce de *Goldoni*, et comment
elle aura réuffi. Je fuis perfuadé que l'évêque de
Montrouge fera un difcours fort falé et tout plein
d'épigrammes à l'académie. Pour M. le duc de
Saint-Aignan, je n'ai pas l'honneur de connaître fon
ftyle.

Vous voyez donc quelquefois frère *Thiriot*. Il me
paraît qu'il fait plus d'ufage d'une table à manger
que d'une table à écrire. S'il fait jamais un ouvrage,
ce fera en faveur de la pareffe. Pour moi, quand je
n'écris point, ce n'eft pas à la pareffe qu'il faut s'en
prendre, c'eft aux fardeaux dont je fuis furchargé.
Nous avons bientôt fept volumes de *Corneille* imprimés, et il y en aura peut-être quatorze; il faut, avec
cela, achever l'édition d'une Hiftoire générale, con-
tinuée jufqu'à ce temps-ci; il faut achever celle du
czar, mettre la dernière main à cette Olimpie,
répondre à cent lettres, dont aucune ne vaut les
vôtres : en voilà bien affez pour un vieux malade.

Vous m'aviez bien dit que la plupart de nos grands
feigneurs ne donneraient que leurs noms pour la foufcription de *Corneille*. Les Anglais n'en ont pas ufé
ainfi, et vous favez encore que ce font les Anglais
qui ont le plus puiffamment fecouru la veuve *Calas*.
Le roi a rendu à cette infortunée fes deux filles
qu'on avait enfermées dans un couvent; elles iront
bientôt toutes trois montrer leur habit de deuil et
leurs larmes à meffieurs du confeil d'Etat, que
M. de *Beaumont* a fi bien prévenus en faveur de
l'innocence. Je foupire après le jugement, comme fi
j'étais parent du mort.

Je ne crois pas que je prenne fait et caufe avec
tant de chaleur pour le fou de Verberie qu'on a
pendu : on prétend que c'eft un jéfuite. Et que dites-
vous, je vous prie, du fou à mortier, digne frère
de d'*Argens* ? ne vaut-il pas mieux travailler pour
l'opéra comique, comme mon confrère l'abbé de
Voifenon ?

1763.

Mon cher ami, écrivez-moi tout ce que vous savez et tout ce que vous penfez. Vous nous direz que ce monde eft fort ridicule; mais un peu de détails, je vous prie, pour égayer nos neiges.

Je vais vous dire une nouvelle, moi; c'eft que nous avons été fur le point de marier mademoifelle *Corneille.* Si vous avez quelque parent de *Racine*, envoyez-le-nous; cela produira peut-être quelque bonne pièce de théâtre, dont on dit que vous avez grand befoin dans votre capitale.

Adieu, mon cher ami; je fuis réduit à dicter, comme vous voyez; car, quoique je fois auffi jeune que vous, je n'ai pas votre vigueur.

Je vous embraffe de tout mon cœur. *V.*

LETTRE VI.

A M. LE COMTE D'ARGENTAL.

10 de janvier.

MES divins anges, fi les mariages font écrits dans le ciel, celui de M. de *C* * * * et de notre marmotte a été rayé. Encore une fois, comment pouvions-nous ne pas croire que vous vous intéreffiez vivement à ce mariage? Le futur était venu avec une copie d'une de mes lettres. Il s'était annoncé de votre part; il fe difait fûr du confentement de fes parens; il avait débuté par demander fi la foufcription du Corneille n'allait pas déjà à quarante mille livres; et la première confidence qu'il fit, était que fon deffein

était de voyager en Italie avec cet argent. Il nous
avoua qu'il avait cru que mademoiſelle *Corneille* était
élevée dans notre maiſon comme une perſonne qu'on
a priſe par charité. Il lui parla comme *Arnolphe*, à
cela près qu'*Arnolphe* aimait, et que le futur n'aimait
point. Il fut un peu ſurpris de voir que mademoiſelle *Corneille* était élevée, et miſe, et conſidérée chez
nous, comme le ferait une fille de la première dif-
tinction qu'on nous aurait confiée. Nous rectifiâmes,
madame *Denis* et moi, les idées de notre homme.
Cependant, l'affaire s'ébruitait, comme je vous l'ai
mandé; il fallait prendre un parti. M. de *C**** nous
apprit lui-même que ſes parens n'étaient ni ſi vieux,
ni ſi riches qu'on nous l'avait dit; mais il attendait
toujours le conſentement. M. *Micault* nous aſſurait
qu'il était honnête homme, quoiqu'un peu dur,
entier et bizarre. Il devait avoir un jour cinq mille
livres de rente; mais, en attendant, il n'avait rien du
tout. Dans cette perplexité, et ſurtout dans l'idée
que vous vouliez bien vous intéreſſer à ſa perſonne,
nous crûmes ne pouvoir mieux faire que de tâcher de
lui procurer, par votre protection, la place que vous
ſavez. Cet emploi était préciſément à notre porte;
les terres de ſon père ſont aſſez voiſines des nôtres;
rien ne nous paraiſſait plus convenable pour notre
ſituation. Nous ſavions que cette place dépend abſolument de votre ami, qu'on la donne à qui l'on
veut, que ce n'eſt point d'ordinaire une récompenſe
de ſecrétaire d'ambaſſade, puiſque ni le préſent titu-
laire (qu'on aurait pu placer ailleurs), ni *Champo*
ſon prédéceſſeur, ni *Cloſure*, ni aucun de ceux qui
ont eu cet emploi, n'ont été ſecrétaires d'ambaſſade.

Nous vous repréfentons tout cela, non pas pour
défapprouver les arrangemens que M. le duc de
Praflin a pris, et que nous trouvons très-juftes, mais
feulement pour juftifier notre démarche auprès de
vous ; démarche qui n'a été fondée que fur la per-
fuafion où nous devions être par les difcours du
prétendu, et par la copie de mes lettres dont il était
armé, que vous fouhaitiez ce mariage. La feule
manière d'y parvenir était d'obtenir la place que nous
demandions ; car le père ne voulant abfolument rien
donner, le fils n'ayant que des dettes, et n'ayant
précifément pas de quoi vivre à la réforme de fa
compagnie, quel autre moyen pouvions-nous imaginer ? Nous n'avons pas laiffé d'avoir quelque peine à
faire partir ce jeune homme qui, fans avoir le moindre
goût pour mademoifelle *Corneille*, voulait abfolument
refter chez nous, uniquement pour avoir un afile.
Toute cette aventure a été affez trifte. Il eft vraifemblable que M. de *C**** a toujours caché à M. de
Valbelle et à mademoifelle *Clairon* l'état de fes affaires,
fans quoi nous ferions en droit de penfer que ni l'un
ni l'autre n'ont eu pour nous beaucoup d'égards. Nous
ferions d'autant plus autorifés dans nos foupçons,
que mademoifelle *Clairon* ayant dit qu'elle allait
marier mademoifelle *Corneille*, le *Kain* nous écrivit
qu'elle épouferait un comédien, et nous en félicitait.
J'eftime les comédiens quand ils font bons, et je veux
qu'ils ne foient ni infames dans ce monde, ni damnés
dans l'autre ; mais l'idée de donner la coufine de
M. de *la Tour-du-Pin* à un comédien, eft un peu
révoltante, et cela paraiffait tout fimple à le *Kain*. En
voilà beaucoup, mes anges, fur cette trifte aventure :

nous

nous nous en fommes tirés très-honorablement; ——
et la conduite de mademoifelle *Corneille* n'a donné 1763.
aucune prife à la malignité des Génevois ni des
français qui font à Genève; car il y a des malins
par-tout.

Mais eft-il vrai que le fou de Verberie qu'on a
pendu était un jéfuite? aurez-vous la bonté de me
faire lire le difcours du fou au mortier? M. de *la
Salle*, ce M. de *la Salle*, confeiller de Touloufe,
qui était fi perfuadé de l'innocence des *Calas*, et qui
les a fait rouer en fe récufant, eft-il à Paris? eft-il
venu chez vous?

Le beau *Cramer*, qui fait par ouï-dire qu'il imprime
le Corneille, eft-il venu s'entretenir avec vous des
intérêts des princes? favez-vous à préfent à quoi
vous en tenir fur les foufcriptions? favez-vous que ni
madame de *Pompadour*, ni prince, ni feigneur, n'ont
donné un écu? n'êtes-vous pas fatigué de mes longues
lettres? ne pardonnez-vous pas à votre créature *V.*?

LETTRE VII.

AU MEME.

17 de janvier.

Voyez, mes anges, fi ceci vous amufera, et s'il
amufera M. le duc de *Praflin*. Les laquais des français
et des anglais, ou bien des anglais et des français,
qui font à Genève, ont voulu donner un bal aux
filles en l'honneur de la paix. Les maîtres ont prodigué

—— l'argent; on a fait des habits magnifiques, des car-
1763. touches aux armes de France et d'Angleterre, des
fuſées, des confitures; on a fait venir des gélinotes
et des violons de vingt lieues à la ronde , des
rubans, des nœuds d'épaules; et *vive MM. le duc de
Praſlin et de Bedfort*, deſſinés dans l'illumination d'un
beau feu d'artifice. Les perruques carrées de Genève
ont trouvé cela mauvais ; elles ont dit que *Calvin*
défendait le bal expreſſément ; qu'ils ſavaient mieux
l'*Ecriture* que M. le duc de *Praſlin*; que d'ailleurs,
pendant la guerre , ils vendaient plus cher leurs mar-
chandiſes de contrebande : en un mot, toutes les
dépenſes étant faites, ils ont empêché la cérémonie.

Alors la bande joyeuſe a pris un parti fort ſage :
vous allez croire que c'eſt de mettre le feu à la ville
de Genève, point du tout ; les deux partis ſont allés
célébrer leur orgie ſur le territoire de France (il n'y a
pas bien loin). Rien n'a été plus gai , plus ſplendide
et plus plaiſant. Cela ne vous paraîtra peut-être pas
ſi agréable qu'à nous ; mais nous ſommes de ces gens
ſérieux que les moindres choſes amuſent.

Je me flatte que mes anges ont reçu mon teſtament
en faveur de mademoiſelle d'*Epinay*, par lequel je lui
donne et lègue les rôles d'*Acante* et de *Nanine*. Si elle
veut encore celui de *Liſe*, dans l'Enfant prodigue,
je le lui donne par un codicille, révoquant à cet effet
tous les teſtamens antérieurs.

Qu'eſt ce que c'eſt que le vieux *Dupuis*?

On dit que la pièce eſt de *Collé*. Si cela eſt, elle
doit être extrêmement gaie, comme toute honnête
comédie doit être ; car, pour les comédies où il n'y
a pas le mot pour rire, c'eſt une infamie que je ne

pardonnerai jamais à cette folle de *Quinault*, qui mit
à la mode ce monſtre ſi oppoſé à ſon caractère.

Dieu vous ait , mes bons anges, en ſa ſainte et
digne garde !

Reſpect et tendreſſe.

LETTRE VIII.

A M. LE COMTE ALGAROTTI.

A Ferney , 17 de janvier.

Mon cher cygne de Padoue , ſi le climat de
Bologne eſt auſſi dur et auſſi froid que le mien pendant l'hiver, vous avez très-bien fait de le quitter
pour aller je ne ſais où : car je n'ai pas pu lire
l'endroit d'où vous datez , et je vous écris à Veniſe ,
ne doutant pas que la lettre ne vous ſoit rendue
où vous êtes. Pour moi, je reſte dans mon lit ,
comme *Charles XII*, en attendant le printemps. Je
ne ſuis pas étonné que vous ayez des lauriers dans
la campagne où vous êtes ; vous en feriez naître à
Pétersbourg.

En reliſant votre lettre , et en tâchant de la
déchiffrer, je vois que vous êtes à Piſe, ou du moins
je crois le voir. C'eſt donc un beau pays que Piſe ?
Je voudrais bien vous y aller trouver; mais j'ai bâti et
planté en Laponie; je me ſuis fait lapon, et je mourrai
lapon.

Je vous enverrai inceſſamment le deuxième tome
de czar *Pierre*. Je me ſuis d'ailleurs amuſé à pouſſer

B 2

l'Hiftoire générale jufqu'à cette paix dont nous avions tant befoin. Vous fentez bien que je n'entre pas dans le détail des opérations militaires ; je n'ai jamais pu fupporter ces minuties de carnage. Toutes les guerres fe reffemblent à peu-près : c'eft comme fi on fefait l'hiftoire de la chaffe, et que l'on fupputât le nombre des chiens mangés par les loups. J'aime bien mieux vos lettres militaires, où il s'agit des principes de l'art. Cet art eft, à la vérité, fort vilain, mais il eft néceffaire. Le prince *Louis de Virtemberg*, que vous avez vu à Berlin, a renoncé à cet art comme au roi de Pruffe, et eft venu s'établir dans mon voifi-nage. Nous avons des neiges, j'en conviens ; mais nous ne manquons pas de bois. On a des théâtres chez foi, fi on en manque à Genève ; on fait bonne chère, on eft le maître de fon château, on ne paye de tribut à perfonne ; cela ne laiffe pas de faire une pofition affez agréable. Vous qui aimez à courir, je voudrais que vous allaffiez de Pife à Gènes, de Gènes à Turin, et de Turin dans mon hermitage : mais je ne fuis pas affez heureux pour m'en flatter.

Buona notte, caro cigno di Pifa.

LETTRE IX.

A M. LE COMTE D'ARGENTAL.

A Ferney, 20 de janvier.

J'ENVOIE à mes anges la copie d'une lettre d'une brave et honnête religieuse de Touloufe. Cette lettre me paraît bien favorable pour nos pauvres *Calas ;* et, quoique la religieuse avoue que mademoifelle *Calas* fera damnée dans l'autre monde, elle avoue qu'elle et toute fa famille méritent beaucoup de protection dans celui-ci.

Il y a long-temps que mes anges ne m'ont parlé de cette importante affaire ; j'ofe efpérer que la révifion fera inceffamment accordée. Si mes anges veulent avoir la bonté de m'envoyer les chanfons du roi *David*, traduites par ce *Laugeois*, ci-devant directeur des fermes, je lirai avec componction les pfaumes pénitentiaux, attendu que je fuis malade.

Je ne fais point de nouvelles du tripot ; j'ignore s'il y a des tragédies, des comédies nouvelles : mes anges m'abandonnent. Peut-être aurai-je demain la confolation de recevoir une de leurs lettres. En attendant, je baife le bout de leurs ailes avec toute l'humilité poffible, et j'ai toujours pour eux le culte de dulie. Savez-vous ce que c'eft que le culte de dulie, mes anges ?

B 3

LETTRE X.

A M. ELIE DE BEAUMONT.

A Ferney, le 21 de janvier.

Notre ami commun, M. *Damilaville*, m'avait envoyé, Monfieur, votre très-beau et très-folide difcours, et je ne croyais pas l'avoir. Le titre m'avait trompé; je viens enfin de m'apercevoir de mon erreur. J'ai vu votre nom à la trente-cinquième page, et je vous ai lu avec un plaifir extrême. Tout célibataire que je fuis, j'avoue que vous faites très-bien de prêcher le mariage : je fuis auffi fort de votre avis fur les défrichemens. Je me fuis avifé de défricher, ne m'étant pas avifé de peupler : mais voici comme je m'y fuis pris. J'ai affemblé les propriétaires des terres abandonnées, et je leur ai dit : Mes amis, je vais défricher à mes frais, et quand la terre fera en valeur, nous partagerons.

Je n'ai point fait de citoyens, mais j'ai fait de la terre.

Je me flatte, Monfieur, que vous ferez célèbre pour avoir fait une bien meilleure action, pour avoir fait rendre juftice à l'innocence opprimée et rouée. Vous avez vu, fans doute, la lettre de la religieufe de Touloufe; elle me paraît importante; et je vois avec plaifir que les fœurs de la Vifitation n'ont pas le cœur fi dur que *meffieurs*. J'efpère que le confeil penfera comme la dame de la Vifitation.

Si vous voyez M. de *Cideville*, je vous prie de lui

dire combien je l'aime. C'eſt un ſentiment que vos ouvrages m'inſpirent pour vous, qui ſe joint bien naturellement à l'eſtime infinie avec laquelle j'ai l'honneur d'être, &c.

LETTRE XI.

A M. LE COMTE D'ARGENTAL.

23 de janvier.

DIVINS anges, vous peignez les ſeigneurs génevois du pinceau de *Rigault* : nous verrons ſi le prince fera donner de bons ordres pour les ſouſcriptions.

Je me hâte de juſtifier mademoiſelle *Corneille*, que vous accuſez avec toutes les apparences de raiſon. Or vous ſavez qu'il ne faut pas toujours condamner les filles ſur les apparences. Il eſt vrai qu'elle a fait plus de progrès dans la comète et le trictrac que dans l'orthographe, et qu'elle met la comète pour neuf plus aiſément qu'elle n'écrit une lettre : mais le fait eſt qu'à l'aide de madame *Denis*, qui lui ſert en tout de mère, elle eſt venue à bout d'écrire à ſon père, à ſa mère et à meſdemoiſelles *Felix* et de *Vilgenou*. Nous avons chargé du paquet, il y a long-temps, un citoyen de Genève ; c'eſt M. *Miqueli*, breveté de colonel ſuiſſe, qui s'en allait à Paris à petites journées. Elle ne ſait point la demeure de ſon père ; je crois auſſi que meſdemoiſelles *Felix* et de *Vilgenou* ont changé d'habitation : en un mot, on a écrit, cela eſt certain.

B 4

A préfent difons un petit mot du tripot.

Des préfaces à Zulime, vous en aurez, mes anges,
et c'eft à mon grand regret ; car , fans me flatter ,
Zulime eft un Bajazet tout pur, fans qu'il y ait un
Acomat. Je fuis plus difficile que vous ne penfez. Figurez-vous que, quand j'envoyai Olimpie pour être jouée
à Manheim , je fefais correction fur correction, changement fur changement, carton fur carton , vers fur
vers , précifément comme autrefois j'allais donner
à mademoifelle *Defmares* des corrections par le trou
de la ferrure.

Donnez-moi quelques jours de délai encore; car
je n'ai pas le temps de me reconnaître : je vous l'ai
déjà dit ; vous ne me plaignez point. Je fuis vieux .
comme le temps , faible comme un rofeau , accablé
d'une douzaine de fardeaux. Figurez-vous un ver à
foie, qui s'enterre dans fa coque en filant; voilà mon
état : un peu de pitié , je vous prie.

Voilà un bien digne homme que M. le duc de
Praflin! je fuis à fes pieds ; je vois que fon bon efprit
a été convaincu par les raifons des avocats, et que
fon cœur a été touché. Mais , quoi ! cette affaire
fera donc portée à tout le confeil, après avoir été
jugée au bureau de M. d'*Aguefleau* ? Je n'entends
rien aux rubriques du confeil. A propos de confeil, favez-vous que je crois le mémoire de *Mariette* le
meilleur de tous pour inftruire les juges ? Les autres
ont plus d'itos et de pathos, mais celui-là va au
fait plus judiciairement : en un mot, tous les trois
font fort bons. Il y en a encore un quatrième que
je n'ai pas vu.

Voici bien autre chofe. Je marie mademoifelle

Corneille, non pas à un demi-philofophe dégoûté
du fervice, mal avec fes parens, avec lui-même,
et chargé de dettes, mais à un jeune cornette de
dragons, gentilhomme très-aimable, de mœurs charmantes, d'une très-jolie figure, amoureux, aimé,
affez riche. Nous fommes d'accord, et en un
moment, et fans difcuffion, comme on arrange une
partie de fouper. Je garderai chez moi futur et future;
je ferai patriarche, fi vous nous approuvez. Mes
bons anges, vous favez qu'il faut, je ne fais comment, le confentemént des père et mère *Corneille*.
Seriez-vous affez adorables pour les envoyer chercher
et leur faire figner : nous *confentons* au mariage de
Marie avec *N. Dupuits*, cornette dans la colonelle
générale, et tout eft dit.

Que dira M. le duc de *Praflin* de cette négociation fi promptement entamée et conclue? Il m'a
donné de l'ardeur. Je penfe qu'il conviendrait que
fa Majefté permît qu'on mît dans le contrat, qu'elle
donne huit mille livres à *Marie*, en forme de dot,
et pour payement de fes foufcriptions. Je tournerais
cette claufe; elle me paraît agréable; cela fait un
terrible effet en province : le nom du roi dans un
contrat de mariage au Mont-Jura! figurez-vous! et
puis cette claufe réparerait la petite vilenie de monfieur
le contrôleur général. J'en écris deux mots à M. le
duc de *Choifeul* et à madame la ducheffe de *Grammont*.
La petite eft charmée, et le dit tout naïvement :
elle ne pouvait pas fouffrir notre demi-philofophe.
Au refte, vous fentez bien que mariage arrêté n'eft
pas mariage fait, qu'il peut arriver des obftacles,
comme mort fubite ou autre accident; mais je crois

l'affaire au rang des plus grandes probabilités équi-
1763. valentes à certitude.

Mes divins anges, mettez tout cela à l'ombre de
vos ailes.

N. B. Hier il parut que les deux partis
s'aimaient.

Depuis ma lettre écrite, j'ai ſigné les articles. Si
nous avions le conſentement de la petite poſte, je
ferais le mariage demain : ce n'eſt pas la peine de
traîner, la vie eſt trop courte.

LETTRE XII.

A M. DAMILAVILLE.

24 de janvier.

MON cher frère, on ne peut empêcher, à la vérité,
que *Jean Calas* ne ſoit roué, mais on peut rendre
les juges exécrables, et c'eſt ce que je leur ſouhaite.
Je me ſuis aviſé de mettre par écrit toutes les raiſons
qui pourraient juſtifier ces juges ; je me ſuis diſtillé
la tête pour trouver de quoi les excuſer, et je n'ai
trouvé que de quoi les décimer.

Gardez-vous bien d'imputer aux laïques un petit
ouvrage ſur la tolérance, qui va bientôt paraître.
Il eſt, dit-on, d'un bon prêtre ; il y a des endroits
qui font frémir, et d'autres qui font pouſſer de rire ;
car, Dieu merci, l'intolérance eſt auſſi abſurde
qu'horrible.

Mon cher frère m'enverra donc la petite feuille ———
qu'on attribue à M. *le Brun*. Mais est-il poſſible que   1763.
le Brun, qui m'adreſſait de ſi belles odes pour m'engager à prendre mademoiſelle *Corneille*, et m'envoie
ſouvent de ſi jolis vers , ne ſoit qu'un petit perfide ?

Nous marions mademoiſelle *Corneille* à un gentilhomme du voiſinage, officier de dragons , ſage, doux ,
brave, d'une jolie figure , aimant le ſervice du roi et ſa
femme , poſſédant dix mille livres de rente , à peu-
près , à la porte de Ferney. Je les loge tous deux.
Nous ſommes tous heureux. Je finis en patriarche. Je
voudrais à préſent marier meſdemoiſelles *Calas* à deux
conſeillers au parlement de Touloufe.

On dit la comédie de M. *Dupuis* fort jolie : cela
eſt heureux. Le nom de notre futur eſt *Dupuits*. Frère
Thiriot doit être fort aiſe de la fortune de mademoiſelle *Corneille ;* elle la mérite. Savez-vous bien
que cette enfant a nourri long-temps ſon père et ſa
mère du travail de ſes petites mains ? La voilà récom-
penſée. Sa vie eſt un roman.

Je vous embraſſe tendrement, mon cher frère.
Ecr. l'inf. vous dis-je.

LETTRE XIII.

A MADAME DE FLORIAN.

A Ferney, 26 de janvier.

JE perds les yeux, ma chère nièce; mais j'entrevois encore affez pour vous dire que j'aime prefque autant votre petit *Dupuits* qu'il aime mademoifelle *Corneille*. Voilà tous les dragons mariés. DIEU foit béni! Il eft plaifant qu'on joue à la comédie le mariage d'un *Dupuis*. On dit la pièce très-jolie; *Dupuits* l'eft auffi: tout cela va le mieux du monde. O deftinée! voilà mademoifelle *Corneille* heureufe. D'*Aumart* eft couché fur le dos depuis deux ans et demi, toujours fuppurant, fans pouvoir remuer; il faut lui donner à manger comme à un enfant: quel contrafte! Soyez heureufe, vous et le grand écuyer de *Cyrus*. Le nombre des gens qui remercient DIEU eft petit; ceux qui fe donnent au diable compofent la grande partie de ce monde. Pour moi, je jouis du bonheur d'autrui, mais furtout du vôtre. Si vous écrivez à votre fœur, fourrez dans votre lettre un petit mot pour l'oncle, qui vous aimera tant qu'il refpirera. Pourvu que nous fachions que vous vous portez bien, que vous vous réjouiffez, nous fommes contens. Il faut auffi que les *Calas* gagnent leur procès. Bonfoir, bonfoir; je n'en peux plus, et je vous embraffe tous deux.

LETTRE XIV.

A M. DE CIDEVILLE.

A Ferney, le 26 de janvier.

Mon ancien ami, votre jolie relation du mariage du jeune *Dupuis* nous vient comme de cire ; car figurez-vous que nous marions mademoiselle *Corneille*, dans quelques jours, à un jeune *Dupuits*, d'environ vingt-trois ans et demi, cornette de dragons, poffédant environ huit mille livres de rente en fonds de terre, à la porte de notre château, d'une figure très-agréable, de mœurs charmantes qui n'ont rien du dragon. La différence entre ce *Dupuits* et celui de la comédie, c'eft que le nôtre n'a point de père qui faffe des niches à fes enfans ; c'eft un orphelin. Nous logeons chez nous l'orphelin et l'orpheline. Ils s'aiment paffionné-ment ; cela me ragaillardit, et n'empêche pourtant pas que je n'aye une groffe fluxion fur les yeux, et que je ne fois menacé de perdre la vue comme *la Motte*.

Avouez, mon ancien ami, que la deftinée de ce chiffon d'enfant eft fingulière. Je voudrais que le bon homme *Pierre* revînt au monde pour être témoin de tout cela, et qu'il vît le bon homme *Voltaire*, menant à l'églife la feule perfonne qui refte de fon nom. Je commente l'oncle, je marie la nièce ; ce mariage eft venu tout à propos, pour me confoler de n'avoir plus à travailler fur des Cid, des Horaces, des Cinna, des Pompée, des Polyeucte. J'en fuis à Pertharite, ne vous déplaife. La commiffion eft trifte, et ce qui fuit n'eſt pas trop ragoûtant. Il fallait que Pierre eût le diable au corps, pour faire imprimer tout ce déteſtable fatras. Mademoiſelle *Corneille*, avec ſa petite mine, a deux yeux noirs qui valent cent fois mieux que les douze dernières pièces de l'oncle *Pierre*. L'avez-vous vue ? la connaiſſez-vous ? c'eſt une enfant gaie, ſenſible, honnête, douce, le meilleur petit caractère du monde. Il eſt vrai qu'elle n'eſt pas encore parvenue à lire les pièces de ſon oncle, mais elle a déjà lu quelques romans. Et puis, vous ſavez comment l'eſprit vient aux filles.

Adieu, mon cher et ancien ami ; je vous embraſſe le plus tendrement du monde.

LETTRE XV.

A M. LE COMTE D'ARGENTAL.

Ferney, 26 de janvier.

MES divins anges, nous marions donc mademoiſelle *Corneille* ! Il eſt très-juſte de faire un petit préſent au père et à la mère ; mais, dès que ce père a un louis, il ne l'a plus ; il jette l'argent, comme *Pierre* feſait des vers, très à la hâte. Vous protégez cette famille, pourriez-vous charger quelqu'un de vos gens de donner, à *Pierre* le trotteur, vingt-cinq louis à pluſieurs fois, afin qu'il ne jetât pas tout en un jour. Je vous demande bien pardon ; je ſais à quel point j'abuſe de votre bonté, mais on n'eſt pas ange pour rien.

Nota benè qu'on pourrait confier cet argent à la
mère qui le ferait durer.

Il y a plus. Vous fentez combien il doit être défagréable à un gentilhomme, à un officier, d'avoir
un beau-père, facteur de la petite pofte, dans les rues
de Paris. Il ferait convenable qu'il fe retirât à Evreux
avec fa femme, et qu'on lui donnât un entrepôt de
tabac ou quelque autre dignité femblable, qui n'exi-
geât ni une belle écriture ni l'efprit de *Cinna*. Je vous
foumets ma lettre aux fermiers généraux ; fi vous la
trouvez bien, je vous fupplie de vouloir bien ordonner
qu'elle foit envoyée. Peut-être même on trouverait
quelque membre de la compagnie pour l'appuyer.

Cet emploi n'aurait lieu, fi on voulait, que jufqu'à
ce qu'on vît clair dans les foufcriptions, et qu'on pût
affurer une fubfiftance honnête au père et à la mère.
Je crois auffi qu'il eft convenable que j'écrive à M. de
la Tour-du-Pin, et que *Marie* écrive auffi un petit mot,
quoiqu'elle dife à madame *Denis :* Maman, je n'ai
pas de génie pour la compofition.

,, Il eft vrai que, pour la compofition, ce n'eft
,, pas mon fort; mais, pour les fentimens du cœur,
,, je le difpute aux héros de mon oncle; je confer-
,, verai toute ma vie la reconnaiffance que je dois aux
,, anges de M. de *Voltaire*, qui font les miens. Je vous
,, prie, Monfieur et Madame, d'agréer, avec votre
,, bonté ordinaire, mon attachement inviolable, mon
,, refpect; et, fi vous le permettez, la tendreffe avec
,, laquelle je ferai toute ma vie, votre très-humble et
,, très-obéiffante et très-obligée fervante,

CORNEILLE.

D'ordinaire, elle forme mieux fes caractères; mais

aujourd'hui la main lui tremble. Mes anges lui pardonneront fans doute.

J'ai cru auffi qu'il était bon qu'elle écrivît à M. le comte de *la Tour-du-Pin*, fon parent. Il y a un petit mot pour fon frère ; il ne le mérite guère, après la manière indigne dont il s'eft conduit fi chrétiennement à l'aide de *Fréron :* mais cet abbé avait mis deux lignes au bas d'une lettre du comte, à la mort de leur père ; ainfi, on peut faire ici mention de lui, et cela eft honnête.

P. S. On n'a eu la lettre, pour père et mère, qu'après avoir fermé le gros paquet. Mes anges auront donc toute l'endoffe. Perfonne ne fait ici où demeure le coufin, iffu de germain, des *Horaces* et de *Cinna*. Mes anges ont du crédit ; ils protégent *Marie*, et ils feront trouver père et mère ; ils remettront entre les mains de nos anges l'extrait baptiftère demandé, fuppofé qu'il y en ait un. S'il n'y en a point, nous nous en pafferons très-bien. Le facrement du baptême eft peu de chofe en comparaifon de celui du mariage.

LETTRE

LETTRE XVI.

A M. DAMILAVILLE.

30 janvier.

M. de *Beaumont*, mon cher frère, eſt donc auſſi un de nos frères. Il n'y a qu'un philoſophe qui puiſſe faire tant de bien. Il ſe trouvera que madame *Calas* aura beaucoup plus d'argent qu'elle n'en aurait eu en reprenant tranquillement ſa dot et ſon douaire. Tout cela eſt d'un bien bon augure pour la réviſion. Nous ſommes dans un étrange temps, où il faut craindre qu'un parlement ne falſifie les pièces !

Aurai-je l'*Appel à la raiſon*, pour lequel on dit que *Crouſt* et *Griffet* et feu *Berner* ſont décrétés ? Toute cette aventure de jéſuites fait rire les philo-ſophes, car il eſt permis au ſage de rire. Il y a un grand malheur pour *la Poule à ma tante* : c'eſt qu'il n'y a jamais eu de tante qui voulût que ſa poule ne pondît point. Ce qui n'eſt pas dans la nature ne peut jamais plaire. Le conte eſt trop long et trop faible ; cette poulaille-là ne doit pas faire fortune.

Je prie mon cher frère de faire parvenir cette lettre à frère *Protagoras*. Frère *Helvétius* eſt-il à Paris ? Il faudrait l'engager à faire quelque choſe d'honnête, à condition qu'il ne demanderait point de privilége.

Frère *Platon* eſt occupé à ſon Encyclopédie, mais n'y a-t-il point quelque bon frère qui puiſſe rendre ſervice. *Ecr. l'inf.* vous dis-je.

LETTRE XVII.

A M. LE COMTE D'ARGENTAL.

29 de janvier.

VRAIMENT, mes anges, j'avais oublié de vous
fupplier d'empêcher *François Corneille* père de venir
à la noce. Si c'était l'oncle *Pierre*, ou même l'oncle
Thomas, je les prierais en grande cérémonie; mais,
pour *François*, il n'y a pas moyen. Il eft fingulier
qu'un père foit un trouble-fête dans une noce; mais
la chofe eft ainfi, comme vous favez. On prétend
que la première chofe que fera le père, dès qu'il aura
reçu quelque argent, ce fera de venir vîte à Ferney:
Dieu nous en préferve! Nous nous jettons aux ailes
de nos anges, pour qu'ils l'empêchent d'être de la
noce. Sa perfonne, fes propos, fon emploi, ne
réuffiraient pas auprès de la famille dans laquelle
entre mademoifelle *Corneille*: M. le duc de *Villars* et
les autres français qui feront de la cérémonie, feraient
quelques mauvaifes plaifanteries. Si je ne confultais
que moi, je n'aurais affurément aucune répugnance;
mais tout le monde n'eft pas auffi philofophe que
votre ferviteur; et, patriarcalement parlant, je ferais
fort aife de rendre le père et la mère témoins du
bonheur de leur fille.

C'eft bien de la faute du père de M. de *C*** fi un
autre que lui époufe mademoifelle *Corneille*; il a été
un mois fans lui répondre, et enfin fa mère a écrit à
M. *Micault* quand il n'était plus temps. Il faut avouer

1763.

auffi que ce *C**** s'eft conduit de la manière la plus gauche. Enfin il n'était point aimé, et notre petit *Dupuits* l'eft; il n'y a pas à répondre à cela.

Je ne ceffe d'importuner mes anges, et de leur demander pardon de mes importunités; c'eft ma deftinée. Mais que M. d'*Argental* me parle donc de fes yeux! car, comme je fuis en train de perdre les miens, je voudrais favoir en quel état les fiens fe trouvent. Il ne m'en dit jamais mot, cela vaut pourtant la peine qu'on en parle.

LETTRE XVIII.

A M. THIROUX DE CROSNE,

MAITRE DES REQUETES, &c.

A Ferney, le 30 de janvier.

MONSIEUR,

JE me crois autorifé à prendre la liberté de vous écrire; l'amour de la vérité me l'ordonne.

Pierre Calas, accufé d'un fratricide, et qui en ferait indubitablement coupable fi fon père l'eût été, demeure auprès de mes terres: je l'ai vu fouvent. Je fus d'abord en défiance; j'ai fait épier, pendant quatre mois, fa conduite et fes paroles; elles font de l'innocence la plus pure, et de la douleur la plus vraie. Il eft prêt d'aller à Paris, ainfi que fa mère qui n'a pu ignorer le crime, fuppofé qu'il ait été

C 2

1763. commis, qui, dans ce cas, en ferait complice, et dont vous connaiffez la candeur et la vertu.

Je dois, Monfieur, avoir l'honneur de vous parler d'un fait dont les avocats n'étaient point inftruits ; vous jugerez de fon importance.

La fervante catholique, qui a élevé tous les enfans de *Calas*, eft encore en Languedoc ; elle fe confeffe et communie tous les huit jours : elle a été témoin que le père, la mère, les enfans et *Lavaiffe* ne fe quittèrent point dans le temps qu'on fuppofe le parricide commis. Si elle a fait un faux ferment en juftice, pour fauver fes maîtres, elle s'en eft accufée dans la confeffion ; on lui aurait refufé l'abfolution, elle ne communierait pas. Ce n'eft pas une preuve juridique, mais elle peut fervir à fortifier toutes les autres ; et j'ai cru qu'il était de mon devoir de vous en parler.

L'affaire commence à intéreffer toute l'Europe. Ou le fanatifme a rendu une famille entière coupable d'un parricide, ou il a fafciné les yeux des juges, jufqu'à faire rouer un père de famille innocent ; il n'y a pas de milieu. Tout le monde s'en rapportera à vos lumières et à votre équité.

J'ai l'honneur d'être avec refpect, &c.

LETTRE XIX.

A M. DAMILAVILLE.

1 de février.

J'AI pris la liberté, mon cher frère, d'écrire à M. d'*Aguesseau* et à M. de *Crosne* la lettre dont je vous envoie copie. Je ne sais si MM. de *Beaumont*, *Mariette* et *Loyseau* ne feraient pas bien de présenter requête contre l'insolence du présidial de Montpellier, qui a fait saisir leurs factums. Il me semble que c'est outrager à la fois le conseil à qui on les a présentés, et les avocats qui les ont faits. Si les avocats n'ont pas le droit de plaider, il n'y aura donc plus ni droit ni loi en France. Je m'imagine que ces trois messieurs ne souffriront pas un tel outrage. Il n'appartient qu'aux juges devant qui l'on plaide, de supprimer un factum, en le déclarant injurieux et abusif ; mais ce n'est pas assurément aux parties à se faire justice elles-mêmes. J'espère surtout que cette démarche du présidial de Montpellier, commandée par le parlement de Toulouse, sera une excellente pièce en faveur des *Calas*. On ne doit plus regarder les juges du Languedoc que comme des criminels qui cherchent à écarter les preuves de leur crime des yeux de leur province.

Je serais bien fâché, mon cher frère, que le libraire *Cramer* eût apporté un exemplaire de l'Essai sur les mœurs à Paris, s'il l'avait déposé en d'autres mains que les vôtres ; non-seulement il y manque les cartons

C 3

—————— néceſſaires pour les fautes d'impreſſion , mais pour
les miennes. Nous étions convenus , malgré la loi
de l'hiſtoire , de ſupprimer des vérités , et ſurtout
celles dont vous me parlez ; les corrections ſont
faites , mais elles ne ſont pas placées dans les quatre
tomes qui ſont entre vos mains. Donnez-vous , à
votre loiſir , mon cher frère , le plaiſir ou le dégoût
de les parcourir ; et , ſi vous y trouvez quelque vérité
qu'il faille encore immoler aux convenances , ayez la
bonté de m'en avertir.

Que cette édition ſoit munie ou non d'une permiſſion , qu'elle entre ou non dans le royaume, c'eſt
l'affaire des *Cramer* , et non la mienne ; je leur ai
fait préſent du manuſcrit : ils entendent aſſez bien
leurs intérêts pour débiter leur marchandiſe.

Catherine s'immortaliſe par ſa lettre , et frère
d'*Alembert* par ſes refus. Ainſi donc, on avertit de
mille lieues notre miniſtère, que nous avons dans
notre patrie des hommes d'un génie ſupérieur.

C'eſt une aventure aſſez comique que celle que
j'ai eue avec *Pindare-le-Brun*, en vous envoyant un
paquet pour lui, dans le temps que vous me dépêchiez
ſes rabâchages contre moi. Je lui fais part , dans ce
paquet , du mariage de mademoiſelle *Corneille* , qui
eſt le fruit de ſa belle ode ; je lui envoie des lettres
pour meſdemoiſelles de *Vilgenou* et *Félix*, nièces de
M. du *Tillet*, qui, les premières, tirèrent mademoiſelle
Corneille de ſon état malheureux, et auxquelles elle
doit une reconnaiſſance éternelle. Je l'accable de poli-
teſſes qui doivent lui tenir lieu de châtiment.

Je vous embraſſe bien cordialement , mon cher
frère. *Ecr. l'inf.*

Je r'ouvre ma lettre pour fupplier mon frère de faire parvenir mon certificat de vie à M. de *Laleu*, notaire; car enfin je fuis en vie encore, et c'eſt aſſurément pour vous aimer.

1763.

LETTRE XX.

A M. LE COMTE D'ARGENTAL.

A Ferney, 6 de février.

Nous commençons par dire que nos anges font toujours auſſi injuſtes qu'adorables. Ils ont condamné *Marie Corneille* pour n'avoir point écrit depuis long-temps à père et mère, à meſdemoiſelles de *Vilgenou* et de *Félix*, et même à l'étonnant *le Brun*; et cependant *Marie* avait rempli tous ſes devoirs, ſans oublier même ce *le Brun*.

Nos anges gardiens condamnent ladite *Marie* pour n'avoir point demandé le conſentement de père et mère, à ſon mariage; et nos anges doivent avoir entre leurs mains la lettre de *Marie* à père et mère, accompagnée de la mienne.

Nos anges ont condamné M. *Dupuits* pour n'avoir point écrit au beau-père et à la belle-mère futurs; et la lettre de M. *Dupuits* doit avoir été adreſſée à nos anges mêmes : M. *Dupuits* m'aſſure qu'il a pris cette liberté.

Il ne nous manque que de ſavoir la demeure du père *Corneille;* car, juſqu'à ce que nous ſoyons inſtruits, nous ne pouvons mettre qu'à *monſieur*, *monſieur Corneille*, *dans les rues*.

C 4

Vous demandez les noms et qualités du gendre et
de fes père et mère, et vous devez les avoir reçus
avec une lettre de madame *Denis*, et une de monfieur
Dupuits. Il ne me refte qu'à vous demander pardon
pour madame *Denis* qui oublia d'envoyer le paquet
à l'adreffe de M. de *Courteille*.

Vous voyez donc, mes chers anges, que nous
avons rempli tous nos devoirs dans la plus grande
exactitude. Je vous confie que madame *Denis* craint
beaucoup que la tête de *François Corneille* ne reffemble
à *Pertharite*, *Agéfilas*, *Suréna*, et ne foit fort mal
timbrée. Je n'ai fu que depuis quelques jours, que,
dans le voyage que fit chez moi *François Corneille*,
lorfque j'étais très-malade, *François* dit à *Marie*:
Gardez-vous furtout de vous marier jamais; je n'y
confentirai point : fuyez le mariage comme la pefte;
ma fille, point de mariage, je vous en prie.

Je vous confie encore une autre douleur de madame
Denis ; elle tremble que les réponfes ne viennent pas
affez tôt, qu'elle ne foit obligée de marier *Marie* en
carême, qu'il ne faille demander une permiffion
à l'évêque d'Annecy, difficile à obtenir; que fes
perdrix de Vallais, fes coqs de bruyère ne foient
inutiles, et qu'on ne foit réduit à manger des carpes
et des truites un jour de noce, attendu que M. le
comte d'*Harcourt* et compagnie, qui feront de la
noce, font d'excellens catholiques. Pour moi, qui
ne fuis ni papifte ni huguenot, et qui, depuis un
mois, ne me mets point à table, j'avoue ingénument
que je fuis de la plus grande indifférence fur le gras
et fur le maigre.

Je ne fers ni Baal ni le Dieu d'Ifraël.

Et je ne mange ni coq de bruyère ni truite.

Je suis profondément affligé que son alteſſe *Philibert* *Cramer* ſe ſoit mêlée de la négociation entre monſieur le contrôleur général et M. *Tronchin*, pour la souſcription du roi ; je l'avais priée, par ſon frère le libraire, de n'en rien faire, parce qu'il ne tenait qu'à moi de toucher huit mille livres du roi pour mademoiſelle *Corneille*, par les mains de M. de *la Borde*, et qui s'en ferait bien fait rembourſer. Il aurait donné même dix mille livres.

Vous avez très-grande raiſon, mes divins anges, de dire que les rentes viagères ne conviennent point. Je vois que *Philibert* veut avoir pour lui les rentes viagères, et payer les dix mille livres ; je ſuis bien aiſe qu'il ſoit en état de faire ces viremens de parties, et qu'il ait fait avec moi cette petite fortune.

A l'égard de ſa Majeſté, ſi nous pouvions obtenir qu'il fût permis de mettre, dans le contrat, qu'elle daigne donner huit ou dix mille livres, cela n'empêcherait pas de lui envoyer tant d'exemplaires de *Corneille* qu'elle en voudrait ; ce ſerait ſeulement une choſe très-honorable pour mademoiſelle *Corneille*, pour les lettres et pour nous. J'en ai écrit à M. le duc de *Choiſeul*. Si la choſe ſe fait, tant mieux ; ſinon il faudra ſe conſoler comme de toutes les choſes de ce monde, et aſſurément le malheur eſt léger.

Toutes ces terribles affaires, mes divins anges, n'empêcheront point que vous n'ayez l'amoureuſe *Zulime*, le bon *Benaſſar* et le froid *Ramire*, avec la manière, abſolument néceſſaire, dont il faut jouer la dernière ſcène. Cela ſera joint à une petite préface, en forme de lettre , à la demoifelle *Clairon* , attendu que la pièce eft tout amour, et que nous differterons beaucoup fur cette paffion agréable et honnête. Daignez donc me mander quand vous voudrez jouer *Zulime* , et alors tous vos ordres feront exécutés.

Je reviens , avec votre permiffion , mes anges , à notre mariage qui m'intéreffe plus que celui d'*Atide* et de *Ramire*. En voilà déjà un de rompu , il ne faut pas qu'il arrive la même chofe à l'autre. Eft-il vrai que *François Corneille* foit auffi têtu qu'imbécille, et diamétralement oppofé à l'hymen de *Marie* ? En ce cas , il faudrait lui détacher mademoifelle *Félix* qui fait comme il faut le conduire , et le mettre à la charrue fans qu'il regimbe ; mais je ne fais point la demeure de mademoifelle *Félix*. Quand nous lui avons écrit , c'était par le canal du pindarique *le Brun*. Nous ne favons encore fi nos lettres ont été reçues, et il me paraît difficile que j'aye un commerce bien régulier avec cet élève de *Pindare*. Le mieux ferait de ne point lâcher les vingt-cinq louis à *François*, qu'il n'eût figné ; et fi , par une impertinence imprévue, *François* refufait d'écrire tout ce qu'il fait , c'eft-à-dire d'écrire fon nom , alors *François de Voltaire*, qui eft la juftice même , le laifferait mourir de faim , et il ne tâterait jamais des foufcriptions. *Marie Corneille* eft majeure dans deux mois; nous la marierions malgré *François*, et nous abandonnerions le père à fon fens réprouvé.

Calmez-vous, mes chers anges, fur la fatale feuille qui déplairait tant à *meffieurs*. Cette feuille n'a point été tirée, je l'ai bien empêché. *Philibert Cramer* a très-mal fait de la coudre à fon exemplaire. Je fentis bien que ces mots : *Cent quatre-vingts membres fe démirent*

de leurs charges ; les murmures furent grands dans la
ville, et le roi fut affaffiné, &c. ; que ces mots, dis-je,
pourraient faire foupçonner à des grammairiens que
cet affaffinat fut le fruit immédiat du lit de juftice,
comme en effet *Damiens* l'avoua dans fes interrogatoires
à Verfailles et à Paris. Je fais bien qu'il eft permis
de dire une vérité que le parlement a fait imprimer
lui-même; mais j'ai bien fenti auffi que le parlement
ferait fâché qu'on vît dans l'hiftoire ce qu'on voit
dans le procès verbal. Cette feule particule *et* eft un
coup mortel. Un feul mot peut quelquefois caufer
un grand mal. Cette même particule, très-mal expli-
quée par M. de *Silhouette* dans le traité d'Utrecht, a
caufé la dernière guerre, dans laquelle nous avons
perdu le Canada. Je ne perdrais pas même Ferneÿ,
car je l'ai donné à ma nièce; mais, malgré mon jufte
reffentiment contre l'infame condamnation de la Loi
naturelle, je fis jeter au feu cette feuille ; je mis à
la place : *Ces émotions furent bientôt enfevelies dans une*
conflernation générale, par l'accident le plus imprévu et
le plus effroyable : le roi fut affaffiné, le 5 de janvier,
dans la cour de Verfailles, &c.

J'ai inféré même des chofes trop flatteufes pour
le parlement, dans la même feuille ; et je dis expreffément : *Le parlement fefait voir qu'il n'avait en*
vue que le bien de l'Etat, et qu'il croyait que fon devoir
n'était pas de plaire, mais de fervir. En un mot, j'ai
tourné les chofes de manière que, fans bleffer la
vérité, j'ai tâché de ne déplaire à perfonne. D'ailleurs, dans toute l'hiftoire de *Damiens*, je me borne
uniquement à citer les interrogatoires. Au refte,
l'ouvrage n'eft pas encore achevé d'imprimer.

Ce dimanche, 6, fexagéfime, nous venons de fiancer nos futurs ; de là je conclus qu'il faut que *François* fe preffe.

Voici, mes anges, une lettre de M. *Dupuits*, par laquelle il vous remercie de toutes vos bontés.

Je me profterne devant mes deux anges gardiens.

LETTRE XXI.

A MADAME

LA COMTESSE D'ARGENTAL.

9 de février.

MADAME ANGE,

Nos lettres fe croifent comme les converfations de Paris. Celle-ci eft une action de grâce de la part de madame *Denis* qui a un éréfipèle, un point de côté, la fièvre, &c. ; de la part de mon cornette de dragons qui fe jette à vos pieds, et qui baife le bas de votre robe avec tranfport ; de la part de *Marie Corneille* qui vous écrirait un volume fi elle favait l'orthographe ; et enfin, de la part de moi, aveugle, qui réunis tous leurs fentimens de refpect et de reconnaiffance. Il n'y a rien que vous n'ayez fait : vous échauffez les abbés de *la Tour-du-Pin*, vous allez exciter la générofité des fermiers généraux. Il n'y a qu'un point fur lequel j'ofe me plaindre de vous ; c'eft que vous avez omis la

permiffion de la fignature d'honneur de mes deux anges.
Je vous avertis que j'irai en avant, et que le contrat
de *Marie* fera honoré de votre nom ; vous me défa-
vouerez après, fi vous voulez.

J'ai reçu aujourd'hui une lettre de madame de *C****.
Elle demande pardon pour fon dur mari ; elle me
conjure de donner mademoifelle *Corneille* à fon fils ;
je luï réponds que la chofe eft difficile, attendu
que mademoifelle *Corneille* eft fiancée à un autre. Il
y a de là deftinée dans tout cela, et je crois fermement
à la deftinée, moi qui vous parle. Celle de M. *le
Franc de Pompignan* eft de me faire toujours pouffer de
rire (moi et le public s'entend). Oh, la plaifante chofe
que fon fermon et la relation de fa dédicace ! On eft
trop heureux qu'il y ait de pareils gens dans le monde.

J'infifte pour que mon neveu d'*Ornoi* foit confeiller
au parlement. Il ne fera jamais tant de bruit que
l'abbé de *Chauvelin;* mais enfin il fera tuteur des rois,
et fera brûler fon oncle tout comme un autre. En
vérité, *meffieurs* font bien tendres aux mouches. S'ils
criaient pour une particule conjonctive, je leur dirais :
Meffieurs, vous avez oublié la grammaire que les
jéfuites vous avaient enfeignée.

Tout le public murmura, et le roi fut affaffiné. Quel
rapport cette phrafe peut-elle avoir avec le parlement
de Paris ? Je préfenterais requête au roi et à fon
confeil, comme les *Calas;* mais ce ferait avant d'être
roué ; et je ferais l'Europe juge entre le parlement
et la grammaire. Je vous parle ainfi, mes anges,
parce que je vous crois plutôt miniftres d'un petit-fils
de *Louis XIV*, que partifans de la fronde. Il eft doux
de dire ce qu'on penfe à fes anges. Je vous avoue

1763.

que je fuis comme *Platon* ; je n'aime pas la tyrannie de plufieurs. Je fais que le parlement ne m'aime guère, parce que j'ai dit, dans le Siècle de *Louis XIV*, des vérités que je ne pouvais taire. Ce motif d'animofité n'eft pas trop honorable. Je vous ai dit tout ce que j'avais fur le cœur ; cela me pefait. Mais que vos bontés pour moi ne s'alarment point ; je vous réponds qu'il ne fubfifte aucune particule qui puiffe déplaire.

Parlons du tripot pour vous égayer.

On dit que la très-fublime *Clairon* ne veut pas ôter le rôle de *Mariamne* à la très-dépenaillée *Gauffin*. Que voulez-vous ! ce n'eft pas ma faute ; je ne peux rendre ni les hommes ni les filles raifonnables. Qui eft-ce qui fe rend juftice ? quel eft le prédicateur de Saint-Roch, qui ne croye furpaffer *Maffillon* ?

Je me rends juftice, mes anges, en difant que mon cœur vous adore. *V.*

LETTRE XXII.

A M. DAMILAVILLE.

Février.

MAIS, mon Dieu, pourquoi un libraire eft-il affez imbécille pour avoir fon magafin chez lui ! il était fi aifé de dérober une petite brochure aux yeux des infidèles et des fripons !

Voici pour amufer nos frères. Si cela n'eft pas bon, du moins cela eft gai. Je préfume qu'on en donnera à frère d'*Alembert*. L'hymne eft affez plaifante à chanter avec des accompagnemens.

J'ai actuellement une bibliothéque fur l'abolition
de la fociété de *Jéfus*. Avant-hier il y avait deux
jéfuites chez moi, avec une nombreufe compagnie ;
nous jouâmes une parade, et la voici : J'étais M. le
premier préfident ; j'interrogeai mes deux moines ; je
leur dis : Renoncez-vous à tous les priviléges, à
toutes les bulles, à toutes les opinions, ou ridicules
ou dangereufes, que les lois de l'Etat réprouvent ?
Jurez-vous de ne jamais obéir à votre général ni au
pape, quand cette obéiffance fera contraire aux
intérêts et aux ordres du roi ? Jurez-vous que vous
êtes citoyens avant d'être jéfuites ? Jurez-vous fans
reftriction mentale ? A tout cela ils répondirent :
oui. Et je prononçai : La cour vous donne acte de
votre innocence préfente, et fefant droit fur vos
délits paffés et futurs, vous condamne à être lapidés
fur le tombeau d'*Arnaud* avec les pierres de Port-
Royal.

Je falue tous les frères ; cependant *écr. l'inf.*

1763.

LETTRE XXIII.

AU MEME.

13 de février.

MADAME *Denis* étant malade, le jeune *Dupuits* et *Marie Corneille* étant très-occupés de leur premier devoir qui n'eft pas tout-à-fait d'écrire, moi, l'aveugle *V.*, entouré de quatre pieds de neige, je dicte la réponfe à la lettre de madame d'*Argental* l'ange, du 7 de février ; et voici comme je m'y prends.

Cujas, *Charles Dumoulin*, *Tiraqueau*, n'auraient jamais parlé plus doctement et plus folidement de la validité d'un contrat, et nous tombons d'accord de tout ce que difent nos anges. Je n'ai point vu le modèle de confentement paternel que madame *Denis* avait envoyé à madame d'*Argental* ; elle écrit quelquefois fans daigner me confulter. Je ne fais quel eft l'âne qui lui avait donné ce beau modèle de confentement. Le contrat eft dreffé dans toutes les règles, et le mariage fait dans toutes les formes, les deux amans très-heureux, les parens enchantés, et, à nos neiges près, tout va le mieux du monde. Ce qu'il y a de bon, c'eft que, quand même les foufcriptions ne rendraient pas ce qu'on a efpéré, le conjoint et la conjointe jouiraient encore d'un fort très agréable. Il ne nous refte donc qu'à nous mettre aux pieds de nos anges, et à les remercier du fond de notre cœur.

S'ils

S'ils veulent s'amufer de cette terrible feuille qui devait tant déplaire à *meffieurs*, la voici ; elle eft un peu contre ma confcience. Je veux bien que monfieur le coadjuteur fache qu'on trouve, à la feuille fuivante, qu'un de *meffieurs*, qui avait été traité avec plus de févérité que les autres, fonda, dans fon abbaye, à perpétuité, une meffe pour la confervation du roi. J'ai cru ce trait digne d'être remarqué, j'ai cru qu'il peignait nos mœurs ; et il y a environ douze batailles dont je n'ai point parlé, Dieu merci, parce que j'écris l'hiftoire de l'efprit humain, et non une gazette.

Je ne doute pas que vous n'ayez la petite addition à l'Hiftoire générale, fous le nom d'Eclairciffemens hiftoriques (*). Il ne m'importe guère qu'il y en ait peu ou beaucoup d'exemplaires répandus ; cela n'eft bon d'ailleurs que pour un certain nombre de perfonnes qui font au fait de l'hiftoire, le refte de Paris n'étant qu'au fait des romans.

Paffons de l'hiftoire au tripot. Mon avis eft que, ce carême, on donne Zulime, fuivant la petite leçon que j'ai envoyée. Pendant ce temps-là j'achèverai une belle lettre fcientifique fur l'amour, j'entends l'amour du théâtre, dédiée à mademoifelle *Clairon*.

Au refte, le débit de Zulime eft un très-mince objet, et je doute qu'il fe trouve un libraire qui en donne cinq cents livres, encore voudra-t-il un abandon de privilége, comme a fait ce petit miférable *Prault*, ce qui gêne extrêmement l'impreffion du Théâtre de *V*. Les libraires font comme les prêtres ; ils fe reffemblent

(*) Voyez Mélanges hiftoriques, tome I. à la fuite de l'ouvrage intitulé : Un chrétien contre fix juifs.

—— tous. Il n'y en a aucun qui ne facrifiât fon père et fa
1763. mère à un petit intérêt typographique.

Je penfe qu'il ne ferait pas mal de faire un petit
volume de Zulime, Mariamne, Olimpie, le Droit
du feigneur, et d'exiger du libraire qu'il donnât une
fomme honnête à mademoifelle *Clairon* et à *le Kain*,
foit que ce libraire fût *Cramer*, foit un autre.

Mais mes anges ne me parlent jamais de ce qui fe
paffe dans le royaume du tripot ; ils ne me difent point
fi mademoifelle *Dupuis* et monfieur *Defronais* enchan-
tent tout Paris, fi *Goldoni* eft venu apporter en France
la véritable comédie, fi l'opéra comique eft toujours
le fpectacle des nations, s'il eft vrai qu'il y a deux
jéfuites qui vendent de l'orviétan fur le Pont-neuf.
Jamais mes anges ne me difent rien ni des livres
nouveaux, ni des nouvelles fottifes, ni de tout ce
qui peut amufer les honnêtes gens ; rien fur l'abbé de
Voifenon, rien même fur les *Calas*, objet très-important, dont je n'ai aucune notion depuis huit jours.
Cela n'empêche pas que je ne baife avec tranfport
le bout des ailes de mes anges.

LETTRE XXIV.   1763.

A M. DAMILAVILLE.

13 de février.

Mon cher frère, fi vous n'avez pas des Eclairciffemens hiftoriques, en voici. Il eft affez plaifant qu'on
puiffe imprimer la calomnie, et qu'on ne puiffe pas
imprimer la juftification. Je joins à ces deux exemplaires la véritable feuille de l'Effai fur les mœurs,
de laquelle affurément *meffieurs* doivent être contens,
à moins qu'ils ne foient extrêmement difficiles. Comme
il n'y a rien dans cette feuille qui ne fe trouve dans
le procès de *Damiens*, que le parlement lui-même a
fait imprimer, je ne vois pas que *meffieurs* aient le
moindre prétexte de me traiter comme les jéfuites:
d'ailleurs j'aime la vérité, et je ne crains point *meffieurs*; je fuis à l'abri de leur greffier. Au refte, il
me femble qu'il y a, à la page 325, une chofe
bien flatteufe pour un de *meffieurs*.

Quant à la roture de *meffieurs*, il faudrait être
auffi ignorant qu'un jeune confeiller au parlement,
pour ne pas favoir que jamais les fimples confeillers
ne furent nobles. Voyez le chapitre de la nobleffe,
c'eft bien pis; les chanceliers n'étaient pas nobles
par leur charge, ils avaient befoin de lettres d'ano-
bliffement. Quand on écrit l'hiftoire, il faut dire la
vérité, et ne point craindre ceux qui fe croient inté-
reffés à l'opprimer.

Le *Traité fur l'éducation* me paraît un très-bon

D 2

ouvrage, et, pour tout dire, digne de l'honneur que frère *Platon-Diderot* lui a fait d'en être l'éditeur.

Si frère *Thiriot* ne fait pas *l'air de Béchamel*, je vais vous l'envoyer noté ; car il faut avoir le plaifir de chanter : *Vive le roi et Simon le Franc*.

Avez-vous entendu parler de la pièce dont monfieur *Goldoni* a régalé le théâtre italien ?, a-t-elle du fuccès ? joue - t - on encore le vieux *Dupuis* et monfieur *Defronais* ? J'avais prié mon cher frère de m'envoyer ce *Dupuis*; j'attendais le difcours de mon confrère, l'évêque de Montrouge ; il m'avait écrit qu'il me l'envoyait, mais point de nouvelles. Monfieur l'évêque eft occupé auprès de quelques filles de l'opéra comique : mais c'eft à frère *Thiriot* que j'en veux. Il eft bien cruel qu'il n'ait pas encore cherché les dialogues de *Grégoire le grand*. Je les avais autrefois ; c'eft un livre admirable en fon efpèce ; la bêtife ne peut aller plus loin.

Je reçois *Tout le monde a tort ;* ce *Tout le monde a tort* ne ferait-il point de madame *Bellot* ? Il me paraît qu'une ironie de foixante pages, en faveur des jéfuites, pourrait être dégoûtante. Je reçois auffi la belle et bonne lettre de mon frère, le tout enveloppé dans un papier deftiné aux opérations du vingtième. Je fuis toujours émerveillé que mon frère, enfeveli dans ces occupations défagréables, ait du temps de refte pour les belles-lettres et pour la philofophie.

LETTRE XXV.

A M. DE LA MICHODIERE,

INTENDANT DE ROUEN.

A Ferney, le 13 de février.

Si j'avais des yeux, Monsieur, j'aurais l'honneur de vous remercier, de ma main, de la lettre dont vous avez bien voulu m'honorer. Recevez mes très-humbles complimens pour vous et M. *Thiroux de Crosne*, sur le mariage de madame votre fille. Celui de mademoiselle *Corneille* n'est pas si brillant; je l'ai donnée à un jeune gentilhomme nommé *Dupuits*, dont les terres sont voisines des miennes. Il n'est encore que cornette de dragons; mais il a un avantage commun avec M. de *Crosne*, celui d'être heureux par la possession de sa femme.

L'affaire que M. de *Crosne* rapporte, est un peu éloignée des agrémens dont il jouit; elle est bien funeste, et je n'en connais guère de plus honteuse pour l'esprit humain. J'ai pris la liberté d'écrire à M. de *Crosne* sur cette affaire. Je dois me regarder en quelque façon comme un témoin. Il y a plusieurs mois que *Pierre Calas*, accusé d'avoir aidé son père et sa mère dans un parricide, est dans mon voisinage avec un autre de ses frères. J'ai balancé long-temps sur l'innocence de cette famille; je ne pouvais croire que des juges eussent fait périr, par un supplice affreux, un père de famille innocent. Il n'y a rien

D 3

1763. que je n'aye fait pour m'éclaircir de la vérité ; j'ai employé plufieurs perfonnes auprès des *Calas*, pour m'inftruire de leurs mœurs et de leur conduite ; je les ai interrogés eux-mêmes très-fouvent. J'ofe être fûr de l'innocence de cette famille , comme de mon exiftence : ainfi j'efpère que M. de *Crofne* aura reçu avec bonté la lettre que j'ai eu l'honneur de lui écrire. Ce n'eft point une follicitation que j'ai prétendu faire, ce n'eft qu'un hommage que j'ai cru devoir à la vérité. Il me femble que les follicitations ne doivent avoir lieu dans aucun procès , encore moins dans une affaire qui intéreffe le genre-humain ; c'eft pourquoi, Monfieur, je n'ofe même vous fupplier d'accorder vos bons offices ; on ne doit implorer que l'équité et les lumières de M. de *Crofne*. Vous avez lu les factums , et je regarde l'affaire comme déjà décidée dans votre cœur et dans celui de monfieur votre gendre.

J'ai l'honneur d'être avec bien du refpect , &c.

LETTRE XXVI.

A M. LE MARQUIS DE CHAUVELIN.

A Ferney , 14 de février.

JE deviens à peu-près aveugle, Monfieur. Un petit garçon, qui paffe pour être plus aveugle que moi, et qui vous a fervi comme s'il était clair-voyant, s'eft un peu mêlé des affaires de Ferney. Ce fut hier que le mariage fut confommé ; je comptais avoir l'honneur d'en écrire à votre Excellence. Deux époux qui s'aiment font les vaffaux naturels de madame l'ambaffadrice et de vous. Je goûte le feul bonheur convenable à mon âge, celui de voir des heureux. Il y a de la deftinée dans tout ceci ; et où n'y en a-t-il point ?

J'arrive au pied des Alpes, je m'y établis, DIEU m'envoie mademoifelle *Corneille*, je la marie à un jeune gentilhomme qui fe trouve tout jufte mon plus proche voifin, je me fais deux enfans que la nature ne m'avait point donnés ; ma famille, loin d'en murmurer, en eft charmée ; tout cela tient un peu du roman.

Pour rendre le roman plus plaifant, c'eft un jéfuite qui a marié mes deux petits. Joignez à tout cela la naïveté de mademoifelle *Corneille*, à préfent madame *Dupuits*, naïveté auffi fingulière que l'était la fublimité de fon grand-père.

Je jouis d'un autre plaifir, c'eft celui du fuccès de l'affaire des *Calas* : elle a déjà été rapportée au confeil de la manière la plus favorable, c'eft-à-dire la plus jufte. Ceci eft bien une autre preuve de la deftinée. La veuve *Calas* était mourante auprès de Touloufe ; elle était bien loin de venir demander juftice à Paris. Elle difait : Si le fanatifme a roué mon mari dans la province, on me brûlera dans la capitale. Son fils vient me trouver au milieu de mes neiges. Quel rapport, je vous prie, d'une roue de Touloufe à ma retraite ! Enfin, nous venons à bout de forcer cette femme infortunée à faire le voyage ; et, malgré tous les obftacles imaginables, nous fommes fur le point de réuffir : et contre qui ? contre un parlement entier ; et dans quel temps ! Repaffez, je vous prie, dans votre efprit, tout ce que vous avez fait et tout ce que vous avez vu ; examinez fi ce qui n'était pas vraifemblable n'eft pas toujours précifément ce qui eft arrivé, et jugez s'il ne faut pas croire au deftin comme les Turcs. Qui aurait dit, il y a cinq ans, que le roi de Pruffe réfifterait aux trois quarts de l'Europe, et que vous feriez trop heureux de céder le Canada aux Anglais?

Vous n'aurez rien de moi, Monfieur, pour le mois de février; mais, à la fin de mars, je vous demanderai votre attention fur quelque chofe de fort férieux.

Je me mets aux pieds de vos deux très-aimables Excellences ; madame *Denis* et mes deux petits, qui demeurent toujours avec moi, joignent leurs fenti-mens aux miens, et notre petit château efpère toujours d'avoir l'honneur de vous héberger quand vous pren-drez le chemin de la France.

Voltaire l'aveugle.

LETTRE XXVII.

A M. LE MARQUIS ALBERGATI CAPACELLI.

A Ferney, 14 de février.

QUE vous êtes heureux, Monfieur, et que je fuis malheureux ! Vous et vos amis vous faites de beaux vers, vous avez votre beau théâtre parmi de jeunes feigneurs et de jeunes dames qui le perfectionnent dans le bel art de la déclamation, c'eft-à-dire, dans l'art de fe rendre maître des cœurs. Pour moi, je deviens fourd et aveugle de plus en plus. La ville de Genève, ne me fournit prefque plus d'acteurs ni d'actrices; j'avais fait venir *le Kain*, qui eft le meilleur comédien de Paris, mais il a fallu bientôt le rendre à la capitale; en un mot, je crois que je ferai bientôt une grange de mon théâtre, et que j'y mettrai des gerbes de blé au lieu de lauriers.

J'avais un peu de honte de me donner du plaifir à l'âge de foixante et dix ans; mais j'ai été un peu raffuré par un vieux fou qui en a foixante et dix-huit, et qui joue la comédie, étant paralytique; il s'appelle *le*.... Il m'a mandé qu'il jouait *Lufignan* dans Zaïre, avec beaucoup de fuccès; qu'il fe fefait porter fur un brancard, et qu'en un mot on n'avait pas befoin de jambes pour jouer la comédie. Il a raifon, mais on a befoin d'yeux et d'oreilles.

Je crois qu'on aura inceffamment à Paris une pièce du peintre de la nature, notre cher *Goldoni*. Je fouhaite que tous les Français foient en état de fentir tout fon mérite. Un homme, qui entend parfaitement l'italien, me mande qu'il eft extrêmement content de la pièce dont notre cher *Goldoni* a honoré notre théâtre.

Ah! Monfieur, fi je n'avais pas bientôt foixante et dix ans, vous me verriez à Bologna la graffa.

La riverifco di cuore.

LETTRE XXVIII.

A M. LE COMTE D'ARGENTAL.

15 de février.

MES anges, maman *Denis* eſt toujours malade, moi aveugle, et le tuteur de M. *Dupuits* ſourd; tout cela a dérangé notre petite fête à la *Pompignan*. Nous n'avons point tiré de canon, maman n'a point ſoupé, et on s'eſt marié ſans cérémonie.

Je réponds à la lettre dont madame d'*Argental* honore ma nièce. Elle me l'a montrée, et jai été très-affligé qu'elle ait pu s'attirer quelques reproches en vous donnant, ſans me conſulter, des paroles qu'elle ne pouvait pas donner, et qui ne dépendent point du tout d'elle. Elle m'a répondu que, dans ſa lettre du 6 de janvier, elle avait eu l'honneur de vous écrire nos intentions; mais des intentions ne ſont pas un contrat. Nous avons eu beaucoup de peine à faire regarder, par ce tuteur de M. *Dupuits*, l'eſpérance de la vente d'un livre comme une dot. Ce ſourdaud eſt un vieux marin, à peu-près de mon âge, et plus difficile que moi en affaires. Son neveu a un très-joli bien, préciſément à ma porte; il était parfaitement informé de la condition du père et de la mère qui ne deſcendent point de *Pierre Corneille*, et qui ne participent en rien aux prérogatives de la branche éteinte. C'eſt, par parenthèſe, une obligation que nous avons à *Fréron* qui eut, il y a plus d'un an, l'inſolence impunie d'imprimer, dans ſes feuilles, que le père de mademoiſelle *Corneille* était un facteur de la petite poſte, à cinquante francs par mois ; et cette injure perſonnelle nous fit manquer alors un mariage. Celui-ci eſt beaucoup plus avantageux que celui qui fut manqué ; mais nous n'aurions jamais pu parvenir à le faire, ſi nous avions inſiſté ſur le partage du produit des ſouſcriptions, que le tuteur a regardé et regarde encore comme un objet fort mince.

Le *Cramer*, que vous voyez à Paris, avait offert de donner quarante mille francs du produit des ſouſcriptions et de la vente de l'édition, et enſuite il avait laiſſé tomber cette offre. On ſavait très-bien dans Genève que nos ſeigneurs de France avaient donné leurs noms, et rien de plus ; et qu'un d'eux, ayant ſouſcrit pour vingt louis d'or, en avait payé un. Les *Cramer* avaient fait retentir que monſieur le contrôleur général avait demandé deux cents exemplaires payables en papiers royaux, à huit francs l'exemplaire au-deſſous de la valeur ; et ce n'eſt qu'après les fiançailles que nous avons appris les nouvelles offres de M. *Bertin*.

Les Anglais qui ſont à Genève ſe moquaient un peu de notre généroſité françaiſe. On nous diſait encore que les libraires de Paris, ayant dans leurs magaſins deux éditions de *Corneille* qui pourriſſent, ſe plaignaient continuellement de la nôtre, et empêchaient pluſieurs perſonnes de ſouſcrire. Le ſieur *Philibert Cramer* était trop occupé des plaiſirs de Paris pour me rendre le moindre compte, pendant que je travaillais nuit et jour à des commentaires très-fatigans qui me font enfin perdre les yeux.

Si, dans de pareilles circonſtances, j'avais voulu

couper en deux la partie de la dot fondée fur les foufcriptions, foyez très-sûrs, mes anges, qu'on m'aurait remercié fur le champ, en fe moquant de moi. Le père et la mère de madame *Dupuits* n'y perdront rien ; leur fille les a nourris du bout de fes dix doigts, avant qu'ils euffent été préfentés à M. de *Fontenelle ;* elle ne manquera jamais à fon devoir, et j'y mettrai bon ordre. Le contrat eft fait dans la meilleure forme poffible. Ne troublons point les plaifirs de deux amans, et jouiffons tranquillement du fruit de nos peines, et de la confolation que me donne madame *Dupuits* dans ma vieilleffe.

Permettez-moi de vous fupplier encore d'empêcher *Philibert Cramer* de faire préfenter aux fpectacles et aux promenades des billets de foufcription, comme des billets d'huîtres vertes ; l'ami *Fréron* ne manquerait pas d'en faire de mauvaifes plaifanteries dans fes belles feuilles.

On m'a mandé que l'affaire des *Calas* avait été rapportée par M. de *Crofne*, et qu'il a très-bien parlé. Je vous affure que toute l'Europe a les yeux fur cet événement.

J'ai lu le *Second appel à la raifon*. Je ne fais rien de fi infolent et de fi mal-adroit. Les jéfuites ont des amis dans le parlement de Bourgogne, mais certainement ils n'en auront plus quand on connaîtra ce libelle. Ils étaient des tyrans du temps du père *le Tellier*, ils ne font aujourd'hui que des fous.

J'ai un jéfuite pour aumônier, mais je donnerais volontiers ma voix pour abolir l'ordre. Je n'ai vu qu'une feule bonne chofe dans tout ce qu'ils ont écrit, c'eft qu'ils ont prouvé invinciblement ce que j'avais déjà dit

dans quelques petites réflexions fur *Pafcal*, que les
jacobins avaient écrit plus de fottifes qu'eux. J'ai eu
le plaifir de vérifier, dans St *Thomas*, le docteur
angélique, toute la doctrine du régicide. Que conclure
de là ? qu'il ferait très-expédient de fe défaire de tous
les moines, et de fe défier de tous les faints.

L E T T R E X X I X.

A U M E M E.

19 de février.

MES anges, ceci vous amufera peut-être, du moins
en ai-je été amufé. Ce n'eft qu'une chanfon d'aveugle,
mais on dit que les aveugles font gais. J'enverrai
bientôt quelque chofe à mes anges de fort férieux,
car je ne laiffe pas de l'être parfois. Vous favez que
mon patron eft l'*intimé* qui avait plufieurs tons.

Corneille m'ennuie à préfent autant que *Marie*
m'amufe. Quel exécrable fatras que quinze ou feize
pièces de ce grand-homme ! *Pradon* eft un *Sophocle*
en comparaifon, et *Danchet* un *Euripide*. Comment
a-t-on pu préférer à un homme tel que *Racine*, un
rabâcheur d'un fi mauvais goût, qui, jufque dans fes
plus beaux morceaux, qui ne font, après tout, que des
déclamations, péche continuellement contre la langue,
et eft toujours ou trivial ou hors de la nature ? Que
Boileau avait bien raifon de ne faire nul cas de toutes
ces amplifications de rhétorique ! qu'il eft rare, dans
notre nation, d'avoir du goût !

Madame *Denis* eſt toujours bien malade : il y a quinze jours qu'elle a la fièvre. Nous eſpérons que, dans peu, elle ſera en état de vous écrire. Nous vous promettons d'appeler *Pierre Corneille* le premier enfant mâle qu'aura *Manon Cornélie*. Il y a en effet un pape nommé *Corneille*, dont on a fait un ſaint, parce que, dans les premiers ſiècles, tous les évêques prenaient le nom de ſaint, au lieu de celui de monſeigneur.

Au reſte, mes divins anges, ne ſoyez nullement en peine de *François Corneille* ni de ſa petite femme; je ſuis toujours le maître des arrangemens, et je proportionnerai la part du père à la recette. Ai-je eu l'honneur de vous mander que le roi ne prend que douze exemplaires, et non pas cent, comme diſait monſieur le contrôleur général? Sa Majeſté approuve beaucoup ce mariage, et fera les choſes noblement.

Le ſang me bout ſur les *Calas*; quand la réviſion ſera-t-elle donc ordonnée?

N'entendrai-je parler que du triſte ſuccès de l'impreſſion de *Dupuis* et *Deſronais*? Le tripot a bien fait ſes affaires; mais le libraire, dit-on, fait mal les ſiennes. Il n'y a que la pièce de M. le duc de *Praſlin* qui réuſſiſſe parfaitement.

Toute la famille ſe met ſous les ailes des anges.

LETTRE XXX.

A M. GOLDONI.

Au château de Ferney, 19 de février.

J'AI refpecté long-temps vos occupations, Monfieur; mais la meilleure raifon qui m'ait empêché de vous écrire, c'eft qu'on dit que je deviens aveugle; ce n'eft pas comme *Homère*, c'eft comme *la Motte-Houdart*, dont vous avez peut-être entendu parler à Paris, et qui fefait des vers médiocres tout comme moi. Je fuis menacé de perdre la vue, et ce petit accident me prive d'un grand plaifir, qui eft celui de lire vos pièces.

Un homme de beaucoup d'efprit, et qui entend parfaitement l'italien, m'a mandé qu'il était extrêmement fatisfait de la dernière comédie dont vous avez gratifié notre public de Paris. Si elle eft imprimée, je vous demande en grâce de me l'envoyer. Mes yeux feront un effort pour la lire, ou bien ma nièce nous la lira.

Je vous deftine une quarantaine de volumes; *nardi parvus onix eliciet cadum.*

Mais ne vous effarouchez pas de cet énorme fardeau; il y a vingt volumes de votre ferviteur, que vous pourrez jeter dans le feu; et, pour vous confoler, le refte eft de *Corneille.* Je reçois quelquefois des nouvelles de votre ami M. le marquis *Albergati.* Si j'étais jeune, je vous accompagnerais à votre retour pour aller l'embraffer; mais j'ai foixante et dix ans,

—— et il faut que je meure entre les Alpes et le mont
1763. Jura, dans ma petite retraite. Vous y aurez un vrai
ferviteur jufqu'au dernier moment de ma vie. *Voltaire.*

LETTRE XXXI.

A M. LE COMTE D'ARGENTAL.

21 de février.

Il eft bon quelquefois que des anges s'égayent.
L'accompagnement de l'hymne à M. de *Pompignan*
eft fort bon, et le refrain, quand on eft dix ou
douze, eft très-plaifant à chanter. Pour les Eclairciffemens hiftoriques, ils font du plus grand
férieux.

Pour Zulime, je crois qu'il ne la faut pas donner
feule, mais attendre qu'on puiffe imprimer deux ou
trois pièces à la fois. Si je pouvais fortifier un peu le
rôle de ce benêt de *Ramire*, je crois que je ne ferais
point mal. Pour Mariamne, je la trouve affez bien ;
je crois qu'elle fera effet ; je crois qu'on pourra
l'imprimer avec le Droit du feigneur. Pour Olimpie,
qu'on appelle *oh l'impie!* et qui cependant eft très-
pie, je dirai comme M. de *Pompignan : De moi je
fuis affez content ; allons, faute marquis.*

Corneille va fon train. Ah, le pauvre homme !
qu'il me fait trouver *Racine* divin !

Et mes anges ne me parlent point de la pièce
de *Dupuis* et de *Defronais*, et pas un mot du difcours de l'abbé de *Voifenon*; et M. le premier préfident

de

de *la Marche* ne m'envoie point ma pancarte nécef- 1763.
faire ; et madame *Denis* eft toujours malade ; et
mes petits mariés s'aiment encore à la folie, quoiqu'au bout de huit jours. Mes anges, il y a tantôt
foixante ans que j'ai commencé à aimer l'un de
vous deux, et je fuis toujours à tous deux avec
refpect et tendreffe.

Mais dites donc comment vont vos yeux ; je
perds les miens , et je deviens fourd comme un pot.

LETTRE XXXII.

A M. L'ABBÉ DE VOISENON.

A Ferney, 23 de février.

Mon très-cher et très-aimable confrère , *en même
temps que c'eſt à ce que vous avez déjà fait connaître
de vos talens que*, &c., voilà une belle phrafe ; il
me paraît que mon cher évêque a tout un autre
ftyle. Je ne fais pas fi votre teint était de couleur
jaune ce jour-là, mais le coloris de votre difcours
était fort brillant.

En vous remerciant de la félicité et de la fleu-
rette dont vous m'honorez : voulez-vous que je vous
parle net ? ni *Crébillon* ni moi ne méritons tant
de bontés. Entre nous , je ne connais pas une bonne
pièce depuis *Racine* , et aucune, avant lui, où il n'y
ait d'horribles défauts. Si vous avez pu jamais
vous réfoudre à lire tout *Corneille*, ce qui eft une
très-rude pénitence, vous verriez que c'eft lui qui

a toujours cherché à être tendre; il n'y a pas une de ses pièces, j'en excepte *Chimène* et *Pauline*, où il n'y ait un amour postiche et ridicule, très-ridiculement exprimé.

C'est *Racine* qui est véritablement grand, et d'autant plus grand qu'il ne paraît jamais chercher à l'être; c'est l'auteur d'Athalie qui est l'homme parfait. Je vous confie qu'en commentant *Corneille* je deviens idolâtre de *Racine*. Je ne peux plus souffrir le boursouflé et une grandeur hors de nature.

Vous savez bien, fripon que vous êtes, que les tragédies de *Crébillon* ne valent rien, et je vous avoue en conscience que les miennes ne valent pas mieux; je les brûlerais toutes, si je pouvais; et cependant j'ai encore la sottise d'en faire, comme le président *Lubert* jouait du violon à soixante-dix ans, quoiqu'il en jouât fort mal, et qu'il fût cependant le meilleur violon du parlement.

Savez-vous la musique? tenez, voilà ce qu'on m'envoie; je vous le confie, mais ne me trahissez pas. (*)

Vous embrassez madame *Denis*, eh bien, elle vous embrasse aussi; mais elle est bien malade. Je lui lirai votre discours, dès qu'elle se portera mieux. J'ai envie de vous faire une niche, de copier tout ce que vous me dites de madame la duchesse de *Grammont*, et de le lui envoyer. Je n'ai l'honneur de la connaître que par ses lettres, où il n'y a jamais rien de trop ni de trop peu, et dont chaque mot marque une ame noble et bienfesante. Je lui ai beaucoup d'obligation; elle a été la première et la plus généreuse protectrice de mademoiselle *Corneille*.

(*) La musique de l'hymne sur *Pompignan*.

1763.

Il s'eft trouvé heureufement que mademoifelle *Corneille* en était digne ; c'eft la naïveté, l'enfance, la vérité, la vertu même. Je rends grâce à *Fontenelle* de n'avoir pas voulu connaître cette enfant-là.

Mon cher confrère, je ne fouhaite plus qu'une chofe, c'eft que vous foyez bien malade, que vous ayez befoin de *Tronchin*, et que vous veniez nous voir. Je vous embraffe de tout mon cœur, et en vérité je vous aime de même. Je vife à être un peu aveugle. DIEU me punit d'avoir été quelquefois malin ; mais vous me donnerez l'abfolution.

LETTRE XXXIII.

A M. LE COMTE D'ARGENTAL.

A Ferney, 25 de février.

PLUS anges que jamais, madame *Denis* eft toujours malade, et moi toujours aveugle, et vous ne me dites rien de vos yeux. L'âge avance ; on n'eft pas plutôt forti du collége qu'on a foixante ans ; en un clin d'œil on a foixante et dix ; on voit tomber fes contemporains comme des mouches. Mes nouveaux mariés, qui font à vos pieds, ne favent rien de tout cela. Je voudrais que vous euffiez vu la crainte où était *Marie* de ne point avoir fon *Dupuits*. — *Mon père m'a fignifié que je ne devais pas me marier, qu'il n'y confentirait point.* — Mes anges, que vouliez-vous que je penfaffe ? Vous voulez que je commente *François Corneille*, c'eft bien affez de commenter *Pierre*. Ce *Pierre* me fait paffer de mauvais quarts d'heure ;

—— je fuis outré contre lui. Il eſt comme les bouquetins
1763. et les chamois de nos montagnes, qui bondiſſent
fur un rocher efcarpé, et defcendent dans des préci-
pices. J'avais cru que *Racine* ferait ma confolation,
mais il eſt mon défefpoir. C'eſt le comble de
l'infolence de faire une tragédie après ce grand-
homme-là. Auſſi après lui je ne connais que de
mauvaifes pièces, et avant lui que quelques bonnes
fcènes.

Au nom de Dieu, laiſſez-là votre Adélaïde.
Que veut dire ce héros bleſſé ? à quoi fert fa blef-
fure? à rien du tout; et je vous répète qu'il eſt
impertinent d'imputer à un prince du fang le crime
qu'il n'a point commis; cela feul détruit tout intérêt.

Laiſſons un peu dormir Zulime ce carême. C'eſt
bièn dommage que cette *Zulime* reſſemble à toutes
les femmes délaiſſées qu'on a tant miſes fur le théâtre, fans cela, elle pourrait être paſſable.

J'aime aſſez le Droit du feigneur, je vous l'avoue;
mais je voudrais qu'il y eût un peu plus de ces
honnêtes libertés que le fujet comporte, et que les
dames aiment beaucoup, quoi qu'elles en difent.

Mariamne eſt médiocre, malgré mon eſſénien.

Olimpie eſt prodigieufement fupérieure à cette
Mariamne, et n'eſt pas encore trop bonne. Tout
m'humilie et me chagrine; je fuis difficile pour
moi-même comme pour les autres. Il eſt dur de
fentir la perfection, et de n'y pouvoir atteindre.

Ne rempliſſez pas mes vieux jours d'amertume;
ne me faites point mourir, en reſſuſcitant Adélaïde;
empêchez-moi de boire ce calice; je vous le demande
avec la plus vive inſtance.

Eh bien, a-t-on enfin rapporté l'affaire des *Calas*?
Je vois qu'il eſt beaucoup plus aiſé de rouer un
homme que d'admettre une requête. Il me ſemble
que M. de *Croſne* ne demande pas mieux que de
parler, et aſſurément il parlera bien. J'aurais fait
trois ou quatre actes depuis le temps qu'on fait
languir cette pauvre veuve. J'avoue que ſon aventure ne contribue pas à me faire aimer les parlemens.
Malheur à qui a affaire à eux ! fût-on jéſuite, on
s'en trouve toujours fort mal.

Puiſque j'ai du papier de reſte, il faut que je
diſe à mes anges que j'ai jugé les jéſuites. Il y
en avait trois chez moi, ces jours paſſés, avec une
nombreuſe compagnie. Je m'établis premier préſident ; je leur fis prêter ſerment de ſigner les quatre
propoſitions de 1682, de déteſter la doctrine du
régicide, du probabiliſme, de renoncer à tout privilége contraire à nos lois, et d'obéir au roi plutôt
qu'au pape. Ils firent ſerment, après quoi je prononçai :

La cour, ſans avoir égard à tous les fatras qu'on
vient d'écrire contre vous, et à toutes les ſottiſes
que vous avez écrites depuis deux cents cinquante
ans, vous déclare innocens de tout ce que les parlemens diſent contre vous aujourd'hui, et vous déclare
coupables de ce qu'ils ne diſent pas ; elle vous condamne à être lapidés avec les pierres de Port-royal,
ſur le tombeau d'*Arnaud*.

Tout le monde convint que j'avais raiſon, et les
jéſuites l'avouèrent auſſi. Et vous, mes anges, qu'en
penſez-vous ?

Reſpect et tendreſſe. *V.*

LETTRE XXXIV.

A M. DE LA CHALOTAIS,

PROCUREUR GENERAL DU PARLEMENT DE BRETAGNE.

A Ferney, le 28 de février.

J'AIMERAIS beaucoup mieux, Monfieur, que vous m'euffiez fait l'honneur de m'envoyer votre ouvrage imprimé plutôt que manufcrit, le public en jouirait déjà. Je crois très-fincèrement que c'eft un des meilleurs préfens qu'on puiffe lui faire.

J'ai été obligé de me faire lire prefque tout votre mémoire, parce que je deviens un peu aveugle, à la fuite d'une grande fluxion qui m'eft tombée fur les yeux.

Je ne puis trop vous remercier, Monfieur, de me donner un avant - goût de ce que vous deftinez à la France. Pour former des enfans, vous commencez par former des hommes. Vous intitulez l'ouvrage : *Effai d'un plan d'études pour les collèges ;* et moi je l'intitule : *Inftructions d'un homme d'Etat, pour éclairer toutes les conditions.* Je trouve toutes vos vues utiles. Que je vous fais bon gré, Monfieur, de vouloir que ceux qui inftruifent les enfans, en aient eux-mêmes ! Ils fentent certainement mieux que les célibataires comment il faut inftruire l'enfance et la jeuneffe. Je vous remercie de profcrire l'étude chez les laboureurs. Moi qui cultive la terre, je vous préfente requête pour avoir des manœuvres,

1763.

et non des clercs tonfurés. Envoyez-moi furtout des frères ignorantins pour conduire mes charrues, ou pour les y atteler. Je tâche de réparer, fur la fin de ma vie, l'inutilité dont j'ai été au monde; j'expie mes vaines occupations en défrichant des terres qui n'avaient rien porté depuis des fiècles. Il y a, dans Paris, trois ou quatre cents barbouilleurs de papier, auffi inutiles que moi, qui devraient bien faire la même pénitence.

Vous faites bien de l'honneur à *Jean-Jacques* de réfuter fon ridicule paradoxe, qu'il faut exclure l'hiftoire de l'éducation des enfans ; mais vous rendez bien juftice à M. *Clairaut*, en recommandant fes élémens de géométrie, qui font trop négligés par les maîtres, et qui mèneraient les enfans par la route que la nature a indiquée elle-même. Il n'y aura point de père de famille qui ne regarde votre livre comme le meuble le plus néceffaire de fa maifon, et il fervira de règle à tous ceux qui fe mêleront d'enfeigner. Vous vous élevez par-tout au-deffus de votre matière. Je ne fais pas pourquoi vous mettez le livre de M. *Vatel* au rang des livres néceffaires. Je n'avais regardé fon livre que comme une copie affez médiocre, et vous me le ferez relire.

Je m'en tiens, pour la religion, à ce que vous dites avec l'abbé *Gédouin*, et même à ce que vous ne dites pas. La religion la plus fimple et la plus fenfiblement fondée fur la loi naturelle, eft fans doute la meilleure.

Je vous rends compte, Monfieur, avec autant de bonne foi que de reconnaiffance, de l'impref-fion que votre mémoire m'a faite. A préfent, que

E 4

—— m'ordonnez-vous ? voulez-vous que je vous renvoye le manufcrit ? voulez-vous me permettre qu'on l'imprime dans les pays étrangers ? J'obéirai exactement à vos ordres. Votre confiance m'honore autant qu'elle m'eft chère.

Je ne fuis point du tout de votre avis fur le ftyle ; je trouve qu'il eft ce qu'il doit être, convenable à votre place et à la matière que vous traitez. Malheur à ceux qui cherchent des phrafes et de l'efprit, et qui veulent éblouir par des épigrammes, quand il faut être folide !

Ne mettez-vous pas en titre les matières que vous avez mifes en marge ? Cela délaffe les yeux et repofe l'efprit.

Je fuis bien faible, bien vieux, bien malade, mais je défie qu'on foit plus fenfible à votre mérite que moi. Je ne peux vous exprimer avec combien de refpect et d'eftime j'ai l'honneur d'être, &c.

LETTRE XXXV.

A M. DAMILAVILLE.

Le 2 de mars.

En réponfe à la lettre de mon cher frère, du 23 de février, je lui dirai : Mes frères, il ne faut pas calomnier les malheureux, furtout quand on n'a pas befoin de leur imputer des crimes. Vous devez vous apercevoir que je n'ai pas ménagé les jéfuites ; mais je foulèverais la poftérité en leur faveur, fi je les accufais d'un crime dont l'Europe et *Damiens* les ont juftifiés. Je ne puis et ne dois dire que ce qui eft dans le procès. J'ai rempli le devoir d'hiftorien; et je ne ferais qu'un vil écho des janféniftes, fi je parlais autrement.

Comment pouvez-vous dire que l'*inf...* n'a aucune part au crime de ce fcélérat ? Lifez donc fa réponfe : *C'eft la religion qui m'a fait faire ce que j'ai fait.* Voilà ce qu'il dit dans fon interrogatoire : je ne fuis que fon greffier.

Mon cher frère, je hais toute tyrannie, et je ne ferai jamais ni jéfuite, ni janféniste, ni parlementaire.

J'avais depuis long-temps l'énorme compte du procureur général de Provence : j'ai une bibliothéque entière des livres faits depuis trois ans contre les jéfuites. Dans quelque temps on ne fe fouviendra plus de tous ces livres, et l'on dira feulement : Il y eut des jéfuites. Je fuis honteux de demander toujours des livres, et de vous fatiguer de mes importunités ; je crois que j'aurai bientôt une bibliothéque auffi nombreufe que celle de M. le marquis de *Pompignan.*

On a oublié, ce me femble, dans les petites plaifanteries que mérite *Simon le Franc*, *la guerre éternelle qu'il a jurée aux incrédules*, dans le village de Pompignan. Remercions bien DIEU de l'excès de fon ridicule. Je vous réponds que, fi ce petit préfident des aides de province n'était pas le plus impertinent des hommes, il ferait le plus dangereux.

Il y a bien une autre bouffonnerie de ce *Simon.* Vousfavez fans doute l'aventure du garde des fceaux,

—— du ſecrétaire *Carpot* et des lettres patentes ; cela eſt délicieux et l'emporte ſur tout le reſte. *Vive le roi et Simon le Franc!*

    Ecr. l'inſ.

LETTRE XXXVI.

A M. LE MARQUIS D'ARGENCE DE DIRAC.

A Ferney, le 2 de mars.

JE vois, Monſieur , par votre lettre du 18 de février, que vous êtes l'apôtre de la raiſon. Vous rendez ſervice à l'humanité, en détruiſant , autant que vous le pouvez , dans votre province, la plus infame ſuperſtition qui ait jamais ſouillé la terre. Nous ſommes défaits des jéſuites , mais je ne ſais ſi c'eſt un ſi grand bien ; ceux qui prendront leur place ſe croiront obligés d'affecter plus d'auſtérité et plus de pédantiſme. Rien ne fut plus atrabilaire et plus féroce que les huguenots , parce qu'ils voulaient combattre la morale relâchée. Nous ſommes défaits des renards, et nous tomberons dans la main des loups. La ſeule philoſophie peut nous défendre. Il ſerait à ſouhaiter que le *Sermon des cinquante* fût dans beaucoup de mains , mais malheureuſement je ne puis plus en trouver.

    J'ai trouvé un *Teſtament* de *Jean Meſlier* que je vous envoie. La ſimplicité de cet homme , la pureté de ſes mœurs , le pardon qu'il demande à DIEU, et l'authenticité de ſon livre , doivent faire un grand effet.

Je vous enverrai tant d'exemplaires que vous voudrez du *Teſtament* de ce bon curé. L'affaire des Calas a été rapportée ; elle eſt en très-bon train ; je réponds du ſuccès. C'eſt un grand coup porté à la ſuperſtition ; j'eſpère qu'il aura d'heureuſes ſuites.

.. J'ai marié mademoiſelle *Corneille* à un jeune gentilhomme de mon voiſinage , infiniment aimable ; c'eſt un de nos adeptes, car il a du bon ſens. Adieu , Monſieur ; cultivez la vigne du Seigneur; conſervez-moi vos bontés , et ſoyez perſuadé de mon tendre reſpect.

Chriſtmoque.

LETTRE XXXVII.

A M. DAMILAVILLE.

Le 5 de mars.

Mon cher frère, j'attends votre petite *Pompignade* dont les notes me réjouiront. J'attends ſurtout des nouvelles de la ſeconde repréſentation de la pièce de M. de *Croſne*, qu'on dit fort bonne. Je me flatte toujours que cette affaire des *Calas* fera un bien infini à la raiſon humaine, et autant de mal à l'*inf…*

Mettez-moi au fait, je vous en conjure, de l'aventure de l'*Encyclopédie*. Eſt-il bien vrai qu'après avoir été perſécutée par les *Omer* et les *Chaumeix* , elle l'eſt par les libraires ? eſt-il vrai que la mauvaiſe foi et l'avarice aient ſuccédé à la ſuperſtition, pour anéantir cet ouvrage ? ſi cela eſt, ne pourrait-on pas renouer avec l'impératrice de Ruffie? Après tout, fi les auteurs font en poffeffion de leurs manufcrits, ils n'ont qu'à aller où ils voudront. La véritable manière de faire cet ouvrage en fureté, était de s'en rendre entièrement le maître, et d'y travailler en pays étranger. Je plains bien le fort des gens de lettres ; tantôt un *Omer* leur coupe les ailes, et tantôt des fripons leur coupent la bourfe.

Eft-il vrai que M. *Saurin* aura le pofte que *Catherine* deftinait à mon frère d'*Alembert*? En ce cas, ce pofte ferait toujours occupé par un frère, et il y aurait de quoi lever les mains au ciel en actions de grâce, tandis qu'à Paris on lève les épaules fur les *Pompignan* et fur les *le Brun*, et fur tant d'autres misères.

On demande dans les provinces des *Sermon* et des *Meflier* : la vigne ne laiffe pas de fe cultiver quoi qu'on en dife.

Mon frère *Thiriot* eft prié de me dire combien il y a encore de petits *Corneilles* dans le monde ; il vient de m'en arriver un qui eft réellement arrière-petit-fils de *Pierre*, par conféquent très-bon gentil-homme. Il a été long-temps foldat et manœuvre; il a une fœur cuifinière en province, et il s'eft ima-giné que mademoifelle *Corneille*, qui eft chez moi, était cette fœur. Il vient tout exprès pour que je le marie auffi ; mais, comme il reffemble plus à un petit-fils de *Suréna* et de *Pulchérie*, qu'à celui de *Cornélie* et de *Cinna*, je ne crois pas que je faffe fitôt fes noces.

J'embraffe tendrement mon frère. Je fuis aveugle et malingre. *Ecr. l'inf.*

LETTRE XXXVIII.

A M. LE COMTE D'ARGENTAL.

Aux Délices, 9 de mars.

ASSUREMENT vous êtes bien anges; et je fuis bien payé pour le croire et pour le dire. Vous me traitez précifément comme *Gabriel* traita *Tobie*. Vous m'enfeignez un remède pour mes yeux; mais ce n'eft pas du fiel de brochet. Je vous remercie bien tendrement, mes chers anges.

Je vois qu'il faut abandonner le tripot pour long-temps. Vous n'ignorez pas, fans doute, que mademoifelle *Clairon* eft dans le cas de l'hémorroïffe, et que le fauveur *Tronchin* lui a mandé qu'il ne pouvait la guérir fi elle ne venait toucher le bas de fa robe. Il la déclare morte, fi elle joue la comédie. Je me bornerai donc à commenter *Corneille* et à admirer *Racine*.

Mais admirez dans quel embarras me jette *Pierre Corneille*. Ce n'eft pas affez pour lui d'avoir fait Pertharite, Théodore, Agéfilas, Attila, Suréna, Pulchérie, Othon, Bérénice, il faut encore qu'un arrière-petit-fils de tous ces gens-là vienne du pays de la mère aux gaînes, me relancer aux Délices.

C'eft réellement l'arrière-petit-fils de *Pierre*. Il fe nomme *Claude-Etienne Corneille*, fils de *Pierre-Alexis Corneille*, lequel *Alexis* était fils de *Pierre Corneille*, gentilhomme ordinaire du roi, lequel *Pierre* était fils de *Pierre*, auteur de Cinna et de Pertharite.

Claude-Etienne, dont il s'agit ici, eſt né avec
ſoixante livres de rentes mal-venans. Il a été ſoldat,
déſerteur, manœuvre, et d'ailleurs fort honnête
homme. En paſſant par Grenoble, il a repréſenté
ſon nom et ſes beſoins à M. de *M**** que vous
connaiſſez. Ce préſident, qui eſt le plus généreux de
tous les hommes, ne lui a pas donné un ſou,
mais il lui a conſeillé de pourſuivre ſon voyage à
pied, et de venir chez moi, l'aſſurant que ce conſeil
valait beaucoup mieux que de l'argent, et que ſa
fortune était faite.

Claude-Etienne lui a repréſenté qu'il n'avait que
quatre livres dix ſous pour venir de Grenoble aux
Délices. Le préſident a fait ſon décompte, et lui a
prouvé qu'en vivant ſobrement il en aurait encore
de reſte à ſon arrivée.

Le pauvre diable, enfin, arrive mourant de faim,
et reſſemblant au *Lazare* ou à moi. Il entre dans la
maiſon et demande d'abord à boire et à manger,
ce qu'on ne trouve point chez le préſident de *M****.
Quand il eſt un peu refait, il dit ſon nom, et
demande à embraſſer ſa couſine. Il montre les papiers
qu'il a en poche ; ils ſont en très-bonne forme.
Nous n'avons pas jugé à propos de le préſenter à
ſa couſine ni à ſon couſin M. *Dupuits*, et je crois
que nous nous en déferons avec quelque argent
comptant. Il deſcend pourtant de *Pierre Corneille* en
droite ligne, et mademoiſelle *Cornéille*, à la rigueur,
n'eſt rien à *Pierre Corneille*. Nous aurions pu marier
Marie à *Claude-Etienne*, ſans être obligés de demander
une diſpenſe au pape.

Mais comme M. *Dupuits* eſt en poſſeſſion, et qu'il

1763.

s'appelle *Claude*, l'autre *Claude* videra la maifon. ———
Voilà, je crois, ce que nous avons de meilleur à
faire.

On nous menace d'une douzaine d'autres petits
cornillons, coufins-germains de *Pertharite*, qui vien-
dront l'un après l'autre demander la becquée. Mais
Marie Corneille eft comme *Marie* fœur de *Marthe*,
elle a pris la meilleure part.

Le bon de l'hiftoire, c'eft que c'eft un nommé
Dumolard, pauvre diable de fon métier, qui eft
le premier auteur de la fortune de *Marie*. Tout
cela, combiné enfemble, me fait croire plus que
jamais à la deftinée.

Heureufement le roi s'eft moqué des beaux arrangemens de M. *Bertin*; il nous envoie de l'argent
comptant, autre deftinée encore très-fingulière.

Celle de la veuve *Calas* ne l'eft pas moins; elle
ne fe doutait pas, il y a un an, que le confeil d'Etat
s'affemblerait pour elle.

Olimpie a encore fa deftinée; elle fera jouée à
Mofcou avant de l'être à Paris. Une très-mauvaife
copie a été imprimée en Allemagne, et j'ai été
obligé d'en envoyer une moins mauvaife. La pièce
me paraît fingulière et affez rondement écrite. Je la
trouve admirable quand je lis Attila; mais je la
trouve déteftable quand je lis les pièces de *Racine*,
et je voudrais avoir brûlé tout ce que j'ai fait. Mes
divins anges, il n'y a que *Racine* dans le monde:
s'il me vient quelqu'un de fa famille, je vous promets de le bien traiter : mais pour *Campiftron*, *la
Grange - Chancel*, *Crébillon* et moi, nous fommes
des gens exceffivement médiocres. Ce n'eft pas qu'il

1763.

n'y ait de très-belles chofes dans *Corneille*; mais, pour une pièce parfaite de lui, je n'en connais point. Mes chers anges, je baife le bout de vos ailes avec tendreffe et refpect.

LETTRE XXXIX.

AU MEME.

Aux Délices, 11 de mars.

Pour peu que mes anges foient curieux, ils pourront fe mettre au fait de mon aventure des trois brancards, car me voici avec trois *Corneilles*. La véritable eft madame *Dupuits*, les deux autres font les defcendans en ligne directe de *Pierre*, et fa fœur dont on me menace eft la troifième; mais *Pierre* eft beaucoup plus embarraffant que les trois autres. Il n'y a pas, révérence parler, le fens commun dans fes dix dernières pièces, et, à la réferve de la conférence de *Sertorius* et de *Pompée*, et de la moitié d'une fcène d'Othon, qui ne font après tout que de la politique très-froide, tout le refte eft fort au-deffous de *Pradon* et de *Danchet*.

L'embarras du commentateur eft plus grand chez moi que celui du père de famille. Madame *Dupuits* m'amufe par fa gaieté et par fa naïveté; mais fon oncle *Pierre* eft bien loin de m'amufer. M. *Dupuits* et elle préfentent leurs très-humbles et très-tendres reconnaiffances à leurs anges; il y a beau temps qu'ils ont écrit au père. J'ai vraiment grand foin

que

que mes deux marmots rempliſſent leurs devoirs.   ———
Savez-vous bien que je les fais aller à la meſſe tout   1763.
comme s'ils y croyaient.

Je ne ſais ſi mes anges ſont de la paroiſſe de
Saint-Euſtache ; je les crois de Saint-Roch, et cela
eſt fort égal, car *Roch* n'a pas plus exiſté qu'*Euſtache;*
mais je hais *Euſtache* où l'on ne voulut point enterrer
Molière, qui valait mieux que lui. Mes anges connaî-
tront, ſans doute, quelque marguillier d'honneur de ce
Saint-Euſtache, quelque honnête dame, amie du curé,
et on obtiendra aiſément de lui qu'il faſſe examiner
les regiſtres de la paroiſſe. Voici un petit mémoire
qui mettra au fait. N'avez-vous pas la plus grande
envie du monde de ſavoir comment mon confrere
Pierre, gentilhomme ordinaire de *Louis XIV*, et fils
de *Pierre* mon maître, a eu un fils mort à l'hôpital ?

J'en reviens toujours à la deſtinée. L'arrière-petit-
fils de *Pierre Corneille* demande l'aumône ; *Marie
Corneille*, qui eſt à peine ſa parente, a fait fortune ſans le ſavoir.

Le prince *Ferdinand de Brunswick* nous a battus
pendant quatre ou cinq ans, et ſon frère, régent
de Ruſſie, eſt en priſon depuis vingt - trois ans,
dans une île de la mer Glaciale. L'empereur *Ivan* eſt
enfermé chez des moines, et la fille de cette prin-
ceſſe de *Zerbſt*, que vous avez vue à Paris, gou-
verne gaiement deux mille lieues de pays. *George III*
nous a pris le Canada, tandis que le prétendant
dit ſon chapelet à Rome, et que ſon fils s'enivre
à Bouillon, et donne des coups de pied au cu à
toutes les femmes qu'il rencontre. Ne voilà-t-il pas
un monde bien arrangé !

Correſp. générale.   Tome VII.   F

1763.

Vivez gaiement, mes anges ; jouiſſez tranquillement de cette courte vie. Tout ce que j'ai vu et
tout ce que j'ai fait n'a pas l'ombre du bon ſens.
Celui qui a pris le nom de *Salomon* pour dire que
tout eſt vanité, et que tout va comme il peut, était
un philoſophe d'Alexandrie bien raiſonnable. Il faut
que l'Egliſe ait eu le diable au corps pour attribuer
cet ouvrage à *Salomon*, et pour le mettre dans le
canon.

Les hommes ſont bien fous, mais les eccléſiaſ-
tiques ſont les premiers de la bande. Je n'ai fait
qu'une choſe de raiſonnable dans ma vie , c'eſt de
cultiver la terre. Celui qui défriche un champ, rend
plus de ſervice au genre-humain que tous les barbouilleurs de papier de l'Europe.

Madame *Denis* eſt toujours bien malingre, et
moi toujours un petit *Homère*, un petit *la Motte*,
verſifiant et n'y voyant goutte, me moquant de tout,
et ſurtout de moi, vous aimant de tout mon cœur,
et perſiſtant pour vous dans mon culte de dulie,
juſqu'à ce que je rende mon corps aux quatre élémens qui me l'ont donné.

LETTRE XL.

A M. DAMILAVILLE.

Le 11 de mars.

C'EST donc lundi paffé, 7 du mois, que tout le confeil d'Etat affemblé a écouté M. de *Crofne*. Je ne fais pas encore ce qui aura été réfolu, mais j'ai encore affez bonne opinion des hommes pour croire que les premières têtes de l'Etat n'auront pas été de l'avis des huit juges de Touloufe. Ces huit indignes juges ont fervi la philofophie plus qu'ils ne penfent. DIÈU et les philofophes favent tirer le bien des plus grands maux.

Que dites-vous de l'aventure de notre nouveau *Corneille*? C'eft un véritable coup de théâtre. Que dit frère *Thiriot* l'apathique? vous réjouiffez-vous à m'envoyer des pompignades? On rit beaucoup à Verfailles de la converfation du roi avec le marquis *Simon le Franc*. On en aurait ri fous *Louis XI*, comment voulez-vous qu'on ne fe tienne pas les côtés fous *Louis XV*, le plus indulgent et le plus aimable des fouverains?

J'embraffe tendrement mon frère et mes frères. *Ecr. l'inf.*

P. S. Je vois par votre lettre qu'il faudra encore quelques cartons à l'Effai fur les mœurs; rien n'eft fi difficile à dire aux hommes que la vérité.

F 2

LETTRE XLI.

A M. THIROUX DE CROSNE,

MAITRE DES REQUETES.

Aux Délices, mars.

MONSIEUR,

VOUS vous êtes couvert de gloire, et vous avez donné de vous la plus haute idée, par la manière dont vous avez parlé dans ce nombreux conseil, dont vous avez enlevé les suffrages. Permettez-moi de vous en faire mon compliment, ainsi que mes remercîmens. Si vous faites ce petit voyage que vous avez projetté dans nos cantons, moitié catholiques, moitié hérétiques, vous verrez tous les cœurs voler au devant de vous, et je vous assure que votre arrivée sera un triomphe. Je ne serai pas, Monsieur, le moins empressé à vous rendre mes hommages. Les philosophes doivent vous chérir, et les intolérans mêmes doivent vous estimer. Je vous respecte et je prends la liberté de vous aimer. Je souhaite, pour le bien des hommes, que votre réputation vous mène incessamment aux grandes places que vous méritez. En fesant des vœux pour vous, j'en fais pour ma patrie, que j'aimerais davantage si elle avait plus de citoyens tels que vous.

Je n'ofe me flatter du bonheur de vous voir, mais
je le défire avec une paffion égale au refpect avec
lequel j'ai l'honneur d'être, &c.

LETTRE XLII.

A M. DAMILAVILLE.

Le 15 de mars.

MON cher frère, il y a donc de la juftice fur
la terre ; il y a donc de l'humanité. Les hommes
ne font donc pas tous de méchans coquins, comme
on le dit.

Il me femble que le jour du confeil d'Etat eft
un grand jour pour la philofophie. C'eft le jour
de votre triomphe, mon cher frère ; vous avez bien
aidé à la victoire ; vous avez fervi les *Calas* mieux
que perfonne.

Tout le monde dit que M. de *Crofne* a rapporté l'affaire avec une éloquence digne de l'augufte
affemblée devant laquelle il parlait. Il eft devenu
célèbre tout d'un coup. C'eft un jeune homme d'un
rare mérite, et qui eft un peu de nos adeptes, avec
la prudence convenable : le temps n'eft pas encore
venu de s'expliquer tout haut. Je parie que le marquis
Simon le Franc eft fâché de ce fuccès, et que fon
frère a dit la meffe pour obtenir de DIEU que la
requête fût rejetée.

Je reçois la jolie préface imprimée à Genève aux
dépens des chirurgiens-dentiftes ; je crois que vous

F 3

—— recevrez bientôt la *Relation du voyage*, imprimée à
1763. Paris, *aux dépens* de *Simon le Franc*.

J'embraſſe plus que jamais mon cher frère. *Ecr.*
l'inf.

On dit que mademoiſelle *Clairon* viendra bientôt
voir le ſauveur *Tronchin* à Genève; nous la prierons
de jouer ſur notre petit théâtre quand elle ſe portera
bien. Ce ſera une de nos ſingularités d'avoir eu *Clairon*
et *le Kain* dans notre baſſin des Alpes. Pour les
comédiens de Paris, je leur conſeille de mettre ſur
leur porte : *maiſon à louer.*

LETTRE XLIII.

A MADEMOISELLE CLAIRON.

Aux Délices, 15 de mars.

M. *Tronchin*, Mademoiſelle, m'a dit que votre
état demande les plus grands ménagemens et l'attention la plus ſcrupuleuſe, et que vous riſquez
beaucoup ſi vous voyagez dans le temps de vos
accès.

Vous avez demandé qu'on vous louât un appar-
tement à Genève, dans le voiſinage de M. *Tronchin*;
non-ſeulement il n'y en a point, mais, s'il y en
avait, il ſerait d'une cherté exceſſive. Il y a même
une famille conſidérable de Genève qui, ne pouvant trouver à ſe loger cette année, eſt obligée
d'aller habiter un petit château que je poſsède à
une lieue de la ville. Genève, d'ailleurs, n'eſt pas

un féjour qui vous convienne, et on n'y hono-
rerait pas vos talens comme à Paris.

Nous fommes actuellement, madame *Denis* et moi,
aux Délices. C'eſt une maiſon de campagne aſſez agréable, mais les appartemens que nous pouvons donner
font bien mal diſpoſés. Vous choiſirez celui qui vous
conviendra le mieux; ce font plutôt des chambres que
des appartemens. Madame *Denis* eſt malade, je le
fuis auſſi; M. *Tronchin* viendra dans notre hôpital
pour nous trois. Nous irons paſſer la belle faiſon
dans le petit château de Ferney, où vous ferez
beaucoup plus commodément logée. Ferney eſt à
deux lieues de Genève; on rendra compte tous
les jours de votre état à M. *Tronchin*, qui veillera
fur votre fanté.

Voilà, Mademoiſelle, ce que je vous propofe:
l'état de madame *Denis* et le mien nous condamnent
à un régime et à une retraite convenables à votre
fituation préfente. Cependant, fi vous voulez apporter
un habit de fête pour le temps de votre convalefcence, nous mettrons auſſi les nôtres pour la célébrer. Il eſt jufte que la défcendante de *Corneille*
voye la perfonne du monde qui fait le plus d'honneur à fon grand-père, et que j'aye la confolation
dans ma vieilleſſe de me trouver entre vous et elle.

J'ai l'honneur d'être, Mademoiſelle, avec tous les
fentimens qui vous font dus, &c.

LETTRE XLIV.

A M. LE CHEVALIER DE LA MOTTE-GEFRARD,

LIEUTENANT-COLONEL, &c.

Mars.

JE suis très-fâché, Monsieur, que vous soyez compris dans la réforme, mais consolez-vous ; la France a la guerre tous les sept ans, et, pour peu que la bonne volonté vous dure, vous exercerez le grand art de faire tuer du monde méthodiquement. Je me croirais très-heureux, très-honoré, et je me donnerais les airs d'un homme considérable, si je pouvais recevoir quelques-uns de vos ordres, et être à portée de faire parvenir à M. le duc de *Choiseul* la commission que vous me donneriez. Vous savez ce que c'est que les faibles bontés d'un ministre pour un pauvre reclus de mon espèce. Il souffre quelquefois que je lui écrive, et c'est très-rarement. Je suis confondu, comme de raison, dans la foule de ceux dont il se souvient. Je ne dois pas, en vérité, prétendre davantage ; mais, s'il se présentait quelque occasion où je pusse, sans faire l'insolent, être votre commissionnaire, je ne manquerais pas de vous obéir. Je recevrai, avec reconnaissance, le manuscrit du bacha de *Bonneval* que vous voulez bien m'offrir, et j'en ferai l'usage que vous ordonnerez. Je vous

avoue que je ferais curieux de favoir les motifs de
fa converfion à la foi mufulmane. Apparemment
qu'un brave guerrier comme lui a été plus touché
des conquêtes de *Mahomet* que de l'humilité de
Jéfus-Chrift. Il y a je ne fais quoi dans ce *Mahomet*
qui impofe. Les religions font comme les jeux du
trictrac et des échecs, elles nous viennent d'Afie.
Il faut que ce foit un pays bien fupérieur au nôtre,
car nous n'avons jamais inventé que des pompons
et des falbalas ; tout nous vient d'ailleurs, jufqu'à
l'inoculation.

Je n'ai pas l'honneur de vous répondre de ma
main, parce que je deviens aveugle comme le vieux
Tobie.

J'ai l'honneur d'être avec les fentimens les plus
refpectueux et les plus vrais, Monfieur, votre, &c.

LETTRE XLV.

A M. LE COMTE D'ARGENTAL.

Aux Délices, 21 de mars.

MES anges croient recevoir un gros paquet de
vers, mais ce n'eft que de la profe. Cette profe
vaut mieux que des vers ; c'eft un projet d'éducation que M. de *la Chalotais* doit préfenter au
parlement de Bretagne, et fur lequel il m'a fait
l'honneur de me confulter. Si mes anges veulent

—— le parcourir, je crois qu'ils en feront contens. Je
1763. vous fupplie de vouloir bien le lui renvoyer contre-
figné, foit *duc de Praflin*, foit *Courteille*.

Si le procureur général de Touloufe avait fait
de tels ouvrages, au lieu de pourfuivre la mort de
Jean Calas, je le bénirais au lieu de le maudire.

Je ne fais point encore quel parti prendra mademoifelle *Clairon*. Je lui ai offert un logement chez
moi ; car affurément elle n'en trouverait pas à
Genève ; et cette ville à confiftoire n'eft pas trop
faite pour une comédienne. M. *Tronchin* prétend que
le voyage peut lui être funefte, dans l'état où elle
eft. Il affure de plus qu'elle ne peut jouer d'une
année entière, fans être en danger de mort. La
comédie va être abandonnée ; la nôtre l'eft auffi.
Maman *Denis* eft toujours malade, et je fuis plus
miférable que jamais. Ma confolation eft la journée
du 7 de mars, ce confeil d'Etat de cent perfonnes,
ce qui ne s'était jamais vu, cet arrêt qui eft déjà
la juftification des *Calas*, cette joie du public, et
ce cri unanime contre le capitoul *David*. Tous ces
David me déplaifent, à commencer par le roi *David*,
et à finir par *David* le libraire.

Mes anges ont-ils trouvé quelque gros marguillier de Saint - Euftache qui ait déterré l'extrait
baptiftère d'un *Corneille*, fils d'un *Pierre Corneille ;* gentilhomme ordinaire du roi, et d'une *le Cochois*. Il
ne m'eft point venu de nouveaux *Corneille* ; mais, s'il
m'en venait, ils ne m'ennuieraient pas plus que la
Sophonisbe du grand *Pierre*, que je fais actuellement
imprimer. Je ne fais fi je vivrai affez long - temps
pour finir cet ouvrage. Je preffe *Cramer* tant que je

peux; car j'aime à corriger des épreuves, et je crains les œuvres posthumes.

Je préfente mes tendres refpects à mes anges, et je leur demande pardon du gros paquet.

LETTRE XLVI.

A M. DE LA CHALOTAIS.

Aux Délices, 21 de mars.

J'AI l'honneur, Monfieur, de vous renvoyer, par M. d'*Argental*, le manufcrit que vous avez bien voulu me confier, et je vous affure que c'eft avec bien de la peine que je m'en deffaifis. Il le fera contre-figner par M. le duc de *Praflin*, ou par quelqu'autre contre-figneur.

Ne doutez pas que cet ouvrage ne foit imprimé dans plus d'une ville, dès qu'il l'aura été à Rennes. Il fera bien plus aifé de le contrefaire que de l'imiter. Vous me ferez une très-grande grâce, Monfieur, de daigner me faire parvenir le *Mémoire fur l'origine du parlement*. Si le paquet eft gros, je vous prierai de l'adreffer pour moi à M. *Damilaville*, premier commis du vingtième, quai Saint-Bernard, à Paris. Si le volume n'eft pas confidérable, comme je le crains, ayez la bonté de me l'envoyer en droiture.

J'ai peur de n'avoir pas des notions affez juftes de cette origine; car, à commencer par l'origine du monde, je n'en vois aucune bien claire. Elles reffemblent affez aux généalogies des grandes maifons, qui commencent toutes par des fables. Quoique le nouveau tableau des fottifes du genre-humain foit déjà achevé d'imprimer fous le titre d'Eſſai fur l'hiftoire générale, je n'en profiterai pas moins des lumières que vous aurez la bonté de me communiquer. Tout fe rajufte au moyen de quelques cartons.

Vraiment, Monſieur, *le Jugement de la raiſon* eſt un joli fujet ; mais les *Appels à la raiſon* font déjà oubliés ; et les plaifanteries ne font bonnes que quand elles font fervies toutes chaudes. D'ailleurs il me paraît bien difficile que la raiſon prononce fur les enfans de *Loyola*, fans dire fon avis fur ceux de cet extravagant *François d'Aſſife*, et de cet énergumène de *Dominique*, et de cet infolent *Norbert*, et de tous ces inftituteurs de milice papale, toujours à charge aux citoyens, et toujours dangereufe pour les gouvernemens.

Je me chargerais bien pourtant, et très-volontiers, d'être le greffier de la raiſon dans un tribunal dont vous êtes le premier préfident ; mais je fuis depuis long-temps occupé d'une affaire qui n'eſt ni moins raifonnable ni moins preſſante ; c'eſt malheureufement contre le parlement de Touloufe. La deftinée a voulu qu'on me vînt chercher dans les antres des Alpes pour fecourir une famille infortunée, facrifiée au fanatifme le plus abfurde, et dont le père a été condamné à la roue fur les indices les plus trompeurs. Vous aurez fans doute entendu parler de cette aventure : elle intéreſſe toute l'Europe ; car c'eſt le zèle de la religion qui a produit ce défaftre. Il me paraît que, grâce à vous, Monſieur, on eſt plus raifonnable dans l'Armorique que dans

la Septimanie. Les têtes bretonnes tiennent de *Locke*
et de *Newton*, et les têtes touloufaines tiennent un
peu de *Dominique* et de *Torquemada.*

Je vous avoue que j'ai eu une grande fatisfaction quand j'ai fu que tout le confeil, au nombre
de cent juges, avait condamné d'une voix unanime le
zèle avec lequel huit catholiques touloufains ont condamné à la roue un père de famille, parce qu'il était
huguenot; car voilà à quoi fe réduit tout le procès.

J'ai lu les deux tomes de votre fociété d'agriculture, et j'en ai profité. J'ai fait femer du fromental;
j'ai défriché; j'ai fait une terre de fept à huit mille
livres de rente, d'une terre qui n'en valait pas trois
mille. Cette occupation de la vieilleffe vaut mieux
que de faire des Agéfilas et des Suréna. Cependant
j'en fais encore pour mon malheur, mais je n'en
ferai pas long-temps : *vox quoque Mœrim deficit;* ce
qui ne me *deficit* point, c'eft l'eftime très-refpectueufe
et le fincère attachement avec lefquels j'ai l'honneur
d'être, &c.

LETTRE XLVII.

A M. DAMILAVILLE.

Aux Délices, 23 de mars.

Mon cher frère, l'illuftre frère qui daigne tant
aimer Brutus, me paraît avoir fuppléé, par fa brillante imagination, à ce qui manque à cette pièce.
Je ne peux en confcience lui en favoir mauvais gré.
Un tel fuffrage et le vôtre font d'une grande confolation. Je me fouviens que, dans la nouveauté de
cette pièce, feu *Bernard de Fontenelle* et compagnie
prièrent l'ami *Thiriot* de m'avertir férieufement de
ne plus faire de tragédies. Ils lui dirent que je
ne réuffirais jamais à ce métier-là. J'en crus quelque chofe, et cependant le démon du théâtre
l'emporta. Parlez-en à frère *Thiriot*, il vous con-
firmera cette anecdote, car il a la mémoire bonne.

Je vous renouvelle mes félicitations fur le fuccès des
Calas. J'ai appris une des raifons du jugement de
Touloufe, qui va bien étonner votre raifon.

Ces vifigots ont pour maxime que quatre quarts
de preuve et huit huitièmes font deux preuves
complètes ; et ils donnent à des ouï-dire le nom
de quarts de preuve et de huitièmes.

Que dites-vous de cette manière de raifonner et
de juger ? eft-il poffible que la vie des hommes
dépende de gens auffi abfurdes? Les têtes des Hurons
et des Topinambous font mieux faites.

Pour notre ami *Pompignan*, les preuves de fon

ridicule font complètes. Je vous répète que cet
homme ferait bien dangereux, s'il avait autant de
pouvoir que d'impertinence. Je fais de très-bonne
part qu'il ne vint à Paris que dans le deffein de
fe faire valoir auprès de la cour, en perfécutant les
philofophes. Les *quarts* de plaifanterie qui font dans
la *Relation du voyage de Fontainebleau*, et les *huitièmes*
de ridicule dont l'*Hymne* eft parfemée, feront pour
lui un affublement complet. Cet homme voulait
nuire, et il ne fera que nous réjouir.

Vous m'avez promis quelques articles de l'*Encyclopédie*, je les attends comme les articles de mon
fymbole.

Buvez, mes très-chers frères, à la fanté de votre
vieux frère *Voltaire*.

LETTRE XLVIII.

A M. LE COMTE D'ARGENTAL.

24 de mars.

LA lettre de mes anges, du 15 de mars, eft vraiment un bien bon ouvrage, mais je voudrais qu'on
leur donnât par plaifir à commenter Othon, la Toifon
d'or et Sophonisbe, &c. &c., la patience leur échap-
perait comme à moi ; et fi, pour fe confoler, ils
relifaient Iphigénie, ils fe mettraient à genoux devant
Jean Racine.

Que m'importe que *Pierre* foit venu avant ou
après ! Cela n'entre pour rien dans mes plaifirs ou

—— dans mes dégoûts; c'est l'ouvrage que je juge, et
1763. non l'homme. Je veux que *Pierre* ait cent fois plus
de génie que *Jean*; *Pierre* n'en est que plus condamnable d'avoir fait un si détestable usage de son
génie, dans la force de son âge. Je ne peux me
plaindre de la bonté avec laquelle vous parlez d'un
Brutus et d'un Orphelin; j'avouerai même qu'il y
a quelques beautés dans ces deux ouvrages; mais
encore une fois, vive *Jean!* plus on le lit, et plus
on lui découvre un talent unique, soutenu par toutes
les finesses de l'art. En un mot, s'il y a quelque
chose sur la terre qui approche de la perfection,
c'est *Jean*. Je n'ai commenté *Pierre* que pour être
utile à ma pupille et au public, et je ne peux être
utile qu'en disant la vérité.

Comme il faut joindre l'agréable à l'utile, voici
quelques exemplaires de la relation du marquis de
Pompignan, faite par lui-même; il y a là je ne sais
quoi de naïf qui me fait plaisir.

Vous m'ordonnez de vous envoyer une certaine
Olimpie pour laquelle je me refroidissais beaucoup;
c'est un enfant que j'étouffais de caresses. Quand
il était au berceau je l'aimais trop, et peut-être
à présent je ne l'aime pas assez; je crains qu'on
ne lui donne du ridicule dans le monde, car, à
moins que le bûcher ne soit le plus beau des spec-
tacles, il peut devenir grande matière à sifflets.
Je vais sur le champ faire chercher Olimpie; je
dois en avoir encore une assez mauvaise copie,
mais je vous l'enverrai telle qu'elle est, pour ne pas
vous faire attendre.

LETTRE

LETTRE XLIX.

A M. LE MARECHAL DUC DE RICHELIEU.

Aux Délices, 30 de mars.

J'AI envoyé votre lettre à M. le duc de *Villars*, à l'inftant que je l'ai reçue. Je n'ai pu, monfeigneur le Duc, la porter moi-même, attendu que les vents et les neiges me pourfuivent jufque dans le printemps ; c'eft un petit inconvénient attaché à la beauté de notre payfage bordé par quarante lieues de glace. On dit que c'eft ce qui me rend quinzevingt, et que j'aurai des yeux avec les beaux jours ; j'en doute beaucoup, car, lorfqu'on eft dans la foixante et dixième année, rien ne revient. Je ne parle pas pour les maréchaux de France qui auront leurs feptante ans, comme nous autres chétifs ; noffeigneurs les maréchaux font d'une meilleure pâte ; et je fuis fûr que, quand vous ferez leur doyen, comme vous l'êtes de l'académie, vous ferez le plus joyeux de la bande. Notre confrère M. de *Pompignan* n'eft pas fi gai, quoiqu'il faffe rire tout le monde. Je ne crois pas que fon fermon foit parvenu jufqu'à vous ; c'eft fon panégyrique qu'il a fait prononcer dans l'églife de fon village de Pompignan, et dont il eft l'auteur ; il l'a fait imprimer à Paris, et vous croyez bien qu'il a été affublé de plus de brocards que n'en a jamais effuyé feu M. *Chiantpot-la-perruque.*

Un M. de *Radonvilliers*, ci-devant jéfuite, eft votre

Correfp. générale.   Tome VII.   G

autre confrère académicien. Il était, comme vous
savez, fort recommandé par la cour, et en conséquence il a obtenu six boules noires. Nos pauvres
gens de lettres tout effrayés, craignant d'être perdus
à la cour, ont fouillé vîte dans leurs poches, et
ont montré, par les boules noires qui leur restaient,
qu'ils en avaient donné de blanches; de façon qu'il
a été bien avéré que c'étaient messieurs de la cour
eux-mêmes qui avaient fait ce petit présent à M. de
Radonvilliers. Cela fait voir qu'il y a des malins
par-tout.

Pour M. le duc de *Villars*, votre confrère en
pairie, en académie et en gouvernement de province, il est engraissé et embelli depuis environ
trois semaines; ses créanciers ont appris, avec une
joie incroyable, la mort de madame la maréchale
sa mère; mais, pour moi, j'en ai été très-affligé.
Je crois qu'il restera encore quelque temps à Genève;
ce n'est pas qu'il y soit amoureux, mais *Tronchin*
qui est malade, et qui ne sort pas de son lit, lui
promet de le guérir radicalement.

Ah! Monseigneur, je n'ai point du tout l'esprit
plaisant, et je ne sais plus que faire de ma fiancée.
Vous devriez bien, quand vous serez de loisir, faire
des mémoires de votre vie; ils seraient écrits du
style de ceux de M. le comte de *Grammont*, et ils
contiendraient des choses plus intéressantes, plus
nobles et plus gaies. Est-ce que vous ne serez jamais
assez sage pour passer trois ou quatre mois à Richelieu?
Vous repasseriez tout ce que vous avez fait dans
votre illustre et singulière vie, et personne ne pein-
drait mieux que vous les ridicules de votre siècle.

Vraiment notre victoire des *Calas* eſt bien plus grande
qu'on ne vous l'a dit ; non-ſeulement on a ordonné
l'apport des pièces , mais on a demandé au parlement compte de ſes motifs.

Cette demande eſt déjà une eſpèce de réprimande;
quand on eſt content de la conduite des gens , on
n'exige point qu'ils diſent leurs raiſons. Auſſi
M. *Gilbert*, grand parlementaire , n'était point de
cet avis.

Le quinze-vingt *V.* ſe met à vos pieds.

L E T T R E L.

A M. H E L V E T I U S.

Mars.

ORATE, fratres, et vigilate. Sera-t-il donc poſſible que ,
depuis quarante ans , la *Gazette ecclêſiaſtique* ait infecté
Paris et la France , et que cinq ou ſix honnêtes gens
bien unis ne ſe ſoient pas aviſés de prendre le parti
de la raiſon ? pourquoi ſes adorateurs reſtent-ils dans
le ſilence et dans la crainte ? Ils ne connaiſſent pas
leurs forces. Qui les empêcherait d'avoir chez eux
une petite imprimerie, et de donner des ouvrages
utiles et courts, dont leurs amis feraient les ſeuls
dépoſitaires ? C'eſt ainſi qu'en ont uſé ceux qui ont
imprimé les dernières volontés de ce bon et honnête
curé. Il eſt certain que ſon témoignage eſt du plus
grand poids, et qu'il peut faire un bien infini. Il eſt
encore certain que, vous et vos amis, vous pourriez

G 2

—— faire de meilleurs ouvrages avec la plus grande facilité, et les faire débiter fans vous compromettre.
Quelle plus belle vengeance à prendre de la fottife
et de la perfécution que de les éclairer? Soyez fûr que
l'Europe eft remplie d'hommes raifonnables, qui
ouvrent les yeux à la lumière. En vérité, le nombre
en eft prodigieux; et je n'ai pas vu, depuis dix ans,
un feul honnête homme, de quelque pays et de
quelque religion qu'il fût, qui ne pensât abfolument
comme vous. Si je trouve en mon chemin quelque
étranger qui aille à Paris, et qui foit digne de vous
connaître, je le chargerai pour vous de quelques
exemplaires, que j'efpère avoir bientôt, du même
ouvrage qu'un anglais vous a déjà remis. C'eft à
peu-près dans ce goût fimple que je voudrais qu'on
écrivît; il eft à la portée de tous les efprits. L'auteur
ne cherche point à fe faire valoir; il n'envie point la
réputation, il eft bien loin de cette faibleffe; il n'en
a qu'une, c'eft l'amour extrême de la vérité. Vous
m'objecterez qu'il ne l'a dite qu'à fa mort: je l'avoue;
et c'eft par cela même que fon ouvrage doit produire le
plus grand fruit, et qu'il faut le diftribuer: mais, fi
on peut en faire un meilleur fans rien rifquer, fans
attendre la mort pour donner la vie aux ames, pourquoi ne le pas faire? Il y a cinq ou fix pages excellentes et de la plus grande force, dans une petite brochure qui paraît depuis peu (*), qui perce avec peine à
Paris, et que vous aurez vue fans doute. C'eft un grand
dommage que l'auteur y parle fans ceffe de lui-même,
quand il ne doit parler que de chofes utiles. Son titre eft

(*) Lettre de *J. J. Rouffeau* à *Chriftophe de Beaumont*, archevêque de
Paris.

d'une indécence impertinente, fon ridicule amour
propre révolte; c'eft *Diogéne*, mais il s'exprime quelquefois en *Platon*. Croiriez-vous que ces audacieufes forties
contre un monftre refpecté, n'ont révolté perfonne;
et que fa philofophie a trouvé autant de partifans que
fa vanité cynique a eu de cenfeurs? Oh ! fi quelqu'un
pouvait rendre aux hommes le fervice de leur montrer les mêmes vérités, dépouillées de tout ce qui
les défigure et les avilit chez cet écrivain, que je le
bénirais ! Vous êtes l'homme, mais je fuis bien loin
de vous prier de courir le moindre rifque. Je fuis
idolâtre du vrai, mais je ne veux pas que vous hafar-
diez d'en être la victime. Tâchez de rendre fervice au
genre-humain fans vous faire le moindre tort.

Ce font là, Monfieur, les vœux de la perfonne
du monde qui vous eftime le plus, et qui vous eft le
plus attachée. J'ai l'honneur d'être votre très-humble
et très-obéiffante fervante,

De Mitèle.

G 3

LETTRE LI.

A M. LE COMTE D'ARGENTAL.

Aux Délices, 2 d'avril, veille de Pâques.

MES yeux permettent à ma main d'écrire. Mes anges, vous êtes bien tutélaires, et vous n'êtes pas oififs. Le père *Mabillon* n'a jamais tant fait de recherches que vous daignez m'en envoyer. Il y a furtout un *Corneille*, vinaigrier, dans le treizième fiécle, qui eft un point d'érudition affez rare. N'eft-ce point ce vinaigrier-là qui a fait Suréna et Pulchérie? Il eft vrai, mes anges, que je me plains quelquefois du temps que ces dernières pièces me font perdre. Figurez-vous la mine que fait un pauvre homme qui a été prefque aveugle tout l'hiver, et qui était forcé de lire Attila imprimé menu. Ma mauvaife humeur n'empêche pas que je ne rende à notre père *Pierre* toute la juftice qui lui eft due; et fi je révèle la turpitude de notre père, c'eft en adorant ce qu'il a de bon.

Adélaïde du Guefclin ou le Duc de Foix, bonnet fale ou fale bonnet, c'eft la même chofe, c'eft-à-dire que ces deux pièces font également médiocres, à cela près que le bonnet fale d'Adélaïde eft encore plus fale que celui du Duc de Foix.

Puifque me voilà fur l'article du tripot, je vous avouerai que j'ai du faible pour le Droit du feigneur, et que l'ouvrage me paraît neuf et piquant.

J'ai peut-être tort ; je sens encore entrailles de père
pour Olimpie. Croyez-moi, cela fait un beau spectacle. Je compte les yeux pour quelque chose. Une
petite fille tendre, naïve, avec un petit grain de
noblesse et de fermeté, est plus mon affaire pour
Olimpie, qu'une héroïne fière, vigoureuse, connais-
fant toutes les finesses de l'art, et ayant l'air d'avoir
rôti le balai. *Olimpie* ressemble plus à *Zaïre* qu'à
Cornélie.

Passons à la prose, mes anges. Je mets à l'ombre
de vos ailes ce tome du czar *Pierre*. Lisez les chapitres sur la religion et sur la mort d'*Alexis*.

Il y a une autre prose plus intéressante, c'est celle
des derniers chapitres de l'Histoire générale. J'estime
qu'il faut absolument que ni M. de *Malesherbes* ni
personne n'en permette l'entrée en France, avant
que mes anges et leurs amis aient donné leur approbation, et qu'ils aient indiqué ce qui pourrait trop
déplaire. On sait bien qu'il faut dire la vérité,
mais les vérités contemporaines exigent quelque
discrétion.

Mes anges, nous baisons tous le bout de vos
ailes.

1763.

LETTRE LII.

AU MEME.

Aux Délices, 9 d'avril.

MES anges, déployez vos ailes et couvrez-moi. Les frères *Cramer* se font avisés de mettre mon nom en gros caractères à la tête de cet Essai sur l'Histoire générale, où je peins le genre-humain assez en laid pour le rendre ressemblant. Ils m'avaient toujours promis de supprimer mon nom. *Messieurs* peuvent très-bien brûler mon livre comme un mandement d'évêque, mais j'ai toujours dit aux *Cramer* que je voulais être brûlé anonyme. Ils me l'avaient promis. Ils me manquent de parole, et leur édition est déjà en chemin; ils manquent à la foi des traités, et ils me doivent assez pour être fidelles. Je suis outré. J'ai recours à vous. Je ne veux point être brûlé en mon propre et privé nom. Vous avez un *Cramer* à Paris; vous me direz qu'il n'est point libraire, qu'il est prince de Genève; mais un prince doit avoir de la clémence. Le fait est que, s'ils n'ôtent pas mon nom, et s'ils n'insèrent pas dans l'ouvrage les cartons nécessaires, je demanderai net la saisie des exemplaires fataux ou fatals.

Les dernières pièces du père *Pierre*, et les dernières sottises de ma chère nation, ne laissent pas de me gêner; car, en qualité de critique et d'historien, vous savez que la vérité est mon premier devoir, et la dire sans déplaire aux gens de mauvaise humeur, c'est la pierre philosophale.

Ce qui m'eſt encore fort amer, c'eſt que leſ-
dits *Cramer* ont recueilli tous les traits nouveaux que
j'ai ajoutés à la nouvelle édition de l'Hiſtoire générale ;
et, de tous ces petits morceaux, ils ont fait un recueil
qui ſe trouve être la ſatire du genre-humain. Ils
prétendent donner ce recueil comme un ſupplément
pour ceux qui ont la première édition. Qu'arrivera-
t-il ? Les traits qui ne frappaient pas, quand ils
étaient épars dans huit volumes, paraîtront un peu
trop piquans quand ils ſeront raſſemblés dans un
ſeul tome ; ce ſera-là le corps du délit. J'ai ſouvent
repréſenté que la choſe était dangereuſe ; mais ces
meſſieurs, en peſant mon danger et leur intérêt,
ont vu que leur intérêt avait beaucoup plus de
poids. Ils ont dit que, s'ils n'avaient pas fait ce recueil,
d'autres l'auraient fait ; et leur maudit recueil eſt
en chemin avec l'édition entière de l'Hiſtoire. Voilà
donc dangers ſur dangers ; et s'ils mettent mon nom
au petit recueil, et s'ils n'y mettent pas les cartons, je me tiens pour brûlé, et, Dieu merci, c'eſt
la ſeule récompenſe de cinquante ans de travaux.
Meſſieurs devraient cependant me ménager un peu ;
car, en vérité, pourront-ils empêcher que leur refus
de rendre juſtice au peuple ne ſoit conſigné dans
toutes les gazettes ? pourront-ils empêcher que ce
refus ne ſoit auſſi ridicule qu'injuſte ? plairont-ils
beaucoup au gouvernement en proſcrivant des ouvrages où la conduite du roi ſe trouve, par le ſeul
expoſé et ſans aucune louange, le modèle de la
modération et de la ſageſſe, et où leurs irrégularités paraiſſent, ſans aucun trait de ſatire, le comble
de la mauvaiſe humeur, pour ne rien dire de plus ?

Le parlement eſt puiſſant, mais la vérité eſt plus forte que lui. Rien ne réſiſte à une hiſtoire ſimple et vraie ; et ce qu'il a certainement de mieux à faire, c'eſt de ne rien dire. Vous ſentez bien que je parle toujours au miniſtre d'un petit-fils de *Louis XIV*, à l'ami de MM. les ducs de *Praſlin* et de *Choiſeul*, et non pas au conſeiller d'honneur.

Le but et le réſumé de cette longue lettre eſt qu'il m'importe très-peu qu'*Omer* dénonce mon livre, mais que je ne veux pas qu'il dénonce mon nom, et que je vous ſupplie, mes divins anges, d'engager le prince *Cramer* à ordonner à quelqu'un des officiers de ſa garde d'ôter ce nom qui n'eſt pas en odeur de ſainteté. Cette précaution et quelques cartons ſont tout ce que je veux.

Si j'étais ſeulement commis de la chambre ſyndicale, j'arrêterais le débit d'Olimpie juſqu'à ce qu'elle ait été tolérée ou ſifflée au théâtre ; mais je ne ſuis pas fait pour avoir des dignités en France ; je ne veux qu'un titre, et le voici :

Je ne ſais quel anglais fit mettre ſur ſon tombeau : Ci gît l'ami de *Philippe Sidney* ; je veux qu'on grave ſur le mien : Ci gît l'ami de M. et de madame d'*Argental*.

LETTRE LIII.

AU MEME.

Aux Délices, 13 d'avril.

MES divins anges, je vois à peine, en écrivant, ce que j'écris; mon clerc est bien malade, et moi aussi; maman *Denis* a un engorgement au foie. Nous sommes tous auprès d'*Esculape-Tronchin*, mais *Esculape* a la goutte, et nous avons le ridicule de demander la santé à un malade. Il n'y a que le ridicule de prier les saints qui soit plus fort. Mes anges, nous ne sommes nullement de votre avis sur la figure d'*Antigone* au mariage d'*Olimpie*. Nous savons ce que c'est que d'affister à des mariages. Vous ne nous aviez jamais fait cette objection; pourquoi la faites-vous aujourd'hui? quel ennemi vous a parlé contre nous? comment pouvez-vous me dire qu'*Antigone a les raisons les plus fortes de s'opposer à ce mariage?* Il n'en a certainement aucune; il n'a pas le moindre droit; il n'a pas la possibilité; il est hors du temple dans le parvis; il faudrait qu'il fût fou pour troubler les cérémonies sacrées. Comment peut-il empêcher que *Cassandre* donne la main à son esclave? Il n'est sûr de rien; il n'a encore pris aucunes mesures; il n'a que des doutes, il n'est venu que pour les éclaircir; dira-t-il : Je m'oppose à ce mariage, parce que je crois *Olimpie* fille d'*Alexandre*? Tout le monde, le grand-prêtre, *Cassandre, Olimpie* répondraient : Tant mieux, c'est un mariage fort fortable ; vous n'êtes point en droit de vous y oppofer; vous ne connaiffez pas feulement *Olimpie ;* le droit civil et le droit canon font contre vous; de quoi vous avifez-vous de faire du bruit à la meffe ?

Antigone n'eft donc pas fi fot que de faire un tapage inutile ; il s'y prend plus prudemment; il foulève les peuples et fait venir des troupes ; il agit en prince, en ambitieux, en méchant homme.

Sentez-vous bien, mes anges, à quel point il ferait ridicule de faire le mariage devant un confident, qui enfuite en rendrait compte à *Antigone?* Je fuis fi convaincu de tout ce que je vous dis, que le parterre même ne me ferait pas changer de fentiment. Cette pièce d'ailleurs n'eft point du tout dans le fyftême ordinaire du théâtre. Elle nous a fait un très-grand effet, à nous autres habitans des Alpes qui ne connaiffons point la tyrannie de l'ufage. Le fpectacle en eft fort beau. Si vous aviez vu *Statira* entourée de fes prêtreffes, et la fcène où *Olimpie*, en embraffant fa mère, lui avoue en larmes qu'elle aime le meurtrier de fon père et de fa mère; fi vous aviez vu notre bûcher, vous auriez eu du plaifir comme nous. L'hiérophante eft un digne prêtre ; catholiques, huguenots, luthériens, déiftes, tout le monde l'aime. Je ne réponds point de Paris; je crois bien que la cabale de *Fréron* criera, et c'eft pourquoi j'ai toujours été dans le deffein de hafarder cette tragédie plutôt à l'impreffion qu'au théâtre. Mes chers anges, vous la ferez jouer fi vous voulez; je n'ai fur cela aucune volonté que la vôtre. Vous vous doutez bien qu'il m'importe affez peu

quelle pièce on représente dans une ville que j'ai
quittée pour jamais, quand la moitié de la ville
s'efforçait de louer Catilina, et que tous les *Mer-*
cures et toutes les brochures m'accablaient de mépris,
en croyant faire leur cour à madame de *Pompadour.*
Après avoir vécu malheureusement pour le public,
j'ai pris le parti de vivre pour moi. J'avoue que,
l'an paffé, je fus un peu trop féduit d'*Olimpie*, mais
je me fuis tempéré.

Jean-Jacques ne fe tempère pas comme moi. *Jean*
a écrit à *Chriflophe.* Il y a un mois que fa lettre
eft imprimée, mais il n'y en a eu que trois exemplaires dans Genève. L'abbé *Quefnel* l'a eue à Verfailles.
Malheureufement l'auteur fait des cartons, et c'eft
ce qui retarde la publicité de ce modefte ouvrage.
L'auteur y difait qu'*on aurait dû lui élever des ftatues.*
On lui a fait voir qu'en effet on pourrait bien lui
en dreffer une dans la place de Grêve ; qu'à la vérité
elle ne ferait pas reffemblante, mais qu'il y aurait
un écriteau dans le goût de celui d'*inri.* Enfin il
cartonne, et moi je cartonne auffi l'Hiftoire générale, de peur de l'*inri.*

Vous ne me parlez point, mes anges, de l'in-
cendie de l'opéra ; c'eft une juftice de DIEU : on
dit que ce fpectacle était fi mauvais, qu'il fallait tôt
ou tard que la vengeance divine éclatât.

Je fuis en peine de mon contemporain le préfident *Hénault ;* il aura pris fa pleuréfie à Verfailles.
Cet accident devrait le corriger. J'ai connu une
femme qu'une grande maladie guérit de fa furdité.
Le préfident eft fourd, et moi auffi ; mais j'ai par-
deffus lui une propenfion extrême vers l'aveuglement.

J'ai perdu ma jolie petite écriture ; les yeux me cuifent. Je finis en baifant le bout de vos ailes avec les refpects les plus tendres. *V.*

LETTRE LIV.

A M. LE MARQUIS D'ARGENCE DE DIRAC.

22 d'avril.

LE bon Dieu vous le rende, Monfieur, d'avoir guéri M. le comte de *Braffac* de fa peur. Non-feulement vous êtes philofophe, mais vous en faites. Je fuis bien fâché de n'avoir plus de fermons, mais vous aurez des curés *Meflier* tant que vous en voudrez. Je ne fais fi le dernier ouvrage de *J. J. Rouffeau*, intitulé *Emile*, eft parvenu jufqu'à vous. Il eft vrai que dans ce livre, qui eft un plan d'éducation, il y a bien des chofes ridicules et abfurdes. Il a un jeune homme de qualité à élever, et il en fait un menuifier ; voilà le fond de ce livre ; mais il introduit au troifième tome un vicaire favoyard, qui, fans doute, était vicaire du curé *Jean Meflier*. Ce vicaire fait une fortie contre la religion chrétienne, avec beaucoup d'éloquence et de fageffe. Vous avez fu que l'archevêque de Paris a donné un mandement violent contre *Jean-Jacques* ; que *Jean-Jacques*, pourfuivi d'ailleurs par le parlement de Paris, brûlé à Genève fa patrie, brûlé à Berne, c'eft-à-dire dans la perfonne de fon livre, s'eft retiré dans un défert près de Neuchâtel, qui appartient au roi de Pruffe.

C'eft de là que ce pauvre martyr écrit une lettre de deux cents pages à l'archevêque de Paris, intitulée *Lettre de J. J. Rouffeau à Chriftophe de Beaumont.* Il eft fort difficile d'en avoir des exemplaires ; s'il m'en tombe entre les mains, je tâcherai de vous les faire parvenir contre-fignés. Adieu, Monfieur ; continuez à détruire l'erreur et à aimer vos amis. Daignez toujours me compter parmi ceux qui vous font le plus dévoués.

LETTRE LV,

A M. LE COMTE D'ARGENTAL.

25 d'avril.

MES chers anges, je vous envoie Olimpie, que j'ai fait imprimer pour deux raifons affez fortes. La première, à caufe des remarques que je crois très-intéreffantes et très-utiles, fi utiles même qu'on ne les aurait jamais imprimées à Paris, où les véritables gens de lettres font perfécutés, et où l'infolent et ridicule *Omer de Fleuri* ofe profcrire la Religion naturelle, ainfi que le bon fens.

La feconde raifon, c'eft que ni *le Kain* ni mademoifelle *Clairon* ne mutileront mon ouvrage. Je vous avoue que, dans l'état où font les chofes, j'aime mieux les fuffrages de l'Europe que ceux de la ville de Paris. Vous m'avouerez, mes chers anges, que c'eft aux feuls gens de lettres qu'on doit actuellement la réputation de la France. L'impératrice de Ruffie veut faire imprimer chez elle l'*Encyclopédie*, tandis qu'*Omer de Fleuri* veut qu'on vole à Paris les fouf-cripteurs. On repréfente, à Mofcou et à Rome, ce même Mahomet qu'*Omer de Fleuri* voulait anéantir à Paris, &c. &c.

J'avoue qu'on a protégé dans votre ville une comédie, dont tout le mérite confiftait à dire que *Diderot* et d'*Alembert* étaient des fripons. J'avoue qu'on élève un maufolée à un affez mauvais poëte bour-fouflé, qui n'a prefque jamais parlé français ; mais ces petites faveurs fi bien appliquées ne me font pas changer de fentiment.

Je crois que mademoifelle *Clairon* eft la plus grande actrice que vous ayez eue ; mais permettez - moi de ne m'en rapporter en aucune manière à aucun de fes jugemens.

Permettez-moi auffi de vous dire que vous me faites une vraie peine de céder à ceux qui ont affez peu de goût pour vouloir retrancher ces vers que dit *Antigone* au premier acte :

Nous verrons... Mais on ouvre, et ce temple facré
Nous découvre un autel de guirlandes paré.
Je vois des deux côtés les prêtreffes paraître ;
Au fond du fanctuaire eft affis le grand-prêtre.
Olimpie et Caffandre arrivent à l'autel !

Chaque mot que dit *Antigone* eft la peinture d'un fpectacle qui lui fera funefte, et lui-même, en pro-nonçant ces paroles, ajoute beaucoup à la folennité du fpectacle. Rien n'eft fi pauvre, fi mefquin, fi oppofé à la vérité de la véritable tragédie, que de

vouloir

1763.

vouloir tout étriquer, tout tronquer, d'ôter aux mouvemens et aux fentimens l'étendue qui leur eft néceffaire. Si on refferrait, par exemple, la cataftrophe de
la fin, il n'y aurait plus rien de pathétique ; j'aimerais
autant entendre des chanoines dépêcher leurs com-
plies pour gagner plus vîte leur argent.

En un mot, mes chers anges, je n'ai nullement
envie que l'on joue à préfent Olimpie ; et, puifqu'on
n'a pas voulu reprendre le Droit du feigneur, et
qu'on a violé toutes les règles pour me faire cet
outrage, je ne me foucie point du tout de me rifquer
au hafard de la repréfentation, au caprice du parterre et aux fureurs de la cabale. J'avais peut-être
quelque talent, et je me fefais un plaifir de le confacrer aux amufemens de mes anges ; mais eux-
mêmes ne me confeilleraient pas, dans les circonftances préfentes, d'effuyer de nouvelles humilia-
tions.

Je fuis bien étonné qu'on me reproche d'avoir dit,
dans l'Hiftoire de *Pierre le grand*, ce que j'avais déjà
dit dans celle de *Louis XIV*. Vous me direz que j'ai
eu tort dans l'une et dans l'autre. Malheureufement
ce tort eft irréparable, tous les exemplaires étant
partis de Genève, il y a plus de trois mois, à ce que
difent les *Cramer;* et ces torts confiftent à avoir dit
des vérités dont tout le monde convient, et qui ne
nuifent à perfonne. Au refte, fi vous avez trouvé
quelque petite odeur de philofophie morale, et
d'amour de la vérité dans l'Hiftoire de *Pierre le grand*,
je me tiens très-récompenfé de mon travail, car
c'eft à des lecteurs tels que vous que je cherche à
plaire.

Vous aurez inceffamment la lettre de *Jean-Jacques* à *Chriftophe*. Il n'a point fait de cartons, comme on le croyait ; il perfifte toujours à dire qu'il fallait lui élever des ftatues au lieu de le brûler ; il affure que fi on trouve quelques traits voluptueux dans fon *Héloïfe*, il y en a davantage dans l'*Aloïfia* que tous les prêtres ont à Paris dans leurs bibliothéques. Il protefte à *Chriftophe* qu'il eft chrétien, et en même temps il couvre la religion chrétienne d'opprobres et de ridicules ; il y a une douzaine de pages fublimes contre cette fainte religion. Peut-être ce qu'il dit eft-il trop fort ; car, après tout, le chriftianifme n'a fait périr qu'environ cinquante millions de perfonnes de tout âge et de tout fexe, depuis environ quatorze cents ans, pour des querelles théologiques. J'oubliais de vous dire que *Jean-Jacques*, dans fon épître, prouve à *Omer* qu'il eft un fot, en quoi je fuis entièrement de fon avis.

Mes divins anges, la plus grande confolation de ma vie eft votre amitié ; il eft vrai que je ne vous verrai plus, mais je fongerai toujours que vous daignez m'aimer. Madame *Denis* eft infiniment fenfible à toutes vos bontés. *Tronchin* prétend qu'elle fera guérie après qu'elle aura pris quatre ou cinq mille pilules. J'aimerais mieux faire un voyage aux eaux, pourvu que vous y fuffiez.

Mes divins anges, il faut encore que je vous dife que j'exige abfolument des *Cramer* d'ôter mon miférable nom des frontifpices de leur recueil. Vous favez que rien n'eft plus aifé que de brûler un livre. Un *Chaumeix*, un *Gauchat* n'ont qu'à recueillir, falfifier, empoifonner quelques phrafes, et donner un extrait

calomnieux à un *Omer*, *Omer* fera fon réquifitoire, et
des hommes extrêmement ignorans condamneront au
brafier un livre qu'ils n'auront pas lu. A la bonne
heure, les *Cramer* n'en feront pas fâchés; mais moi,
fi mon nom eft à la tête d'une hiftoire fage et inftructive, je fuis décrété en perfonne, et mes biens con-
fifqués, fi je ne comparais pas devant *meffieurs*. Or,
c'eft ce qui eft abfolument inutile. Je veux bien qu'on
décrète un quidam qui pouvait prouver que le parlement n'a aucun droit de faire des remontrances
que par la pure conceffion des rois, et qui ne l'a pas
dit ; qui pouvait prouver que les enregiftremens ne
viennent que des *regefta*, des compilations qu'on
s'avifa de faire fous *Philippe-le-Bel*, des *olim*, de
l'habitude enfin qu'on prit de tenir regiftre (habitude qui fuccéda au tréfor des chartres); qui pouvait
éclaircir cette matière, et qui ne l'a pas fait. On peut
brûler une hiftoire dans laquelle la conduite du parlement eft toujours ménagée; on peut brûler ce livre
par arrêt du parlement, cela eft dans l'ordre ; mais
je ne veux pas être brûlé en effigie. N'êtes-vous pas
de mon avis ?

Mes anges, un petit mot d'Olimpie, et je finis.
Un homme qui a été à moi, qui a été volé à
Francfort avec moi, l'a imprimée à fes dépens : c'eft
un plaifir que je lui devais. Sera-t-il jufte d'empêcher fon édition d'entrer en France, et de le priver
du fruit de fes avances ? Je m'en rapporte à vos
cœurs angéliques.

Vous m'avez, j'en fuis fûr, trouvé fombre, chagrin
dans mon épître. Je ne fais pourquoi je fuis trifte ;
car votre humeur eft toujours égale, et je voudrais

1763.

vous imiter. Je crois que c'eſt parce que le vent du nord ſouffle; mais je ſuis à vous à tout vent, ô anges.

Reſpect et tendreſſe. *V.*

LETTRE LVI.

A M. LE CHEVALIER DE LA MOTTE-GEFRARD.

Avril.

J'AI lu, Monſieur, la lettre de votre bacha (*) ; tout ce qui m'étonne, c'eſt qu'ayant été exilé dans l'Aſie mineure, il n'alla pas ſervir le ſophi de Perſe *Thamas Kouli-kan;* il aurait pu avoir le plaiſir d'aller à la Chine, en ſe brouillant ſucceſſivement avec tous les miniſtres : ſa tête me paraît avoir eu plus beſoin de cervelle que d'un turban. Il y avait un peu de folie à vouloir ſe battre avec le prince *Eugène,* préſident du conſeil de guerre ; c'eſt à peu-près comme ſi un de nos officiers appelait en duel le doyen des maréchaux de France. Que ne propoſait-il auſſi un duel au grand-viſir ? Cependant on pourrait tirer quelque parti de ſa lettre, en élaguant les inutilités, en adouciſſant les choſes flatteuſes qu'il dit de notre ambaſſadeur M. de *Villeneuve,* et en donnant quelques coups de lime au ſtyle grivois du bacha; on lui paſſera tout, parce qu'il était un homme aimable.

Je voudrais bien être à portée, Monſieur, de vous prouver avec quels ſentimens reſpectueux j'ai l'honneur d'être, &c.

Voltaire.

(*) M. de *Bonneval* qui s'était fait turc.

LETTRE LVII.

A M. HELVETIUS.

Le 1 de mai.

Voici, mon illustre philosophe, un gentilhomme anglais très-instruit, et qui, par conséquent, vous estime.

Je me suis vanté à lui d'avoir quelque part à votre amitié, car j'aime à me faire valoir auprès des gens qui pensent. M. *Makartney* pense tout comme vous. Il croit, malgré *Omer* et *Christophe*, que, si nous n'avions point de mains, il serait assez difficile de faire des rabats à *Christophe* et à *Omer*, et des sifflets pour les bourdons de *Simon le Franc*, favori du roi, &c. &c. &c.

Il trouve notre nation fort drôle; il dit que, sitôt qu'il paraît une vérité parmi nous, tout le monde est alarmé, comme si les Anglais fesaient une descente.

Puisque vous avez eu la bonté de rester parmi les singes, tâchez donc d'en faire des hommes. DIEU vous demandera compte de vos talens. Vous pouvez plus que personne écraser l'erreur, sans montrer la main qui la frappe. *Jean-Jacques* dit, à mon gré, une chose bien plaisante, quoique géométrique, dans sa lettre à *Christophe*.

Pour prouver que, dans notre secte, la partie est plus grande que le tout, il suppose que notre sauveur JESUS-CHRIST communie avec ses apôtres : en ce cas, dit-il, il est clair que JESUS mit sa tête dans sa

H 3

bouche. Il y a, par-ci, par-là, de bons traits dans ce *Jean-Jacques.*

On m'a envoyé les deux extraits de *Jean Meſlier:* il eſt vrai que cela eſt écrit du ſtyle d'un cheval de car-roſſe; mais qu'il rue bien à propos! et quel témoi-gnage que celui d'un prêtre qui demande pardon, en mourant, d'avoir enſeigné des choſes abſurdes et horribles! quelle réponſe aux lieux communs des fanatiques qui ont l'audace d'aſſurer que la philoſo-phie n'eſt que le fruit du libertinage!

Vale; je vous eſtime autant que je vous aime.

LETTRE LVIII.

A M. LE MARQUIS ALBERGATI CAPACELLI.

Aux Délices, 5 de mai.

LE pauvre vieux malade a reçu, Monſieur, des bouteilles de vin dont il vous remercie, et dont il boira s'il peut jamais boire; il y a auſſi des ſauciſ-ſons dont il mangera s'il peut manger: il eſt dans un état fort triſte, et ne peut guère actuellement parler ni de vers ni de ſauciſſons. Vraiment, Monſieur, vous me faites bien de l'honneur de vous regarder comme mon fils; il eſt vrai que je me ſens pour vous la tendreſſe d'un père, et que de plus j'ai l'âge requis pour l'être.

N'attribuez, Monſieur, qu'à ma vieilleſſe ſi je ne me ſouviens pas du père *Pacciaudi* ou *Pacciardi;* je n'ai pas la mémoire bien fraîche et bien ſûre. Il ſe

peut faire que j'aye eu l'honneur de voir ce théatin;
mais je prie fon ordre de me pardonner fi je ne m'en
fouviens pas.

Rien ne peut égaler l'honneur que vous et vos
amis m'avez daigné faire en traduifant quelques-uns
de mes faibles ouvrages, et rien ne peut diminuer à
mes yeux le mérite des traducteurs, ni affaiblir ma
reconnaiffance.

Comme l'état où je fuis ne me permet d'écrire
que très-rarement, et encore par une main étrangère,
je n'entretiens pas un commerce fort fuivi avec notre
cher *Goldoni;* mais j'aime toujours paffionnément fes
écrits et fa perfonne. J'imagine qu'il reftera long-temps
à Paris, où fon mérite doit lui procurer chaque jour
de nouveaux amis et de nouveaux agrémens. Mais,
quand il retournera dans la belle Italie, je le fupplierai
de paffer par notre hermitage; nous aurons le plaifir
de nous entretenir de vous. Il vous portera, Monfieur,
mon refpect extrême pour votre perfonne, et mes
regrets de mourir fans avoir eu la confolation de vous
voir. *V.*

LETTRE LIX.

A M. LE COMTE D'ARGENTAL.

8 de mai.

ANGES EXTERMINATEURS,

Celui qui vous appelait furie avait bien raifon. Vous êtes mon berger, et vous écorchez votre vieux mouton. Voici les derniers bêlemens de votre ouaille miférable.

1°. Vous voulez qu'on imprime la médiocre Zulime au profit de mademoifelle *Clairon*; très-volontiers, pourvu qu'elle la faffe imprimer comme je l'ai faite. Je doute qu'elle trouve un libraire qui lui en donne cent écus ; mais je confens à tout, pourvu qu'on donne l'ouvrage tel que je l'ai envoyé en dernier lieu.

2°. Voulez-vous faire fupprimer l'édition d'Olimpie, ou en faire imprimer une autre, en adouciffant quelques paffages fur ce déteftable grand-prêtre *Joad*, et le tout au profit de mademoifelle *Clairon* ? de tout mon cœur, avec grand plaifir affurément.

3°. L'Hiftoire générale eft peut-être un peu plus férieufe. Le parlement fera irrité ; de quoi ? de ce que j'ai dit la vérité. Le gouvernement ne me pardonnera donc pas d'avoir dit que les Anglais ont pris le Canada, que j'avais, par parenthèfe, offert, il y a quatre ans, de vendre aux Anglais; ce qui aurait tout fini, et ce que le frère de M. *Pitt*

m'avait propofé. Mais laiffons-là le Canada, et
parlons des iroquois qui me feràient brûler pour avoir 1763.
laiffé entrevoir un air d'ironie fur des chofes très-
ridicules.

Entre nous, y aurait-il rien de plus tyrannique et
de plus abfurde, que d'ofer condamner un homme
pour avoir repréfenté le roi comme un père qui veut
mettre la paix entre fes enfans ? Voilà le précis de
toute la conduite du roi. J'ai rendu gloire à la vérité,
et cette vérité n'a point été fouillée par la flatterie.
La cour peut ne m'en pas favoir gré ; mais, de bonne
foi, le parlement ferait-il une démarche honnête de
rendre un arrêt contre un miroir qui le montre à la
poftérité ? miroir qu'il ne caffera pas, et qui eft d'un
affez bon métal. Ne faura-t-on pas que c'eft la vérité
qui l'a indifpofé perfonnellement ? et, quand il con-
damnera le livre en général, quel homme ignorera
qu'il n'a vengé que fes prétendues injures particu-
lières ? Je n'ai d'ailleurs rien à craindre du parlement
de Paris, et j'ai beaucoup à m'en plaindre. Il ne
peut rien ni fur mon bien ni fur ma perfonne. Ma
réponfe eft toute prête, et la voici :

Il y avait un roi de la Chine qui dit un jour à l'hiftorien de l'Etat : Quoi ! vous voulez écrire mes fautes ?
Sire, répondit le griffonnier chinois, mon devoir
m'oblige d'aller écrire tout à l'heure le reproche que
vous venez de me faire.

Eh bien donc, dit l'empereur, allez, et je tâcherai
de ne plus faire de fautes, &c. &c. &c.

Mais, s'il eft vrai que j'aye altéré des faits et des
dates, j'ai beaucoup d'obligation à M. l'abbé de
Chauvelin et à M. le préfident de *Meynières*. Ces dates

et ces faits ont été pris dans tous les journaux du temps, et même dans la *Gazette eccléfiaſtique*, qui certainement n'a pas eu envie de déplaire au parlement. J'attends avec empreſſement l'effet des bontés de MM. de *Meynières* et de *Chauvelin*; et je corrigerai les chapitres concernant les billets de confeſſion, et la ceſſation de la juſtice. J'avoue que j'aurai bien de la peine à louer ces deux choſes; elles me paraiſſent abſurdes, comme à toute la terre. Je m'en rapporte à votre ami M. le duc de *Praſlin*; je m'en rapporte à vous, mes anges. Vous ſavez votre *Hiſtoire de France*; il y a eu des temps plus funeſtes; mais y en a-t-il eu de plus impertinens? Je voudrais que vous fuſſiez aux Délices, oui aſſurément, je le voudrais; vous y verriez des anglais, des tudefques, des polacres, des ruſſes; vous verriez ce qu'on penſe de notre pauvre nation; vous verriez comme l'Europe la traite; vous me trouveriez le plus circonſpect de tous les hommes dans la manière dont j'ai parlé de vos belles querelles.

A l'égard du czar *Pierre I*, vous en uſez avec moi préciſément comme le docteur *Tronchin* avec madame *Denis*; elle lui a demandé quatre pilules de moins, et il lui fait prendre quatre pilules de plus. Mais, mes divins anges, quand un livre eſt lâché dans l'Europe, il n'y a plus de remède. Je griffonne, *Cramer* imprime, bien ou mal, et il fait ſes envois ſans me conſulter. Je n'ai aſſurément aucun intérêt à la choſe, je n'en ai que la peine. Qu'on ſupprime ſes livres à Paris, c'eſt ſon affaire; pourquoi ne vous a-t-il pas fait préſenter le premier exemplaire?

Voilà M. de *Thibouville* qui m'envoie vraiment

de beaux projets pour Olimpie : c'eſt bien prendre
ſon temps.

Ma conclufion eſt que je vous ſuis très-obligé de
me procurer les remarques de MM. de *Meynières* et
de *Chauvelin*. La vérité, que je préfère à tout, me les
fera adopter ſur le champ. Mais je vous jure que la
crainte de tous les parlemens du royaume ne me ferait
pas altérer un fait vrai ; de même que les trois états
du royaume affemblés ne m'empêcheraient pas de
vous aimer.

Ne me faites pas peur des parlemens, je vous en
prie ; car je ne tiens en nulle manière à mes terres au
bout de la Bourgogne. Je vais vendre tout ce que j'ai
en France, dont je peux difpofer ; j'enverrai ma nièce
avec M. et madame *Dupuits* à Paris, le parlement ne
faifira pas ce que je lui aurai donné, et il m'en reſtera
affez pour vivre et pour mourir libre, et même pour
aller mourir dans un pays plus chaud que le mont
Jura et les Alpes, dont la neige me rend aveugle ſix
mois de l'année.

Mes anges, tout diables que vous êtes, je ſuis ſous
vos ailes à la vie et à la mort.

LETTRE LX.

A M. GOLDONI.

Aux Délices, 10 de mai.

JE n'ai reçu que depuis peu de jours, Monſieur, vos bienfaits. La perſonne qui m'avait dit tant de bien de la pièce dont vous avez gratifié Paris, ne m'avait pas trompé. Je ne me plains que de la peine que m'ont fait mes pauvres yeux en la liſant ; mais le plaiſir de l'eſprit m'a bien conſolé des tourmens de mes yeux. Je viens de relire l'Avventuriere onorato, il Cavaliero di buon guſto, et la Locandiera. Tout cela eſt d'un goût entièrement nouveau, et c'eſt, à mon ſens, un très-grand mérite dans ce fiècle-ci. Je ſuis toujours enchanté du naturel et de la facilité de votre ſtyle. Que j'aime ce bon et honnête aventurier ! Que je voudrais vivre avec lui ! Il n'y a perſonne qui ne voulût reſſembler au cavalier di buon guſto, et je ſuis toujours prêt de demander au marquis de *Forlipopoli* ſa protection. En vérité, vous êtes un homme charmant.

Quand j'aurai l'honneur de vous faire parvenir mes rêveries, qui ne ſont pas encore tout-à-fait prêtes, je ferai avec vous le marché des Eſpagnols avec les Indiens ; ils donnaient des petits couteaux et des épingles pour de bon or.

Je reçois quelquefois des lettres de *Lelius Albergati*, l'ami intime de *Térence*. Heureux ceux qui peuvent ſe trouver à table entre *Térence* et *Lelius* !

Bonſoir, Monſieur; je vous aime et vous eſtime
trop pour faire ici les plats complimens de la fin des
lettres. *V.*

LETTRE LXI.

A M. LE COMTE D'ARGENTAL.

11 de mai.

Encore un mot, mes anges exterminateurs. J'écris
à MM. de *Meynières* et de *Chauvelin*, pour les remercier de la bonté qu'ils ont : voilà déjà un devoir de
rempli pour la proſe.

A l'égard des vers, j'ai toujours oublié de vous
dire que j'avais fait quelques changemens dans Zulime,
pour la tirer, autant qu'il eſt poſſible, du genre
médiocre.

Quand il vient une idée, on s'en ſert, et on
remercie DIEU; car les idées viennent, DIEU ſait
comment. J'ai beau rêver à Olimpie, je ſuis à ſec.
Point de grâce à rendre à DIEU. Je dédie Zulime à
mademoiſelle *Clairon*; mais, dans ma dédicace, je
ſuis ſi fort de l'avis de l'intendant des menus contre
l'abbé *Grizel*, que je doute fort que cette brave dédicace ſoit honorée de l'approbation d'un cenſeur royal
et d'un privilége. Quel chien de pays que le vôtre, où
l'on ne peut pas dire ce qu'on penſe ! On le dit en
Angleterre; quel mal en arrive-t-il ? la liberté de penſer empêche-t-elle les Anglais d'être les dominateurs
des mers et des guinées ? Ah , Français ! Français !

—— vous avez beau chaffer les jéfuites, vous n'êtes encore
1763. hommes qu'à demi.

On me mande que votre parlement examine les
manufcrits de monfieur le contrôleur général avec
une extrême févérité, et qu'on parle d'un lit de juftice. Les arrangemens de finance ne laiffent pas de
nous intéreffer, nous autres Génevois; mais vous vous
donnerez bien de garde de m'en dire un mot. Vous
feriez pourtant de vrais anges, fi vous daigniez en
toucher quelque chofe.

Je prends la liberté de vous adreffer cette lettre
pour frère *Damilaville*. Je vous fupplie de la lui faire
tenir par la petite pofte, ou de la lui donner, s'il
vous fait fa cour. Pardon de la liberté grande.

Mes anges, foyez donc plus doux, plus traitables.
Peut-on accabler ainfi un pauvre montagnard?

Mon Dieu, que je trouve les tracafferies des billets
de confeffion, et tout ce qui s'en eft fuivi, ridicules!
c'eft la farce de l'hiftoire. Peut-on traiter férieufement
un fujet de farce? Paffez-moi un peu de plaifanterie,
je vous en prie; cela fait du bien aux malades.

Mes anges, ne foyez pas impitoyables envers votre
vieille créature qui vous aime tant.

LETTRE LXII.

AU MEME.

Aux Délices, 19 de mai.

JE reçois la lettre et le paquet, du 14 de mai, de mes anges. Non vraiment, ils ne font point exterminateurs, et je les rétablis dans leur titre naturel et dans leur dignité d'anges fauveurs. Ils ont daigné prendre le feul parti convenable ; je les remercie également de leurs bontés et de leur peine. Il eft vrai que vous en aurez beaucoup, mes divins anges, à empêcher que l'Europe ne trouve les querelles pour les billets de confeffion, et pour une fupérieure de l'hôpital, extrêmement ridicules. On n'avait parlé de ces misères que pour faire voir combien les plus petites chofes produifent quelquefois des événemens terribles. Il y a loin d'un billet de confeffion à l'affaffinat d'un roi, et cependant ces deux objets tiennent l'un à l'autre, grâce à la démence humaine. C'était ce qu'il fallait faire fentir dans une hiftoire qui n'eft que celle de l'efprit humain ; et, fans cela, on aurait abandonné au mépris et à l'oubli toutes ces petites tracafferies paffagères, qui ne font faites que pour le recueil *D*, ou le recueil *E*.

Je vous avoue que je fuis un peu étonné des remarques que vous m'avez envoyées ; l'auteur de ces remarques femble marquer un peu d'aigreur. Eft-il poffible qu'il puiffe me reprocher de n'avoir pas nommé, dans plufieurs endroits, un confeiller auquel

—— je fuis très-attaché, et dont je rapporte une belle action, quoiqu'étrangère à mon fujet? aurait-il fallu que je le nommaffe dans ce vafte tableau des affaires de l'Europe, lorfque je ne nomme pas M. le duc de *Praflin*, à qui nous devons la paix, et que je me contente de dire : *Deux fages crurent la paix néceffaire, la proposèrent et la firent ?* En vérité, la plupart des hommes reffemblent aux moines, qui penfent qu'il n'y a rien d'intéreffant dans le monde que ce qui fe paffe dans leur couvent.

J'ai peine à concilier ce que dit l'auteur des remarques fur les billets de confeffion, en deux endroits différens. Au premier, il prétend qu'il n'eft pas dans l'exacte vérité, *qu'il fallait que ces billets fuffent fignés par des prêtres adhérens à la bulle, fans quoi, point d'extrême-onction, point de viatique.* Et au fecond endroit, il dit que, *dans les remontrances du parlement, on prouvait jufqu'à la démonftration combien il était abfurde d'attacher la réception ou l'exclufion des facremens à un billet de confeffion.*

Il dit donc précifément ce que j'ai dit, et ce qu'il me reproche d'avoir dit.

Je vois en général, et vous le voyez bien mieux que moi, qu'il règne dans les efprits un peu de chaleur et de fermentation. J'ai été de fang froid quand j'ai fait cette hiftoire; on eft un peu animé quand on la critique. Mes anges concilians ont pris un *mezzo termine* dont, encore une fois, je ne peux trop les remercier. Si le parlement brûle le livre, ce fera donc vous qu'il brûlera; je ferai enchanté d'être incendié en fi bonne compagnie.

Je tâcherai de fervir M. le duc de *Praflin* dans fa
Gazette

Gazette littéraire qu'il protége. S'il le veut, je ferai
moi-même les extraits de tout ce qui paraîtra en Suiſſe, 1763.
où l'on fait quelquefois d'aſſez bonnes choſes : on
me gardera le ſecret ; mais probablement monſieur
l'ambaſſadeur en Suiſſe, et monſieur le réſident à
Genève, feront plus inſtruits que je ne pourrai l'être,
et mon travail ne ferait qu'un double emploi.

Il me ſemble que les yeux, chez un de mes anges
et chez moi, ne ſont pas notre fort ; j'en ai vu de fort
beaux à l'un des deux anges, et je vois que ceux-là
ne perdent rien de leur vivacité.

Toujours à l'ombre de vos ailes. *V.*

N. B. Je viens de dicter quelques extraits
d'ouvrages nouveaux, qui ne ſont pas indifférens ;
je les enverrai à M. de *Montperoux*, notre réſident,
afin qu'il en ait le mérite, ſi la choſe comporte le
mot de mérite ; et, quand on ſera content de cet eſſai,
je continuerai, ſuppoſé qu'il me reſte au moins un œil.

LETTRE LXIII.

AU MEME.

21 de mai.

J E reçois, ô anges de paix ! votre lettre du 17 de
mai, et les deux cahiers refondus dans votre creuſet ;
je les trouve très-bien, et je vous trouve infiniment
plus raiſonnables que l'auteur des *Remarques*. Je n'ai
point reconnu dans lui la modération que je lui ſup-
poſais, il s'en faut beaucoup : il reſpire l'eſprit de parti ;

et fi fes confrères penfent de même, l'arrangement des finances, auquel je m'intéreffe tout comme un autre, ne finira pas fitôt.

J'avais très-bien compris la raifon de la petite contradiction qui fe trouvait dans votre lettre précédente et celle de *Philibert Cramer;* il n'y avait nul mal à la chofe, et tout fe confond dans le mérite du bon office que vous me rendez, et dans la reconnaiffance que je vous en dois.

Je vous enverrai inceffamment la Zulime dédiée à la nymphe *Clairon.* Vous aurez auffi une nouvelle édition d'Olimpie; celle d'Allemagne n'eft bonne que pour les pays étrangers, et il eût été bon qu'elle n'eût point tranfpiré à Paris, attendu qu'il y a dans les remarques une faute impardonnable : on a mis *Jeanne Gray* pour *Marie Stuart ;* ramaffe, *Fréron.*

Le cinquième acte d'Olimpie n'eft point du tout vide au théâtre, il s'en faut beaucoup ; comptez que les yeux font très-fatisfaits, c'eft tout ce qu'il m'eft permis de dire. Si vous aviez vu une jeune *Olimpie* venir en deuil fur le théâtre, au milieu des prêtreffes vêtues de blanc avec de belles ceintures bleues, vous auriez crié, comme les autres : la rareté ! la curiofité ! vous auriez même été très-attendris ; et, quant au bûcher, on aurait volontiers payé un écu pour le voir. Au refte, meffieurs de Paris, faites tout comme il vous plaira, et Dieu vous béniffe !

Pourvu que je ne fois pas maudit de mes anges, je fuis content; je me mets au bout de leurs pieds et de leurs ailes.

LETTRE LXIV.

AU MEME.

Aux Délices, 23 de mai.

Il faut que je vous dife, mes chers anges, que j'ai de la peine à croire que les obfervations fuccinctes foient du préfident de *M* ***, qui m'avait autrefois paru modéré et philofophe. Je vous avoue que ces obfervations font un monument rare de l'efprit de parti, qui attache de l'importance à de bien petites chofes. Mais les préjugés des autres ne fervent qu'à me faire aimer davantage votre raifon, et tout augmente la reconnaiffance que je vous dois.

L'idée de la *Gazette littéraire* me fait bien du plaifir, d'autant plus que je me doute que vous la protégez.

Dites-moi, je vous en prie, mes anges, qui font ces abbés *Arnaud* et *Suard*; ce font apparemment gens de mérite, puifqu'ils font encouragés par M. le duc de *Praflin*. Il me femble qu'on pourrait fe fervir de cet établiffement pour ruiner l'empire de l'illuftre *Fréron.*

J'ai déjà envoyé à M. le duc de *Praflin* trois cahiers de notices et d'extraits d'ouvrages étrangers, dont quelques-uns ont de la réputation. J'ai eu grand foin de mettre en marge que ces efquiffes informes n'étaient préfentées que pour être mifes en œuvre par les auteurs, et que je n'envoyais que des matériaux brutes pour leur bâtiment. J'ai fort à cœur cette entreprife. Il n'y

—— .a que ma maladie des yeux qui me faffe craindre d'être inutile; fans cela, je pourrais dégroffir tout ce qui fe ferait en Efpagne, en Allemagne, en Angleterre et en Italie. J'ai en main un homme qui m'aiderait. On pourrait aifément me faire venir tous les livres par la pofte; et alors les auteurs de cet ouvrage périodique, fervis régulièrement, n'auraient plus qu'à rédiger et à embellir les extraits. J'ai propofé à M. le duc de *Praflin* cet arrangement, et, s'il convient, je m'en chargerai de grand cœur. Cet amufement convient à mon âge; il ne demande pas de grands efforts d'imagination, et je travaillerai jufqu'à ce que je devienne tout-à-fait aveugle et impotent, deux béné-fices dont je pourrai bientôt être pourvu.

Comme je vous fais toujours des confeffions géné-rales, je dois vous dire que madame *Denis*, à qui j'ai donné Ferney, a préfenté requête à M. le duc de *Praflin*, pour avoir fes caufes commifes au confeil privé : en voici le motif.

Les priviléges de la terre font tous fondés fur les traités des rois, depuis *Charles IX* jufqu'à *Louis XV;* les parlémens s'embarraffent peu des traités. Le roi paraît le feul juge comme le feul interprète des con-ventions faites avec les ducs de Savoie, Berne et Genève. Si on attaque nos droits aux parlemens, nous les perdons infailliblement; fi nous plaidons au confeil, nous efpérons gagner.

Il y aurait peut-être une autre tournure à prendre, ce ferait de ne plaider nulle part, et d'abandonner fes droits pour être plus tranquille. C'eft un parti de *Bias* et de *Diogène*, et je le prendrais peut-être fi j'étais feul; mais il ferait trifte pour madame *Denis*

de perdre de très-belles prérogatives, et le plus clair ————
revenu de fa terre.   1763.

Vous ne me dites jamais rien du tripot; pas un
mot de la tragédie de Socrate; profond filence fur
les trois tomes immortels du modefte *Paliffot;* vous
ne parlez ni de l'opéra, ni des édits, ni de la *Lettre
de Jean-Jacques à Chriftophe.* Les yeux me cuifent et
refufent le fervice à votre créature *V.*

LETTRE LXV.

A M. MARMONTEL.

Aux Délices, 23 de maï.

J E fuis très en peine, Monfieur, d'un gros paquet
que je vous adreffai, il y a quelques femaines, par
M. *Bouret.* Il m'eft important de favoir fi la pofte
ufe de fon droit, qui n'eft pas le droit des gens,
d'ouvrir les paquets et de les garder. Celui que je
vous envoyais ne méritait d'être gardé, ni par vous
ni par la pofte. Je vous demande en grâce de m'inftruire fi vous l'avez reçu. Quelle fenfation fait dans
Paris la tragédie de Socrate ? le fujet n'eft pas trop
intéreffant; s'il l'eft devenu, c'eft une preuve que
la philofophie fait de terribles progrès, et que la
partie faine du public détefte les *Anitus,* les *Omer* et
les *Chriftophe.* Dieu foit béni !

Que dit-on de la *Lettre de Jean-Jacques à Chriftophe?*
Savez-vous que *Paliffot* a fait imprimer fes œuvres ?
le fait-on ? Tout fon recueil eft contre les pauvres

I 3

philofophes, et cependant il penfe comme eux; cela fait faigner le cœur. Confolez-moi en écrivant fur la poëfie, puifque vous ne voulez plus me confoler en la cultivant. Eft-il poffible que ce coquin de *Fréron* vous ait fait abandonner un art où vous auriez certainement eu de très-grands fuccès ? Votre *Poëtique* réuffit beaucoup auprès des gens du métier et de ceux qui n'en font pas; c'eft la preuve du vrai mérite. Je fuis toujours prefque aveugle, j'ai peine à écrire; mais je lirai avec bien du plaifir quelques mots de vous.

Confervez vos fentimens pour votre ancien ami *V.*

LETTRE LXVI.

A M. VERNES, *miniftre à Séligny.*

Aux Délices, 24 de mai.

NON affurément *Jean-Jacques* n'eft pas ce que vous favez, et peu d'êtres penfans font ce que vous favez. S'il y a une bonne morale dans les *Mille et une nuits*, on adopte cette morale, et on rit des contes bleus. Les uns rient tout bas, les autres rient tout haut; ceux qui rient fous cape perfécutent quelquefois ceux qui ont ri trop fort, et qui ont réveillé leurs voifins par leurs éclats. Voilà le monde, mon très-cher curé; et vous favez bien...... (Je raye ceci par excès de difcrétion.)

On dit que *Jean-Jacques* fait actuellement des fagots comme le médecin malgré lui; il en a tant conté, qu'il eſt bien juſte qu'il en faſſe. A l'égard

1763.

de ſon abdication, il ſe croit un *Charles-Quint* qui abdique l'empire.

La Tolérance ne ſervira de rien à moins qu'on n'ait des protections très-fortes. Il eſt difficile de perſuader de ſi loin des ames occupées de leurs intérêts, et entraînées par le torrent des affaires. Je ferai mes efforts, mais j'ai peu d'eſpérance ; je n'ai qu'un violent déſir, parce qu'à Pékin et à Méaco ce ſerait une bonne œuvre.

C'eſt bien dommage qu'on n'ait pas fait une hiſtoire des conciles dans le goût naïf du *Précis du concile de Trente* : il faut eſpérer que quelque bonne ame rendra ce ſervice aux honnêtes gens. Tout vient dans ſon temps, et un temps arrivera où l'on n'enſeignera aux hommes que la morale qui vient de DIEU, et qu'on laiſſera là les dogmes qui viennent des pères : car quels enfans que ces pères ! où quels radoteurs !

Enfin l'infame procédure des infames juges de Touloufe eſt partie, ou part cette ſemaine. Nous eſpérons que l'affaire ſera jugée au grand conſeil où nous aurons bonne juſtice, après quoi, je mourrai content.

N. B. Le parlement de Touloufe, ayant roué le père, a écorché la mère. Il a fallu payer cher l'extradition des pièces ; mais tout cela eſt fait par la juſtice.

Ah, manigoldi !

I 4

LETTRE LXVII.

A M. DE CIDEVILLE.

A Ferney, le 4 de juin.

MON cher et ancien camarade, toujours le même refrain, toujours les mêmes regrets de ce que Ferney n'eſt pas en Normandie, ou Launai dans le pays de Gex.

Nous ſommes quatre à préſent à Ferney, et nous ne pouvons courir. Madame *Denis* eſt languiſſante, je le ſuis plus qu'elle, et je deviens aveugle; j'écris avec peine, je vois à peine mes caractères, et je les forme gros pour me ſoulager. Vous êtes ſeul, vous avez de la ſanté, vous pouvez aller. Vous devriez bien un jour entreprendre le voyage; car enfin, il faut ſe voir avant de mourir. Il eſt clair que nous ne converſerons pas enſemble quand nous ſerons *cinis, fabula et manes.*

J'aurais bien voulu vous envoyer Olimpie, mais comment vous l'adreſſer? il n'y a plus moyen d'envoyer aucun imprimé par la poſte. La *Lettre de J. J. Rouſſeau à Chriſtophe de Beaumont, archevêque de Paris,* a mis l'alarme par-tout. On a ouvert et ſupprimé tous les paquets qui contenaient du moulé, de quelque nature qu'ils fuſſent; ainſi on a coupé les vivres à l'ame.

Notre Corneille avance; nous en ſommes malheureuſement à Bérénice. Vous ſavez qu'il ne ſortit pas de ce combat à ſon avantage. Je fais imprimer la

1763.

Bérénice de *Racine* avec des remarques qui m'ont paru néceffaires. J'en fais peu fur la pièce de *Corneille*, vous favez qu'elle n'en mérite pas; mais il faut tout pardonner à l'auteur de Cinna.

Vous avez vu que j'étais dans le goût des remarques, par celles que j'ai faites fur Olimpie; elles font un peu philofophiques. J'avais, dès long-temps, affez d'antipathie contre le rôle de *Joad*, dans Athalie. Je fais bien qu'en fuppofant qu'*Athalie* voulait tuer fon petit-fils, le feul rejeton de fa famille, *Joad* avait raifon; mais comment imaginer qu'une vieille centenaire veuille égorger fon petit-fils pour fe venger de ce qu'on a tué tous fes frères et tous fes enfans? cela eft abfurde: *Quodcunque oftendis mihi fic, incredulus odi*. Le public n'y fait pas réflexion, il ne fait pas la *Sainte-Ecriture*. *Racine* l'a trompé avec art; mais, au fond, il réfulte que *Joad* eft du plus mauvais exemple. Qui voudrait avoir un tel archevêque? Il a peint un prêtre, et moi j'ai voulu peindre un bon prêtre; je m'en rapporte à vous.

Adieu, mon cher ami; nous vous aimerons tant que nous vivrons.

LETTRE LXVIII.

A M. DE LA CHALOTAIS.

Au château de Ferney, le 9 de juin.

JE n'ai point reçu, Monfieur, l'imprimé dont vous daignez m'honorer, et qui m'avait tant plu en manufcrit. Il fe pourra fort bien faire que je ne le reçoive pas, quelque contre-figné qu'il puiffe être, à moins qu'on ne l'adreffe à M. *Janel*, intendant des poftes et maître abfolu de tous les imprimés qu'on envoie, ou qu'on ne me dépêche le paquet par la diligence de Lyon, à l'adreffe de M. *Camp*, banquier à Lyon. Il y a, depuis peu, une petite inquifition fur les livres; on coupe les vivres à nos pauvres ames, tant que l'on peut. Je crois que nous en avons l'obligation à la lettre que M. *Jean-Jacques Rouffeau* s'eft avifé d'écrire à *Chriftophe de Beaumont*.

Je ne fuis point du tout étonné, Monfieur, que le *pédant, lourd, craffeux et vain* (*), foit fâché qu'un homme, qui n'a pas l'honneur d'être pédant de l'univerfité, lui enfeigne fon métier. Vous avez chaffé les jéfuites, et vous avez bien fait, Meffieurs; je vous en loue, je vous en remercie; mais il vous faudra un jour réprimer les bacheliers en fourrure, ainfi que les gens en bonnet à trois cornes. *La Fontaine* a raifon de dire:

> Je ne connais de bête pire au monde
> Que l'écolier, fi ce n'eft le pédant.

(*) *Crévier.*

Dès que j'aurai votre excellent ouvrage, je le —— proposerai à un libraire, et j'aurai l'honneur de vous 1763. en donner avis.

Permettez-moi, Monfieur, de vous dire que le fénat de Suède eft un confeil de régence perpétuel. Vous favez mieux que moi que chaque gouvernement a fa forme différente, et que rien ne fe reffemble dans ce monde. Je fuis partifan de l'autorité des parlemens, et j'aimerais paffionnément celui de Paris, fi vous en étiez le procureur général. Je voudrais furtout qu'il fût un peu plus philofophe ; il ne l'eft point du tout, et cela me fâche. Mais vous me confolez autant que vous m'inftruifez. DIEU nous donne bien des magiftrats comme vous, afin que nous puiffions nous flatter d'égaler les Anglais en quelque chofe !

Agréez, Monfieur, le très-fincère refpect d'un pauvre homme près de perdre les yeux, et qui veut les conferver pour vous lire.

Voltaire.

LETTRE LXIX.

A M. AUDIBERT, *à Marfeille.*

A Ferney, le 12 de juin.

ON ne peut obliger, Monfieur, ni avec plus de bonté ni avec plus d'efprit. Vous m'avez écrit une lettre charmante que je préfère encore à votre lettre de change. J'ai été en effet fi malade que M. le marquis de *** a quelque raifon de douter que je fois en vie. *Defcartes* difait : *Je penfe , donc je fuis ;* et moi je dis : *Je vous aime, donc je fuis.*

L'abbé dont vous me parlez vous en dirait autant s'il n'était pas mort. C'était un homme qui aimait paffionnément la vérité, et qui déteftait fouverainement la tyrannie eccléfiaftique. On dit qu'on a trouvé , dans fes manufcrits, quelques morceaux qui répondent affez aux idées que vous propofez. Cet homme penfait que, de tous les fléaux qui affligent le genre-humain , l'intolérance n'eft pas le moins abominable.

Nous allons entreprendre un nouveau procès affez femblable à celui des *Calas*. Vous avez peut-être entendu parler de la famille *Sirven* , accufée d'avoir noyé fa fille que l'évêque de Caftres avait enlevée pour la faire catholique. Le même préjugé dont la fureur avait fait rouer *Calas*, fit condamner *Sirven* à être rompu vif, la mère à être pendue , et deux de leurs filles à affifter à la potence , et à être bannies. Heureufement ce jugement, plus cruel encore que celui de *Calas*, et non moins infenfé , n'a été exécuté qu'en effigie ; mais la famille , dépouillée de tous fes biens , eft dans le dernier malheur.

M. de *Beaumont* , à qui j'ai envoyé toutes les pièces que j'ai pu recouvrer , prétend qu'il y a des moyens de caffation encore plus forts que ceux qu'on a employés en faveur des *Calas*. Il nous manque encore des pièces importantes ; nous effuyons bien des longueurs ; mais nous ne nous décourageons point. Il faut enfin déraciner le préjugé monftrueux qui a fait deux fois des affaffins de ceux dont le premier devoir eft de protéger l'innocence.

Adieu, Monfieur ; madame *Denis* et toute ma
famille vous fait les plus fincères complimens. Je me   1763.
fouviendrai toute ma vie que vous fûtes le premier
qui me parlâtes des *Calas.* Vous avez été la première
origine de la juſtice qu'on leur a rendue, et de celle
qu'on va bientôt achever de leur rendre. J'efpère que
vous verrez inceffamment à Marſeille un petit Traité
fur la tolérance, qui n'eſt pas fait pour fcandalifer les
honnêtes gens.

LETTRE LXX.

A M. LE COMTE D'ARGENTAL.

13 de juin.

MES divins anges, on m'a mandé qu'on avait
imprimé Olimpié à Paris, et qu'on avait fupprimé
la feule note pour laquelle je fouhaitais que l'ouvrage
fût public. Il eſt bon de connaître les Juifs tels qu'ils
font, et de voir de quels pères les chrétiens defcendent. Le fanatifme eſt bien alerte en France fur tout
ce qui peut l'égratigner : ce monſtre craint la raifon
comme les ferpens craignent les cigognes. On eſt
beaucoup plus raifonnable dans le petit pays que
j'habite. Ah, que les Français font encore loin des
Anglais, en philofophie et en marine !

J'ai peur de déplaire aux auteurs de la *Gazette
littéraire*, en les fervant ; mais je ne les fers que
pour vous plaire. Votre projet d'établir ce journal

eſt celui de Sᵗ *Michel* d'écraſer le diable. Vous penſez bien que je ſervirai avec zèle dans votre armée. Si M. le duc de *Praſlin* veut ſeulement favoriſer la bonne volonté de quelques directeurs des poſtes, qui m'enverront les nouveautés d'Angleterre, d'Italie et d'Allemagne, moyennant une petite rétribution, je fournirai exactement votre armée, et les deux chefs rédigeront à leur gré tout ce que je leur ferai parvenir. Je m'inſtruirai, je m'amuſerai, je vous ſervirai, rien ne pouvait m'arriver de plus agréable.

C'eſt monſieur le contrôleur général qui a fait graver *Tronchin;* c'eſt lui qui donne ces eſtampes, et c'eſt lui faire plaiſir de lui en demander. Je ne crois pas qu'il faſſe graver meſſieurs de la grand'chambre, ni que meſſieurs faſſent la dépenſe de ſon portrait. On ſiffle ſa pièce, mais je ne l'en crois pas l'auteur. Pour celle d'Olimpie, il eſt bien difficile d'exécuter l'idée que vous approuvez, et que je n'ai propoſée que comme nouvelle, et non comme heureuſe. Songez qu'*Antigone* étant mort, rien ne pourrait plus alors empêcher *Olimpie* de ſe faire religieuſe; le pontife n'aurait plus à craindre le combat des deux rivaux dans le temple, et s'il craignait la violence de *Caſſandre*, il démentirait ſon caractère; le théâtre ſerait trop vide, la fin trop maigre. *Olimpie*, entre les deux rivaux, forme un bien plus beau ſpectacle qu'en ſe trouvant ſeule avec *Caſſandre;* et c'eſt peut-être quelque choſe d'aſſez heureux d'introduire devant elle les deux princes, obligés tous deux de reſpecter celle qu'ils veulent enlever, et réduits à l'impoſſibilité de troubler la cérémonie. La mort d'*Antigone* ne peut jamais faire

un grand effet. Ce n'eft pas un tyran dont la mort
foit néceffaire pour mettre deux amans en liberté,
et ce n'eft guère que dans ce cas que le fpectateur
aime la mort d'un perfonnage odieux. *Antigone* mort
ne ferait qu'un perfonnage de moins au cinquième
acte. Confidérez encore que tous les perfonnages
mourraient, èt qu'il faut bien au moins qu'il en refte
un, n'importe lequel. Mais c'eft le plus coupable
qui eft fauvé! oui, par ma foi, mes anges; c'eft
ainfi que la providence eft fouvent faite, et j'en fuis
bien fâché.

En attendant que je débrouille mes idées, voici
une *Zulime* pour M. de *Thibouville-Baron*. Cette
Zulime me paraît affez rondement écrite, c'eft tout.
J'ai peu d'enthoufiafme pour mes ouvrages, mes
anges; je n'en ai que pour vous.

Comme, depuis quelque temps, la *Lettre de Jean-*
Jacques à Chriftophe a excité l'attention de ceux qui
font chargés de l'infpection de la pofte, et qu'à cette
occafion on a faifi plufieurs imprimés, j'ai craint et
je crains encore pour les *Olimpie* et les *Zulime* que
j'ai déjà envoyées à mes anges fous le couvert de
M. le duc de *Praflin* et de M. de *Courteille*. Je fuis
comme le lièvre qui tremblait qu'on ne prît fes oreilles
pour des cornes.

Vous ai-je dit que toute la cour de l'électeur
palatin, et les étrangers qui y font, lui ont rede-
mandé *Olimpie*; qu'il l'a fait rejouer deux fois, quoique les princes n'aiment pas à voir deux fois la
même chofe? On prétend, à Manheim, que je n'ai
jamais rien fait, ni de moins mauvais ni de plus
théâtral. Ne fera-ce donc qu'aux bords du lac Lemàn,

1763.

et fur ceux du Rhin , que j'obtiendrai un peu d'indulgence ?

J'en reviens toujours à *Candide ;* il faut finir par cultiver fon jardin : tout le refte, excepté l'amitié, eft bien peu de chofe; et encore cultiver fon jardin n'eft pas grand'chofe.

Vanité des vanités , et tout n'eft que vanité, excepté de vivre tout doucement avec les perfonnes auxquelles on eft attaché.

La nièce à *Pierre* , la nièce à *François* , et le vieux *François* baifent le bout de vos ailes.

LETTRE LXXI.

AU MEME.

18 de juin.

MES anges , eft-ce encore le coadjuteur qui a fait rendre ce bel arrêt contre la petite vérole ? *Messieurs* ont apparemment voulu fournir des pratiques à Genève. Depuis l'arrêt contre l'émétique , on n'avait rien vu de pareil. Il me femble que la philofophie a donné de l'ardeur aux *Gilles.* Plus la raifon fe fortifie d'un côté, plus la grave folie établit fes treteaux. Vous ne concevez pas jufqu'à quel point on fe moque de nous en Europe. Je vous le dis fouvent , après qu'un *Berrier* a gouverné votre marine , il manquait un *Omer* , et vous l'avez. Ce font là de ces pièces qui font fifflées dans le parterre de toutes les nations qui penfent. A vous dire le vrai, je ne fuis pas fâché de

cette

cette équipée ; j'en ferai mention en temps et lieu, ——
pour égayer mes œuvres pofthumes.

Je n'ai nulles nouvelles de la *Gazette littéraire* que
vous protégez, nulle correfpondance encore établie.
J'ai bientôt épuifé ma Suiffe qui fournit plus de
foldats que de livres. Les auteurs ne m'ont pas fait
tenir une feuille de leur gazette. Si M. le duc de
Praflin approuvait la manière dont je veux m'y
prendre pour avoir les livres nouveaux d'Italie,
d'Angleterre et de Hollande, je fervirais avec zèle
et avec promptitude ; mais je ne reçois, ni ordres
ni livres, et je refte oifif. Tant mieux, me dites-
vous, vous aurez plus de temps de travailler à
Olimpie. Mes anges, je fuis épuifé, rebuté ; je
renifle fur cette Olimpie. Il faut attendre le moment
de la grâce, et cultiver le jardin de *Candide*.

Je baife les plumes de vos ailes.

LETTRE LXXII.

A M. MARMONTEL.

19 de juin.

Tout ce que je peux vous dire, mon cher ami,
c'eft que le droit des gens s'accommode peu de l'infidélité de la pofte. On faifit un livre, paffe encore ;
mais faifir la lettre qui l'accompagne ! fe rendre
maître du fecret des particuliers, comme fi nous
étions dans une guerre civile ! cela n'eft pas dans
l'Efprit des lois. Voilà, encore une fois, ce que nous

—— a valu *Jean-Jacques* avec sa lettre à *Christophe*. Ce polisson insolent gâte le métier. Il semble qu'on ne cherche qu'à rendre la philosophie ridicule.

Je n'ai laissé imprimer Olimpie qu'en faveur d'une petite note sur les grands-prêtres, qu'on aura, sans doute, retranchée à Paris. Je voudrais vous faire parvenir deux exemplaires d'un extrait de *Jean Meslier* ; cet ouvrage m'a toujours frappé. Il est nécessaire qu'il soit connu, et vous pourriez le mettre en bonnes mains. Il faut servir la raison autant qu'on le peut ; c'est notre reine, et elle a encore bien des ennemis à Paris. Elle s'est formé beaucoup de sujets dans le pays où je suis, parce qu'on y a plus le temps de penser. Je tâcherai de vous envoyer *Jean Meslier* par voie bien sûre.

Mangocapac est un étrange nom pour un héros de tragédie ; *Mahomet* est plus sonore. C'est pure malice à vous de ne rien faire pour le théâtre ; on ne peut en parler mieux que vous faites dans votre excellent livre de la *Poëtique*. Je vous dis que vous ferez des tragédies dignes de votre *Poëtique*, quand il vous plaira. Je vous parlais fort au long de votre *Poëtique*, dans ma lettre tombée entre les mains des ennemis. Je vous remerciais surtout d'avoir rendu justice à *Quinault*, dont on n'a pas assez connu le mérite.

Je hais *Rousseau*, je parle du poëte ; ce malheureux a fini par faire de mauvais vers contre la philosophie. Adieu ; vous ne tomberez jamais dans ce péché infame, et je vous aimerai toujours.

Voltaire.

LETTRE LXXIII.

A M. LE MARECHAL DUC DE RICHELIEU.

A Ferney, 22 de juin.

SI je pouvais rire, monfeigneur le grand médecin, ce ferait de voir maître *Omer de Fleuri* ufurper vos droits, et fe mêler de l'inoculation en plein parlement, fans vous avoir confulté. Cet ennemi de l'inoculation a pourtant gardé madame de *Forcalquier*, et fait des vers pour *Tronchin*, non pas le fermier général, mais *Tronchin* l'inoculateur. Vous me direz que ces vers valent fans doute fa profe, et vous aurez raifon. Mais avouez qu'il eft plaifant de voir le parlement donner un arrêt contre la petite vérole. Il eft bien clair que la faculté de médecine fera contre l'inoculation, et que la facrée faculté fera de l'avis de l'autre. Tout le monde viendra fe faire inoculer à Genève; il faudra agrandir la ville.

Je crois que madame la comteffe d'*Egmont* a eu la petite vérole; c'eft bien dommage; fans cela nous l'inoculerions, et nous lui donnerions des fêtes. Je voudrais bien, pour la rareté du fait, voir, avant de mourir, monfieur le maréchal amener fa fille dans notre pays huguenot. Le bruit a couru que vous alliez troquer votre gouvernement de Guienne contre celui de Languedoc; c'était une grande joie chez toutes les parpaillotes. Cependant il paraît que votre nation n'eft pas fi aimable que vous; elle eft toute raffotée de vos lits de juftice, de vos parlemens qui ne veulent pas obtempérer.

K 2

Je ne fais quelle maligne influence eft tombée fur ce pauvre peuple ; mais il m'eft avis qu'il eft forti de fon élément qui était la gaieté. Pour moi, il eft vrai que je fuis auffi dérouté que la nation ; mais je fuis vieux, aveugle et fourd ; et ces petits agrémens ne rendent pas un homme exceffivement folâtre. Il n'appartient qu'aux héros d'être toujours gais ; vous le ferez quand vous aurez mon âge, et fort au-delà. Avec de la fanté, de la gloire, de grands établiffe-mens, de l'efprit, des amis, on peut fe livrer tout naturellement à une joie honnête.

Vous protégez donc de près mademoifelle d'*Epinai;* cela dit qu'elle eft buona roba, mais cela ne dit pas qu'elle eft bonne actrice. Qu'elle foit ce qu'il vous plaira, j'obéis à vos ordres de grand cœur.

Je me profterne devant votre force permanente, devant vos agrémens toujours nouveaux, devant votre efprit auffi fenfé que gaî, qui met aux chofes leur véritable prix, et qui fait très-bien que la vie n'eft qu'un pélerinage qu'il faut femer de coquilles et de fleurs. Ma philofophie eft la très-humble fervante de la vôtre.

Ed in tanto la riverifco fommamente con ogni offequio. *V.*

LETTRE LXXIV.

A M. DE LA CHALOTAIS.

A Ferney, le 22 de juin.

MONSIEUR,

J'AI reçu enfin, et j'ai dévoré votre excellent *Traité de l'éducation*. Autrefois le trifte emploi d'inftruire la jeuneffe était méprifé des honnêtes gens et abandonné aux pédans, et, qui pis eft, aux moines. Vous donnez envie d'être régent de phyfique et de rhétorique ; vous faites, de l'inftitution des enfans, un grand objet de gouvernement. Pourquoi ne tireraiton pas du fein de nos académies les meilleurs fujets qui voudraient fe confacrer à des emplois devenus par vous fi honorables ? Mais il faudrait *Michel de l'Hôpital* ou M. de *la Chalotais* pour chancelier.

Il vient d'arriver à Genève des ballots de votre livre ; il eft lu et admiré. Genève croira que je vaux quelque chofe, en voyant comme vous avez daigné parler de moi. C'eft-là tout ce qu'on pourra critiquer dans votre livre. Il me femble, à l'empreffement que tous les pères de famille ont à vous lire, qu'on fera bientôt obligé de faire ici une nouvelle édition, quoiqu'on ait fait venir de France une grande quantité d'exemplaires; en ce cas, je vous demanderai les additions dont vous voudrez embellir votre ouvrage.

Ne voudriez-vous pas dire, en parlant des vingt-cinq ans que mettrait un boulet de canon à parcourir

—— l'espace qui s'étend de notre globe au soleil, que
1763. c'est en supposant la vîtesse toujours égale? c'est une
bagatelle. Je me conformerai exactement à tous vos
ordres.

Vous donnez de beaux exemples, en plus d'un
genre, au parquet de Paris. On prétend que maître
Omer de Fleuri ne les a pas suivis en fesant son réquisitoire contre l'inoculation.

J'ai peur que le gouvernement ne soit si embarrassé
de la peine qu'auront tant d'hommes faits à payer
les impôts, qu'il ne pourra donner à l'éducation des
enfans l'attention qu'elle mérite. *Curtæ nescio quid
semper abest rei.* C'est assurément ce qu'on ne dira pas
de votre livre, quoiqu'on le trouve trop court.

Agréez, Monsieur, le respect, l'attachement et
la reconnaissance de votre très-humble, &c.

LETTRE LXXV.

A M. LE COMTE D'ARGENTAL.

29 de juin.

Divins anges, je reçois votre lettre du 21 de juin.
Voici le temps où mon sang bout, voici le temps de
faire quelque chose. Il faut se presser, l'âge avance,
il n'y a pas un moment à perdre. Ils me font jouer
de grands rôles de tragédie, pour amuser ces enfans et
ces Génevois. Mais ce n'est pas assez d'être un vieil
acteur, je suis et je dois être un vieil auteur; car il
faut remplir sa destinée jusqu'au dernier moment.

Cela ne m'empêchera pas, dans les entr'actes, de travailler à votre gazette. Je fuivrai très-exactement les ordres de M. le duc de *Praflin*, s'il m'en donne. Encore une fois, il eft pourtant bien étrange que je n'aye pas vu une feule *Gazette littéraire*: qu'eft-ce que cela veut dire ?

Cramer affure qu'il n'a envoyé aucun exemplaire à *Robin-mouton*, et qu'on a ôté mon nom par-tout. Je défirerais fort de n'être pas réduit à faire un défaveu inutile, qu'on ne croira pas, et qui ne fervira à rien. Il ne s'agit que d'engager *Merlin* à veiller fur fon propre intérêt ; c'eft ce que j'ai mandé à frère *Damilaville*.

Au refte, il y a long-temps que j'ai pris mon parti fur cette affaire. Si on me pourfuit, je crois la chofe très-injufte, et tout le monde ici penfe de même. Je n'ai pas écrit un feul mot qui puiffe déplaire à la cour ; ma juftification eft toute prête. Je fais très-bien que le roi ne me foutiendra pas plus contre le parlement, que le préfident d'*Eguille* ; mais je me foutiendrai très-bien moi-même. Je n'habite point en France, je n'ai rien en France qu'on puiffe faifir ; j'ai un petit fonds pour les temps d'orage. Je répète que le parlement ne peut rien fur ma fortune, ni fur ma perfonne, ni fur mon ame, et j'ajoute que j'ai la vérité pour moi. Un corps entier fait fouvent de très-fauffes démarches, il faut s'y attendre ; mais foyez très-fûrs qu'à mon âge tous les parlemens du monde ne troubleront pas ma tranquillité. Le fang ne me bout que pour les vers ; je fuis et ferai ferein en profe. Il m'importe fort peu où je meure ; j'ai quatre jours à vivre, et je vivrai libre ces quatre jours.

J'ai été fidelle avec le dernier fcrupule ; je n'ai envoyé à perfonne une feule ligne de ce que vous avez très-fagement fupprimé. Je vous fupplie de m'inftruire fi les *Cramer* ont laiffé fubfifter mon nom à la tête de quelques exemplaires : ce point eft très-important, car on ne peut procéder contre la perfonne que quand elle s'eft nommée. Toutes les procédures générales et fans objet tombent. Mais enfin, qu'on procède comme on voudra, je fuis auffi imperturbable que je fuis dévot à mes anges.

Refpect et tendreffe. *V.*

LETTRE LXXVI.

AU MEME.

A Ferney, 6 de juillet.

MES divins anges fauront que je ne fais rien de la *Gazette littéraire* à laquelle ils s'intéreffent. Il eft toujours fort fingulier qu'après les peines que je me fuis données, les auteurs ne m'aient rien fait dire, et ne m'aient pas envoyé une de leurs gazéttes. Ne trouvez-vous pas cela fort encourageant ? Mes anges, *fervire e non gradire, e una coffa per far mordere.*

Le préfident *Hénault* m'a envoyé une préface anglaife, en fon honneur, qui eft à la tête de la traduction de fa *Chronologie ;* il ne me parle que de cela, et date de Verfailles. Et moi, je ne lui parle point de la traduction anglaife de l'Hiftoire générale, je ne parle de cette Hiftoire qu'à vous. Nous avons imaginé, avec *Cramer*, une tournure pour que le parlement ne soit point fâché, et nous vous enverrons incessamment le petit avertissement. Je suis bien aise de ne point parler en mon nom; il y a toujours quelque ridicule à parler de soi.

M. de *Thibouville* crie toujours après un cinquième acte. Vraiment, j'ai bien autre chose à faire. Il faut attendre que l'inspiration vienne : malheur à qui fait des vers quand il le veut; quiconque n'en fait pas malgré soi, en fait de mauvais.

Permettez encore ce petit billet pour *le Kain;* il vous apprendra que je suis le plus grand acteur qu'il y ait en Suisse. J'ai joué, à l'âge de près de soixante et dix ans, *Gengis-kan* avec un applaudissement universel. Nous avions parmi les spectateurs une espèce de kalmouk qui disait que je ressemblais à *Gengis-kan* comme deux gouttes d'eau, et que j'avais le geste tout-à-fait tartare; mais madame *Denis* jouait encore mieux que moi, s'il est possible.

Je prends toujours la liberté de vous adresser des paquets pour frère *Damilaville.* Il y a des choses concernant mes petites affaires, des mémoires pour mon notaire et pour mon procureur. Je suis forcé de prendre ce tour parce que M. *Mariette*, l'avocat des *Calas*, n'a pas reçu une lettre de change que je lui avais envoyée avec un mémoire imprimé. L'imprimé a été saisi, et la lettre de change avec lui. On ne sait plus comment faire ; on coupe les vivres à l'ame, comme on coupe les bourses.

Vous n'aurez point de tragédie nouvelle par cette poste ; vous n'aurez pas même de changemens pour la tragédie des roués, parce qu'il vaut mieux que

—— je vous la renvoye avec toutes les corrections que j'aurai imaginées, et avec celles que vous m'aurez indiquées.

Respect et tendresse, et pardon pour les paquets. *V.*

LETTRE LXXVII.

AU MEME.

13 de juillet.

Eh, qui vous a dit, mes divins anges, que je brochais un drame ? Je vous ai dit que le sang me bouillait : mais, que de raisons de le faire bouillir, quand je considère tout ce qui se passe dans ce monde ! Si mon pot bout, cela ne dit pas qu'il y ait une tragédie dedans ; mais, s'il y en avait une, vous seriez ardemment conjurés de ne la donner jamais sous mon nom. Soyez pleinement convaincus que le public ne se tournera jamais de mon côté, quand il verra que je veux paraître toujours sur la scène ; on se lasse de voir toujours le même homme. On siffla douze fois *Pierre Corneille* après sa Rodogune, dont on avait passé bénignement les quatre premiers actes. Voilà comme sont faits les hommes, et surtout les gens de mon pays. Si on eut un enthousiasme extravagant pour l'extravagante et barbare pièce de ce vieux fou de *Crébillon*, ce fut parce qu'il était misérable, parce qu'il avait été vingt ans sans rien donner, et surtout parce qu'on voulait m'humilier. Je n'ai donné Olimpie qu'à cause des remarques, qui peuvent être

utiles aux gens de bien; c'est pour avoir le plaisir de
parler du beau livre des *Rois*, et pour mettre dans
tout son jour l'abomination du peuple de DIEU, que
j'ai permis que *Colini* imprimât la pièce. Je ne perds
pas une occasion de rendre de petits services à la
sacro-sainte ; mon zèle est actif.

A l'égard de la pièce, je parierai contre qui voudra
qu'elle fera un très-grand effet sur le théâtre, et j'en
ai la preuve ; mais il faut attendre, et j'attends très-
volontiers.

J'ai toujours trouvé très-bon que *le Kain* et mademoiselle *Clairon* imprimassent Zulime ; mais ce n'est
pas ma faute si un nommé *Duchesne* ou *Grangé* en
donna une édition clandestine détestable, et si les
libraires ne donneraient pas cent écus pour une
édition nouvelle ; ce n'est pas ma faute si ce monde
est un brigandage. Je donne tout, et on ne me fait
gré de rien ; c'est un ancien usage.

Mais encore, si je fesais un drame, je ne le ferais
pas en six jours ; il m'en coûterait quinze ou seize ;
car je m'affaiblis de moitié ; et puis, pour les coups
de ciseau, il faudrait trois ou quatre mois. Mais
mieux vaudrait tout abandonner que d'être connu,
et ce ne ferait que l'incognito qui pourrait me déter-
miner. Je vous y mettrais un style dur qui dérouterait
le monde ; la pièce serait un peu barbare, un peu à
l'anglaise ; il y aurait de l'assassinat ; elle serait bien
loin de nos mœurs douces ; le spectacle serait assez
beau, quelquefois très-pittoresque. Enfin, si les anges
me juraient par leurs ailes qu'ils cacheraient ce secret
dans leur tabernacle, je leur jurerais, de mon côté,
que les *Thiriot* et autres n'en croqueraient que d'une

—— dent. Ce drame ferait d'un jeune homme qui pro-
1763. mettrait quelque chofe de bien finiftre, et qu'il
faudrait encourager. Ne ferait-ce pas un grand plaifir
pour vous de vous moquer de ce public fi frivole,
fi changeant, fi incertain dans fes goûts, fi volage,
fi français? Enfin, mes anges, vous avez ranimé
ma fureur pour le tripot; en voilà les effets. Mangocapac eft-il imprimé ? Il faut tâcher que le drame
inconnu foit un petit Mango; qu'il y ait du fort,
du nerveux, du terrible. On ne pleurera pas cette
fois ; mais faut-il pleurer toujours ?

J'ai lu les *Remontrances*. Vraiment le parlement
d'Angleterre ne parlait pas autrement à *Charles I*;
cela eft mirifique.

Mes anges, je n'ai pas un moment à moi depuis
dix ans. Je vous conjure de dire à M. le préfident
de *la Marche* combien je lui fuis obligé. Le contrat
de l'acquifition de Ferney eft au nom de madame
Denis ; je lui ai donné la terre. Comment l'appeler
de mon nom? Je n'ai point d'enfans ; et fi *meffieurs*
m'échauffent les oreilles, je quitterai tout plutôt que
de ne leur pas répondre ; car, après tout, la vérité
eft plus forte qu'eux, et je connais gens qui prendront
mon parti. J'aime mieux mourir libre que d'avoir
une terre de mon nom.

Je n'ai point écrit à M. de *Chauvelin* l'ambaffadeur.
Que lui dirais-je ? que je fuis très-mécontent de fon
frère ?

Mes divins anges, pardonnez mon petit enthoufiafme.

Refpect et tendreffe. *V.*

LETTRE LXXVIII.   1763.

A M. LE MARECHAL DUC DE RICHELIEU.

A Ferney, 15 de juillet.

Il n'y a point de cas pareil, Monfeigneur, ni de billet pareil. Je crois qu'il y a un an, ou deux, ou trois, qu'on me demanda un rôle pour mademoifelle *Hus*; je donnai mon confentement. Je crus, quand vous me donnâtes vos ordres, qu'il en était comme des teftamens, dont le dernier annulle tous les autres; et l'envie de vous obéir eft toujours ma dernière volonté. Je ne me fouviens point du tout d'avoir donné aucun rôle cette année. Je n'ai aucun ambaf-fadeur au tripot, et vous êtes maître abfolu. Il eft vrai qu'on dit que votre protégée n'eft que jolie, tant mieux; vous la formerez, cela vous amufera. *Quel reproche avez-vous à me faire, s'il vous plaît, M. Grichard?* pourquoi grondez-vous? à qui en avez-vous? ferait-il vrai que vous duffiez amener ici madame votre fille? Venez, logez aux Délices; vous y ferez très-commodément, fi mieux n'aimez Ferney. Je ne fuis content ni du tripot de la comédie, ni de celui du parlement; mais je fuis fi heureux à Ferney, que rien ne peut me chagriner, pas même ma fanté et la mort qui approche.

Je vous fouhaite vie longue et gaie.

Refpect et tendreffe. *V.*

LETTRE LXXIX.

A M. LE COMTE D'ARGENTAL.

A Ferney, 23 de juillet.

O Anges, fans vous faire languir davantage, voici la tragédie des coupe-jarrets ; elle n'eſt pas fade. Je ne crois pas que les belles dames goûtent beaucoup ce fujet ; mais, comme òn a imprimé au louvre l'incomparable Triumvirat de l'inimitable *Crébillon*, j'ai cru que je pouvais faire quelque chofe d'auſſi mauvais, fans prétendre aux honneurs du louvre. Si vous croyez que votre peuple ait les mœurs aſſez fortes, aſſez anglaifes, pour foutenir ce fpectacle digne, en partie, des Romains et de la Grêve, vous vous donnerez le plaifir de le faire eſſayer fur le théâtre ; fe no, no.

Vous me direz : mais quelle rage de faire des tragédies en quinze jours ! Mes anges, je ne peux faire autrement. Il y avait un peintre, élève de *Raphaël*, qu'on appelait *Far-preſto*, et ce n'était pas un mauvais peintre.

Je vais vîte parce que la vie eſt courte, et que j'ai bien des chofes à faire. Chacun travaille à fa façon, et on fait comme on peut. En tout cas, vous aurez le plaifir de lire du neuf ; cela vous amufera, et j'aime paſſionnément à vous amufer.

Remarquez bien que tout eſt hiſtorique. *Fulvie* avait aimé *Octave*, témoin l'épigramme ordurière d'*Auguſte*. *Fulvie* fut répudiée par *Antoine*. *Sextus*

Pompée était un téméraire, il fefait des facrifices à
l'ame de fon père. *Lucius Céfar*, profcrit, à qui on
pardonna, était père de *Julie*.

Antoine et *Augufle* étaient deux garnemens fort
débauchés.

Mes anges, j'ai vu votre chirurgien parmefan :
il dit que vous irez à Parme, que vous pafferez par
Ferney ; je le voudrais. Quel jour pour moi ! que
je mourrais content !

LETTRE LXXX.

AU MEME.

27 de juillet.

MES divins anges, Dieu foit loué, et *le Kain !*
Je fuis fort aife que votre nation foit affez ferme pour
foutenir une tragédie fans femme ; cette aventure eft
fort à l'honneur des acteurs. *Le Kain* m'a écrit une
jolie lettre fur cette affaire ; s'il fe met à avoir de
l'efprit, il ne lui manquera rien. Vraiment, je ferai fort
aife que M. le duc de *Praflin* s'amufe de mes coupe-
jarrets ; mais il y a un rôle de *Fulvie* dont je ne fuis
pas content aux premiers actes ; la vérité hiftorique
m'avait induit en erreur. Il eft vrai que la femme
d'*Antoine* avait eu une paffade avec *Octave ;* mais ce
trait hiftorique n'eft point du tout tragique. Je ne crois
pas qu'une femme répudiée par fon mari, et abandonnée
par fon amant, puiffe jamais jouer un beau rôle.

Je me complaifais à peindre toute la licence de

—— ces temps de cruauté et de débauche. J'ai été trop loin, et j'ai avili *Fulvie*, en peignant les triumvirs tels qu'ils étaient. En un mot, il faut retoucher le rôle de *Fulvie*. La pièce, à cela près, vous paraît-elle aller un peu ? S'il y a quelque chofe de mauvais, dites-le-moi ; s'il y a du bon, dites-le-moi auffi. Je ne fuis point rétif, point opiniâtre, point amoureux de ma ftatue. Quand je ne corrige pas, c'eft que je ne trouve pas ; la bonne volonté ne me manque point, mais bien l'imagination. On n'a pas toujours des idées à commandement ; c'eft un coup de la grâce : elle vient quand il lui plaît ; elle eft, comme l'amour, très-volontaire.

Je vous promets le fecret : il n'y aura point de *Thiriot* dans cette affaire. La nymphe *Clairon* n'aura pas, je crois, de rôle dans mes coupe-jarrets : *Julie* eft trop jeune, *Fulvie* trop peu de chofe. Ce ne fera jamais qu'une femme qui veut fe venger, et ce n'eft pas affez pour un premier rôle ; il faudrait des paffions plus tragiques. *Fulvie* réuffirait à Londres ; on y aime les caractères de toute efpèce, dès qu'ils font dans la nature : nous fommes plus délicats et plus dégoûtés.

Mes anges, dès que vous aurez paffé légérement fur le rôle de *Fulvie* avec M. le duc de *Praflin*, et que vous aurez daigné examiner le refte, renvoyez-moi ma drogue.

Mais eft-il vrai que le feu couve fous la cendre en Ruffie ? qu'il y a un grand parti en faveur de l'empereur *Ivan* ? que ma chère impératrice fera détrônée, et que nous aurons un nouveau fujet de tragédie ?

J'ai

J'ai reçu enfin le prospectus de messieurs de la
Gazette littéraire ; je souhaite qu'on y répande un peu
de sel, afin de faire tomber le gros poivre de l'ami
Fréron ; mais il sera bien difficile qu'un ouvrage
sérieux, dont le ministère répond , soit si salé.

1763.

N'ai-je pas un compliment à faire à M. d'*Argental*,
sur le traité qui assure Plaisance au duc de Parme ?
et cela ne vaudra-t-il pas à mes anges quelques fro-
mages de Parmesan ?

LETTRE LXXXI.

AU MEME.

30 de juillet.

J'AI pris la liberté d'envoyer des paperasses à mes
anges , attendu qu'on ne peut pas toujours envoyer
des tragédies. J'ai recours à leurs bontés en prose
et en vers.

Il est question vraiment d'une affaire considérable.
Si M. d'*Argental* veut seulement jeter les yeux sur
le précis de ma requête au roi en son conseil, il
verra de quoi les prêtres sont capables. Je ne sais
comment m'y prendre pour faire parvenir , par la
poste , un si énorme paquet à M. *Mariette.*

Pardon, encore une fois, mes divins anges, si
je vous importune à ce point.

On dit que le président *Hénault* est fort malade ;
il semble qu'il retombe bien souvent ; cela fait peine.
Je voudrais bien savoir s'il joint à sa maladie celle

——— de la dévotion. Serait-il bête à ce point-là , avec
1763. l'efprit qu'il a ? Mais les gens faibles , quelque efprit
qu'ils aient , font capables de croire que deux et
deux font cinq. J'ai une autre maladie , c'eft d'être
fenfiblement affligé de voir tant de faibleffe dans
des hommes de mérite. On me confole beaucoup
en me difant que le préfident n'a pas infiniment
de compagnons de fa maladie d'efprit. Le nombre
des fages augmente , dit-on , à vue d'œil. Dieu foit
loué , c'eft tout ce qu'on veut dans Alep.

Je crois qu'on peut faire quelque chofe de mes
roués : êtes-vous de cet avis ? Savez-vous qu'il eft
horriblement difficile de trouver des fujets, et de
faire du neuf ? Vous voyez : je fuis obligé de revenir
à Rome, après avoir fait le tour du monde.

Refpect , tendreffe et pardon.

LETTRE LXXXII.

AU MEME.

1 d'augufte.

O Anges de lumière, voici donc ce que M. de
Thibouville me mande fous votre cachet :

*Mais j'aurai bien autre chofe encore. Oui , oui , oui,
j'en fais plus que je n'en dis, peut-être plus que vous-
même qui me tenez rigueur , entendez-vous. Mon Dieu
que cela fera beau !*

Il en fait plus qu'il n'en dit ; donc il a lu mes
roués ; il en fait plus que moi ; donc il fait votre

fentiment fur mes roués, que je ne fais pas encore.

Il eft donc dans la bouteille ; vous lui avez donc 1763. fait jurer de garder le fecret : ce fecret eft effentiel ; c'eft en cela que confifte tout l'agrément de la chofe. Figurez-vous quel plaifir de donner cela fous le nom d'un adolefcent fortant du féminaire. Comme on favorifera ce jeune homme qui s'appelle, je crois, *Marcel!* Voilà la vraie tragédie, dira *Fréron.* Les foldats de *Corbulon* diront : Ce jeune homme pourra un jour approcher du grand *Crébillon;* et mes anges de rire. Si on fiffle, mes anges ne feront femblant de rien ; quoi qu'il arrive, c'eft un amufement fûr pour eux, et c'eft tout ce que je prétendais.

Mais me voici à préfent bien loin de la poëfie et de cette niche que vous ferez au public. Mon procès me tourmente. Je prévois une perte de temps effroyable. Si je peux parvenir à raccrocher cette affaire au croc du confeil, dont on l'a décrochée, je fuis trop heureux. Elle y pendra long-temps, et j'aurai toujours le plaifir de me moquer d'un homme d'églife, ingrat et chicaneur.

Il y a un fiècle que je n'ai reçu de nouvelles de mon frère *Damilaville ;* je ne fais plus comme le monde eft fait.

Refpect et tendreffe.

LETTRE LXXXIII.

A MADAME

LA COMTESSE D'ARGENTAL.

13 d'augufte.

L'UN des anges, je reçois la lettre dont vous m'honorez, du 4 d'augufte. Je vous envoie, pour vous amufer, un premier acte un peu plus poli que n'était l'autre, plus dialogué et plus convenable. Il y a, dans tous les actes, des morceaux que j'ai fortifiés ; mais à préfent que j'ai un maudit procès pour mes dixmes, et que je fais des écritures, je ne peux guère faire d'écrits. J'ai eu douze jours de bon, je les ai employés à brocher un drame ; cela eft bien honnête. Avouez, Madame, qu'il fera bien plaifant d'être fous le mafque ; donnez-vous ce plaifir-là, je vous prie.

J'ai peur que M. le duc de *Praflin* n'aime pas mon impératrice de Ruffie ; j'ai peur qu'on ne la dégotte ; il ne me reftait plus que cette tête couronnée, il m'en faut une abfolument.

J'ai lu les *Quatre faifons* du cardinal de *Bernis*, c'eft une terrible profufion de fleurs. J'aurais voulu que les bouquets euffent été arrangés avec plus de foin ; je jouis pleinement de ce qu'il a chanté. Vous ne favez pas, Madame, combien l'on eft heureux d'être à la campagne, et peut-être qu'il ne le fait pas non plus.

Je ris aux anges, c'eſt-à-dire que je ſuis rempli pour vous, Madame, du plus tendre reſpect. *V.*

Madame *Denis*, et ma petite famille, qui rit et faute tout le jour, baiſent humblement le bout de vos ailes.

LETTRE LXXXIV.

A M. LE COMTE D'ARGENTAL.

14 d'auguſte.

O Mes anges ! après avoir beaucoup écrit de ma main, je ne peux plus écrire de ma main. Je ne m'aviſerai pas de vous envoyer corrections, additions, pour la tragédie de mes roués. Une autre farce vient à la traverſe. On prétend que notre ami *Fréron*, très-attaché à l'*Ancien teſtament*, a fait imprimer la facétie de Saül et de David, qui eſt dans le goût anglais, et qui ne me paraît pas trop faite pour le théâtre de Paris. Ce ſcélérat, plus méchant qu'*Achitophel*, a mis bravement mon nom à la tête. C'eſt du gibier pour *Omer*. Je n'y fais autre choſe que de prévenir *Omer*, et de préſenter requête, s'il veut faire réquiſitoire. Je me joins d'eſprit et de cœur à *meſſieurs*, en cas qu'ils veuillent poſer ſur le réchaud *Saül* et *David*, au pied de l'eſcalier du mai. C'étaient, je vous jure, deux grands poliſſons que ce *Saül* et *David ;* et il faut avouer que leur hiſtoire et celle des voleurs de grand chemin ſe reſſemblent parfaitement. Maître *Omer* eſt tout-à-fait digne de ces temps-là. Quoi qu'il en foit, je déshérite mon neveu le confeiller au parlement, s'il n'inftrumente pas pour moi dans cette affaire, en cas qu'il faille inftrumenter.

Je lui donne tous pouvoirs par les préfentes, et mes anges font toujours le premier tribunal auquel je m'adreffe.

Je vous fupplie donc d'envoyer chercher aux plaids mon gros neveu, et de l'affurer de ma malédiction s'il ne fe démène pas dans cette affaire.

De plus, j'envoie à frère *Damilaville* un petit avertiffement pour mettre dans les papiers publics, conçu en ces termes :

„ Ayant appris qu'on débite à Paris fous mon
„ nom, et fous le titre de Genève, je ne fais
„ quelle farce intitulée, dit-on, Saül et David, je fuis
„ obligé de déclarer que l'éditeur calomnieux de
„ cette farce abufe de mon nom, qu'on ne con-
„ naît point à Genève cette rapfodie, qu'un tel
„ abus n'y ferait pas toléré, et qu'il n'y eft pas
„ permis de tromper ainfi le public.

Nul ange n'a jamais eu, depuis le démon de *Socrate*, un fi importun client ; tantôt tragédies, tantôt farces, tantôt *Omer*, je ne finis point ; je mets la patience de mes anges à l'épreuve. Si l'affaire eft férieufe, je les fupplie d'envoyer chercher mon neveu, finon mes anges jetteront au feu la lettre qui eft pour lui. En tout cas, je crois qu'il fera bon que frère *Damilaville* faffe mettre dans les papiers publics le petit avertiffement daté de la fainte ville de Genève. Il faut être bien méchant pour avoir mis mon nom là ! Mes méchancetés à moi fe terminent au Pauvre

diable, au Ruffe à Paris , aux Pompignades , aux
Berthiades , à l'Ecoffaife; mais aller au criminel ! 1763.
ah fi !

Refpect et tendreffe au bout de vos ailes. *V.*

LETTRE LXXXV.

AU MEME.

16 d'augufte.

J'ENVOIE à mes divins anges la lettre de M. *Douet*
ou *Drouet* , fermier général , lequel fermier paraît
n'avoir point du tout d'envie de donner au neveu
de *Pierre Corneille* un nouvel emploi ; et il le trouve
pofté à merveille au port Saint-Nicolas. Tout ce
que je fouhaite , c'eft de voir un *Drouet* mefurer du
bois et du charbon , et un *Corneille* fermier général.

On m'a envoyé des chofes affez plaifantes fur
les fept cents quarante millions de M. *Rouffel.* Je
l'avais pris d'abord pour le tréforier d'*Aboul-Caffem.*
Meffieurs les parifiens doivent regorger d'or et
d'argent.

Au refte , mes anges voient que j'ai un peu d'occupation ; je les fupplie très-inftamment de m'excufer
auprès de M. de *la Marche* , fi je n'ai pas l'honneur
de lui écrire. Je n'ai pas eu encore le temps d'écrire
à M. de *Chauvelin* , à peine ai-je celui de vaquer
à mes petites affaires. Un pauvre laboureur eft bien
empêché quand il faut faire des tragédies et des
commentaires fur des tragédies : c'eft bien pis pour

L 4

1763.

l'hiftoire ; le pauvre homme n'en peut plus, il demande quartier.

Je baife humblement le bout de vos ailes, mes anges.

LETTRE LXXXVI.

A M. DUPONT,

De la fociété royale d'agriculture.

A Ferney, 16 d'augufte.

JE vois, Monfieur, que vous embraffez deux genres un peu différens l'un de l'autre, la finance et la poëfie. Les eaux du Pactole doivent être bien étonnées de couler avec celles du Permeffe. Vous m'envoyez de fort jolis vers avec des calculs de fept cents quarante millions. C'eft apparemment le tréforier d'*Aboul-Caffem* qui a fait ce petit état de fept cents quarante millions, payables par chacun an. Une pareille finance ne reffemble pas mal à la poëfie ; c'eft une très-noble fiction. Il faut que l'auteur avance la fomme, pour achever la beauté du projet.

Vous avez très-bien fait de dédier à M. l'abbé de *Voifenon* vos réflexions touchant l'argent comptant du royaume ; cela me fait croire qu'il en a beaucoup. Vous ne pouviez pas mieux égayer la matière, qu'en adreffant quelque chofe de fi férieux à l'homme du monde le plus gai. Je vous réponds que fi le roi a autant de millions que l'abbé de *Voifenon* dit de bons mots, il eft plus riche que les empereurs de la Chine et des Indes. Pour moi, je ne fuis qu'un pauvre laboureur; je fers l'Etat en défrichant des terres, et je vous affure que j'y ai bien de la peine. En qualité d'agriculteur, je vois bien des abus; je les crois inféparables de la nature humaine, et furtout de la nature françaife ; mais, à tout prendre, je crois que le bénéfice l'emporte un peu fur les charges. Je trouve les impôts très-juftes, quoique très-lourds, parce que, dans tout pays, excepté dans celui des chimères, un Etat ne peut payer fes dettes qu'avec de l'argent. J'ai le plaifir de payer toujours mes vingtièmes d'avance, afin d'en être plutôt quitte.

A l'égard des *Frérons* et des autres canailles, je leur ai payé toujours trop tard ce que je leur devais en vers et en profe.

Pour vous, Monfieur, je vous paye avec grand plaifir le tribut d'eftime et de reconnaiffance que je vous dois. C'eft avec ces fentimens que j'ai l'honneur d'être, &c.

LETTRE LXXXVII.

A M. LE COMTE D'ARGENTAL.

18 d'augufte.

JE reçois la lettre du 11 d'augufte de mes divins anges, avec le gros paquet. J'entre tout d'un coup en matière ; car je n'ai pas de temps à perdre.

D'abord, mes anges fauront que toutes les chofes de détail ne font point du tout comme elles étaient.

A l'égard de l'horreur que vous me propofez,

et à laquelle madame *Denis* n'a jamais pu confen-
tir, cela prouve que vous êtes devenu très-méchant
depuis que vous êtes miniftre. C'eft ce que je
mande à M. le duc de *Praflin ;* le crime ne vous
coûte rien ; nous avions jugé, dans l'innocence des
champs, qu'il était abominable que *Fulvie* voulût affaffiner *Antoine ;* que ce n'était point l'ufage des dames
romaines, quand on leur préfentait des lettres de
divorce ; que deux affaffinats à la fois, et tous
deux manqués, pouvaient révolter les ames tendres
et les efprits délicats. Mais, puifque ce comble
d'horreur vous fait tant de plaifir, je commence
à croire que le public pourra la pardonner; mais
je vous avertis que la combinaifon de ces deux
affaffinats eft horriblement difficile ; il eft à craindre que l'extrême atrocité ne devienne ridicule. Un
affaffinat manqué peut faire un effet tragique ; deux
affaffinats manqués peuvent faire rire, furtout quand
il y en a un hafardé par une dame. Toutes les com-
binaifons que ce plan exige demandent beaucoup
de temps. J'y rêverai, et j'y rêve déjà en vous
contant la chofe feulement.

Mes divins anges, mon affaire contre la fainte
Eglife eft entre les mains de M. *Mariette ;* cette
affaire eft terrible. Si nous la perdions, tous les
droits, tous les avantages de notre terre nous feraient
infailliblement ravis; nous aurions jeté plus de cent
mille écus dans la rivière. Tous nos droits font fondés
fur le traité d'Araü. Il ne s'agit aujourd'hui que
de favoir qui doit être juge du traité d'Arau, ou
le roi qui le connaît, ou le parlement de Dijon
qui ne le connaît pas.

La république de Genève, intéreffée comme moi
dans cette affaire, a chargé M. *Cromelin* d'en parler
ou d'en écrire à M. le duc de *Praflin*, afin que
ce miniftre puiffe faire regarder au confeil cette
affaire comme une affaire d'Etat, laquelle doit être
jugée au confeil des parties, comme tous les procès
de ce genre y ont été jugés.

Mais aujourd'hui il ne s'agit que de revenir contre
un arrêt de ce même confeil des parties, obtenu
par défaut, et fubrepticement contre MM. de *Budé*
qui n'en ont rien fu, et qui étaient dans leurs
terres en Savoie, quand on a rendu cet arrêt. Il
renvoie les parties plaider au parlement de Dijon,
felon les conclufions de l'Eglife, et contre les décla-
rations de nos rois que MM. de *Budé* n'ont pu faire
valoir, dans l'ignorance où ils étaient des procédures que l'on fefait contre eux.

C'eft à M. *Mariette*, chargé du pouvoir de MM. de
Budé et du nôtre, à revenir contre cet arrêt, et
à renouer l'affaire au confeil des parties.

Il fera peut-être néceffaire que préalablement nous
obtenions des lettres patentes du roi, au rapport
de M. le duc de *Praflin*. C'eft ce que j'ignore et
fur quoi probablement M. *Mariette* m'inftruira.

On m'avait mandé des bureaux de M. de *Saint-
Florentin* que cette affaire dépendait de fon minif-
tère, parce qu'il a le département de l'Eglife; mais
M. le duc de *Praflin* a le département des traités.

Pompée et *Fulvie* difent qu'ils font fort fâchés de
cet incident qui vient les croifer; que le traité d'Arau
n'a aucun rapport avec l'Empire romain et les profcriptions.

1763.

Mes anges, ma tête bout, et mes yeux brûlent. Je me mets à l'ombre de vos ailes.

Encore un mot pourtant; M. de *Martel*, fils de la belle *Martel*, ci-devant inspecteur de la gendarmerie, arrive ici sous un autre nom, par la diligence, avec une vieille redingote pelée et une tignace pardessus ses cheveux : il dit qu'il vous connaît beaucoup. Expliquez-moi donc cela, je vous en conjure. Est-il fou ? *V.*

LETTRE LXXXVIII,

A MADAME

LA MARQUISE DU DEFFANT.

A Ferney, 19 d'augufte; (car il eft trop barbare d'écrire *aoust* et de prononcer *ou*).

L'aveugle Voltaire à l'aveugle marquife du Deffant.

LES gens de notre efpèce, Madame, devraient fe parler au lieu de s'écrire, et nous devrions nous donner rendez-vous aux quinze-vingts, d'autant plus qu'ils font dans le voifinage de M. le préfident *Hénault.* On m'a mandé qu'il avait été dangereufement malade ces jours paffés, mais qu'il fe porte mieux. Je m'intéreffe bien vivement à votre fanté et à la fienne; car, enfin, il faut que ce qui refte à Paris de gens aimables vive long-temps, quand ce ne ferait que pour l'honneur du pays.

1763.

Etes-vous de l'avis de *Mécène* qui difait : Que je fois goutteux, fourd et aveugle, pourvu que je vive, tout va bien ? Pour moi, je ne fuis pas tout-à-fait de fon opinion ; et j'eflime qu'il vaut mieux n'être pas que d'être fi horriblement mal. Mais quand on n'a que deux yeux et une oreille de moins, on peut encore foutenir fon exiftence tout doucement.

J'ai eu une grande difpute avec M. le préfident *Hénault*, au fujet de *François II;* et je vous en fais juge. Je voudrais que, quand il fe portera bien, et qu'il n'aura rien à faire, il remaniât un peu cet ouvrage, qu'il prefsât le dialogue, qu'il y jetât plus de terreur et de pitié, et même qu'il fe donnât le plaifir de le faire en vers blancs, c'eft-à-dire, en vers non rimés. Je fuis perfuadé que cette pièce vaudrait mieux que toutes les pièces hiftoriques de *Shakefpeare*, et qu'on pourrait traiter les principaux événemens de notre hiftoire dans ce goût.

Mais il faudrait pour cela un peu de cette liberté anglaife qui nous manque. Les Français n'ont encore jamais ofé dire la vérité toute entière. Nous fommes de jolis oifeaux à qui on a rogné les ailes. Nous voletons, mais nous ne volons pas.

Je vous fupplie, Madame, de lui dire combien je lui fuis attaché.

Adieu, Madame ; je ne fais fi nous avons jamais bien joui de la vie, mais tâchons de la fupporter. Je m'amufe à entendre fauter, courir, déraifonner mademoifelle *Corneille*, fon petit mari, fa petite fœur, dans mon petit château, pendant que je dicte

—— des commentaires fur Agéfilas et Attila. Et vous,
1763. Madame, à quoi vous amufez-vous ? Je vous préfente mon très-tendre refpect.

LETTRE LXXXIX.

A M. LE COMTE D'ARGENTAL.

23 d'augufte.

O Mes anges ! il arrive toujours quelques tribulations aux barbouilleurs de papier , c'eft leur métier.
J'y fuis accoutumé depuis plus de cinquante ans.
Patience, cela finira. On a imprimé mon pauvre
Droit du feigneur tout délabré. Cela, joint à la publication de la pièce fainte de Saül et David, qu'on
dit auffi ridiculement imprimée, eft une mortifica-
tion que je mets aux pieds de mon crucifix. Je
penfe que le petit avis ci-joint eft l'unique remède
que je doive employer pour ce petit mal, et je
fuppofe que ma lettre à mon gros neveu eft inutile. Je foumets le tout à votre prudence, et à la
grande connaiffance que vous avez de votre ville
de Paris.

Je ne peux, du pied des Alpes, diriger mes mouvemens de guerre; je peux feulement dire en général:
Si *Omer* avance de ce côté-ci, lâchons-lui mon procureur : fi *Fréron* marche de ce côté-là, tenons-
nous-en à notre petit avis au public. Je m'en remets
à la bonté de mes anges et au battement de leurs
ailes.

Mes anges doivent avoir reçu un gros paquet adreffé à M. le duc de *Praflin* ; ils ont dû voir qu'on s'eft hâté de leur obéir. L'épithète d'affaffines n'avait jamais été donnée jufqu'ici aux dames; mais, puifque vous le voulez, *Fulvie* eft affaffine. Je ne dis pas que j'aye exécuté tous vos ordres ; car ce n'eft pas affez d'affaffiner fon mari dans fon lit, il faut encore faire de beaux vers. Renvoyez-moi donc mon griffonnage apoftillé, et puis j'aurai l'honneur de vous le renvoyer au net.

Je baife les ailes de mes anges le plus humble-ment du monde. *V.*

1763.

L E T T R E X C.

A M. LE MARQUIS DE CHAUVELIN.

A Ferney, 25 d'augufte.

VOTRE Excellence faura que je deviens quinze-vingt, que je fuis des mois entiers fans pouvoir écrire. Si l'air de Turin vous a donné une entrave, ou un clou, l'air du lac pourrait bien m'ôter entiè-rement la vue.

Vous vous amufez, Monfieur, à faire des enfans comme les pauvres gens. Vous aurez bientôt une famille nombreufe, tant mieux ; il ne faurait y avoir trop de gens qui vous reffemblent. Je ne fuis pas fi content de monfieur le coadjuteur que de vous. Vous favez, fans doute, que nous appelions autre-fois monfieur l'abbé, le coadjuteur. Il a oublié l'ancienne amitié dont il m'honorait, parce qu'il a

1763.

cru que je ne criais pas affez haut : Vive monfieur le coadjuteur !

Je fais que je devrais, plus humble en ma misère,
Me fouvenir du moins que je parle à fon frère ;

auffi je lui pardonne de tout mon cœur. Il eft impoffible de ne pas aimer la rage qu'il a pour le bien public.

J'avais bien recommandé aux *Cramer* de vous envoyer toutes les misères dont vous voulez bien me parler ; mais l'un eft allé à Paris, l'autre à la campagne ; et je vois que votre Excellence n'a point été fervie. Je leur ferai bien réparer leur faute : je vous demande très-humblement pardon de leur négligence.

Le bruit a couru que l'infant voyagerait l'année prochaine, et qu'il pafferait par Genève ; je fouhaite que vous en faffiez autant. Je fais que vos amis de Paris foupirent après votre retour. Je fais que tous les lieux font égaux pour les efprits bien faits, mais il n'en eft pas de même quand les efprits bien faits ont des cœurs fenfibles.

Je crois que vous verrez à Turin M. de *Schouvalof*, ci-devant empereur de Ruffie. Je l'attends à Ferney dans le mois prochain. Il ira de là à Turin et à Venife, et il y foupera probablement avec les fix autres rois qui mangeaient à table d'hôte avec *Candide* et fon valet *Cacambo*.

Votre Excellence n'aura que l'hiver prochain *Pierre Corneille* et fes Commentaires. J'ai fait ma tâche plus vîte que les libraires ne font la leur. Vous trouverez que mon Commentaire n'eft pas

comme

comme celui de dom *Calmet*, qui loue tout fans dif-
tinction. Il eſt vrai que *Corneille* eſt pour moi un
auteur facré ; mais je reſſemble au père *Simon* à qui
l'archevêque de Paris demandait à quoi il s'occu-
pait pour mériter d'être fait prêtre : Monſeigneur,
répondit il , je critique la *Bible*.

Conſervez-moi vos bontés, je vous en prie. Permettez-moi de me mettre aux pieds de celle qui fait
le bonheur de votre vie, et qui l'augmentera dans
un mois.

L'aveugle V.

LETTRE XCI.

A M. HELVETIUS.

Pax Chriſti. Je vois, avec une fainte joie, combien
votre cœur eſt touché des vérités fublimes de notre
fainte religion , et que vous voulez conſacrer vos
travaux et vos grands talens à réparer le fcandale
que vous avez pu donner , en mettant, dans votre
fameux livre, quelques vérités d'un autre ordre, qui
ont paru dangereuſes aux perſonnes d'une confcience
délicate et timorée, comme MM. *Omer Joli de Fleuri*,
Gauchat, *Chaumeix*, et pluſieurs de nos pères.

Les petites tribulations que nos pères éprouvent
aujourd'hui, les affermiſſent dans leur foi, et plus
nous fommes difperfés, et plus nous fefons de bien
aux ames. Je fuis à portée de voir ces progrès, étant

———— aumônier de monfieur le réfident de France à Genève. Je ne puis affez bénir DIEU de la réfo-lution que vous prenez de combattre vous-même pour la religion chrétienne, dans un temps où tout le monde l'attaque et fe moque d'elle ouverte-ment. C'eft la fatale philofophie des Anglais qui a commencé tout le mal. Ces gens-là, fous prétexte qu'ils font les meilleurs mathématiciens et les meil-leurs phyficiens de l'Europe, ont abufé de leur efprit, jufqu'à ofer examiner les myftères. Cette contagion s'eft répandue par-tout. Le dogme fatal de la tolé-rance infecte aujourd'hui tous les efprits ; les trois quarts de la France, au moins, commencent à deman-der la liberté de confcience : on la prêche à Genève.

Enfin, Monfieur, figurez-vous que, lorfque le magiftrat de Genève n'a pu fe difpenfer de con-damner le roman de M. J. J. *Rouffeau*, intitulé *Emile*, fix cents citoyens font venus, par trois fois, protefter au confeil de Genève qu'ils ne fouffriraient pas que l'on condamnât, fans l'entendre, un citoyen qui, à la vérité, avait écrit contre la religion chré-tienne ; mais qu'il pouvait avoir fes raifons, qu'il fallait les entendre ; qu'un citoyen de Genève peut écrire ce qu'il veut, pourvu qu'il donne de bonnes explications.

Enfin, Monfieur, on renouvelle tous les jours les attaques que l'empereur *Julien*, les philofophes *Celfe* et *Porphire* livrèrent, dès les premiers temps, à nos faintes vérités. Tout le monde penfe comme *Bayle*, *Defcartes*, *Fontenelle*, *Shaftesbury*, *Bolingbrocke*, *Colins*, *Wolfton*. Tout le monde dit hautement qu'il n'y a qu'un Dieu ; que la fainte vierge *Marie* n'eft

pas mère de DIEU ; que le Saint-Efprit n'eft autre
chofe que la lumière que DIEU nous donne. On
prêche je ne fais quellé vertu qui, ne confiftant
qu'à faire du bien aux hommes, eft entièrement
mondaine et de nulle valeur. On oppofe au *Pédagogue
chrétien* et au *Penfez-y bien*, livres qui fefaient autrefois
tant de converfions, de petits livres philofophiques
qu'on a foin de répandre par-tout adroitement. Ces
petits livrets fe fuccèdent rapidement les uns aux
autres. On ne les vend point, on les donne à des
perfonnes affidées qui les diftribuent à des jeunes
gens et à des femmes. Tantôt c'eft le Sermon des
cinquante qu'on attribue au roi de Pruffe ; tantôt
c'eft un extrait du *Teftament* de ce malheureux curé
Jean Meflier, qui demanda pardon à Dieu en mourant d'avoir enfeigné le chriftianifme ; tantôt c'eft
je ne fais quel *Catéchifme de l'honnête homme* fait
par un certain abbé *Durand*. Quel titre, Monfieur
que le *Catéchifme de l'honnête homme*, comme s'il
pouvait y avoir de la vertu hors de la religion catholique ! Oppofez-vous à ce torrent, Monfieur, puifque
DIEU vous a fait la grâce de vous illuminer. Vous vous
devez à la raifon et à la vertu indignement outra-
gées ; combattez les méchans comme ils combattent,
fans vous compromettre, fans qu'ils vous devinent.
Contentez-vous de rendre juftice à notre fainte
religion, d'une manière claire et fenfible, fans rechercher d'autre gloire que celle de bien faire. Imitez
notre grand roi *Staniflas*, père de notre illuftre
reine, qui a daigné quelquefois faire imprimer des
petits livres chrétiens entièrement à fes dépens. Il
eut toujours la modeftie de cacher fon nom, et

M 2

—— on ne l'a fu que par fon digne fecrétaire, M. de
1763. *Solignac.* Le papier me manque; je vous embraffe
en JESUS-CHRIST.

JEAN PATOUREL, *ci-devant jéfuite.*

LETTRE XCII.

AU MEME.

15 de feptembre.

Mon cher philofophe, vous avez raifon d'être
ferme dans vos principes, parce qu'en général vos
principes font bons. Quelques expreffions hafardées
ont fervi de prétexte aux ennemis de la raifon.
On n'a caufe gagnée avec notre nation qu'à l'aide
du plaifant et du ridicule. Votre héros *Fontenelle*
fut en grand danger pour les oracles, et pour la
reine *Méro* et fa fœur *Enégu* (*); et quand il difait que,
s'il avait la main pleine de vérités, il n'en lâche-
rait aucune, c'était parce qu'il en avait lâché, et
qu'on lui avait donné fur les doigts. Cependant
cette raifon tant perfécutée gagne tous les jours du
terrain. On a beau faire, il arrivera en France,
chez les honnêtes gens, ce qui eft arrivé en Angleterre; nous avons pris des Anglais les annuités,
les rentes tournantes, les fonds d'amortiffement, la
conftruction et la manœuvre des vaiffeaux, l'attrac-
tion, le calcul différentiel, les fept couleurs primitives,
l'inoculation; nous prenons infenfiblement leur noble

(*) Rome, Genève.

liberté de penfer et leur profond mépris pour les
fadaifes de l'école. Les jeunes gens fe forment, ceux
qui font deftinés aux plus grandes places font défaits
des infames préjugés qui aviliffent une nation ; il
y aura toujours un grand peuple de fots, et une
foule de fripons ; mais le petit nombre des penfeurs
fe fera refpecter. Voyez comme la pièce de *Paliffot*
eft déjà tombée dans l'oubli ; on fait par cœur les
traits qui ont percé *Pompignan* , et l'on a oublié
pour jamais fon *Difcours* et fon *Mémoire*. Si on
n'avait pas confondu ce malheureux, l'ufage d'infulter les philofophes, dans les difcours de réception
à l'académie, aurait paffé en loi. Si on n'avait pas
rendu nos perfécuteurs ridicules, ils n'auraient pas
mis de bornes à leur infolence. Soyez sûr que tant
que les gens de bien feront unis , on ne les enta-
mera pas. Vous allez à Paris , vous y ferez le lien
de la concorde des êtres penfans. Qu'importe, encore
une fois , que notre tailleur et notre fellier foient
gouvernés par frère *Crouft* et par frère *Berthier* ? Le
grand point eft que ceux avec qui vous vivez foient
éclairés, et que le janfénifte et le molinifle foient
forcés de baiffer les yeux devant le philofophe. C'eft
l'intérêt du roi , c'eft celui de l'Etat , que les philofophes gouvernent la fociété. Ils infpirent l'amour
de la patrie , et les fanatiques y portent le trouble.
Mais, plus ces miférables fentiront votre fupériorité ,
plus vous aurez d'attention à ne leur point donner
prife par des paroles dont ils puiffent abufer. Notre
morale eft meilleure que la leur , notre conduite
plus refpectable ; ils parlent de vertu , et nous la
pratiquons : enfin notre parti l'emporte fur le leur

M 3

dans la bonne compagnie. Confervons nos avantages; que les coups qui les écraferont partent de
mains invifibles, et qu'ils tombent fous le mépris
public. Cependant vous aurez une bonne maifon,
vous y raffemblerez vos amis, vous répandrez la
lumière de proche en proche, vous ferez refpecté
même de ces indignes ennemis de la raifon et de
la vertu: voilà votre fituation, mon cher ami. Dans
ce loifir heureux, vous vous amuferez à faire de bons
ouvrages, fans y expofer votre nom aux cenfures
des fripons. Je vois qu'il faut que vous reftiez en
France, et vous y ferez très-utile. Perfonne n'eft
plus fait que vous pour réunir les gens de lettres;
vous pouvez élever chez vous un tribunal qui fera
fort fupérieur, chez les honnêtes gens, à celui
d'*Omer Joli*. Vivez gaiement, travaillez utilement,
foyez l'honneur de notre patrie. Le temps eft venu
où les hommes comme vous doivent triompher. Si
vous n'aviez pas été mari et père, je vous aurais
dit : *Vende omnia quæ habes, et fequere me ;* mais votre
fituation, je le vois bien, ne vous permet pas un
autre établiffement qui, peut-être même, ferait
regardé comme un aveu de votre crainte, par ceux
qui empoifonnent tout. Reftez donc parmi vos amis;
rendez vos ennemis odieux et ridicules; aimez-moi,
et comptez que je vous ferai toujours attaché avec
toute l'eftime et l'amitié que je vous ai vouées depuis
votre enfance.

LETTRE XCIII.

A M. LE COMTE D'ARGENTAL.

15 de feptembre.

Mes anges, je me crois un petit prophète. Je me fouviens que, lorfqu'on m'envoya la nouvelle édition du *Dictionnaire de l'académie*, je prédis que le libraire ferait banqueroute. Je ne me fuis pas trompé, et malheureufement cette banqueroute retombe fur la famille *Corneille*. M. *Duclos*, qui avait beaucoup d'eftime pour la veuve *Brunet*, décorée du malheureux titre de libraire de l'académie, voulut que le principal bureau des foufcriptions fût chez elle. Elle a reçu pour fept ou huit mille francs d'argent comptant, après quoi, elle a fait la gambarouta. Voilà le fort de la plupart des entreprifes de ce monde.

Si vous me permettez, mes anges, de vous parler de mon procès facerdotal, je vous dirai que meffieurs de Berne et de Genève font intéreffés comme nous dans cette affaire, qu'ils y interviennent, et que ce fut même, fur la requête de meffieurs de Berne, que le confeil des dépêches fe réferva à lui feul la connaiffance de cette affaire, par un arrêt du 25 juin 1756 ; que c'eft contre cet arrêt authentique et contradictoire que le curé de Ferney a obtenu un arrêt par défaut qui nous renvoie au parlement de Dijon. Nous revenons aujourd'hui contre cet arrêt, et nous foutenons que c'eft principalement à M. le duc de *Praflin* à juger cette

M 4

caufe, qui eft plutôt une affaire d'Etat qu'un procès. Il s'agit uniquement de l'exécution du traité d'Arau, et de toutes les garanties renouvelées par tous nos rois, depuis *Charles IX*. Le parlement de Dijon n'admet ni ces traités, ni ces garanties, mais le roi les maintient, et il a promis que ces fortes d'affaires ne feraient jamais jugées qu'en fon confeil.

Au refte, le procès n'eft pas directement intenté à madame *Denis* et à moi, il l'eft à Berne, à Genève, au colonel de *Budé*, au colonel *Pictet*. S'ils perdent, nous perdons; s'ils gagnent, nous gagnons. Nous ne venons qu'après eux, comme ayant acheté d'eux la terre aux mêmes conditions que Berne l'avait vendue au feizième fiècle, et que les ducs de Savoie l'avaient inféodée au quatorzième.

Nous fupplions *Octave*, *Pompée* et *Fulvie* d'intercéder pour nous auprès de M. le duc de *Praflin*. Il eft bien vrai qu'ils ne font pas auffi honnêtes gens que lui; auffi je compte beaucoup plus fur la protection de mes anges, que fur celle de ces perfonnages.

Vous devez avoir reçu mes roués; j'y ai mis tout mon favoir-faire, qui eft bien peu de chofe; mais enfin, puifque j'ai fait tout ce que j'ai pu et tout ce que vous avez voulu, qu'avez-vous à me dire?

Refpect et tendreffe.

LETTRE XCIV,

A M. LE MARQUIS DE CHAUVELIN.

A Ferney, 18 de feptembre.

Non, Monfieur, ce n'eft pas moi qui écris des lettres charmantes, mais bien votre Excellence; et l'un de fes talens a toujours été de féduire.

On vous a dépêché un petit paquet qui contient, je crois, un peu d'hiftoire. Vous y verrez quelque chofe du temps préfent, mais non pas tout ; car malheur à celui qui dirait tout. Il faut qu'un français paffe rapidement fur les dernières années. Il y a un éloge du duc de *Sully* qu'on vous a peut-être envoyé. C'eft un ouvrage de M. *Thomas*, fecrétaire de M. le duc de *Praflin*, qui remporte autant de prix à l'académie que nous avons perdu de batailles. Il loue beaucoup ce miniftre d'avoir eu toujours à Sully un fauteuil plus haut que les autres. Cela n'eft bon que pour *Montmartel* et pour madame fa femme qui, ayant les jambes trop longues, font obligés à cette cérémonie; mais, d'ailleurs, *Thomas* fait un beau portrait de *Rofny* et de fon adminiftration.

J'ai vu ces jours-ci un vieux florentin affez plaifant, qui prétend que tous les états de l'Europe feront banqueroute les uns après les autres. Le libraire de l'académie a déjà commencé. Ce libraire eft une femme; et je me doutais bien qu'elle ferait à l'aumône, dès qu'elle aurait achevé notre *Dictionnaire*;

cela n'a pas manqué ; et le pis de l'affaire, c'eſt qu'elle emporte huit mille francs à nos pauvres *Corneille.* Je ne ſais ſi c'eſt cette aventure qui m'a donné de l'humeur contre Suréna, Agéſilas, Pulchérie et une douzaine de pièces du grand-homme dont j'ai l'honneur d'être le commentateur ; je parie qu'il n'y a que moi qui aye lu ces tragédies-là, et je prends la liberté de parier que vous ne les avez jamais lues, ni ne les lirez ; cela eſt impoſſible. Ah ! que *Racine* eſt un grand-homme ! Madame l'ambaſſadrice n'eſt-elle pas de cet avis-là ? Adieu nos beaux arts, ſi les choſes continuent comme elles ſont. La rage des remontrances et des projets ſur les finances a ſaiſi la nation ; nous nous aviſons d'être ſérieux, et nous nous perdons ; mais nous feſions autre-fois de jolies chanſons, et à préſent nous ne feſons que de mauvais calculs : c'eſt *Arlequin* qui veut être philoſophe.

Avez-vous entendu parler d'un ſénéchal de *Forcalquier* qui, en mourant, a fait un legs au roi, de l'*Art de gouverner*, en trois volumes in-4° ? C'eſt bien le plus ennuyeux ſénéchal que vous ayez jamais vu. Je ſuis bien las de tous ces gens qui gouver-nent les Etats du fond de leur grenier. Voilà-t-il pas encore un conſeiller du roi au parlement qui lui donne ſept cents quarante millions tous les ans ! Tâchez, Monſieur, d'en avoir le vingtième, ou du moins un pour cent ; cela eſt encore honnête.

Que vos Excellences agréent toujours mon reſpect.

V.

LETTRE XCV.

A M. LE COMTE D'ARGENTAL.

Aux Délices, 27 de feptembre.

J E reçus hier les ordres de mes anges, concernant la confpiration des roués, et j'envoie fur le champ tous les changemens qu'ils demandent pour les affaffins et affaffines. Il faut affurément que M. le duc de *Praflin* ait une ame bien noire, pour vouloir qu'une femme égorge fon mari dans fon lit; mais puifque mes anges ont eu cette horrible idée, il la faut pardonner à un miniftre d'Etat. Mettez le feu aux poudres de la façon qu'il vous plaira, faites comme vous l'entendrez, mais ne me demandez plus de vers, car vous m'empêchez de dormir, et je n'en peux plus. Laiffez-moi, je vous prie, ce vers :

L'ardeur de me venger ne m'en fait point accroire.

Il ne faut pas toujours que *Melpoméne* marche fur des échaffes ; les vers les plus fimples font très-bien reçus, furtout quand ils fe trouvent dans une tirade où il y en a d'affez forts. *Racine* eft plein à tout moment de ces vers que vous réprouvez. Une tragédie n'aurait point du tout l'air naturel, s'il n'y avait pas beaucoup de ces expreffions fimples, qui n'ont rien de bas ni de trop familier.

Divertiffez-vous, mes anges, de la niche que vous allez faire. Je ne fais s'il faut intituler la pièce le Triumvirat; le titre me ferait foupçonner, et on dirait que je fuis le favetier qui raccommode toujours les vieux cothurnes de *Crébillon* ; cependant, il eſt diffi-cile de donner un autre titre à l'ouvrage. Tirez-vous de là comme vous pourrez : tout ce que je puis vôus dire, c'eſt que cette pièce ne fera pas du nombre de celles qui font répandre des larmes ; je la crois très-attachante, mais non attendriſſante. Je crois toujours qu'Olimpie ferait un bien plus grand effet ; elle eſt plus majeſtueuſe, plus auguſte, plus théâtrale, plus fingulière ; elle fait verfer des pleurs toutes les fois qu'on la joue ; et les comédiens de Paris me paraiſſent auſſi mal-avifés qu'ingrats de ne la pas repréſenter.

Permettez que je mette dans ce paquet des affaires temporelles avec les ſpirituelles. Voici un petit mémoire pour M. le duc de *Praſlin*, en cas que mon affaire facerdotale ne foit pas encore rapportée. Nous lui devons bien des remercîmens, madame *Denis* et moi, de la bonté qu'il a eue de fe charger de ce petit procès, qui était d'abord dévolu à M. de *Saint-Florentin*. Il eſt vrai que cette affaire, toute petite qu'elle eſt, étant fondée fur les traités de nos rois, appartient de droit aux affaires étrangères ; mais j'aime encore mieux attribuer la peine qu'il daigne prendre, à l'amitié qu'il a pour vous, et aux bontés dont il honore madame *Denis* et moi.

Comme je prends la liberté de lui adreſſer votre paquet, je ſuppoſe qu'il fe faifira du mémoire qui eſt pour lui ; il eſt court, net et clair, point de verbiage ; pour un efprit de fa trempe,

N'alongeons point en cent mots fuperflus
Ce qu'on dirait en quatre tout au plus.

Qu'eſt-ce que la défaite des bernardins ? cela eſt-il plaiſant ?

Reſpect et tendreſſe. *V.*

LETTRE XCVI.

A M. PICTET, *à Pétersbourg.*

Septembre.

Mon cher géant, vraiment votre lettre eſt d'un vrai philoſophe : vous êtes un *Anacharſis*, et d'*Alembert* n'a pas voulu l'être. Je ne ſais pourquoi le philoſophe de Paris n'a pas oſé aller chez la *Minerve* de Ruſſie : il a craint peut-être le ſort d'*Ixion*.

Pour votre *Jean-Jacques*, ci-devant citoyen de Genève, je crois que la tête lui a tourné quand il a prophétiſé contre les établiſſemens de *Pierre le grand*. J'ai peut-être mieux rencontré quand j'ai dit que, ſi jamais l'empire des Turcs était détruit, ce ſerait par la Ruſſie ; et, ſans l'aventure du Pruth, je tiendrais ma prophétie plus ſûre que toutes celles d'*Iſaïe*.

Votre auguſte *Catherine ſeconde* eſt aſſurément *Catherine* unique ; la première ne fut qu'heureuſe. J'ai pris la liberté de lui envoyer quelques exemplaires du ſecond tome de *Pierre le grand*, par M. de *Balk*. Je me flatte qu'elle y trouvera des vérités. J'ai eu de très-bons mémoires ; je n'ai ſongé qu'au vrai : je ſais heureuſement combien elle l'aime.

Ce qu'elle a daigné dicter à ſon géant, me paraît d'un eſprit bien ſupérieur. Oh ! qu'elle a raiſon, quand elle fait ſentir cette faſtidieuſe prolixité d'écrits pour et contre les jéfuites, et quand elle parle de ces quatre-vingts pages d'extraits fur des chofes qu'on doit dire en dix lignes ! que j'ai de vanité de penfer comme elle ! Mais on ne doit jamais rendre public ce qu'on admire, à moins d'une permiffion expreffe ; fans quoi il faudrait, je penfe, imprimer toutes fes lettres.

Savez-vous bien que madame la princeffe fa mère m'honorait de beaucoup de bonté, et que je pleure fa perte ? Si je n'avais que foixante ans, je viendrais me confoler en contemplant fa divine fille.

Mon cher géant, mettez à fes piéds, je vous prie, ce petit papier pomponé. Si vous êtes bigle, vous verrez que je deviens aveugle et fourd. Elle daigne donc protéger la petite-fille de *Corneille* ? Eh bien, n'eft-il pas vrai que toutes les grandes chofes nous viennent du Nord ? ai-je tort ?

Madame votre mère vous mandera les nouvelles de Genève. Pour moi, je fuis fi pénétré du billet que j'ai lu de votre augufte impératrice, que j'en oublie jufqu'à votre grande république. J'ai baifé ce billet : n'allez pas le lui dire, au moins ; cela n'eft pas refpectueux.

LETTRE XCVII.

A M. PROST DE ROYER, *avocat à Lyon.*

A Ferney, 1 d'octobre.

JE vous remercie, Monfieur, du plus court et du meilleur livre qu'on ait écrit depuis long-temps. La raifon et l'éloquence l'ont dicté ; on ne peut y répondre

que par du fanatifme et du galimatias. Je ne doute
pas que votre archevêque, ayant comme vous beaucoup d'efprit et de lumières, ne foit entièrement de
votre avis dans le fond de fon cœur. Il eft trop bon
citoyen pour foutenir une abfurdité qui ruinerait
l'Etat. Des fyftêmes établis dans des temps de ténè-
bres, doivent difparaître dans notre fiècle; et vous
aurèz la gloire d'avoir détruit le plus pernicieux des
préjugés. Il faut avouer que nous avons encore beaucoup de lois abfurdes et contradictoires; on les doit
à l'efprit monacal qui a régné trop long-temps. Il eft
également trifte et honteux pour nos tribunaux,
d'être réduits à éluder ce que, fans doute, ils voudraient abolir : mais on trouve la fuperftition en
poffeffion de la maifon, on n'ofe pas l'en chaffer
tout d'un coup, et on fe contente d'y loger avec
elle.

Ce que vous dites des cinq talens qui devaient
en produire cinq autres, m'a toujours frappé : mais
j'avoue que cet intérêt à cent pour cent, m'avait
paru un peu trop fort. Cela fait voir qu'il y a bien
des chofes qu'il ne faut pas prendre au pied de la
lettre.

Il eft très-vrai, Monfieur, que MM. *Tronchin* et
Camp me donnent quatre pour cent du peu d'argent
qu'ils ont à moi; M. le cardinal de *Tençin* en tirait
cinq; et fi monfieur votre archevêque fait bien, il en
tirera autant, attendu qu'au bout de l'année il donnera aux pauvres vingt-cinq mille livres, au lieu
de vingt mille.

1763.

LETTRE XCVIII.

A M. HELVETIUS.

4 d'octobre.

Mon frère, le hasard m'a remis sous les yeux le décret de la sorbonne, et le réquisitoire de maître *Omer*. Je vous exhorte à les relire, pour vous exciter à la vengeance en regardant votre ennemi. Je ne crois pas qu'on ait entassé jamais plus d'absurdités et plus d'insolences, et je vous avoue que je ne conçois pas comment vous laissez triompher l'hydre qui vous a déchiré. Le comble de la douleur, à mon gré, est d'être terrassé par des ennemis absurdes. Comment n'employez-vous pas tous les momens de votre vie à venger le genre-humain, en vous vengeant ? Vous vous trahissez vous-même, en n'employant pas votre loisir à faire connaître la vérité. Il y a une belle histoire à faire, c'est celle des contradictions : cette idée m'est venue en lisant l'impertinent décret de la sorbonne. Il commence par condamner cette vérité, que toutes les idées nous viennent par les sens, qu'elle avait adoptée autrefois, non parce qu'elle était vérité, mais parce qu'elle était ancienne. Ces maurauds ont traité la philosophie comme ils traitèrent *Henri IV*, et comme ils ont traité la bulle, que tantôt ils ont reçue, et qu'ils ont tantôt condamnée.

Ces contradictions règnent depuis *Luc* et *Matthieu*, ou plutôt depuis *Moïse*. Ce serait une chose bien curieuse que de mettre sous les yeux ce scandale de

l'esprit

l'efprit humain. Il n'y a qu'à lire et tranfcrire ; c'eft
un ouvrage très-agréable à faire ; on doit rire à 1763.
chaque ligne. *Moïfe* dit qu'il a vu DIEU face à face,
et qu'il ne l'a vu que par derrière ; il défend qu'on
époufe fa belle-fœur, et il ordonne qu'on époufe fa
belle-fœur ; il ne veut pas qu'on croye aux fonges,
et toute fon hiftoire eft fondée fur des fonges.

Enfin, dans chaque page, depuis *la Genèfe* jufqu'au concile de Trente, vous trouvez le fceau du
menfonge.

Cette manière d'envifager les chofes eft palpable,
piquante, et capable de faire le plus grand effet. Ne
feriez-vous pas charmé qu'on fît un tel ouvrage ?
Faites-le donc, vous y êtes intéreffé ; vous devez décréditer ceux qui vous ont traité fi indignement.

Si l'idée que je vous propofe n'eft pas de votre
goût, il y a cent autres manières d'éclairer le genre-
humain. Travaillez, vous êtes dans la force de votre
génie ; je me charge de l'impreffion , vous ne ferez
jamais compromis.

Adieu ; foyez sûr que votre *Fontenelle* n'eût jamais
été auffi empreffé que moi à vous fervir.

LETTRE XCIX.

A M. LE MARQUIS DE CHAUVELIN.

A Ferney, 6 d'octobre.

Me voilà, Monfieur, redevenu taupe. Votre Excellence faura que, dès qu'il neige fur nos belles montagnes, mes yeux deviennent d'un rouge charmant, et que j'aurais très-bon air aux quinze-vingts. Cela me donne quelquefois de petits remords d'avoir bâti et planté entre le mont Jura et les Alpes; mais enfin l'affaire eft faite, et il faut faire contre neige bon cœur, auffi-bien que contre fortune.

Il n'y a pas moyen de difputer contre votre Excellence. Je vous ai promis quelque chofe pour le mois d'avril; eh bien, attendez donc le mois d'avril; vous m'avouerez que cet argument eft affez bon. Si vous avez commandé votre foupé pour dix heures, devez-vous gronder votre cuifinier de ce qu'il ne vous fait pas fouper à huit? Cependant je ne défefpère pas d'avoir l'honneur de vous donner de petites étrennes. Vous autres miniftres, vous êtes difcrets, et il y a plaifir de fe confier à vous; il y en aurait bien davantage à vous faire fa cour.

Il eft à croire qu'un ambaffadeur à Turin a lu le *Vicaire favoyard* de *Jean-Jacques*; et votre Excellence eft trop bien inftruite des grands événemens de ce monde, pour ignorer que la moitié de la ville de Genève a pris le parti de *Jean-Jacques* contre le confeil de cette augufte république. On a parlé,

pendant quelques momens, d'avoir recours à la médiation de la France. J'aurais fait alors une belle brigue,
pour tâcher d'obtenir que vous euffiez daigné venir
mettre la paix dans mon voifinage. J'aurais voulu auffi
que madame l'ambaffadrice partageât ce miniftère ;
les Génevois, en la voyant, auraient oublié toutes
leurs querelles.

Je prie vos Excellences de me conferver toujours
leurs bontés, et d'agréer le refpect du quinze-
vingt *V.*

LETTRE C.

A MADAME

LA MARQUISE DU DEFFANT.

Ferney, 11 d'octobre.

JE vous jure, Madame, que je fuis aveugle auffi ;
n'allez pas me renier. Il eft vrai que je ne le fuis
que par pouffée, et que je ne fuis pas encore parvenu à être abfolument digne des quinze-vingts. J'ai
d'ailleurs pris mon parti depuis long-temps fur tout
ce qu'on peut voir et fur tout ce qu'on peut entendre,
et c'eft ce qui fait que je ne regrette guère dans Paris
que vous, Madame, et le très-petit nombre de perfonnes de votre efpèce.

Je fuis perfuadé que madame la ducheffe de
Luxembourg eft partie pour la vie éternelle avec de
grands fentimens de dévotion ; et cela eft bien

—— confolant. Vivez gaiement, Madame, avec quatre
1763. fens qui vous reftent : quatre fens, et beaucoup
d'efprit, font quelque chofe.

C'eft vous qui êtes très-clair-voyante, et non pas
moi; vous voyez furtout à merveille le ridicule de la
façon d'écrire d'aujourd'hui. Le ftyle qui eft à la
mode me porte plus que jamais à écrire avec la plus
grande fimplicité.

Il n'eft pas jufte que vous foyez fans Pucelle. Je
vais prendre fi bien mes mefures, que vous en aurez
une inceffamment. Il y a quelquefois de petits morceaux affez curieux qui me paffent par les mains; mais
je ne fais comment faire pour vous les envoyer. Et
vous, Madame, comment feriez-vous pour vous les
faire lire ? Ces petits ouvrages font, pour la plupart,
d'une philofophie extrêmement infolente, qui ferait
trembler votre lecteur. On ne peut guère confier ces
rogatons à la pofte.

Si vous aimiez l'hiftoire, vous auriez un amufement
fûr pour le refte de votre vie; mais j'ai peur que
l'hiftoire ne vous ennuye. J'effaierai de vous faire
parvenir un petit morceau dans ce genre, qui vous
mettra au fait de bien des chofes : cela eft court,
et n'eft point du tout pédant.

Le grand malheur de notre âge, Madame, c'eft
qu'on fe dégoûte de tout. Une *Pucelle* amufe un quart
d'heure, mais on retombe enfuite dans la langueur;
on vit triftement au jour la journée; on attend que
quelqu'un vienne chez nous par oifiveté, et qu'il nous
dife quelque nouvelle à laquelle nous ne nous intéreffons point du tout. On n'a plus ni paffion ni illu-
fion; on a le malheur d'être détrompé; le cœur fe

glace, et l'imagination ne fert qu'à nous tour-
menter.

Voilà à peu-près notre état; et quand, avec cela,
on a perdu les deux yeux, il faut avouer qu'on a
befoin de courage. Vous en avez beaucoup, Madame,
et il eft foutenu par la fociété de vos amis.

Je vous prie de dire à M. le préfident *Hénault*
que je lui ferai bien fincèrement attaché pour tout
le refte de ma vie; je l'eftime infiniment à tous
égards. Ma grande querelle avec lui fur *François II*
ne roule point du tout fur le fond de l'ouvrage qui
me plaît beaucoup, mais fur quelques embelliffemens
que je lui demandais, en cas qu'il fît réimprimer
l'ouvrage.

On m'a parlé d'une tragédie de Saül et David,
qui eft dans ce goût; elle eft traduite, dit-on, de
l'anglais; cette pièce eft fort rare. Si vous pouvez
vous la procurer, elle vous amufera un quart d'heure,
furtout fi vous vous fouvenez de l'hiftoire hébraïque,
qu'on appelle la *Sainte-Ecriture*. Les hommes font
bien bêtes et bien fous.

Adieu, Madame; prenez-les pour ce qu'ils font,
et vivez auffi heureufe que vous le pourrez, en les
méprifant et en les tolérant. *V.*

LETTRE CI.

A M. LE MARQUIS D'ARGENCE DE DIRAC.

11 d'octobre.

LE fecond livre des *Machabées*, livre écrit très-tard, et que St *Jérôme* ne regarde point comme canonique, n'a rien de commun avec les Juifs. Cette loi confifte dans le *Décalogue*, dans le *Lévitique*, dans le *Deutéronome*, et elle paffe chez les Juifs pour avoir été écrite quinze cents ans avant le livre des *Machabées*.

Vouloir conclure qu'une opinion, qui fe trouve dans les *Machabées*, était l'opinion des Juifs du temps de *Moïfe*, ferait une chofe auffi abfurde que de conclure qu'un ufage de notre temps était établi du temps de *Clovis*. Il eft indubitable que la loi attribuée à *Moïfe*, ne parle en aucun endroit de l'immortalité de l'ame, ni des peines et des récompenfes après la mort. La fecte des Pharifiens n'embraffa cette doctrine que quelques années avant *Jéfus-Chrift* ; elle ne fut connue des Juifs que long-temps après *Alexandre*, lorfqu'ils apprirent quelque chofe de la philofophie des Grecs dans Alexandrie. Au refte, il eft clair que les livres des *Machabées* ne font que des romans ; l'hiftoire y eft falfifiée à chaque page : on y rapporte un traité prétendu fait entre les Romains et les Juifs, et voici comme on fait parler le fénat de Rome dans ce traité :

» Bénis foient les Romains et la nation juive fur
» terre et fur mer, à jamais ! que le glaive et l'en-
» nemi s'écartent loin d'eux ! »

1763.

C'eft le comble de la groffièreté et de la fottife de l'écrivain d'attribuer ainfi au fénat romain le ftyle de la nation juive. Il y a quelque chofe de plus ridicule encore, c'eft de prétendre que les Lacédémoniens et les Juifs venaient de la même origine. Les livres des *Machabées* font remplis de ces inepties. On y reconnaît à chaque page la main d'un miférable juif d'Alexandrie, qui veut quelquefois imiter le ftyle grec, et qui cherche toujours à faire valoir fa petite nation. Il eft vrai que, dans la relation du prétendu martyre des *Machabées*, on repréfente la mère comme pénétrée de l'efpérance d'une vie à venir. C'était la créance de tous les païens, excepté les épicuriens.

C'eft infulter à la raifon de fe fervir de ce paffage pour faire accroire aux efprits faibles et ignorans que l'immortalité de l'ame était énoncée dans les lois judaïques. M. *Warburton*, évêque de Worchefter, a démontré, dans un très-favant livre, que les récompenfes et les peines après la vie furent un dogme inconnu aux Juifs pendant plufieurs fiècles. De là on conclut évidemment que fi *Moïfe* fut inftruit de cette opinion fi utile à la canaille, il fut bien mal-avifé de n'en pas faire la bafe de fes lois; et, s'il n'en fut pas inftruit, c'était un ignorant, indigne d'être légiflateur.

Pour peu qu'un homme ait de fens, il doit fe rendre à la force de cet argument. S'il veut d'ailleurs lire avec attention l'*Hiftoire des Juifs*, il verra fans peine que c'eft, de tous les peuples, le plus groffier, le plus féroce, le plus fanatique, le plus abfurde. Il y a plus d'abfurdité encore à imaginer qu'une fecte

—————— née dans le sein de ce fanatisme juif, est la loi de
1763. DIEU et la vérité même ; c'est outrager DIEU, si les
hommes peuvent l'outrager. J'espère que mon cher
frère fera entendre raison à la personne que l'on a
pervertie.

J'oubliais l'article de la pythonisse : cette histoire
n'a rien de commun avec la créance des peines et
des récompenses après la mort ; elle est d'ailleurs
postérieure à *Moïse* de plus de six cents ans. Elle est
empruntée des peuples voisins des Juifs, qui croyaient
à la magie, et qui se vantaient de faire paraître des
ombres, sans attacher à ce mot d'ombre une idée
précise : on regardait les manes comme des figures
légères ressemblantes aux corps ; enfin la pythonisse
était une étrangère, une misérable devineresse : mais,
si elle croyait à l'immortalité de l'ame, elle en savait
plus que tous les Juifs de ce temps-là, &c.

Je me flatte que mon cher frère saura bien faire
valoir toutes ces raisons. Je l'exhorte à détruire,
autant qu'il pourra, la superstition la plus infame
qui ait jamais abruti les hommes et désolé la terre.

J'embrasse tendrement mon cher frère, je m'intéresse à tous ses plaisirs ; mais le plus grand de tous,
et en même temps le plus grand service, est d'éclairer
les hommes ; mon cher frère en est plus capable que
personne ; je lui serai bien tendrement attaché toute
ma vie.

LETTRE CII.

A M. LE COMTE D'ARGENTAL.

14 d'octobre.

Puisque mes anges me mandent que les ennemis de la *Gazette littéraire* ont pris le parti d'aller à la campagne, voici une petite note pour cette gazette; elle pourra amuſer mes anges. M. *Arnaud* étendra et embellira mon texte; je me borne à donner des indications.

Je répète à mes anges qu'il doit m'être arrivé un paquet d'Angleterre à M. le duc de *Praſlin*. Si on ne me fait pas parvenir mes inſtrumens, avec quoi veut-on que je travaille ? On ne peut pas rendre des briques, quand on n'a point de paille, à ce que diſaient les Juifs, quoique je n'aye jamais vu faire de briques avec de la paille.

Mais qui donc ſera honoré du miniſtère de la typographie ? M. de *Malesherbes* n'avait pas laiſſé de rendre ſervice à l'eſprit humain, en donnant à la preſſe plus de liberté qu'elle n'en a jamais eu. Nous étions déjà preſque à moitié chemin des Anglais, car nous commencions à tâcher de les imiter en tout; mais nous ſommes bien loin de leur reſſembler.

J'ai toujours oublié de réfuter ce que mes anges diſent de la dame libraire de l'académie. Elle ne devait pas, en convolant en ſecondes noces, violer le dépôt que les *Cramer* avaient remis entre ſes mains. Un libraire peut aiſément faire banqueroute

—— pour avoir imprimé des livres qui ne fe vendent point, mais un argent dont on eft dépofitaire n'eft pas un objet de commerce ; ainfi il me paraît que les *Cramer* ont très-grande raifon de fe plaindre. Manger l'argent d'autrui, et donner en payement des livres dont perfonne ne veut, eft un étrange procédé.

Quoi qu'il en foit, le Corneille devrait déjà être imprimé, et il ne l'eft pas. Ce n'eft pas moi affurément qui fuis en retard; vous favez que je vais toujours vîte en befogne. J'aurais fait imprimer le Corneille en fix mois, fi je m'étais mêlé de la preffe. Je fonge toujours que la vie eft courte, et qu'il ne faut jamais remettre à demain ce qu'on peut faire aujourd'hui. J'efpère pourtant que vous aurez pour vos étrennes le recueil des belles et des déteftables pièces de *Pierre Corneille*.

M. de *Chauvelin* l'ambaffadeur prétend que je dois lui faire confidence de quelque chofe pour le mois d'avril; je lui ai répondu que, fi je lui ai promis pour le mois d'avril, je lui tiendrai parole dans ce temps-là. Vous m'avouerez qu'un miniftre n'a pas à fe plaindre quand on obferve fidellement les traités à la lettre.

Votre petite conjuration va-t-elle fon train ?

Refpect et tendreffe. *V.*

LETTRE CIII.

A M. LE MARQUIS DE CHAUVELIN.

A Ferney, 18 d'octobre.

Je préfume que votre Excellence a déjà fait l'acquifition d'un nouvel enfant, que madame l'ambaffadrice fe porte à merveille, et que vous n'êtes occupé
que de vos ouvrages qui, en vérité, valent mieux
que les miens.

Dès que vous aurez du loifir, j'enverrai donc à
votre Excellence ce qu'elle croit que je lui dois depuis
le mois d'avril; mais je vous avertis, Monfieur, que
ce n'eft que de la profe; et voici de quoi il eft
queftion.

Lorfque la veuve *Calas* préfenta fa requête au
confeil, l'horreur que tout-le monde témoigna contre
le parlement de Touloufe, fit croire à plufieurs perfonnes que c'était le temps d'écrire quelque chofe
d'approfondi et de raifonné fur la tolérance. Une
bonne ame fe chargea de cette entreprife délicate;
mais elle ne voulut point publier fon écrit, de peur
qu'on n'imaginât que l'efprit de parti avait tenu la
plume, et que cette idée ne fît tort à la caufe des
Calas. Peut-être l'ouvrage n'eft-il pas indigne d'être
lu par un homme d'Etat. J'aurai l'honneur de vous
le faire tenir dans quelques jours.

Il y a auffi une petite brochure qui fert de fupplément à l'Hiftoire univerfelle. Il y aurait de l'indifcré-
tion à vous l'envoyer par la pofte, et je ne prendrai
cette liberté que fur un ordre précis.

Voilà pour tout ce qui regarde le département de la profe. A l'égard du département des vers, je ne peux rien envoyer qu'en 1764 ; et, fi je meurs avant ce temps-là, vous ferez couché fur mon teftament pour un paquet de vers.

Je préfente mes refpects à madame l'ambaffadrice, à monfieur votre fils aîné, et à monfieur fon cadet. *V.*

LETTRE CIV.

AU MEME.

A Ferney, 3 de novembre.

J'AVAIS donc bien deviné, et vos deux Excellences doivent être fort contentes. Je me réjouis d'un bonheur que je ne connais qu'en idée ; c'eft à de vieux laboureurs comme moi qu'il faudrait des enfans, un ambaffadeur n'en a pas tant befoin. Ne pouvant en avoir par moi-même, j'en fais faire par d'autres ; mademoifelle *Corneille*, que j'ai mariée, va me rendre ce petit fervice, et me fera grand-père dans quelques mois.

Je voudrais bien, Monfieur, avoir quelque chofe de prêt pour amufer madame l'ambaffadrice, lorfqu'elle fera quitte de toutes les fuites de couche, et furtout de vifites, de complimens. Je ne vous ai envoyé que de l'hiftoire. Un anglais, qui doit paffer par Turin, vous aura fans doute remis un petit paquet.

On fit partir, il y a fix femaines, par les muletiers,

quelques volumes ; mais, comme vous ne m'en avez
jamais accufé la réception, je commence à douter que
les muletiers aient été fidelles. On dit même qu'il y
a, dans Turin, des gens plus infidelles que les muletiers, qui faififfent tous les livres fans refpecter
l'adreffe ; mais je fuis bien éloigné de croire qu'on
ofe ainfi violer le droit des gens. A tout hafard, ma
reffource eft dans les Anglais. Il y en a un qui part
dans quinze jours, et qui vous apportera encore de
la profe.

Toujours de la profe ! me direz-vous ; oui, fans
doute, car nous ne fommes pas en 1764 ; et pourquoi
attendre l'année 1764 ? c'eft que les vers ne fe font
pas fi aifément qu'on penfe ; c'eft qu'il faut du temps
pour les corriger ; c'eft qu'on ambitionne extrêmemént
de vous plaire ; et que, pour y réuffir, on lime,
autant qu'on le peut, fon ouvrage. Pardonnez la
lenteur aux vieillards, c'eft leur apanage. Ne croyez
point qu'on faffe des vers comme vous faites des
enfans. Vous avez choifi, pour vos ouvrages, le plus
beau fujet du monde. Il n'en eft pas de même de
moi ; je lutte contre les difficultés ; j'ai plutôt planté
mille arbres que je n'ai fait mille vers. Voilà mon
papier fini, mes yeux refufent le fervice.

Mille tendres refpects.

LETTRE CV.

A M. LE COMTE D'ARGENTAL.

7 de novembre.

Il ne s'agit pas tous les jours, mes divins anges, de confpiration et d'affaffinats. Je mets, pour cette fois, à l'écart les Grecs et les Romains, et je ne fonge qu'aux dixmes.

Voici une lettre de monfieur le premier préfident du parlement de Bourgogne, qui, fans doute, eft conforme à celle qu'il a écrite à M. le duc de *Praflin*. J'ignore s'il eft convenable que le roi faffe enregiftrer aujour-d'hui, au parlement de Bourgogne, les traités d'*Henri IV*. Tout ce que je fais, c'eft que je demande la protection de M. le duc de *Praflin*, et qu'il eft néceffaire que notre caufe foit remife par-devant le confeil, qui, ci-devant, l'avait évoquée à lui. Les enregiftre-mens n'empêcheraient pas probablement le parlement de juger felon le droit commun. Il pourrait dire : Nous avons déjà jugé cette affaire depuis plus de cent ans ; le confeil s'en eft emparé depuis ; nous nous en tenons à notre premier arrêt, antérieur d'un fiècle à l'enregiftrement que nous fefons aujour-d'hui, et cet enregiftrement ne peut préjudicier au droit commun, qui décide en faveur des curés contre les feigneurs.

Vous m'avouerez qu'alors ma caufe, qui eft très-importante, ferait très-hafardée. Il eft plus fimple, plus court, plus naturel, que le confeil d'Etat retienne à lui l'affaire qui était entre fes mains, et ——— qui n'en eft fortie que par un arrêt par défaut, 1763. fubrepticement obtenu.

C'eft fur quoi, mes anges, je vous demande votre protection auprès de M. le duc de *Praflin*, et j'écris en conformité à M. *Mariette*, mon avocat au confeil.

Vous me direz que voilà un vrai ftyle de dépêches, et que je fuis un étrange homme : voilà trois parle-mens du royaume que j'ai un peu faboulés, Paris, Touloufe et Dijon; cependant, aucun n'a donné encore de décret de prife de corps contre moi, comme contre le beau monfieur *Duménil*.

Cette aventure de M. *Duménil* n'eft-elle pas bien fingulière ? et ne fommes nous pas dans le fiècle du ridicule, après avoir été, dans le temps de *Louis XIV*, dans le fiècle de la gloire ? De grâce, donnez-moi un petit mot de confolation, en me parlant de vos roués et de vos affaffinats. Mes anges, vivez heureux.

Refpect et tendreffe. *V.*

LETTRE CVI.

AU MEME.

Je préfente encore à mes anges un exemplaire de la
Tolérance, et je les fupplie de le prêter à mon frère
Damilaville. J'en ai fort peu d'exemplaires, et Paris
n'en aura de long-temps. Je me flatte que M. le duc
de *Praflin* et mes anges protégeront cet ouvrage. M. le
duc de *Choifeul* me mande qu'il en eft *enchanté*, ainfi
que madame de *Grammont* et madame de *Pompadour.*
Peut-être qu'un jour ce livre produira le bien dont il
n'aura d'abord fait voir que le germe. L'approbation
de mes anges et de leurs amis fera d'un grand poids.
Je ne fais fi je leur ai mandé que je connais des million-
naires qui font prêts à revenir avec leur argent, leur
induftrie et leurs familles, pour peu que le gouvernement voulût avoir pour eux la même indulgence
feulement que les catholiques obtiennent en Angleterre.
Mais en France on entend toujours raifon bien tard.

J'enverrai inceffamment les Remarques fur l'Hiftoire générale à ce M. *Hume*, coufin de cet autre *Hume*
charmant, auteur de l'Ecoffaife. Ce *Hume* me plaît,
d'autant plus qu'il a été qualifié d'athée dans le
Journal encyclopédique. Je fens bien, mes anges, qu'il
faut qu'un français faffe les avances avec un anglais;
ces meffieurs doivent être fiers. Je ne fonde pas leur
orgueil fur ce qu'ils nous ont pris le Canada, la
Guadeloupe, Pondichéri, Gorée, et, qu'avec environ dix mille hommes, ils ont rendu les efforts des
maifons d'*Autriche* et de *Bourbon*, impuiffans; mais
fur ce qu'ils difent ce qu'ils penfent, et qu'ils
l'impriment.

l'impriment. Il eſt vrai que j'agis à peu-près avec la
même liberté qu'un anglais, mais je ne fais qu'uſur-
per le droit qu'ils ont, et partant, je leur dois toute
ſorte de reſpect.

Permettez, mes anges, que je fourre ici, pour
frère *Damilaville*, un paquet dans lequel il n'y a
point de mépriſe.

Je me mets plus que jamais à l'ombre de vos
ailes.

N. B. Il eſt bien vrai qu'on critiqua autrefois,

Et mes derniers regards ont vu fuir les Romains.

mais il eſt encore plus vrai que ce vers eſt admirable.

L E T T R E   C V I I.

A M. G O L D O N I.

A Ferney, 9 de novembre.

AIMABLE peintre de la nature, vous avez, la
France et vous, tant de charmes l'un pour l'autre,
que je ferai mort avant que vous puiſſiez revenir en
Italie, et paſſer par mes petites retraites.

Je ne vous ai point encore envoyé les rêveries
qu'on a imprimées ſous mon nom, et qui courent
le monde. La raiſon en eſt que je lis vos ouvrages,
et que plus je les lis, moins j'aime les miens, mais
auſſi je vous en aime davantage; cependant, j'aurai

1763.

foin de vous payer mon tribut , tout indigne qu'il eft de vous.

J'ai eu l'honneur de voir vos ambaffadeurs vénitiens; ils font venus fur ma Brenta ; je les ai reçus de mon mieux. Il me vient quelquefois des italiens fort aimables , et ils ne fervent qu'à vous faire défirer davantage. Je reçois quelquefois des nouvelles de votre ami le fénateur de Bologne, qui eft auffi le fénateur de *Melpomène* et de *Thalie.* Je vois qu'il eft conftant dans fon goût pour le théâtre, et que par conféquent DIEU le bénira toujours.

Vivez heureux où vous êtes , et, quand vous repafferez les Alpes, fouvenez-vous qu'entre elles et le mont Jura , il y a un baffin d'environ quarante lieues , où demeure le plus conftant de vos admirateurs, qui demande place au rang de vos amis. *V.*

LETTRE CVIII.

A M. LE COMTE D'ARGENTAL.

19 de novembre.

MES chers anges , j'écrivais à M. *Hume*, lorfque j'ai été prévenu par fa lettre. Je lui envoie ces Remarques fur l'Hiftoire générale , que vous n'avez pas défapprouvées. J'y joins un nouvel exemplaire pour vous, qui pourrait auffi amufer M. le duc de *Praflin*, fi fes dépêches lui laiffaient le temps de lire.

J'y joins un très-petit morceau pour la *Gazette littéraire*, il vous paraîtra affez curieux.

Mon neveu du grand confeil, me mande que vous ——
avez la bonté de me faire parvenir fon *Hiftoire de* 1763.
Jeanne; ce neveu-là a une belle vocation pour écrire
l'hiftoire des catins ; il fe prépare de l'occupation
pour toute fa vie.

Comme je ne peux pas le payer en même monnaie,
je lui envoie les Remarques fur l'Hiftoire générale,
et le Traité fur la tolérance, qui eft, comme vous
favez, d'un brave théologien que je ne connais pas.
Je prends la liberté de m'adreffer à vous pour lui
faire tenir cette petite cargaifon accompagnée d'une
lettre qui eft dans le paquet. J'abufe de vos bontés ;
mais vous m'avez accoutumé à l'excès de votre indulgence. Nous vous prions, madame *Denis* et moi,
d'être plus que jamais les anges de Ferney. Nous
n'avons pas un moment à perdre pour rappeler notre
affaire au confeil du roi, c'eft le feul moyen de nous
tirer d'embarras. Nous vous fupplions de nous mander
les intentions de M. le duc de *Praflin ;* cette affaire
eft pour nous de la dernière importance, toute la
douceur de notre vie en dépend. Nous remettons
notre deftinée entre vos mains.

On parle d'une tragédie nouvelle qui a beaucoup
de fuccès, et vous ne nous en dites rien. Vous croyez
donc que nous ne nous intéreffons pas au tripot ?
Un coquin de janfénifte vient d'imprimer un gros
volume contre le théâtre ; les jéfuites du moins ne fe
feraient pas rendus coupables de ce fanatifme. On
nous a défaits des renards, et on nous a mis fous la
dent des loups. Moi, je me mets toujours à l'ombre
de vos ailes.

LETTRE CIX.

A M. LE PRINCE DE LIGNE.

A Ferney, 26 de novembre.

Agréez auffi, monfieur le Prince, avec les remer-cîmens de ma nièce et de nos enfans, ceux d'un vieillard ; car tous les âges font également fenfibles à votre mérite. Il eft vrai que je ne peux plus jouer la comédie ; mais il en eft de ce plaifir comme de tous ceux auxquels il faut que je renonce : je les aime fort dans les autres ; ma jouiffance eft de favoir qu'on jouit. Je défire plus que je n'efpère de vous revoir entre nos montagnes ; l'apparition que vous y avez faite nous a laiffé des regrets qui dureront long-temps. Nous ferions trop heureux fi nous étions faits pour vous poffeder, comme nous le fommes pour vous aimer et pour vous refpecter. Le vieux malade s'ac-quitte parfaitement de ces deux devoirs. *V.*

LETTRE CX.

A M. MARMONTEL.

1 de décembre.

ENFIN, mon cher confrère, je puis vous appeler de ce nom. Voilà ce que je défirais depuis fi long-temps. Jugez de la joie de madame *Denis*, et de la mienne. Voilà notre académie bien fortifiée ; les fripons et les fots n'auront pas déformais beau jeu. Le jour de votre réception fera un grand jour pour les belles-lettres. Je ne peux vous exprimer le plaifir que nous reffentons ici. *V.*

LETTRE CXI.

A MADAME

LA MARQUISE DU DEFFANT.

1 de décembre.

L'AVEUGLE fait ce qu'il peut pour amufer l'aveugle. Le quinze-vingt des Alpes convient que les remon-trances des parlemens, leurs arrêts, leurs démiffions, la *Paftorale* de monfeigneur du Puy, font des chofes fort amufantes ; mais il croit que le préfent conte pourrait auffi faire paffer un quart d'heure de temps, attendu (comme il eft très-bien dit dans ledit conte)

O 3

que les foirées d'hiver font longues. Il faut que les aveugles faffent des contes, ou qu'ils jouent de la vielle ; car, fi on avait perdu quatre fens, il n'y aurait autre chofe à faire qu'à fe réjouir avec le cinquième.

Les Alpes préfentent leurs refpects à St *Jofeph.* On fuppofe que M. le préfident *Hénault* jouit d'une parfaite fanté ; on l'affure du plus tendre et du plus véritable attachement. *V.*

LETTRE CXII.

A M. LE COMTE D'ARGENTAL.

6 de décembre.

MES divins anges fauront qu'un jeune M. *Turretin* devait leur apporter des Tolérances, il y a environ quinze jours ; que ce jeune M. *Turretin*, d'ailleurs fort aimable, s'eft arrêté à Lyon, et qu'il n'arrivera avec fon paquet que dans quelques jours.

Je crois avoir dit à mes anges que cette petite requête de l'humanité et de la raifon avait fort bien réuffi auprès de madame de *Pompadour* et de M. le duc de *Choifeul ;* c'eft pourtant un ouvrage bien théologique, bien rabbinique. Mais comme il ne faut pas être toujours enfoncé dans la *Sainte-Ecriture*, vous aurez des contes tant que vous en voudrez ; vous n'avez qu'à dire.

Faites-moi donc un peu part de votre confpiration. Vous me traitez, comme *Léontine* et *Exupère* en ufent

avec *Héraclius* ; ils font tout pour lui , et ne lui en
difent pas un mot. Mais c'eft, à mon fens, un grand
défaut, dans Héraclius, que ce prince refte là pendant
cinq actes comme un grand nigaud , fans favoir de
quoi il s'agit. Mais je m'en remets entièrement à ma
Léontine et à mon *Exupère* , et je vous donne même
la préférence fur ces deux perfonnages.

Nous fommes enterrés fous la neige ; c'eft le temps
de s'égayer , car la nature eft bien trifte. Je tâche de
m'amufer et d'amufer mes divins anges. Je baife le
bout de leurs ailes avec la plus grande dévotion. *V.*

LETTRE CXIII.

AU MEME.

15 de décembre, jeudi au foir.

JE reçois une lettre célefte et bien confolante de
mes anges, du 8 de décembre. Je ne me plains plus,
je ne crains plus ; mais je n'ai plus de Quakers. Il
faudrait engager quelque honnête libraire à imprimer
ce falutaire ouvrage à Paris.

Je rêverai à Olimpie. Je demande quinze jours ou
trois femaines ; car actuellement je fuis furchargé , et
les yeux me font beaucoup de mal.

J'avertis par avance que maman n'eft point de
l'avis de M. de *Thibouville* ; mais je prierai DIEU
qu'il m'infpire, et s'il me vient quelque bonne penfée,
je la foumettrai à votre hiérarchie.

Songeons d'abord aux conjurés et aux roués. Je

commence à n'être pas fi mécontent de cette befogne, et je crois que, fi mademoifelle *Duménil* jouait bien *Fulvie*, et mademoifelle *Clairon* pathétiquement *Julie*, la pièce pourrait faire affez d'effet. Cependant j'ai toujours fur le cœur l'ordre qu'on donne à *Julie*, au quatrième acte, d'aller prier Dieu dans fa chambre; c'eft un défaut irremédiable. Mais où n'y a-t-il pas des défauts? Peut-être cet endroit défectueux rebutera mademoifelle *Clairon ;* elle aimera mieux le rôle de *Fulvie :* en ce cas, *Julie* ferait, je crois, à mademoi-felle *Dubois*, et cet arrangement vaudrait peut-être bien l'autre.

Je fuis enchanté que l'affaire de la *Gazette littéraire* foit terminée ; mais je crains bien d'être inutile à cette entreprife. Il faut lire plufieurs livres, et je deviens aveugle ; heureufement un aveugle peut faire des tragédies ; et, fi les roués ne me découragent pas, vous entendrez parler de moi l'année prochaine.

Laiffons là *Icile*, je vous en fupplie; c'eft un point fur un *i*. Ne me parlez point d'une engelure, quand le renvoi de *Julie* dans fa chambre me donne la fièvre double tierce.

Le Corneille eft entièrement fini depuis long-temps; on l'aura probablement fur la fin de janvier. La petite-nièce à *Pierre* avance dans fa groffeffe, tantôt chantant, tantôt fouffrant. Notre petite famille eft compofée d'elle, de fon mari, d'une fœur et d'un jéfuite ; voilà un plaifant affemblage ; c'eft une colonie à faire pouffer de rire. Je fouhaite que celle de M. le duc de *Choifeul*, à la Guiane (qui eft, ne vous déplaife, le pays d'Eldorado), foit auffi unie et auffi gaie. La nôtre fe met toujours à l'ombre de

vos ailes, et je vous adore du culte d'hyperdulie ;
et, ſi les roués réuſſiſſent, j'irai juſqu'à latrie. Mettez-
moi, je vous en conjure, aux pieds de M. le duc de
Praſlin, pour l'année prochaine, et pour toutes celles
où je pourrai exiſter.

LETTRE CXIV.

AU MEME.

30 de décembre.

Je mets ſous les quatre ailes de mes anges ma
réponſe à notre ami *le Kain* et aux comédiens ordinaires du roi ; je les ſupplie de donner au féal *le Kain*
ces deux paperaſſes. Si je croyais que mes anges, les
conjurés, euſſent le deſſein de faire paſſer Olimpie
avant les roués, j'y travaillerais ſur le champ, quoique je ne ſois guère en train ; c'eſt à mes conjurés
à me conduire, et à me dire ce qu'il faut faire. Je
ne ſuis que l'inſtrument de leur conſpiration ; c'eſt
à eux de me manier comme ils voudront.

Je fais toujours des contes de ma *Mère-l'oie*, en
attendant leurs ordres. Il y a, je crois, une ſottiſe
dans le récit, en petits vers, de *Téone* la gaillarde :

> Les dieux ſeuls *purent comparaître*
> A cet hymen précipité.

Il faut :

> Les dieux ſeuls *daignèrent* paraître.

—— Car les dieux ne comparaiffent pas. Je vous fupplie donc de corriger cette fottife, de votre main blanche. Vous m'allez demander pourquoi, étant lynx fur les fautes de mes contes à dormir debout, je fuis taupe fur les défauts des tragédies ? mes anges, c'eft qu'une tragédie eft plus difficile à rapetaffer qu'un conte. Il faut, pour une tragédie, un extrême recueillement; et j'ai à préfent mon curé en tête. Il ne reffemble point du tout à l'hiérophante d'Olimpie, qui négligeait le temporel; mon prêtre me pourfuit avec une vivacité tout-à-fait facerdotale, et je ne fais trop que répondre au parlement de Dijon. J'ai pris la liberté d'expofer ma doléance, en peu de mots, à M. le duc de *Praflin.*

La Tolérance me tient auffi un peu en échec. Il y a un homme qui travaille à la cour en faveur des huguenots, et qui probablement ne réuffira guère. On me fait craindre que la race des dévots ne fe déchaîne contre ma Tolérance : heureufement, mon nom n'y eft pas; et vous favez que j'ai toujours trouvé ridicule qu'on mît fon nom à la tête d'un ouvrage; cela n'eft bon que pour un mandement d'évêque : *Par monfeigneur*, CORTIAT, *fecrétaire.*

On dit que l'archevêque de Paris avait préparé un beau mandement, bien chrétien, bien féditieux, bien intolérant, bien abfurde, et que le roi lui a fait fupprimer fa petite drôlerie. Cela paffe pour conftant; mais vous vous gardez bien de m'en dire un mot. Vous oubliez toujours que je fuis bon citoyen; vous croyez que je n'habite que le temple d'Ephèfe et la petite île de Reno, auprès de Bologne, où mes trois maroufles firent leurs profcriptions.

Comment va la *Gazette littéraire* ? Il me vient ——
d'Angleterre des paquets énormes; mais qu'en ferai-je 1763.
avec mes pauvres yeux ? je ne fais où j'en fuis. DIEU
vous donne fanté et longue vie !

Refpect et tendreffe. *V.*

LETTRE CXV.

A M. DE LA HARPE.

Décembre.

APRÈS le plaifir, Monfieur, que m'a fait votre
tragédie (*), le plus grand que je puiffe recevoir eft la
lettre dont vous m'honorez. Vous êtes dans les bons
principes, et votre pièce juftifie bien tout ce que
vous dites dans votre lettre. *Racine*, qui fut le premier
qui eut du goût, comme *Corneille* fut le premier qui
eut du génie, l'admirable *Racine*, non affez admiré,
penfait comme vous. La pompe du fpectacle n'eft une
beauté que quand elle fait une partie néceffaire du fujet;
autrement, ce n'eft qu'une décoration. Les incidens
ne font un mérite que quand ils font naturels, et les
déclamations font toujours puériles, furtout quand
elles font remplies d'enflures. Vous vous applaudiffez
de n'avoir pas fait des vers à retenir; et moi, Monfieur, je trouve que vous en avez fait beaucoup de
ce genre. Les vers que je retiens le plus aifément
font ceux où la maxime eft tournée en fentiment,
où le poëte cherche moins à paraître qu'à faire
paraître fon perfonnage, où l'on ne cherche point à

(*) *Warwick.*

étonner, où la nature parle, où l'on dit ce que l'on doit dire ; voilà les vers que j'aime : jugez fi je ne dois pas être très-content de votre ouvrage.

Vous me paraiffez avoir beaucoup de mérite, attendu que vous avez beaucoup d'ennemis. Autrefois, dès qu'un homme avait fait un bon ouvrage, on allait dire au frère *Vadeblé* qu'il était janféniste ; le frère *Vadeblé* le difait au père *le Tellier* qui le difait au roi. Aujourd'hui, faites une bonne tragédie, et l'on dira que vous êtes athée. C'eft un plaifir de voir les pouilles que l'abbé d'*Aubignac*, prédicateur du roi, prodigue à l'auteur de Cinna. Il y a eu, de tout temps, des *Frérons* dans la littérature ; mais on dit qu'il faut qu'il y ait des chenilles, pour que les roffignols les mangent, afin de mieux chanter.

J'ai l'honneur d'être, &c.

LETTRE CXVI.

A M. LE DOCTEUR BIANCHI, *à Rimini.*

Vous avez prononcé, Monfieur, l'éloge de l'art dramatique, et je fuis tenté de prononcer le vôtre. Je regardai cet art, dès mon enfance, comme le premier de tous ceux à qui ce mot de *beau* eft attaché. On me dira : *Vous êtes orfévre, monfieur Joffe ?* mais je répondrai que c'eft *Sophocle* qui m'a donné mes lettres de maîtrife, et que j'ai commencé par admirer avant de travailler.

Je vois avec plaifir que, dans l'Italie, cette mère

de tous les beaux arts, plufieurs perfonnes de la pre- ——

mière confidération, non-feulement font des tragédies
et des comédies, mais les repréfentent. M. le marquis
Albergati Capacelli a fait des imitateurs. Ni vous, ni
lui, ni moi, Monfieur, ne prétendons qu'on faffe
de l'Europe la patrie des Abdérites ; mais quel plus
noble amufement les hommes bien élevés peuvent-ils
imaginer ? De bonne foi, vaut-il mieux mêler des
cartes, ou ponter au pharaon ? c'eft l'occupation
de ceux qui n'ont point d'ame ; ceux qui en ont
doivent fe donner des plaifirs dignes d'eux. Y a-t-il
une meilleure éducation que de faire jouer *Augufte* à
un jeune prince, et *Emilie* à une jeune princeffe ?
On apprend en même temps à bien prononcer fa
langue, et à la bien parler ; l'efprit acquiert des
lumières et du goût, le corps acquiert des grâces ;
on a du plaifir, et on en donne très-honnêtement.
Si j'ai fait bâtir un théâtre chez moi, c'eft pour
l'éducation de mademoifelle *Corneille* ; c'eft un devoir
dont je m'acquitte envers la mémoire du grand-homme
dont elle porte le nom.

Ce qu'il y avait de mieux au collége des jéfuites
de Paris, où j'ai été élevé, c'était l'ufage de faire
repréfenter des pièces par les penfionnaires, en préfence
de leurs parens. Plût à Dieu qu'on n'eût eu que
cette récréation à reprocher aux jéfuites ! Les janféniftes ont tant fait qu'ils ont fermé leurs théâtres.
On dit qu'ils fermeront bientôt leurs écoles. Ce n'eft
pas mon avis ; je crois qu'il faut les foutenir et les
contenir ; leur faire payer leurs dettes, quand ils
font banqueroutiers ; les pendre même, quand ils
enfeignent le parricide ; fe moquer d'eux, quand ils

—— font d'auffi mauvais critiques que frère *Berthier*. Mais
1763. je ne crois pas qu'il faille livrer notre jeuneffe aux
janféniftes, attendu que cette fecte n'aime que le
Traité de la grâce, de St *Profper*, et fe foucie peu de
Sophocle, d'*Euripide* et de *Térence*, quoique, par une
de ces contradictions fi ordinaires aux hommes,
Térence ait été traduit par les janféniftes de Port-
royal. Faites aimer l'art de ces grands-hommes (je
ne parle pas des janféniftes, je parle des *Sophocle*).
Malheur aux barbares jaloux à qui DIEU a refufé un
cœur et des oreilles; malheur aux autres barbares qui
difent : On ne doit enfeigner la vertu qu'en monologue; le dialogue eft pernicieux. Eh ! mes amis, fi
l'on peut parler de morale tout feul, pourquoi pas
deux et trois ? Pour moi, j'ai envie de faire afficher:
On vous donnera, mardi, un fermon, en dialogue,
compofé par le révérend père *Goldoni*.

N'êtes-vous pas indigné, comme moi, de voir des
gens qui fe difent gravement : Paffons notre vie à
gagner de l'argent; cabalons, environs-nous quelquefois; mais gardons-nous d'aller entendre Polyeucte, &c.

LETTRE CXVII.

1763.

A M. LE K'AIN.

Le . . . . . .

MONSIEUR le *Garrick* de France, vous n'êtes le *Garrick* que pour le mérite, et non pour la bourfe. Vous vous en tenez aux applaudiffemens du public, et vous laiffez là les penfions de la cour ; mais, quand une fois le roi aura fept cents quarante millions net de revenu annuel, qu'on lui promet dans des brochures, je ne doute pas que vous ne foyez alors couché fur l'état. Vous venez de faire un miracle ; vous avez fait fupporter à la nation une tragédie fans femmes ; vous avez auffi fait paraître un corps mort. Vous parviendrez à faire changer l'ancienne monotonie de notre fpectacle, qu'on nous a tant reprochée. Il faut avouer que jufqu'ici la fcène n'a pas été affez agiffante ; mais auffi gare les actions forcées et mal amenées, gare le fracas puéril du collége. Tout a fes mouvemens, et le chemin du bon eft bien étroit. Vous avez trouvé ce chemin, mon grand acteur ; je ne ferai content que lorfque vous ferez dans celui de la fortune, et que la cour vous aura rendu juftice. Je vous embraffe bien tendrement. Madame *Denis* vous fait mille complimens. *V.*

LETTRE CXVIII.

A U* MEME.

A Ferney, 30 de décembre.

Vous verrez, mon cher *Garrick* de France, par ma réponfe à meffieurs vos confrères et à mefdames vos confœurs, combien j'ai été touché de l'attention qu'ils ont bien voulu avoir pour moi. Il me faut à préfent autant de talens que de zèle, et c'eft ce qui eft fort difficile. N'allez pas croire, mon cher ami, qu'à foixante et dix ans on foit bien échauffé par les glaces du mont Jura et des Alpes. Un vieillard peut faire des contes de ma *Mère-l'oie*; mais les tragédies en cinq actes, et en vers alexandrins, demandent le feu d'un jeune homme : je n'ai plus, malheureufement, que celui de ma cheminée. Peut-être que le fouffle de mes anges pourra ranimer en moi encore quelques étincelles. Je vous réponds de mes efforts, mais non pas de mes fuccès. Je vous réponds furtout de la tendre amitié que confervera pour vous, toute fa vie, le vieux de la montagne. *V.*

LETTRE

LETTRE CXIX. 1764.

A M. DAMILAVILLE, *à Paris.*

Le 1 de janvier.

JE reçois la belle lettre ironique de mon cher frère, du 25 de décembre , avec la lettre de frère *Thiriot* , et Ce qui plaît aux dames , et l'Education des filles. Cette Education des filles était deftinée à figurer avec d'autres éducations ; car nous avons auffi élevé des garçons. Il eft vrai que je m'amufe cet hiver à faire des contes , pour réjouir les foirs ma petite famille. Mais frère *Cramer* a fait une action abominable de copier chez moi l'Education des filles , et de l'envoyer à Paris : il ne faut pas fatiguer le public. Je me fouviens trop que *la Serre*

Volume fur volume inceffamment defferre.

Et frère *Thiriot* , à qui d'ailleurs je fais réparation d'honneur , m'écrit fort fenfément qu'il faut ufer de fobriété.

Vous ne manquerez pas de contes , mes frères ; vous en aurez , et de très-honnêtes ; un peu de patience , s'il vous plaît.

Au refte , votre lettre du 25 eft encore plus confolante qu'ironique. Je vois qu'on ne brûle , ni l'évêque d'Aléthopolis , ni quakre , ni Tolérance. Mais avez-vous vu l'arrêt du parlement de Touloufe contre le duc de *Fitz-James* ? Je vous l'envoie , mes frères ; la pièce eft rare , et vaut mieux qu'un conte.

Correfp. générale.   Tome VII.   P

1764. Vous rempliffez mon ame d'une fainte joie, en me difant que le *Saint-Evremond* (*) perce dans le monde; il fera du bien , malgré les fautes horribles d'impreffion. Béni foit à jamais celui qui a rendu ce fervice aux hommes !

On parle beaucoup d'une œuvre toute différente, c'eft le mandement de votre archevêque. On le dit imprimé clandeftinement , comme les *Contes de la Fontaine* , et on dit qu'il ne fera pas fi bien reçu. Pourrai-je obtenir un de ces mandemens , et un *Anti-financier* ? Si , par hafard , vous aviez mis par écrit vos idées fur la finance, je vous avoue que j'en ferais plus curieux que de tous les anti-financiers du monde. Je m'imagine que vous avez des vues plus faines et des connaiffances plus étendues que tous ceux qui veulent débrouiller ce chaos.

J'apprends que le parlement de Dijon vient de défendre , par un arrêt , de payer les nouveaux impôts ; j'avoue que je fuis bien mauvais ferviteur du roi , car j'ai tout payé.

Adieu, mon cher frère. *Saint-Evremond* eft un très-grand faint.

(*) Un livre philofophique publié fous le nom de *Saint-Evremond*.

LETTRE CXX.

A M. GUY DUCHESNE, *libraire à Paris.*

Aux Délices, 1 de janvier.

LE deſſein que vous me communiquez, Monſieur, de faire une jolie édition de la Henriade, ſera, je crois, approuvé, parce que notre nation, devenue de jour en jour plus éclairée, en aime *Henri IV* davantage. J'ai été toujours étonné qu'aucun littérateur, aucun poëte du temps de *Louis XIII* et de *Louis XIV*, n'eût rien fait à la gloire de ce grand-homme. Il faut du temps pour que les réputations mûriſſent.

Le bel éloge de *Maximilien de Sully*, par M. *Thomas*, a rendu le grand *Henri IV* plus cher à la nation : ainſi je penſe que vous prenez le temps le plus favorable pour réimprimer la Henriade, et que l'amour pour le héros fera pardonner les défauts de l'auteur. Je n'étais pas digne de faire cet ouvrage quand je l'entrepris, j'étais trop jeune ; et à préſent je ſuis trop vieux pour l'embellir.

La dédicace que vous voulez bien m'en faire m'eſt très-honorable ; mais, en me dreſſant ce petit autel, je vous prie d'y brûler en ſacrifice votre Zulime et votre Droit du ſeigneur que vous avez imprimés ſous mon nom, et qui ne ſont point du tout mon ouvrage. Vous avez été trompé par ceux qui vous ont donné les manuſcrits, et cela n'arrive que trop ſouvent ; c'eſt le moindre des inconvéniens de la littérature.

P 2

Quant aux foufcriptions pour le Corneille, arrangez-vous avec l'éditeur de Genève ; je ne me fuis mêlé que de commenter et de foufcrire : tout ce que je fais , c'eft que l'édition eft finie. J'ai fait mes commentaires avec une entière impartialité, fachant bien que les belles pièces de *Corneille* n'ont pas befoin de louanges, et fes fautes ne font aucun tort à ce qu'il a de fublime.

On m'a envoyé de Paris un conte intitulé : Ce qui plaît aux dames. J'y ai trouvé *remormora* pour *rememora* , *frange* pour *fange* , une rime oubliée et d'autres fautes ; je ne crois pas que l'imprimeur s'appelle *Robert Etienne*.

Je fuis, de tout mon cœur, Monfieur, votre très-humble , &c. *Voltaire*.

LETTRE CXXI.

A MADAME

LA MARQUISE DU DEFFANT,

A Ferney , 6 de janvier.

JE ne m'étonne plus, Madame, que vous n'ayez pas reçu la Jeanne que je vous avais envoyée par la pofte, fous le contre-feing d'un des adminiftrateurs. Aucun livre ne peut entrer, par la pofte, en France, fans être faifi par les commis qui fe font , depuis quelque temps , une affez jolie bibliothéque , et qui deviendront en tout fens des gens de lettres. On n'ofe pas même envoyer des livres à l'adreffe des miniftres. Enfin, Madame, comptez que la pofte eft infiniment curieufe ; et, à moins que M. le préfident *Hénault* ne fe ferve du nom de la reine pour vous faire avoir une Pucelle, je ne vois pas comment vous pourrez parvenir à en avoir des pays étrangers.

Je m'amufais à faire-des contes de ma *Mère-l'oie*, ne pouvant plus lire du tout. Je ne fuis pas précifément comme vous, Madame ; mais vous fouvenez-vous des yeux de l'abbé de *Chaulieu*, les deux dernières années de fa vie ? figurez-vous un état mitoyen entre vous et lui, c'eft précifément ma fituation.

Je penfe avec vous, Madame, que, quand on veut être aveugle, il faut l'être à Paris ; il eft ridicule de l'être dans une campagne, avec un des plus beaux afpects de l'Europe.

On a befoin abfolument, dans cet état, de la confolation de la fociété. Vous jouiffez de cet avantage ; la meilleure compagnie fe rend chez vous, et vous avez le plaifir de dire votre avis fur toutes les fottifes qu'on fait et qu'on imprime.

Je fens bien que cette confolation eft médiocre ; rarement le dernier âge de la vie eft-il bien agréable ; on a toujours efpéré affez vainement de jouir de la vie, et à la fin, tout ce qu'on peut faire, c'eft de la fupporter. Soutenez ce fardeau, Madame, tant que vous pourrez ; il n'y a que les grandes fouffrances qui le rendent intolérable.

On a encore, en vieilliffant, un grand plaifir qui n'eft pas à négliger, c'eft de compter les impertinens et les impertinentes qu'on a vu mourir, les miniftres qu'on a vu renvoyer, et la foule de ridicules qui

———— ont paffé devant les yeux. Si, de cinquante ouvrages nouveaux qui paraiffent tous les mois, il y en a un de paffable, on fe le fait lire, et c'eft encore un petit amufement. Tout cela n'eft pas le ciel ouvert, mais enfin on n'a pas mieux, et c'eft un parti forcé.

Pour M. le préfident *Hénault*, c'eft tout autre chofe ; il rajeunit, il court le monde, il eft gai, et il fera gai jufqu'à quatre-vingts ans, tandis que *Moncrif* et moi nous fommes probablement fort férieux. DIEU donne fes grâces comme il lui plaît.

Avez-vous le plaifir de voir quelquefois monfieur d'*Alembert*? non-feulement il a beaucoup d'efprit, mais il l'a très-décidé, et c'eft beaucoup ; car le monde eft plein de gens d'efprit qui ne favent comment ils doivent penfer.

Adieu, Madame ; fongez, je vous prie, que vous me devez quelque refpect ; car, fi dans le royaume des aveugles les borgnes font rois, je fuis affurément plus que borgne ; mais que ce refpect ne diminue rien de vos bontés.

Il y a long-temps que je fuis privé du bonheur de vous voir et de vous entendre ; je mourrai probablement fans cette joie. Tâchons, en attendant, de jouer avec la vie ; mais c'eft ne jouer qu'à *Colin-maillard*. V.

LETTRE CXXII.

A M. DAMILAVILLE.

7 de janvier.

*G*ABRIEL ne tâtera plus de mes contes; ils ne courront plus Paris. Ces petites fleurs n'ont de prix que quand on ne les porte pas au marché ; mon cher frère a raifon.

J'ai été enchanté du difcours de M. *Marmontel*, quoiqu'il y ait un endroit qui m'ait fait rougir. Il a pris, avec une habileté bien noble et bien adroite, le parti de nos frères contre les *Pompignan*. Tout annonce, Dieu merci, un fiècle philofophique ; chacun brûle les tourbillons de *Defcartes* avec l'*Hiftoire du peuple de* DIEU, du frère *Berruyer*. Dieu foit loué !

Il y a long-temps que je n'ai reçu de lettres de M. et de madame d'*Argental*. Je ne fais plus de nouvelles ni des belles-lettres, ni des affaires. Frère *Thiriot* écrit quatre fois par an, tout au plus. On me dit que le parlement de Grenoble eft exilé. Le roi paraît mêler à fa bonté des actions de fermeté : que d'un côté il cède à ce que les remontrances des parlemens peuvent avoir de jufte, de l'autre il maintient les droits de l'autorité royale. Je crois que la poftérité rendra juftice à cette conduite digne d'un roi et d'un père.

On m'affure toujours que le mandement de l'archevêque de Paris eft imprimé clandeftinement, et qu'on en a vu plusieurs exemplaires. Si vous pouvez, mon cher frère, me procurer une de ces *Instructions pastorales* et un *Anti-financier*, vous me soulagerez beaucoup dans ma misère. Je suis entouré de frimats, accablé de rhumatismes. Mes yeux vont toujours fort mal, mais je me ferai lire ces deux ouvrages que j'attends avec impatience de vos bontés fraternelles.

Je ne fais rien de nouveau non plus du théâtre; mais ce qui me touche le plus, c'est le beau projet que DIEU vous a inspiré à vous et à vos amis, et ce beau projet est.....

Ecr. l'inf.

LETTRE CXXIII.

A M. LE COMTE D'ARGENTAL.

8 de janvier.

IL faut que j'importune encore mes anges. Je viens de lire le livre de l'*Anti-financier*, et il me fait trembler pour celui de la Tolérance; car, si l'un dévoile les iniquités des financiers, l'autre indique des iniquités non moins sacrées. Il n'est plus permis d'envoyer une Tolérance par la poste; mais je demande comment un livre, qui a eu le suffrage de mes anges, de M. le duc de *Praslin*, de M. le duc de *Choiseul*, de madame la duchesse de *Grammont* et de madame de *Pompadour*, peut être regardé comme un livre dangereux. Je suis toujours incertain si mes anges ont reçu mes paquets, si ma réponse à l'aréopage

comique leur eſt parvenue, s'ils ont été contens des
Trois manières, s'ils conduiſent toujours leur conſpiration. Je les accable de queſtions, depuis quinze
jours. Je ſais bien que les cérémonies du jour de l'an,
les viſites, les lettres, ont occupé leur temps, et je
ne leur demande de leurs nouvelles que quand ils
auront du loiſir; mais alors je les ſupplie de me
mettre un peu au fait de toutes les choſes ſur leſquelles
j'ai fatigué leur complaiſance.

Je ne ſais encore ſi la *Gazette littéraire* eſt com-
mencée; mais ce qui me fâche beaucoup, c'eſt que,
ſi mes yeux guériſſent, la cure ſera longue, et je ne
ferai de long-temps en état de ſervir M. le duc de
Praſlin : s'ils ne guériſſent pas, je ne le ſervirai jamais.
Celui de mes anges qui ne m'écrit point, me laiſſe
toujours dans l'ignorance ſur ſes yeux et ſur l'état
de ſa ſanté; et l'autre qui m'écrit ne me dit pas un
mot de ce qui m'intéreſſe le plus.

N'avez-vous pas été frappés de l'énergie avec
laquelle l'*Anti-financier* peint la misère du peuple,
et les vexations des publicains? Mais il eſt, ce me
ſemble, comme tous les philoſophes, qui réuſſiſſent
très-bien à ruiner les ſyſtêmes de leurs adverſaires,
et qui n'en établiſſent pas de meilleurs.

Je finis ma lettre et ma journée par la douce
eſpérance que je ſerai conſolé par un mot de mes
anges.

LETTRE CXXIV.

AU MEME.

10 de janvier.

Je fuis affligé que le tyran du tripot fe brouille avec vous. Voilà un beau fujet de guerre ; cela eft bien ridicule, bien petit. Ah, que de faibleffes chez nous autres humains ! Mais exifte-t-il un tripot? on dit qu'il n'y a plus que celui de l'opéra comique, et que c'eft là que tout l'honneur de la France s'eft réfugié.

Autre fujet d'affliction, mais légère : la difcorde eft toujours à Genève. *Rouffeau* a trouvé le fecret d'allumer le flambeau du haut de fa montagne, fans qu'en vérité il y ait le moindre fondement à la querelle. Le peuple eft infolent, et le confeil faible; voilà tout le fujet de la guerre. Le plaifant de l'affaire c'eft, comme je vous l'ai déjà dit, que le peuple de *Calvin* prétend qu'un citoyen de Genève a le droit d'écrire tant qu'il veut contre le chriftianifme, fans que le confeil foit en droit de le trouver mauvais; et, pour rendre la farce complète, les miniftres du faint Evangile font du parti de *Jean-Jacques*, après qu'il s'eft bien moqué d'eux. Cela paraît incompré-henfible, mais cela eft très-vrai. Il faudrait cette fois recourir à la médiation de *Spinofa*. Ce petit magot de *Rouffeau* a écrit un gros livre contre le gouverne-ment, et fon livre enchante la moitié de la ville. Il dit en termes formels qu'il faut avoir perdu le bon

fens pour croire les miracles de *Jéfus-Chrift*. Malheureufement il m'a fourré là très-mal à propos.
Il dit au confeil que j'ai fait le *Sermon des cinquante.*
Ah, *Jean-Jacques !* cela n'eft pas d'un philofophe ;
il eft infame d'être délateur, il eft abominable de
dénoncer fon confrère, et de le calomnier auffi injuf-
tement. En un mot, mon cher ange, vous pouvez
compter qu'on eft auffi ridicule dans mon voifinage,
qu'on l'était à Paris du temps des billets de confeffion ;
mais le ridicule eft d'une efpèce toute contraire.

LETTRE CXXV.

AU MEME.

11 de janvier.

JE ne fais qui me tient que je ne .... me plaigne
de mes anges ; fi je m'en croyais, je ferais..... des
remontrances à mes anges, je leur dirais.......
leur fait ; mais je veux bien encore fufpendre mon
jufte courroux pour cette pofte ; je fais plus :

Je t'ai comblé de vers, je t'en veux accabler.

Je me fuis aperçu que le cinquième acte de leur
confpiration demandait encore quelques touches,
qu'il y avait des morceaux trop brufques, qui n'avaient
pas leur rondeur néceffaire ; que quelques vers étaient
faibles, trop peu énergiques, trop communs. Je me
fuis fouvenu furtout que mes anges, dans le temps

1764.

qu'ils m'aimaient, dans le temps qu'ils m'écrivaient, me difaient que *Julie*, en parlant à *Octave*, reffemblerait trop à *Junie* parlant à *Néron*.

Enfin, hier, ne fefant plus de contes, je repris ce cinquième acte en fous-œuvre; et, au lieu de fatiguer les conjurés de quantité de petites corrections qu'il faudrait porter fur leur ancien exemplaire, je leur envoie un cinquième acte bien propre. Mais que les conjurés prennent bien garde, qu'ils fe fouviennent qu'on connaît l'écriture de mon fecrétaire, et qu'ils rifqueraient d'être découverts! Ainfi, felon leur grande prudence, ils feront tranfcrire le tout par une main inconnue et fidelle, ou, s'ils veulent, je leur en ferai faire une autre copie. Mais, felon leur grande indifférence, ils me laiffent dans ma grande ignorance fur tout ce que je leur ai demandé, fur les paquets que je leur ai envoyés, fur leur fanté, fur leurs bontés, fur la *Gazette littéraire*, fur un paquet qui eft venu pour moi d'Angleterre, à l'adreffe de M. le duc de *Praflin*.

Refpect, tendreffe et douleur. *V.*

LETTRE CXXVI.

AU MEME.

13 de janvier.

C'EST donc aujourd'hui le 13 de janvier; c'eft donc en vain que j'ai envoyé des mémoires, des contes, des livres, des vers, des actes. Je languis fans réponfe, depuis le 22 de décembre; je meurs;

les anges m'ont tué par leur filence. Le filence eft le
jufte châtiment des bavards. Je meurs, je fuis mort. 1764.
Un *De profundis*, s'il vous plaît, à *V.*

LETTRE CXXVII.

A M. LE MARQUIS ALBERGATI CAPACELLI.

A Ferney, 13 de janvier.

VOUS voulez donc, Monfieur, que les aveugles
vous écrivent ; mais *Tiréfie* et le vieux bon homme
Tobie écrivaient-ils ? que pouvaient-ils mander ? que
pouvaient-ils dire ? Les pauvres gens étaient furement bien empêchés. Quand *Tobie* aurait écrit trois
ou quatre fois à un fénateur de Babylone qu'une
hirondelle lui avait chié dans les yeux, penfez-vous
que le fénateur eût été bien réjoui des bavarderies
de *Tobie* ? Vous dirais-je que nous avons beaucoup
de neige fur nos montagnes, que je me traîne avec
un bâton au coin du feu, que je fais ce que je peux
pour guérir mes yeux, et que je n'en peux venir à
bout, que mon théâtre eft fermé, qu'il faut que je
m'accoutume à toutes les privations ? Dieu vous
préferve de jamais tomber dans cet état! Heureufe-
ement vous êtes encore jeune ; vous avez l'occupation
des affaires et l'amufement des plaifirs : voilà tout ce
qu'il faut à l'homme. Confervez long-temps tous vos
avantages; gouvernez Bologne pendant l'hiver, et le
théâtre pendant l'été. Jouiffez de la vie ; je fupporte
la mienne ; et, tant qu'elle durera, je vous ferai
bien tendrement attaché. *V.*

LETTRE CXXVIII.

A M. LE COMTE D'ARGENTAL.

Aux Délices, 18 de janvier.

J'ÉTAIS mort, comme vous favez ; la lettre de mes anges, du 12 de janvier, ne m'a pas tout-à-fait reffufcité, mais elle m'a dégourdi. Il y a eu certainement trois paquets détenus à la pofte. On ne veut abfolument point de livres étrangers par les couriers ; il faut fubir fa deftinée : mais avec ces livres on a retenu le conte des Trois manières, qui était adreffé à M. de *Courteille ;* et ce qu'il y a de plus criant, de plus contraire au droit des gens, c'eft que ce conte manufcrit était tout feul de fa bande, et ne fefait pas un gros volume. Le roi ne peut pas avoir donné ordre qu'on faisît mon conte ; et, s'il l'a lu, il en aura été amufé pour peu qu'il aime les contes.

Je foupçonne donc que ce conte eft actuellement entre les mains de quelque commis de la pofte qui n'y entend rien. Comment fléchir M. *Janel* ? eft-il poffible que la plus grande confolation de la vie, celle d'envoyer des contes par la pofte, foit interdite aux pauvres humains ? Cela fait faigner le cœur.

Ce qui m'émerveille encore, c'eft que M. le duc de *Praflin* n'ait point reçu de réponfe de monfieur le premier préfident de Dijon. Cette réponfe ferait-elle avec mon conte ? J'ai fupplié M. le duc de *Praflin*

de vouloir bien faire fignifier fes volontés à mon ———,
avocat *Mariette*. Il fera ce qu'il jugera à propos.   1764.

Mais quoi ! la confpiration des roués s'en eft donc
allée en fumée ? J'ai envoyé en dernier lieu un cinquième acte des roués ; il eft fans doute englouti
avec mon conte. La pièce des roués me paraiffait
affez bien ; la confpiration allait fon train. Ce cinquième acte me paraiffait très-fortifié ; mais s'il eft
entre les mains de M. *Janel*, que dire ? que faire ?
M. le duc de *Praflin* ne pourrait-il pas me recommander à M. *Janel*, comme un bon vieillard qu'il
honore de fa pitié ? Je fuis fûr que cela ferait un
très-bon effet.

Par où, comment enverrai-je une Olimpie rapetaffée qu'on me demande ? M. *Janel* me faifira
tous mes vers.

M. *le Franc de Pompignan* envoie par la pofte autant
de vers hébraïques qu'il veut , et moi, je ne pourrai
pas envoyer un quatrain ! et mes paquets feront
traités comme des étoffes des Indes !

Vous me parlez, mes divins anges, de diftribution de rôles ; mais auparavant il faut que la
pièce foit en état, et j'enverrai le tout enfemble.

Mes anges peuvent être perfuadés que je leur
ai écrit toutes les poftes depuis un mois, fans en
manquer une, et toujours fous l'enveloppe de M. de
Courteille; qu'ils jugent de ma douleur et de mon
embarras !

On m'a mandé d'Angleterre qu'il m'était venu
un gros paquet de livres pour la *Gazette littéraire*.
Je n'entends pas plus parler de ce paquet que de
mon conte ; je n'entends parler de rien , et je refte

dans la banlieue de Genève , tapi dans les neiges comme un blaireau.

Je n'ai point du tout été la dupe de tous les bruits qui ont couru fur une repréfentation à Verfailles , et j'ai jugé que cette repréfentation n'aurait pas beaucoup de fuite.

Je me mets fous les ailes de mes anges, dans l'effufion et dans l'amertume de mon cœur.

N. B. Remarquez bien que, depuis un mois, je n'ai reçu d'eux qu'une lettre.

Remarquez encore que j'approuve de tout mon cœur l'idée du père *Corneille*. Je vais écrire, ou plutôt faire écrire (car mes yeux refufent le fervice) à *Gabriel Cramer*, à Genève ; qu'il s'arrange avec les diftributeurs des exemplaires à Paris , pour que le père *Corneille* en porte à qui il voudra. Il fera fans doute très-bien accueilli du roi.

LETTRE

LETTRE CXXIX.

A M. DAMILAVILLE.

18 de janvier.

IL faut fe réfigner, mon cher frère, fi les ennemis de la tolérance l'emportent *Curavimus Babylonem*,
et non eft fanata, derelinquamus eam. Il n'y aura jamais
qu'un petit nombre de philofophes et de juftes
fur la terre.

Je vous remercie de l'*Anti-financier*. L'ouvrage eft
violent, et porte à faux d'un bout à l'autre. Comment un confeiller au parlement peut - il toujours
prononcer la chimère de fon impôt unique, tandis
qu'un autre confeiller, devenu contrôleur général,
eft indifpenfablement obligé de conferver tant d'autres
taxes? De plus, on confond trop fouvent dans
cet ouvrage le parlement, cour fupérieure à Paris,
avec le parlement de la nation qui était les Etats
généraux. Je vois que dans tous les livres nouveaux
on parle au hafard. Dieu veuille qu'on ne fe
conduife pas de même!

Je fuis bien aife d'amufer les frères de quelques notes fur *Corneille*, en attendant qu'ils aient
l'édition. Je voudrais que nos philofophes, les *Diderot*,
les d'*Alembert*, les *Marmontel* viffent ces remarques.
Je penfe qu'ils feront de mon avis, et j'en appelle
au fentiment de mon cher frère.

Je le remercie du *Droit eccléfiaftique* qu'il m'a fait

Correfp. générale.   Tome VII.   Q

—— parvenir par l'enchanteur *Merlin*. On dit que *Lambert*
1764. eſt en priſon ; et , ce qui eſt étrange , ce n'eſt pas
pour avoir imprimé les mal-ſemaines de *Fréron*.

On a beaucoup parlé à Paris du retour du cardinal de *Bernis ;* on l'a regardé comme un grand
événement , et c'en eſt un fort petit. Mais eſt-il
vrai que vingt-quatre jéſuites du Languedoc ſe ſont
choiſi un provincial ? eſt-il vrai que votre parlement
demande au roi l'expulſion de tous les jéſuites de
Verſailles ? eſt-il vrai qu'on tient au parlement l'affaire de l'archevêque ſur le bureau , et qu'on s'expoſe
à l'excommunication mineure et majeure ?

Je ne peux plus que faire des vœux pour la
tolérance ; il me paraît qu'il n'y en a plus guère
dans le monde. Les ennemis ſont ardens et les
fidelles ſont tièdes. Je recommande notre petit troupeau à vos ſoins paternels.

J'ai toujours oublié de demander à frère d'*Alembert*
ce qu'était devenu le pauvre frère de *Prades*. N'en
ſavez-vous point de nouvelles? Prions DIEU pour
lui , et *écr. l'inf*... Priez auſſi DIEU pour moi,
car je ſuis bien malade.

LETTRE CXXX.

A M. LE COMTE D'ARGENTAL.

Aux Délices, le 20 de janvier.

CE n'eſt pas un petit renverſement du droit divin et humain que la perte d'un conte à dormir debout et d'un cinquième acte qui pourrait faire le même effet ſur le parterre, qui a le malheur d'être debout à Paris. J'ai écrit à mes anges gardiens une lettre ouverte que j'ai adreſſée à M. le duc de *Praſlin*; j'adreſſe auſſi mes complaintes douloureuſes et reſpectueuſes à M. *Janel* qui, étant homme de lettres, doit favoriſer mon commerce. Je conçois après tout que, dans le temps que l'*Anti-financier* cauſait tant d'alarmes, on ait eu auſſi quelques inquiétudes ſur l'*Anti-intolérant* ; ce dernier ouvrage eſt pourtant bien honnête, vous l'avez approuvé. MM. les ducs de *Praſlin* et de *Choiſeul* lui donnaient leur ſuffrage; madame de *Pompadour* en était ſatiſfaite. Il n'y a donc que le ſieur évêque du Puy et ſes conſorts qui puiſſent crier. Cependant, ſi les clameurs du fanatiſme l'emportent ſur la voix de la raiſon, il n'y a qu'à ſuſpendre pour quelque temps le débit de ce livre qui aurait le crime d'être utile, et, en ce cas, je ſupplierais mes anges d'engager frère *Damilaville* à ſupprimer l'ouvrage pour quelques mois, et à ne le faire débiter qu'avec la plus grande diſcrétion. Ah ! ſi mes anges pouvaient m'envoyer la petite

Q 2

1764. —— drôlerie de l'hiérophante de Paris, qu'ils me feraient plaifir! car je fuis fou des mandemens depuis celui de *Jean George*. Mes anges me répondront peut-être qu'ils ne fe foucient point de ces bagatelles épifcopales; qu'ils veulent qu'*Olimpie* meure au cinquième acte; que c'eft-là l'effentiel; je leur enverrai inceffamment des idées et des vers, mais pourquoi avoir abandonné la confpiration? pourquoi s'en être fait un plaifir fi long-temps pour y renoncer? Si vous trouvez les roués paffables, que ne leur donnez-vous la préférence que vous leur aviez deftinée? Si vous trouvez les roués infipides, il ne faut jamais les donner. Répondez à ce dilemme: je vous en défie; au refte votre volonté foit faite en la terre comme au ciel. Je me profterne au bout de vos ailes.

N. B. J'ai écrit une lettre fort bien raifonnée à M. le duc de *Praflin* fur les dixmes.

Refpect et tendreffe.

LETTRE CXXXI.

A M. LE MARECHAL DUC DE RICHELIEU.

A Ferney , 24 de janvier.

J'AI des remercîmens à faire à monseigneur mon héros, de la pitié qu'il a eue du sieur *Ladouze*, incendié à Bordeaux ; et, si j'osais, je prendrais encore la liberté de lui recommander ce pauvre *Ladouze ;* mais mon héros n'a besoin des importunités de personne, quand il s'agit de faire du bien.

On a ri de Grenoble à Gex d'une lettre de monsieur le gouverneur de Guienne à monsieur le commandant de Dauphiné, dans laquelle il demande quelle est l'étiquette quand on pend les gouverneurs de province. J'espère qu'en effet on finira par rire de tout ceci, selon la louable coutume de la nation. Je ris aussi, quoiqu'un pauvre diable de quinze-vingt ne soit pas trop en joie.

On n'a pu envoyer à monseigneur le maréchal les exemplaires cornéliens, attendu qu'on n'a pas encore les estampes, que la liste des souscripteurs n'est pas encore imprimée, et qu'il y a toujours des retardemens dans toutes les affaires de ce monde.

Je crois que M. le cardinal de *Bernis* finira par être archevêque, mais d'*Alembert* doute qu'ayant fait les Quatre saisons, il fasse encore la pluie et le beau temps.

On prétend que l'électeur palatin se met sur les rangs pour être roi de Pologne. Je le trouve bien bon , et je fuis fort fâché, pour ma part, qu'il veuille fe ruiner pour une couronne qui ne rapporte que des dégoûts.

Je me mets aveuglément aux pieds de mon héros. *V.*

LETTRE CXXXII.

A M. LE COMTE D'ARGENTAL.

Aux Délices , 27 de janvier.

DITES-MOI donc , mes anges , fi vous avez enfin reçu un cinquième acte et un conte. Une certaine inquifition fe ferait-elle étendue jufque fur ces baga- telles ? et quand le lion ne veut pas fouffrir de cornes dans fes Etats, faut-il auffi que les lièvres craignent pour leurs oreilles ? L'aventure de la Tolérance me fait beaucoup de peine. Je ne peux concevoir qu'un ouvrage que vous avez tant approuvé puiffe être regardé comme dangereux. Je n'ai , d'ailleurs , et je ne veux avoir d'autre part à cet ouvrage , que celle d'avoir penfé comme vous. Il y a trop de théo- logie , trop de *Sainte-Ecriture*, trop de citations, pour qu'on puiffe raifonnablement fuppofer qu'un pauvre fefeur de contes y ait mis la main. Je me borne à confeiller à l'auteur de fupprimer cet ouvrage en France, fi·la tolérance n'eft pas tolérée par ceux qui font à la tête du gouvernement. Mais enfin , quand madame de *Pompadour* en eft fatisfaite, quand MM. les ducs de *Choifeul* et de *Praflin* témoignent

leur approbation , quand M. le marquis de *Chauvelin*
joint fon enthoufiafme au vôtre, qui donc peut
profcrire un livre qui ne peut enfeigner que la
vertu ?

Si le roi avait eu le temps de le lire chez madame
de *Pompadour* , l'auteur oferait fe flatter que fa
Majefté n'en aurait pas été mécontente , et c'eft
fur la bonté du cœur du roi qu'il fonde cette efpérance.

Monfieur le chancelier, dans les premiers jours
d'un miniftère difficile , aurait-il abandonné l'examen de ce livre à quelqu'un de ces efprits épineux
qui veulent trouver du mal par-tout où le bien
fe trouve avec candeur et fans politique ?

Enfin, pourquoi a-t-on retenu à la pofte de Paris
tous les exemplaires que plufieurs particuliers de
Genève et de Suiffe avaient envoyés à leurs amis,
fous les enveloppes qui paraiffaient devoir être les
plus refpectées ? Cette rigueur n'a commencé qu'après
que les éditeurs ont eu la circonfpection dangereufe d'en envoyer eux - mêmes un exemplaire à
monfieur le chancelier, de le foumettre à fes lumières,
et de le recommander à fa protection. Il fe peut
que les précautions qu'on a prifes pour faire agréer
le livre, foient précifément ce qui a caufé fa difgrâce. Mes chers anges font très à portée de s'en
inftruire. On peut parler ou faire parler à monfieur
le chancelier. Je les conjure de vouloir bien s'éclaircir
et m'éclairer. Tout fuiffe que je fuis, je voudrais bien ne pas déplaire en France. Je cherche
à me raffurer en me figurant que, dans la fermentation où font les efprits, on ne veut pas s'expofer

Q 4

aux plaintes de la partie du clergé qui perfécute les proteftans, tandis qu'on a tant de peine à calmer les parlemens du royaume. Si ce qu'on propofe dans la tolérance eft fage, on n'eft pas dans un temps affez fage pour l'adopter. Pourvu qu'on ne fache pas mauvais gré à l'auteur, je fuis très-content, et j'attends ma confolation de mes anges.

'On me mande que plufieurs évêques font des mandemens, à l'exemple de M. de *Beaumont*, et qu'ils iront tenir un concile à Sept-Fons. Je ne fais fi le rappel de tous les commandans eft une nouvelle vraie. Je m'en tiens aux événemens, et je n'y fais point de commentaires comme fur *Corneille*. Les graveurs feuls empêchent que l'édition de Corneille n'arrive.

Mais, encore une fois, pourquoi abandonner votre confpiration? eft-ce le ton d'aujourd'hui de commencer une chofe, pour ne la pas finir?

Je vous falue de loin, mes divins anges, et je crois que ces mots *de loin* font bien convenables dans le temps préfent; mais je vous falue avec la plus vive tendreffe.

LETTRE CXXXIII.

A M. DAMILAVILLE.

27 de janvier.

Vos lettres, mon cher frère, font une grande confolation pour le quinze-vingt des Alpes; elles me font voir combien les philofophes font au-deffus des autres hommes. Il me femble que vous voyez les chofes comme il faut les voir.

Il eft certain que les inondations ont arrêté quelquefois les couriers; mais il n'eft pas moins vrai que les premières perfonnes de l'Etat n'ont pu recevoir de Tolérance par la pofte. Vous favez qu'on me fait trop d'honneur en me foupçonnant d'être l'auteur de cet ouvrage; il eft au-deffus de mes forces. Un pauvre feseur de contes n'en fait pas affez pour citer tant de pères de l'Eglife avec du grec et de l'hébreu.

Quel que foit l'auteur, il paraît qu'il n'a que de bonnes intentions. J'ai vu des lettres des hommes les plus confidérables de l'Europe, qui font entièrement de l'avis de l'auteur depuis le commencement jufqu'à la fin; mais il y a des temps où il ne faut pas irriter les efprits qui ne font que trop en fermentation. J'oferais confeiller à ceux qui s'intéreffent à cet ouvrage, et qui veulent le faire débiter, d'attendre quelques femaines, et d'empêcher que la vente ne foit trop publique.

Je vous remercie bien de l'exploit du marquis

—— de *Créqui*. Voilà, de tous les exploits qu'ont fait les Français depuis vingt ans, le meilleur affuré-ment. Cela vaut mieux que tous les mandemens que vous pourriez m'envoyer. *Chriftophe* à Sept-Fons aura l'air d'un martyr, et j'en fuis fâché ; mais on fe fouviendra que , *non Sept - Fons, fed caufa facit martyrem.* Les mandemens des autres évêques ne feront pas, je crois , un grand effet dans la nation ; mais le rappel des commandans , le triom-phe des parlemens , &c. , font une énigme dont je ne puis ou n'ofe deviner le mot. C'eft le com-bat des élémens dont les yeux profanes ne peuvent découvrir le principe.

Je me flatte qu'enfin l'épidémie des remontrances va ceffer comme la mode des pantins. Mais celle de l'opéra comique fubfiftera long-temps ; c'eft - là le vrai génie de la nation.

Voici un petit billet pour frère *Thiriot.* Je crains bien qu'il ne tâte auffi de la banqueroute de ce notaire. C'était une chofe inouie autrefois qu'un notaire pût être banqueroutier ; mais depuis que *Mazade , Porlier*, confeillers au parlement, *Bernard*, maître des requêtes , ont fait de belles faillites, je ne fuis plus étonné de rien. Ce maître *Bernard*, furintendant de la maifon de la reine, beau - frère du premier préfident de la première claffe du par-lement de France, et monfieur fon fils, l'avocat général, ont emporté, à madame *Denis* et à moi, environ quatre-vingts mille livres, et monfieur le pré-fident *Molé* a toujours été fi occupé des remon-trances fur les finances, qu'il a toujours oublié de me faire rendre juftice de monfieur fon beau-frère.

1764.

Eſt-il vrai que M. de *Laverdy* a déjà fait beaucoup de retranchemens dans les dépenſes publiques et dans les profits de quelques particuliers ? Si cela eſt, il ſauve quelques écus, mais il doit des millions.

Je ne ſais aucune nouvelle du tripot de la comédie, ni des autres tripots qui ſe croient plus eſſentiels. Je ſerai affligé ſi la pièce de frère *Saurin* eſſuie un affront ; c'eſt un des frères les plus perſuadés ; je ſouhaite qu'il ſoit un des plus zélés. Frère *Helvétius* eſt-il à Paris ? Tâchez d'avoir quelque choſe d'édifiant à me dire touchant le petit troupeau. Cultivéz la vigne, mon cher frère, et *écr. l'inf...*

LETTRE CXXXIV.

A M. MARMONTEL.

28 de janvier.

Puisque les choſes ſont ainſi, mon cher ami, je n'ai qu'à gémir et à vous approuver. Vous rendrèz du moins juſtice à mes intentions ; je voulais qu'aucune voix ne manquât à vos triomphes. Ce que vous m'apprenez me fait une vraie peine. Je me conſolerai ſi la littérature jouit à Paris de la liberté, ſans laquelle elle ne peut exiſter, ſi la philoſophie n'eſt point perſecutée, ſi une ſecte affreuſe de rigoriſtes ne ſuccède pas aux jéſuites, ſi le petit lumignon de raiſon que vous contribuez à ranimer dans la nation, ne vient pas bientôt à s'éteindre.

On dit qu'un pédant de l'univerſité écrit déjà contre l'*Eſprit des lois*. Le principal mérite de ce livre eſt d'établir le droit qu'ont les hommes de penſer par eux-mêmes. Voilà les vraies libertés de l'Egliſe gallicane qu'il faut que votre aimable coadjuteur de Strasbourg ſoutienne. Il y aura toujours en France une eſpèce de ſorciers vêtus de noir, qui s'efforceront de changer les hommes en bêtes; mais c'eſt à vous et à vos amis à changer les bêtes en hommes. On dit que ce *Bougainville*, à qui un homme de tant de mérite a ſuccédé, n'était, en effet, qu'une très-méchante bête; que c'était lui qui avait accuſé *Boindin* d'athéiſme, et qui l'avait perſécuté, même après ſa mort. Si cela eſt, ce mal-heureux, connu ſeulement par une plate traduction d'un plat poëme, méritait quelques reſtrictions aux éloges que vous lui avez donnés. Il ſe trouve que l'auteur et le traducteur étaient perſécuteurs.

L'auteur de l'*Anti-Lucrèce* ſollicita l'excluſion de l'abbé de *Saint-Pierre*, et le tranſlateur proſaïque de l'*Anti-Lucrèce* priva *Boindin* de l'éloge funèbre qu'il lui devait. Cet *Anti-Lucrèce* m'avait paru un chef-d'œuvre quand j'en entendis les quarante pre-miers vers récités par la bouche mielleuſe du cardinal; l'impreſſion lui a fait tort. J'aime mieux un de vos contes moraux que tout l'*Anti - Lucrèce*. Vous devriez bien nous faire des contes philoſophiques, où vous rendriez ridicules certains ſots et certaines ſottiſes, certaines méchancetés et certains méchans; le tout avec diſcrétion, en prenant bien votre temps, et en rognant les ongles de la bête quand vous la trouverez un peu endormie.

Faites mes complimens à tous nos frères qui compofent le *pufillum gregem*. Que nos frères s'unif-fent pour rendre les hommes le moins déraifon-nables qu'ils pourront! qu'ils tâchent d'éclairer juf-qu'aux hiboux, malgré leur haine pour la lumière! Vous ferez bénis de DIEU et des fages.

Madame *Denis* et moi nous vous ferons toujours bien attachés.

LETTRE CXXXV.

A M. LE COMTE D'ARGENTAL.

Aux Délices, 29 de janvier.

MES anges trouveront ici un mémoire qu'ils font fuppliés de vouloir bien donner à M. le duc de *Praflin*. On dit qu'ils font extrêmement contens du nouveau mémoire de *Mariette* en faveur des *Calas*, Je crois que leur affaire fera finie avant celle des dixmes de Ferney. *Melpomène*, *Clio* et *Thalie*, c'eft-à-dire les tragédies, l'hiftoire et les contes, n'em-pêchent pas qu'on ne fonge à fes dixmes, attendu qu'un homme de lettres ne doit pas être un fot qui abandonne fes affaires pour barbouiller des chofes inutiles.

Je fais la fubftance du mandement de votre archevêque; mais je vous avoue que je voudrais bien en avoir le texte facré. On dit que l'exécuteur des hautes œuvres de *meffieurs* a brûlé la *Paftorale* de monfeigneur. Si monfieur l'exécuteur a lu autant

—— de livres qu'il en a brûlé , il doit être un des
1764. plus favans hommes du royaume.

Mons du Puy en Velay n'a pas les mêmes honneurs; il voudrait bien être lu, dût-il être brûlé.
L'hiftoriographe des finges aura beau jeu quand il
écrira l'hiftoire du temps.

Je fuppofe que mes anges ont reçu mes deux derniers mémoires envoyés à M. de *Courteille.* Je cours
toujours après mon cinquième acte et après mon
conte, et je vois que les enfers ne rendent rien.

J'ai reçu une lettre de M. de *Thibouville. Le Kain*
m'a écrit auffi, et je fuis fâché qu'il foit dans le
fecret de la confpiration.

Je ne réponds à perfonne ; je n'envoie rien ;
mes raifons font qu'on joue Caftor et Pollux, qu'on
va jouer Idoménée, qu'on eft fou de l'opéra comique,
qu'il faut du temps pour tout, et que j'attends les
ordres de mes anges , me proflernant fur leurs
ailes.

LETTRE CXXXVI. 1764.

A M. LE COMTE DE VALBELLE,

Qui avait fait graver le beau portrait de mademoiselle Clairon, en Médée.

Ferney, 30 de janvier.

JE prie celui qui éternise les traits de mademoifelle *Clairon* fur le bronze, comme fes talens le font dans les cœurs, de vouloir bien agréer mes très-humbles remercîmens. J'efpère que mes yeux me permettront bientôt de reconnaître des traits qui font fi chers au public. Je me confolerai, en voyant la figure de *Melpoméne*, du malheur de ne la pas entendre, et je refpecterai toujours les monumens de l'amitié. *V.*

LETTRE CXXXVII.

A M. DAMILAVILLE.

30 de janvier.

JE demeure toujours perfuadé avec vous, mon cher frère, que ce temps-ci n'eft pas propre à faire paraître le Traité fur la tolérance. Je n'en fuis point l'auteur, comme vous favez, et je ne m'intéreffais à cet ouvrage uniquement que par principe d'humanité.

—— Ce même principe me fait défirer que l'ouvrage ne paraiffe point. C'eft un mets qu'il ne faut préfenter que quand on aura faim. Les Français ont actuellement l'eftomac furchargé de mandemens, de remontrances, d'opéra comiques, &c. Il faut laiffer paffer leur indigeftion.

Eft-il vrai, mon cher frère, qu'on a mis en lumière, au bas de l'efcalier du mai, la *Paftorale* de monfeigneur? L'auteur fera affurément inféré dans le *Martyrologe* romain. Tout ceci ne fait pas de bien à *l'inf*... Nos plus grands ennemis combattent pour la bonne caufe, fans le favoir. Tout ce que je crains, c'eft qu'un efprit de presbytérianifme ne s'empare de la tête des Français, et alors la nation eft perdue. Douze parlemens janféniftes font capables de faire des Français un peuple d'atrabilaires. Il n'y a plus de gaieté qu'à l'opéra comique. Tous les livres écrits depuis quelque temps refpirent je ne fais quoi de fombre et de pédantefque, à commencer par l'*Ami des hommes*, et à finir par les *Richeffes de l'Etat*. Je ne vois que des fous qui calculent mal.

Vous m'aviez promis le livre du *lourd Crévier*. Je vous demande en grâce de le joindre aux *fonctions du parlement*. Je fouhaite que le livre attribué à *Saint-Evremond*, dont vous m'avez régalé, puiffe être fur toutes les cheminées de Paris. Il a beau être farci de fautes d'impreffion, il fera toujours beaucoup de bien. *Ecrl'inf*..., *écrl'inf*...

LETTRE

LETTRE CXXXVIII. 1764.

A M. DE CHAMPFORT.

Janvier.

Je faifis, Monfieur, avec vous et avec M. de *la Harpe*, un moment où le trifte état de mes yeux me laiffe la liberté d'écrire. Vous parlez fi bien de votre art, que, fi même je n'avais pas vu tant de vers charmans dans la *Jeune indienne*, je ferais en droit de dire : Voilà un jeune homme qui écrira comme on fefait il y a cent ans. La nation n'eft fortie de la barbarie que parce qu'il s'eft trouvé trois ou quatre perfonnes à qui la nature avait donné du génie et du goût qu'elle refufait à tout le refte. *Corneille*, par deux cents vers admirables, répandus dans fes ouvrages ; *Racine*, par tous les fiens ; *Boileau*, par l'art, inconnu avant lui, de mettre la raifon en vers ; un *Pafcal*, un *Boffuet*, changèrent les Velches en Français ; mais vous paraiffez convaincu que les *Crébillon* et tous ceux qui ont fait des tragédies auffi mal conduites que les fiennes, et des vers auffi durs et auffi chargés de folécifmes, ont changé les Français en Velches. Notre nation n'a de goût que par accident ; il faut s'attendre qu'un peuple, qui ne connut pas d'abord le mérite du Mifanthrope et d'Athalie, et qui applaudit à tant de monftrueufes farces, fera toujours un peuple ignorant et faible, qui a befoin d'être conduit par le petit nombre des hommes éclairés. Un poliffon comme *Fréron* ne laiffe pas de contribuer à ramener la barbarie ; il égare le goût des jeunes gens , qui aiment mieux lire pour deux fous fes impertinences, que d'acheter chèrement de bons livres , et qui même ne font pas fouvent en état de fe former une bibliothéque. Les feuilles volantes font la pefte de la littérature.

J'attends avec impatience votre *Jeune indienne ;* le fujet eft très-attendriffant. Vous favez faire des vers touchans ; le fuccès eft fûr ; perfonne ne s'y intéreffera plus que votre très-humble et obéiffant ferviteur *V.*

LETTRE CXXXIX.

A M. LE MARQUIS D'ARGENCE DE DIRAC.

Le 1 de février.

LE mot *epifcopos*, évêque , ne renferme pas le mot hébreu , *prêcheur , apôtre , envoyé à Jérufalem.* Ce ne fut qu'à la fin du premier fiècle, et au commencement du fecond qu'on diftingua les *épifcopois*, les *presbytériens*, les *piftois*, les *diacres*, les *catéchumènes* et *énergumènes.* Il n'eft fait aucune mention, dans les *Actes des apôtres*, du voyage de *Simon Barjone* à Rome. *Juftin* eft le premier qui ait imaginé la fable de *Simon Barjone* et de *Simon le magicien* à Rome. Nulle primauté ne peut être dans *Barjone*, puifque *Paul* s'éleva contre lui fans en être repris par perfonne.

Il eft clair, depuis les premiers fiècles jufqu'aujour-d'hui, que l'Eglife grecque, beaucoup plus étendue que la nôtre, n'a jamais reconnu la primatie de Rome. St *Cyprien*, dans fes lettres aux évêques de Rome, ne les appelle jamais que frères et compagnons.

Quant au *Pentateuque*, ces mots *au-delà du Jourdain; le cananéen était alors en ce pays-là ; le lit de fer d'Og, roi de Bazan, eft le même qui fe trouve aujourd'hui en Rabbath ; il appela tout ce pays Bazan, et le village de Jaïr jufqu'aujourd'hui ; Abraham pourfuivit fes ennemis jufqu'à Dan ; avant qu'aucun roi ait régné fur Ifraël.* Tous ces paffages et beaucoup d'autres prouvent que *Moïfe* n'eft point l'auteur de ces livres, puifque *Moïfe* n'avait point paffé le Jourdain, puifque le cananéen était de fon temps dans le pays, &c. Le grand *Newton* et le favant *le Clerc* ont démontré la vérité de ce fentiment.

Cette fauffe citation, *et il fera appelé nazaréen*, n'eft pas la feule ; et, pendant deux fiècles entiers, tout eft plein de citations fauffes et de livres apocryphes. On pouffa l'impudence jufqu'à fuppofer ces vers acroftiches de la fibylle *Erythrée*.

> Avec cinq pains et trois poiffons
> Il nourrira cinq mille hommes au défert,
> Et en ramaffant les morceaux qui refteront
> Il remplira douze paniers.

Voilà une petite partie de ce qu'on peut répondre aux queftions dont monfieur l'abbé veut bien honorer fon ferviteur et fon ami. Monfieur l'abbé ne

—— peut rendre un plus grand fervice aux hommes qu'en favorifant la nouvelle édition du curé de But et d'Etrepigny en Champagne.

Monfieur l'abbé devrait avoir reçu un Sermon qui lui avait été adreffé en droiture ; mais il y a trop de curieux dans le monde : il faudra, quand il voudra écrire à fon ferviteur, qu'il faffe paffer fes lettres par la couturière à laquelle on adreffe celle-ci.

On fait mille tendres complimens à monfieur l'abbé.

LETTRE CXL.

A M. DAMILAVILLE.

1 de février.

Mon cher frère, je n'ai point été trompé dans mes efpérances. Le Réquifitoire de maître *Omer* eft un des plus plats ouvrages que j'aye jamais lus. Il n'y a pas quatre lignes qui foient écrites en français, et fon ftyle pédantefque eft digne de lui. Je fuppofe, par les citations, que le *Mandement* de maître de *Beaumont* eft auffi ennuyeux que le *Difcours* de maître *Omer*.

De tout ce que j'ai vu depuis dix ans fur toutes ces pauvretés qui ont agité tant d'énergumènes, je ne connais de raifonnable que la déclaration qui impofe filence à tous les partis. Le roi me paraît très-fage, mais il me paraît le roi des petites-maifons. Qu'on fe donne un peu la peine de fe retracer dans l'efprit un tableau fidelle de tout ce qui s'eft fait depuis les billets de confeffion jufqu'à l'arrêt du parlement de Touloufe, qui défend qu'on reconnaiffe le commandant du roi pour commandant; qu'on aille enfuite chez le directeur des petites-maifons prendre un relevé de tout ce qui s'y eft fait et dit depuis dix ans; et ce n'eft pas pour les petites-maifons que je parierai.

Heureux, encore une fois, ceux qui cultivent en paix et en liberté les belles-lettres, loin de tant de fous, et qui préfèrent *Cicéron* et *Démofthéne* à *Beaumont* et à *Omer*.

J'ai bonne opinion du contrôleur général, parce qu'on n'entend point parler de lui. Le plus fage miniftre eft toujours celui qui donne le moins d'édits. Je n'aimerais pas un médecin qui voudrait guérir tout d'un coup une maladie invétérée.

Je crois, mon cher frère, que M. le duc de *Praflin* rapportera bientôt au confeil mon affaire des dixmes. J'efpère que je me moquerai alors du concile de Latran, qui excommunie les particuliers poffeffeurs de dixmes inféodées. J'ai plufieurs caufes affez agréables de damnation par-devers moi. Il eft vrai que j'ai un peu les yeux d'un excommunié, et que je ne peux ni lire ni écrire; mais on dit que je ferai guéri avant le mois de juin. En attendant, je vous demande toujours votre protection pour avoir les livres que j'ai demandés.

Ce n'eft pas encore, je crois, le temps des contes; mais on enverra, le plutôt qu'on pourra, à mon cher frère quelque bagatelle, fur laquelle on lui demandera fon avis.

1764.

J'ai peur que l'exploit fignifié par M. de *Créqui* (*) à fon curé, ne foit une plaifanterie. Les Français ne font pas encore dignes que la chofe foit vraie.

Nous avons un bien mauvais temps ; ma fanté eft encore plus mauvaife. Je reprocherai bien à la nature de me faire mourir fans avoir vu mon cher frère. Recommandez-moi aux prières des fidelles. *Orate, fratres. Ecr. l'inf.*

LETTRE CXLI.

A M. LE COMTE D'ARGENTAL.

r de février.

L'AVEUGLE des Alpes a lu, comme il a pu, et avec plus de plaifir que de facilité, la confolante lettre du 25 du mois de janvier, dont fes anges gardiens l'ont régalé. Le grand docteur *Tronchin* lui couvre les yeux d'une pommade adouciffante, où il entre du fublimé corrofif. JESUS-CHRIST ne fe fervait que de boue et de crachat, en criant *effetta;* mais les arts fe perfectionnent.

Mes anges avaient donc reçu le cinquième acte de la conjuration un peu radoubé ; ils en font donc contens ; on pourrait donc fe donner le petit plaifir de fe moquer du public, de faire jouer la pièce de l'ex-jéfuite, en difant toujours qu'on va jouer Olimpie. Ce ferait un chef-d'œuvre de politique comique,

(*) M. de *Créqui Canaples.* Il demandait à ne plus être nommé dans les prières du prône, &c.

qui me paraît fi plaifant que je ne conçois pas comment mes conjurés ne fe donnent pas cette fatisfaction.

Cependant j'en reviens toujours à mon grand principe, que la volonté de mes anges foit faite au tripot comme au ciel.

Je remercie tendrement mes anges de toutes leurs bontés ; c'eft à eux que je dois celles de M. le duc de *Praflin*, qui me confervera mes dixmes en dépit du concile de Latran, et qui fera voir que les traités des rois valent mieux que des conciles. Figurez-vous quel plaifir ce fera pour un aveugle d'avoir entre les Alpes et le mont Jura une terre grande comme la main, très-joliment bâtie de ma façon, ne payant rien ni au roi ni à l'Eglife, et ayant d'ailleurs le droit de main-morte fur plufieurs petites poffeffions.

Je devrai tout cela à mes anges et à M. le duc de *Praflin*. Il n'y a que le fuccès de la confpiration qui puiffe me faire un auffi grand plaifir.

Je les félicite du gain du procès de la *Gazette littéraire* qui fera braire l'âne littéraire. On m'avait envoyé d'Angleterre un gros paquet adreffé, il y a un mois, à M. le duc de *Praflin*, pour travailler à fa gazette, dans le temps que j'avais encore un œil ; mais il faut que le diable, comme vous dites, foit déchaîné contre tous mes paquets.

Il paraît (et je fuis très-bien informé) qu'on a de grandes alarmes à Verfailles fur la Tolérance, quoique tous ceux qui ont lu l'ouvrage en aient été contens. On peut bien croire que ces alarmes m'en donnent. Je m'intéreffe vivement à l'auteur qui eft un bon théologien et un digne prêtre ; je ne m'intéreffe pas moins à l'objet de fon livre, qui eft la caufe de l'humanité. Il n'y a certainement d'autre chofe à faire, dans de telles circonftances, qu'à prier frère *Damilaville* de vouloir bien employer fon crédit et fes connaiffances dans la typographie, pour empêcher le débit de cet ouvrage diabolique où l'on prouve que tous les hommes font frères.

Je fupplie très-inftamment mes anges confolateurs de favoir, par le protecteur de la confpiration des roués, fi l'on me fait mauvais gré à Verfailles de cette Tolérance fi honnête. Il peut en être aifément informé, et en dire trois mots à mes anges, qui m'en feront entendre deux; car, quoique je ne fois pas un moine du couvent, je ne veux pourtant pas déplaire à monfieur le prieur. La liberté eft quelque chofe de célefte, mais le repos vaut encore mieux.

Ma nièce et moi, nous remercions encore une fois nos anges; nous préfentons à M. le duc de *Praflin* les plus fincères remercîmens; nous en difons autant à frère *Cromelin*, qui d'ailleurs eft un des fidelles de notre petite églife. J'ai lu, à propos d'églife, le *Réquifitoire* de maître *Omer* contre maître de *Beaumont*. Je ne fais rien de plus ennuyeux, fi ce n'eft peut-être le *Mandement* de *Beaumont* que je n'ai point encore vu. Je ne trouve de raifonnable, dans toutes ces fadaifes importantes, que la déclaration du roi qui ordonne le filence.

LETTRE CXLII.

A M. DAMILAVILLE.

4 de février.

Mon cher frère, je fuis dans les limbes de toute façon; car mes yeux ne voient plus, et je ne fais rien de ce qui fe paffe. Mais je vois, à vue de pays, la paix renaître dans l'intérieur du royaume, l'argent circuler, l'opéra comique triompher, *Grandval* revenir graffeyer à l'hôtel des comédiens ordinaires du roi, et l'opéra attirer la foule dans la belle falle du louvre; mais, fi j'étais à Paris, j'aimerais bien mieux fouper avec vous et *Platon*, que de voir toutes ces belles chofes.

Laiffons toujours dormir la Tolérance. Le bon prêtre qui eft l'auteur de cet ouvrage me mande qu'il ferait au défefpoir de fcandalifer les faibles. Mais, fi vous pouviez en prendre pour vous une douzaine d'exemplaires, et les faire circuler, avec votre prudence ordinaire, entre des mains sûres et fidelles, vous rendriez par-là un grand fervice aux honnêtes gens, fans alarmer la délicateffe de ceux qui craignent que cet ouvrage ne foit trop répandu.

De tous les contes, j'ai choifi le plus court et le plus philofophique, pour l'envoyer à mon cher frère. Les dames n'y entendront rien, mais les philofophes devineront plus qu'on ne leur en dit.

Au refte, Thélème ne doit trouver place que dans un petit recueil que les gens de bien feront un

—— jour. L'ouvrage est trop petit et trop sage pour être imprimé séparément.

Je suppose à présent tout tranquille, ce qui est bien triste pour des Français. Il ne s'agit plus que des plaisirs qu'ils peuvent goûter à la comédie italienne. Qu'est-ce que c'est que cet Idoménée ? l'a-t-on joué ? cela vaut-il mieux que celui de *Crébillon* ?

Je n'entends point parler du terrible ouvrage du lourd *Crévier* contre *Montesquieu*, ni du livre intitulé : *Fonctions du parlement*. Si frère *Thiriot* veut bien m'envoyer ces livres, il me fera plaisir.

Je prie mon frère de vouloir bien faire parvenir l'incluse à frère *Dumolard*, au Gros-caillou. Frère *Dumolard* est un bon cacouac,

Et fait du grec, Madame, autant qu'homme de France.

Le petit livret, attribué à *Saint-Evremond*, fait-il un peu de fortune ? L'âge, la maladie, les fluxions sur les yeux, n'attiédissent point mon saint zèle.

Vivez heureux, et *écr. l'inf.*

LETTRE CXLIII.

AU MEME.

8 de février.

Bon ! tant mieux ! ils font piqués : c'eft ce que nous voulions. Quand les mulets de ce pays-là ruent, c'eft une preuve qu'ils ont fenti les coups de fouet.

Mon cher frère doit avoir reçu Thélème, et je fuis bien fûr que Macare eft chez lui. J'ai été bien content des deux tomes de figures que j'ai reçus de *Briaffon* : je vois que l'*Encyclopédie* fera un des plus beaux monumens de la nation françaife, malgré certains petits poliffons qui y ont mis la main, et d'infames poliffons qui ont voulu nous priver d'un ouvrage fi utile.

Mon cher frère, j'ai des nouvelles affez fatisfe-fantes fur la Tolérance. On fouhaite d'abord que vous en donniez quelques exemplaires à des perfonnes qui les trompèteront dans le monde, comme un ouvrage honnête, religieux, humain, utile, capable de faire du bien, et qui ne peut faire de mal, &c. Alors il aura fon paffe-port, et marchera la tête levée. Rendez donc, mon cher frère, ce fervice aux honnêtes gens. Que frère *Thiriot*, dont on n'a jamais de nouvelles, en faffe paffer quelques-uns à M. de *Crofne*, à M. de *Montigny-Trudaine*, à M. le marquis de *Ximenés*. C'eft une œuvre charitable que je recommande à votre piété.

Songez toujours que vous m'aviez promis les fottifes de *Crévier* fur *Montefquieu*. Je le payerai, fans
faute, de toutes fes peines, dès que j'aurai fon
mémoire final.

On doit vous avoir envoyé une Seconde lettre du
quakre, qui eft un fermon très-orthodoxe et très-
charitable. Ces petits ouvrages font beaucoup de
bien aux bonnes ames, et nourriffent la dévotion.

Je ne fais rien de nouveau de votre pays, et
dans le nôtre il n'y a que de la pluie. Ma fanté
eft toujours bien mauvaife; les fenêtres de la maifon
tombent : les *Frérons* feront bien aifes. *Exoriare ali-
quis noftris ex offibus ultor!* Il y a des gens qui font
du bien dans les provinces; faites-en à Paris, mon
cher frère. *Ecr. l'inf.*

LETTRE CXLIV.

A M. LE MARECHAL DUC DE RICHELIEU.

A Ferney, 11 de février.

Et pour vous fouhaiter tous les bonheurs enfemble,
Ayez un petit-fils, Seigneur, qui vous reffemble.

Cela eft d'autant plus néceffaire que, felon ce
que j'entends dire, il n'y a perfonne qui vous reffemble aujourd'hui. Où eft l'éclat, la gaieté, le
brillant, qui vous accompagnaient de mon temps?
Votre nom allait noblement et gaiement d'un bout
de l'Europe à l'autre. Bien peu de gens foutiennent

comme vous l'honneur de la nation , et mon héros ——
laiffera peu d'imitateurs. 1764.

Monfeigneur le maréchal m'a bien fait l'honneur
de me mander qu'il mariait monfieur le duc de
Fronfac, mais le nom de la future eft refté au
bout de la plume ; ainfi je ne lui fais qu'un demi-
compliment ; mais puiffe votre maifon s'éternifer
comme vous avez immortalifé votre nom! Je commence à efpérer que je ne perdrai pas les yeux,
quoiqu'ils foient dans un très-piteux état ; et fi
jamais vous retournez à Bagnères, je me ferai donner
un ordre, figné *Tronchin*, pour vous y aller faire
ma cour.

Je ne fais pas fi vos noces font déjà faites, mais
je fuis bien sûr que vous êtes le plus agréable et
le plus gai de toute la compagnie. Jouiffez long-
temps de toutes les belles grâces que la nature vous
a faites. Je ne dois pas vous importuner en vous féli-
citant, et les occupations de la noce, des préfen-
tations, des vifites, m'avertiffent de vous renouveler
mon tendre et profond refpect fans bavarderie. *V.*

LETTRE CXLV.

A M. LE COMTE D'ARGENTAL.

11 de février.

MES divins anges, puifque vous êtes affez lambins pour ne pas renvoyer le premier acte à M. *Marcel*, il vous en envoie cinq. Il fe flatte d'avoir fait tout ce que votre comité exigeait de lui. Il reftera quelques vers raboteux ; cela ne fait pas mal au théâtre, et nous fommes convenus qu'il en fallait pour dépayfer le monde. J'avoue que c'eft une grande vanité à moi d'en convenir ; mais enfin j'ai paffé, dans mon temps, je ne fais comment, pour faire des vers affez coulans. Il faut que M. le duc de *Praflin* fe donne avec vous le plaifir d'attraper le public ; c'eft une vraie opération de miniftre. M. *Marcel* vous enverra une lettre foumife pour la reine *Clairon*, qui fera de la même écriture que la pièce. Je ne connais point de confpiration mieux arrangée. Nous verrons fi celle de *Rouffeau*, contre Genève, réuffira mieux. Il eft vrai qu'il a fept ou huit cents perfonnes dans fon parti ; mais je tiens que mes trois confpirateurs valent mieux que les affociés de *Jean-Jacques*.

Vous avez bien raifon ; M. de *Thibouville* a le vifage trop rond pour un confpirateur. Vous favez que *Céfar* croyait que les vifages longs et maigres étaient de vraies faces de conjurés.

Ah, mes anges ! eft-il poffible que vous n'aimiez pas :

A deux voluptueux a livré l'univers ?

C'eft' bien là pourtant le caractère d'*Antoine* et du —— jeune *Octave*. Vous me forcerez à mettre des remarques; 1764. et les lettres de ces débauchés, que *Suétone* nous a confervées, y paraîtront avec les gros mots. Que je fuis fâché contre vous d'avoir ofé condamner ce vers qui dit tant de chofes! Vous y reviendrez, vous l'aimerez, car vous êtes juftes.

Mes anges, le diable eft à Genève; mais il eft auffi en France, et j'ai grand'peur que toutes ces belles remontrances n'aboutiffent à donner une paralyfie à la main de nos payeurs des rentes. Vous ne me parlez jamais de ces petites drôleries, vous ne fongez qu'au tripot; cependant ces affaires-là font un peu plus intéreffantes.

Mais comment vont les yeux de M. d'*Argental*? Pour moi je n'en ai plus. Celles qui fe mettaient à la fenêtre ne s'y mettent plus, les mouleufes ceffent de moudre, l'amandier fleurit, la corde d'argent eft caffée fur la fontaine; adieu les tragédies.

LETTRE CXLVI.

A M. LE COMTE DE SADE,

Qui lui avait envoyé le premier volume in-4° des Mémoires fur la vie de Pétrarque.

Ferney , 12 de février.

Vous rempliffez, Monfieur, le devoir d'un bon parent de *Laure* (*), et je vous crois allié de *Pétrarque*, non-feulement par le goût et par les grâces , mais par ce que je ne crois point du tout que *Pétrarque* ait été affez fot pour aimer vingt ans une ingrate. Je fuis sûr que vos *Mémoires* vaudront beaucoup mieux que les raifons que vous donnez de m'avoir abandonné fi long-temps ; vous n'en avez d'autres que votre pareffe.

Je fuis enchanté que vous ayez pris le parti de la retraite ; vous me juftifiez par-là, et vous m'encouragez. Si je n'étais pas vieux et prefque aveugle, *Paul* irait voir *Antoine* , et je dirais avec *Pétrarque* :

Move s'il vecchiarel canuto è bianco
Del dolce loco , ov' ha fua ed a fornita
Ed a la famigliuola sbigottita
Che vede il caro padre venir manco.

J'irais vous voir affurément à la fontaine de Vauclufe. Ce n'eft pas que mes vallées ne foient

(*) La célèbre *Laure* avait époufé *Hugues de Sade.*

plus

plus vaftes et plus belles que celles où a vécu —
Pétrarque; mais je foupçonne que vos bords du 1764.
Rhône font moins expofés que les miens aux cruels
vents du nord. Le pays de Gex où j'habite eft un
vafte jardin entre des montagnes ; mais la grêle
et la neige viennent trop fouvent fondre fur mon
jardin. J'ai fait bâtir un château très-petit , mais
très-commode , où je me fuis précautionné contre
ces ennemis de la nature : j'y vis avec une nièce que
j'aime ; nous y avons marié mademoifelle *Corneille*
à un gentilhomme du voifinage, qui demeure avec
nous ; je me fuis donné une nombreufe famille que
la nature m'avait refufée , et je jouis enfin d'un
bonheur que je n'ai jamais goûté que dans la retraite.
Je ne peux laiffer la *famiglia sbigottita :* vous feriez
donc fort bien , vous, Monfieur, qui avez de la
fanté et qui n'êtes point dans la vieilleffe , de faire
un pélerinage vers notre climat hérétique. Vous ne
craindrez pas le fouffle empefté de Genève ; monfieur
le légat vous chargera d'agnus et de reliques ; vous
en trouverez d'ailleurs chez moi ; et je vous avertis
d'avance que le pape m'a envoyé, par M. le duc de
Choifeul, un petit morceau de l'habit de St *François,*
mon bon patron. Ainfi vous voyez que vous ne rif-
quez rien à faire le voyage : d'ailleurs la ville de
Calvin eft remplie de philofophes , et je ne crois pas
qu'on en puiffe dire autant de la ville de la reine *Jeanne.*
Il y a long-temps que je n'ai été à ma petite campagne des Délices; je donne la préférence au petit
château que j'ai bâti, et je l'aimerai bien davantage ,
fi jamais vous daignez prendre une cellule dans ce
couvent : vous m'y verrez cultiver les lettres et les

1764. arbres, rimer et planter. J'oubliais de vous dire que nous avons chez nous un jésuite qui nous dit la messe; c'est une espèce d'hébreu que j'ai recueilli dans la transmigration de Babylone : il n'est point du tout gênant, *non tanta superbia victis* : il joue très bien aux échecs, dit la messe fort proprement; enfin, c'est un jésuite dont un philosophe s'accommoderait. Pourquoi faut-il que nous soyons si loin l'un de l'autre, en demeurant sur le même fleuve ?

Je suis bien aise que messieurs d'Avignon sachent que c'est moi qui leur envoie le Rhône ; il sort du lac de Genève, sous mes fenêtres, aux Délices. Il ne tient qu'à vous de venir voir sa source ; vous combleriez de plaisir votre vieux serviteur qui ne peut vous écrire de sa main, mais qui vous sera toujours tendrement attaché. *Voltaire.*

LETTRE CXLVII.

A M. LE MARQUIS ALBERGATI CAPACELLI.

A Ferney, 14 de février.

VOTRE ami, Monsieur, me fait trop d'honneur, et je suis obligé de vous avouer ma turpitude et ma misère. Le goût de la liberté, le voisinage de la Bourgogne, où j'ai quelque bien, la beauté de la situation dont on m'avait fait des éloges très-mérités, m'ont engagé à bâtir dans le pays que j'habite depuis dix ans ; mais une ceinture de montagnes couvertes de neiges éternelles gâte tout ce

que la nature a fait pour nous. En vain nous fommes
fous le quarante - fixième degré de latitude , les
vents font toujours froids et chargés de particules
de glace. Prefque aucune plante délicate ne réuffit
dans ce climat ; on eft obligé de femer de nouvelle
graine de brocoli tous les deux ans ; toutes les belles
fleurs dégénèrent. Les vignes , quoique plus méri-
dionales que celles de Bourgogne , ne produifent que
de mauvais vin ; le froment qu'on sème rend quatre
pour un , tout au plus ; les figues n'ont point de
faveur , les oliviers ne peuvent croître. Enfin , nous
avons un très-bel afpect avec un très-mauvais terrain ;
mais auffi nous lifons, nous imprimons ce qui nous
plaît , et cela vaut mieux que des olives et des
oranges.

Je vous avoue à la fois ma misère et mon bonheur.
Ce bonheur ferait parfait , fi je pouvais jamais embraffer
un homme de votre mérite. Ma vieilleffe et mes maux
me privent d'une fi douce efpérance , fans m'ôter
aucun de mes fentimens. *V.*

LETTRE CXLVIII.

A M. DAMILAVILLE.

15 de février.

AH, mons *Crévier !* ah , pédant ! ah , cuiftre ! vous
aurez fur les oreilles. Vous l'avez bien mérité ; et
nous travaillons actuellément à votre procès. Vous
entendrez parler de nous avant qu'il foit peu , mons
Crévier.

Mes chers frères auront des contes de toutes les façons ; un peu de patience, et tout viendra à la fois. J'ai reçu la première partie des *Lettres hiſtoriques ſur les fonctions du parlement*. Il eſt plaiſant que cela paraiſſe imprimé à Amſterdam : il faut que l'auteur croye avoir dit par-tout la vérité, puiſqu'il a fait imprimer ſon livre hors de France. Je remercie bien mon cher frère , et j'eſpère qu'il aura la bonté de me faire tenir la ſeconde partie. Je fais venir ſouvent des livres ſur leur titre, et je ſuis bien trompé. Ils reſſemblent preſque tous aux remèdes des charlatans; on les prend ſur l'étiquette , et on ne s'en porte pas mieux. Mais au moins il y a quelque choſe de conſolant dans les mauvais livres ; quelque mauvais qu'ils ſoient , on y peut trouver à profiter, et même dans celui du lourd *Crévier* contre le ſautillant *Monteſquieu*.

Tout ce que j'apprends des diſpoſitions préſentes conduit à croire qu'on ne fera pas mal de répandre quelques exemplaires de la Tolérance. Tout dépend de l'opinion que les premiers lecteurs en donneront. Il s'agit ici de ſervir la bonne cauſe , et je crois que mon cher frère ne s'y épargnera pas.

Je ne ſais ſi je lui ai mandé que cet ouvrage avait déjà opéré la délivrance de quelques galériens condamnés pour avoir entendu, en plein champ, de mauvais ſermons de ſots prêtres calviniſtes. Il eſt évident que nos frères ont fait du bien aux hommes. On brûle leurs ouvrages , mais il faudra bientôt dire: *Adora quod incendiſti , incende quod adoraſti.* Puiſſent les frères être toujours unis contre les méchans ! Qu'ils faſſent ſeulement, pour l'intérêt de la raiſon, la dixième

partie de ce que les autres font pour l'intérêt de
l'erreur, et ils triompheront.

On dit que le contrôleur général a fait retrancher
les penfions fur la caffette, fupprimer les tables des
officiers de la maifon, et diminuer les revenans-bon
des financiers. Ces ménages de bouts de chandelle
ne font peut-être pas ce qui fait fleurir un Etat : mais
fi on encourage le commerce et l'agriculture, on
pourra faire quelque chofe de nous.

J'embraffe tendrement mon cher frère et les frères.
Ecr. l'inf.

LETTRE CXLIX.

A M. LE PRINCE DE LIGNE.

A Ferney, 18 de février.

MONSIEUR LE PRINCE,

IL n'y a que le bel état où mes yeux font réduits,
qui m'ait pu priver du plaifir et de l'honneur de vous
répondre. Je fuis devenu à peu-près aveugle, et je
fuis dans l'âge où l'on commence à perdre tout, pièce
à pièce. Il faut favoir fe foumettre aux ordres de la
nature ; nous ne fommes pas nés à d'autres conditions.
Cela fait un peu de tort à notre théâtre : il n'y a
point de rôle pour un vieux malade qui n'y voit
goutte, à moins que je ne joue celui de *Tiréfie*. Je
n'ai d'autre fpectacle que celui des fottifes et des
folies de ma chère patrie. Je lui ai bien de l'obligation ;

S 3

car, fans cela, ma vie ferait affez infipide. Après avoir tâté un peu de tout, j'ai cru que la vie de patriarche était la meilleure. J'ai foin de mes trou- peaux, comme ces bonnes gens ; mais, Dieu merci, je ne fuis point errant comme eux, et je ne voudrais, pour rien au monde, mener la vie d'*Abraham* qui s'en allait, comme un grand nigaud, de Méfopotamie en Paleftine, de Paleftine en Egypte, de l'Egypte dans l'Arabie pétrée, ou à pied ou fur fon âne, avec fa jeune et jolie petite femme, noire comme une taupe, âgée de quatre-vingts ans ou environ, et dont tous les rois ne manquaient pas d'être amoureux. J'aime mieux refter dans mon hermitage avec ma nièce et la petite famille que je me fuis faite.

Madame *Denis* a dû vous dire, Monfieur, combien votre apparition nous a charmés dans notre retraite ; nous y avons vu des gens de toutes les nations, mais perfonne qui nous ait infpiré tant d'attachement, et donné tant de regrets. Daignez encore recevoir les miens, et agréer le refpect avec lequel j'ai l'honneur d'être, monfieur le Prince, votre, &c. *Voltaire.*

LETTRE CL.

A M. LE COMTE D'ARGENTAL.

20 de février.

L'un de mes anges peut donc écrire de fa main ; Dieu foit loué ! N'ont-ils pas bien ri tous deux du propos de la virtuofe *Clairon ?* Votre confpiration me paraît de plus en plus très-plaifante ; je ris auffi dans ma barbe. Je vous réponds que, fi noffeigneurs du tripot y ont été attrapés, noffeigneurs du parterre y feront pris. Puiffions-nous jouir de ce plaifir vîte et long-temps !

A l'égard d'Olimpie, je n'ai plus qu'un mot à dire, c'eft qu'à l'impoffible nul n'eft tenu, et qu'il m'eft abfolument impoffible de faire le remue-ménage qu'on me propofe. J'ai tourné la chofe de mille façons ; je me fuis effayé ; j'ai travaillé, et mon inftinct m'a dit : Vieux fou, de quoi t'avifes-tu de vouloir mieux faire que tu ne peux ?

Mes anges doivent avoir reçu un paquet de matériaux pour la *Gazette littéraire*, adreffé à M. le duc de *Praflin*. Je le fervirai affurément tant que je pourrai.

Mes anges ne m'ont point mandé qu'il avait confulté MM. *Gilbert de Voifins* et d'*Agueffeau de Frêne*. Je leur ai, fur le champ, envoyé un mémoire qui n'eft pas de paille, et dont je vais faire tirer copie pour mes anges gardiens, fi la pofte, qui va partir, nous en donne le temps.

N. Voici mon confentement pour ce gros *Grandval;* mais, pour mademoifelle *Dubois*, comment voulez-vous que je faffe ? dites-le-moi. Je ferais fort aife qu'on jouât le Droit du feigneur, quoique je ne fois guère homme à jouir d'un fi beau droit. Vous penfez bien que je ne connais mademoifelle d'*Epinay* que par le droit que les premiers gentilshommes ont fur les actrices. Pour mes anges, ils ont des droits inviolables fur mon cœur pour jamais.

LETTRE CLI.

A M. DE CIDEVILLE.

Le 22 de février.

Mon cher et ancien ami, vous en ufez avec nous comme les janféniftes avec la communion; vous nous écrivez *à tout le moins une fois l'an*. Cela n'empêche pas que nous ne vous aimions tous les jours. Nous prétendons d'ailleurs être plus philofophes à Ferney que vous ne l'êtes à Launai; car nous ne fefons nulle infidélité à nos campagnes, et vous quittez la vôtre. Le fracas et les folies de Paris ont encore pour vous des charmes; mais il paraît que les tragédies nouvelles n'en ont guère.

Vous me parlez de contes; en voici un que je vous donne à deviner. Pour peu que vous vous reffouveniez de votre grec, vous n'aurez pas de peine; et, fi vous n'aviez pas quitté Launai, j'aurais cru que *Macare* était chez vous. Mais vous êtes homme à le mener de la campagne à la ville. *Macare* eft certainement chez mademoifelle *Corneille*, aujourd'hui madame *Dupuits*: elle eft folle de fon mari, elle faute du matin au foir, avec un petit enfant dans le ventre, et dit qu'elle eft la plus heureufe perfonne du monde. Avec tout cela, elle n'a pas encore lu une tragédie de fon grand-oncle, ni n'en lira. Son grand-oncle commenté vous arrivera, je crois, avant qu'il foit un mois. Les Anglais, qui viennent ici en grand nombre, difent que toutes nos tragédies font *à la glace* ; il pourrait bien en être quelque chose ; mais les leurs font *à la diable*.

Il est fort difficile à présent d'envoyer à Paris des Tolérances par la poste ; mais frère *Thiriot*, tout paresseux qu'il est, tout dormeur, tout lambin, pourra vous en faire avoir une, pourvu que vous vouliez le réveiller.

Adieu, mon cher et ancien ami ; madame *Denis* vous fait les plus tendres complimens.

Si vous aimez les contes, dites à M. d'*Argental* qu'il vous fasse lire chez lui les Trois manières.

L E T T R E   C L I I.

A M. R O B E R T,

PROFESSEUR-EMERITE DE PHILOSOPHIE, *à Paris.*

Au château de Ferney, 23 de février.

JE vous remercie, Monsieur, et je vous félicite de votre *Plan d'études*. Il semble qu'autrefois les colléges n'étaient institués que pour faire des grimauds ; vous ferez des gens de mérite. On n'apprenait que ce qu'il fallait oublier, et, par votre méthode, on apprendra ce qu'il faudra retenir le reste de sa vie. La vraie philosophie prendra la place des sophismes ridicules, et la physique n'en sera que meilleure, en s'appuyant sur les expériences et sur les mathématiques plus que sur les systêmes. *Newton* a calculé le pouvoir de la gravitation, mais il n'a pas prétendu deviner ce que c'eſt que ce pouvoir. *Deſcartes* devinait tout , auſſi n'a-t-il rien prouvé. *Locke* s'eſt contenté de montrer la marche et les bornes de l'entendement humain : malheur à ceux qui voudraient aller plus loin !

Votre plan , Monſieur , eſt un ſervice rendu à la patrie. Il faut eſpérer que les Français feront enfin de bonnes études, et qu'on y connaîtra même le droit public qui n'y a jamais été enſeigné. Je ſouhaite que tous ces nouveaux ſecours forment de nouveaux génies. Je ſuis près de finir ma carrière ; mais je me conſolerai par l'eſpérance que la génération nouvelle vaudra mieux que celle que j'ai vue.

J'ai l'honneur d'être , &c. *Voltaire.*

LETTRE CLIII.

A M. DAMILAVILLE.

26 de février.

Ce n'eſt pas aſſurément un miniſtre d'Etat qui a écrit les *Lettres hiſtoriques ſur les fonctions eſſentielles du parlement.* J'ai reçu , grâce aux bontés de mon cher frère, le tome ſecond de cet ouvrage. L'auteur eſt un homme très - inſtruit ; mais il reſſemble à don *Quichotte* qui voyait par-tout des chevaliers et des châteaux, quand les autres ne voyaient que des meuniers et des moulins à vent. Ne pourriez-vous point me dire à qui on attribue ce livre ?

J'ai lu Blanche. Nous prenons donc à préſent nos tragédies chez les Anglais ; quand prendrons-nous ce qu'ils ont de bon ?

Il y a un petit volume du doux *Caveirac*, intitulé : ⸻
Il est temps de parler. On ne devrait pas avoir le temps ¹⁷64.
de le lire , mais je suis curieux. J'ai à peu-près tout
ce qui s'est fait pour et contre les jésuites ; envoyez-
moi, je vous prie , le doux *Caveirac*. Voudriez-vous
aussi avoir la bonté de me faire connaître le conte de
Piron , intitulé : *La queue*. On prétend que le public a
dit, comme le compère *Matthieu*,

Messire Jean, je n'y veux point de queue.

Que dites-vous du parlement de Toulouse, qui ne
veut pas enregistrer l'ordre du roi , de garder le silence?
il faut que ces gens-là soient de grands bavards.
A-t-on répondu à ce faquin de *Crévier*? Nous le
tenons d'un autre côté sur la sellette ; il sera condamné
au moins à l'amende honorable.

Quid novi ? Ecr. l'inf.

Encore un mot à mon cher frère. Il a dû recevoir,
par M. de *Laleu*, un certificat de vie , par lequel il
apparaît que je suis possesseur de soixante et dix ans.
Je souhaite vivre encore quelques années , pour
embrasser mon frère, et pour aider à *écr. l'inf.*

LETTRE CLIV.

A M. SAURIN.

28 de février.

Vous avez fait, Monfieur, bien de l'honneur à ce *Thompfon*. Je l'ai connu, il y a quelque quarante années. S'il avait fu être un peu plus intéreffant dans fes autres pièces, et moins déclamateur, il aurait réformé le théâtre anglais que *Gilles Shakefpeare* a fait naître et a gâté. Mais ce *Gilles Shakefpeare*, avec toute fa barbarie et fon ridicule, a, comme *Lopez de Véga*, des traits fi naïfs et fi vrais, et un fracas d'action fi impofant, que tous les raifonnemens de *Pierre Corneille* font à la glace en comparaifon du tragique de ce *Gilles*. On court encore à fes pièces, et on s'y plaît en les trouvant abfurdes.

Les Anglais ont un autre avantage fur nous, c'eft de fe paffer de la rime. Le mérite de nos grands poëtes eft fouvent dans la difficulté de la rime fur-montée, et le mérite des poëtes anglais eft fouvent dans l'expreffion de la nature. Le vôtre, Monfieur, eft principalement dans des penfées fortes, exprimées avec vigueur; je vois dans tous vos ouvrages la main du philofophe.

Vous favez qu'il n'y a pas un mot de vrai dans l'*Hiftoire de Sigifmunda et de Guifcardo*; mais je vous fais bon gré d'avoir donné des louanges à ce *Mainfroi* dont les papes ont dit tant de mal, et à qui ils en ont tant fait. Un temps viendra, fans doute, où nous mettrons les papes fur le théâtre, comme les Grecs y mettaient les *Atrées* et les *Thyeſtes*, qu'ils voulaient rendre odieux. Un temps viendra où la Saint-Barthelemi ſera un ſujet de tragédie, et où l'on verra le comte *Raymond* de Touloufe, braver l'inſolence hypocrite du comte de *Montfort*. L'horreur pour le fanatiſme s'introduit dans tous les eſprits éclairés. Si quelqu'un eſt capable d'encourager la nation à penſer ſagement et fortement, c'eſt vous, ſans doute. Je ne ſuis plus bon à rien ; je ſuis comme ce danois qui, étant las de tuer à la bataille d'Hochſtet, diſait à un anglais : *Brave anglais*, *va-t-en tuer le reſte*, *car je n'en peux plus.*

Adieu, mon cher philoſophe. Vous ne me parlez plus de votre ménage ; je me flatte qu'il eſt toujours heureux. Conſervez un peu d'amitié à votre véritable ami *V.*

LETTRE CLV.

A M. LE COMTE D'ARGENTAL.

29 de février.

VOICI ce que je dis d'abord à mes anges ſur leur lettre du 23 de février : je les remercie du fond de mon cœur de toutes leurs bontés ; je leur envoie une lettre de monſieur le premier préſident de Dijon, qui fera connaître à M. le duc de *Praſlin* qu'il peut, en toute ſureté, protéger les mécréans contre les prêtres.

J'ajoute, à propos de la *Gazette littéraire*, que je pourrai rendre de plus prompts fervices en italien qu'en anglais, quand les chofes feront en train. La raifon en eft, que les Alpes font plus près de l'Italie que de l'Angleterre. Mais il me femble que je ne dois établir aucune correfpondance, ni faire venir les livres nouveaux d'Italie, fans un ordre exprès de M. le duc de *Praflin*. Je le fervirai tant que l'ame me battra dans le corps, et que j'aurai un refte de vifière ; et quand je ferai aveugle tout-à-fait, je dirai *buona notte*.

Mes anges, *que fervirait de vivre ?* eft fort bien ; mais trouvez-moi une rime à *ivre*.

Pour Olimpie, il y a du malheur, il y a de la fatalité dans mon fait. Je fuis avec elle comme M. de *Ximenès* avec mademoifelle *Clairon* ; vous favez qu'en trois rendez-vous, il perdit partie, revanche et le tout. Il arrive à mon imagination le même défaftre qu'effuya fa tendreffe. Mais j'aime bien les roués ! Je fuis fâché à préfent de n'avoir pas joué un tour ; c'était de faire attendre des changemens pour Pâques, et, en attendant, on aurait pu donner les roués : mais n'en parlons plus ; il faut fe foumettre à fa deftinée.

Il y a du malheur cette année fur les tragédies, et vous m'en avez envoyé une preuve.

Vous avez dû recevoir force rogatons ; j'y joins une lettre oftenfible que je vous écris pour être montrée à M. le duc de *Duras* ; je crois que cela vaut mieux que de lui écrire en droiture.

Refpect et tendreffe à mes anges.

LETTRE CLVI.

A M. DAMILAVILLE.

Aux Délices, 4 de mars.

MON cher frère, j'ai reçu votre lettre du 26 de février. Vous êtes un homme inimitable, et plût à Dieu que vous fuffiez imité ! Vous favorifez les fidelles avec un zèle qui doit avoir fa récompenfe dans ce monde-ci et dans l'autre.

M. *Herman*, qui eft l'auteur de la Tolérance, vous doit mille tendres remercîmens, en qualité de votre frère ; et *Cramer*, en qualité de libraire, vous en doit autant. Vous favez combien je m'intéreffe à cet ouvrage, quoique j'aye été très-fâché qu'on m'en crût l'auteur. Il n'y a pas de raifon à m'imputer un livre farci de grec et d'hébreu, et de citations de rabbins.

M. *Herman* trouve que l'idée d'en diftribuer une vingtaine à des mains sûres, à des lecteurs fages et zélés, eft la meilleure voie qu'on puiffe prendre. Il faut toujours faire éclairer le grand nombre par le petit.

Mon avis eft que, fi la cour s'effarouchait de ce livre, il faudrait alors le fupprimer, et en réferver le débit pour un temps plus favorable. Je ne fuis point en France (et je fuis même très-aife qu'on fache que je n'y fuis pas) ; mais j'aurai toujours un grand refpect pour les puiffances, et je ne donnerai aucun confeil qui puiffe leur déplaire.

J'aime M. *Herman*, mais je ne veux point faire

pour lui des démarches qu'on puiſſe me reprocher. Il penſe lui-même comme moi, quoiqu'il ne ſoit pas français, et il s'en rapporte entièrement à vos bontés et à votre prudence.

Je n'ai envoyé les Trois manières qu'à M. d'*Argental*, à condition qu'il vous les montrerait. Dieu me préſerve d'être aſſez ingrat pour vous cacher quelque choſe. Vous me rendrez un très grand ſervice d'em-pêcher ce corſaire de *Ducheſne* d'imprimer les Trois manières. Ce chien de temple du goût (*), ou du dégoût, a mis en pièces cinq ou ſix de mes ouvrages: je ſuis indigné contre lui.

Tout ce qui s'eſt fait depuis quelque temps étonne les étrangers; mais on eſt perſuadé de la prudence du roi, et on croit que le royaume lui devra ſa paix intérieure, comme il lui doit la paix publique.

On dit qu'il y a dans Paris cinq députés du parle-ment de Touloufe; j'eſpère qu'ils ne nuiront point aux pauvres *Calas*.

Vous m'apprenez qu'on tourmente les proteſtans d'Alface : vous ſavez qu'il n'y a point de calviniſtes dans cette province, mais des luthériens à qui on a laiſſé tous leurs priviléges. Ils ſont des ſujets très-fidelles, et n'ont jamais remué : je ferais bien ſurpris qu'on les moleſtât. Ce n'eſt aſſurément pas l'intention de M. le duc de *Choiſeul* qu'on perſécute perſonne.

J'ai communiqué à M. *Herman* votre remarque ſur le peuple juif. On ne peut être plus atroce et plus barbare que cette nation, cela eſt vrai; mais, ſi on trouve des exemples inconteſtables de la plus grande

(*) L'enſeigne du libraire *Ducheſne.*

tolérance

tolérance chez ce peuple abominable, quélle leçon
pour des peuples qui fe vantent d'avoir de la politeffe
et de la douceur ! Si je voulais perfuader à une nation
d'être fidelle à fes lois, je ne trouverais point de
meilleur argument que celui des troupes de voleurs
qui exécutent entre eux les lois qu'ils fe font faites.
Ainfi M. *Herman* dit aux chretiens : Si les barbares
Juifs ont toléré les Saducéens, tolérez vos frères.

Voyez fi vous êtes content de cette réponfe de
M. *Herman*.

Vous ne me parlez plus de *Thiriot* : eft-il, dans
votre fociété, auffi négligé que négligent ?

Adieu, mon cher frère. Eft-il vrai qu'il y a des
prêtres embaftillés ? c'eft un bon temps pour *écr. l'inf.*

LETTRE CLVII.

A M. LE COMTE D'ARGENTAL.

Aux Délicés , 5 de mars.

JE reçois la lettre, du 27 de février, dont mes
anges m'honorent. Je fuppofe qu'ils ont reçu l'épître
aux auteurs de la *Gazette littéraire* (*) ; je fuppofe auffi
qu'ils ont reçu celle que j'ai pris la liberté de leur
adreffer pour M. de *Cideville* qui, probablement, a
quelquefois le bonheur de les voir, et qui demeure
rue Saint-Pierre.

Je fuppofe encore qu'ils ont la lettre de monfieur
le premier préfident de Dijon, qui eft tout-à-fait

(*) Voyez Mélanges littéraires , tome III.

Correfp. générale.　　　Tome VII.　　　T

—— encourageante, conciliante; qui tranche toute diffi-
1764. culté, qui met tout le monde à fon aife.

Mes anges m'ordonnent d'envoyer aux comédiens
ordinaires du roi la difpofition de mes rôles; je
l'envoie *in quantum poffum*, *et in quantum indigent*. Si
mes anges ne trouvent pas que ma lettre pour M. le
duc de *Duras* fuffife, il faudra bien en écrire une
directement, car j'aime à obéir à mes anges; leur
joug eft doux et léger.

Non, pardieu, il n'eft pas fi doux; ils voudraient
que, d'ici au 12 du mois, qu'on doit jouer cette
Olimpie, je leur fiffe un cinquième acte. Je le voudrais
bien auffi; ce n'eft pas la mort de *Statira*, au quatrième, qui me fait de la peine, c'eft la fcène des
deux amans au cinquième. C'eft une fituation affez
forcée, affez peu vraifemblable, que deux amans
viennent preffer mademoifelle de faire un choix, dans
le temps même qu'on brûle madame fa mère; mais
je voulais me donner le plaifir d'un bûcher, et,
fi *Olimpie* ne fe jette pas dans le bûcher aux yeux
de fes deux amans, le grand tragique eft manqué.
La pièce eft faite de façon qu'il faut qu'elle réuffiffe
ou qu'elle tombe, telle qu'elle eft. Ne croyez pas
que je fuis pareffeux, je fuis impuiffant. Et puis,
d'ailleurs, comment voulez-vous que je faffe à préfent
des vers? favez-vous bien que je fuis entouré de
quatre pieds de neige? j'entends quatre pieds en
hauteur, car j'en ai quarante lieues en longueur;
et, au bout de cet horizon, j'ai l'agrément de voir
cinquante à foixante montagnes de glace, en pain
de fucre. Vous m'avouerez que cela ne reffemble pas
au mont Parnaffe: les Mufes couchent à l'air, mais

non pas fur la neige. Mon pays eft fort au-deffus
du paradis terreftre, pendant l'été ; mais, pendant
l'hiver, il l'emporte de beaucoup fur la Sibérie. Si je
fefais actuellement des vers, ils feraient à la glace.

On dit qu'on tolèrera un peu la Tolérance ; Dieu
foit béni ! D'ailleurs, je ne conçois rien à tout ce
qu'on me mande de chez vous ; il femble que ce
foit un rêve ; je fouhaite qu'il foit heureux. Mes
anges le feront toujours, quelque train que prennent
les affaires ; ainfi je trouve tout bon.

Avez-vous lu le Mandement de votre archevêque ?
Je fais que la pièce eft fifflée, mais ne pourriez-vous
pas avoir la bonté de me la faire lire ? Certes, ce
que vous avez vu, depuis quelques années, eft curieux.

Refpect et tendreffe. *V.*

Après cette lettre écrite et cachetée, des remords
me font venus au coin du feu. La fcène d'*Olimpie*
entre fes deux amans, au cinquième acte, m'a paru
devoir commencer autrement. Voici une manière
nouvelle ; je la foumets à mes anges ; ils la jetteront
dans le feu, fi elle leur déplaît.

T 2

LETTRE CLVIII.

A MADAME

LA MARQUISE DU DEFFANT.

Aux Délices, 7 de mars.

Vous dites des bons mots, Madame, et moi je
fais de mauvais contes; mais votre imagination doit
avoir de l'indulgence pour la mienne, attendu que
les grands doivent protéger les petits.

Vous m'avez ordonné expreffément de vous envoyer
quelquefois des rogatons; j'obéis, mais je vous
avertis qu'il faut aimer paffionnément les vers pour
goûter ces bagatelles. Si ce pauvre *Formont* vivait
encore, il me favoriferait auprès de vous, il vous
ferait fouvenir de votre ancienne indulgence pour
moi, il vous dirait qu'un demi-quinze-vingt a droit
à vos bontés.

Il faut bien que j'y compte encore un peu, puifque
j'ofe vous envoyer de telles fadaifes. J'ofe même me
flatter que vous n'en direz du mal qu'à moi. C'eft-là
le comble de la vertu pour une femme d'efprit.

Vous me répondrez que la chofe eft bien difficile,
et que la fociété ferait perdue fi l'on ne fe moquait
pas un peu de ceux qui nous font le plus attachés.
C'eft le train du monde; mais ce n'eft pas le vôtre,
et nous n'avons, dans l'état où nous fommes, vous et
moi, de plus grand befoin que de nous confoler l'un
l'autre.

Je voudrais vous amufer davantage et plus fouvent; mais fongez que vous êtes dans le tourbillon de Paris, et que je fuis au milieu de quatre rangs de montagnes couvertes de neiges. Les jéfuites, les remontrances, les réquifitoires, l'hiftoire du jour, fervent à vous diftraire, et moi je fuis dans la Sibérie.

Cependant vous avez voulu que ce fût moi qui me chargeaffe quelquefois de vos amufemens. Pardonnez-moi donc quand je ne réuffis pas dans l'emploi que vous m'avez donné ; c'eft à vous que je prêche la tolérance : un de vos plus anciens ferviteurs, et affurément un des plus attachés, en mérite un peu. *V.*

LETTRE CLIX.

A M. DAMILAVILLE.

Le 11 de mars.

Mon cher frère, je vous prie de me mander s'il eft vrai qu'on va jouer Olimpie, fi les *Moyens de rappel, en faveur des huguenots*, eft un bon livre; fi on peut avoir le Mandement de *Chriftophe*, et celui du doux *Caveirac;* fi l'ouvrage attribué à *Saint-Evremond* produit quelque bon fruit dans le monde ; fi vous avez reçu un petit billet que j'écrivais à *Mariette*, dans lequel je l'avertiffais que monfieur le premier préfident de Dijon avait envoyé f... f... mon adverfe partie ; fi on continue ou fi on abandonne le procès de la pauvre *Calas*, &c. &c. &c.

Je crois que frère *Berthier* a paffé aujourd'hui auprès

T 3

—— de chez moi pour aller à Soleure. Je fuis très-fâché
1764. de ne lui avoir pas donné à dîner ; j'avais quelques
anglais avec moi qui auraient augmenté le plaifir de
l'entrevue. Nous étions quinze à table , et je remar-
quais avec douleur qu'excepté moi , il n'y en avait
pas un qui fût chrétien. Cela m'arrive tous les jours;
c'eft un de mes grands chagrins. Vous ne fauriez croire
à quel point cette maudite philofophie a corrompu
le monde : la révolution des jéfuites eft bien moins
étonnante et moins grande.

Mon frère, *écr. l'inf.*

LETTRE CLX.

A M. LE COMTE D'ARGENTAL.

11 de mars.

C'EST donc demain, mes anges, que vous prétendez
qu'on fera le fervice d'Olimpie dans le couvent
d'Ephèfe. Je doute fort que vous ayez un acteur digne
d'officier et de jouer le rôle de l'hiérophante. J'ai
repréfenté ce perfonnage , moi qui vous parle ; j'avais
une grande barbe blanche, avec une mitre de deux
pieds de haut , et un manteau beaucoup plus beau
que celui d'*Aaron*. Mais quelle onction était dans mes
paroles ! je fefais pleurer les petits garçons. Mais
votre *Brizard* eft un prêtre à la glace ; il n'attendrira
perfonne. Je n'ai jamais conçu comment l'on peut
être froid ; cela me paffe. Quiconque n'eft pas animé,
eft indigne de vivre ; je le compte au rang des morts.

Je n'entends point parler de votre *Gazette littéraire;*
j'ai peur qu'elle n'étrenne pas. Si elle eſt ſage , elle
eſt perdue; ſi elle eſt maligne, elle eſt odieuſe. Voilà
les deux écueils ; et tant que *Fréron* amuſera les oiſifs
par ſes méchancetés hebdomadaires, on négligera les
autres ouvrages périodiques qui ne feront qu'utiles
et raiſonnables. Voilà comme le monde eſt fait, et j'en
ſuis fâché. Mais le plus grand de mes malheurs eſt
de n'avoir jamais pu parvenir à lire le Mandement de
Chriſtophe ni celui du doux *Caveirac*, dont la groſſe
face a, dit-on, été piloriée en effigie.

Vous avez reçu, ſans doute, mes divins anges,
un bel arrêt du conſeil, imprimé, que je vous ai
envoyé pour mettre M. le duc de *Praſlin* à ſon aiſe.

Voici une grande nouvelle : on m'aſſure qu'on a
vu frère *Berthier* avec un autre frère, ce matin, allant
par la route de Genève à Soleure. Si j'en avais été
informé plutôt, je les aurais priés à dîner.

Vous êtes heureux, mes anges; vous vivez au
milieu des facéties; mais vous gardez votre bonheur
pour vous, et vous ne m'en parlez jamais. Vous me
parlerez de *Grandval* plus que de *Chriſtophe;* vous
oubliez les autres comédies pour celle du faubourg
Saint-Germain ; vous ne daignez pas vous communiquer à un pauvre étranger. Quoi qu'il en ſoit, je
vous adore.

T 4

LETTRE CLXI.

A M. LE CLERC DE MONTMERCI,

*Avocat au parlement de Paris, qui lui avait envoyé
le poëme intitulé :* Voltaire.

Aux Délices, 13 de mars.

Vous êtes donc, Monfieur, comme *Raphaël* qui s'amufait quelquefois à peindre des fleurs fur des pots de terre. Vraiment, je vous fuis bien obligé d'avoir orné à ce point mon vieux pot caffé. Vous avez prodigué des vers charmans fur le fujet le plus mince ; j'en fuis auffi honteux que reconnaiffant.

J'ai encore à vous remercier d'avoir dit tant de bien de M. de *Vauvenargues*, homme trop peu connu, et bien digne de vos louanges et de vos regrets. C'était un vrai philofophe ; il a vécu en fage, et eft mort en héros, fans que perfonne en ait rien fu : je chérirai toujours fa mémoire. Tout ce que vous dites de lui m'attendrit autant que ce que vous dites de moi me fait rougir.

Je m'étonne qu'avec le talent de faire des vers fi faciles, fi agréables, fi remplis de philofophie et de grâces, vous ne choififfiez pas quelque fujet digne d'être embelli par vous. La nature vous a donné la penfée, le fentiment et l'expreffion ; il ne vous manque qu'une toile pour y jeter vos belles couleurs. Peu de gens fentiront votre mérite, vu le fujet que vous avez traité ; et moi je le fens, malgré le fujet.

Je m'intéresse à vous indépendamment de la reconnaissance; je voudrais savoir ce que vous faites; si vous 1764.
êtes aussi heureux que philosophe ; et je suis très-
fâché d'être à plus de cent lieues de vous. Une santé
misérable et une fluxion horrible sur les yeux, m'em-
pêchent de vous remercier de ma main; mais elles
n'ôtent rien aux sentimens avec lesquels je serai
toujours le plus sincèrement du monde, Monsieur,
votre, &c.

LETTRE CLXII.

A M. LE MARQUIS D'ARGENCE DE DIRAC.

14 de mars.

JE vous conjure, mon cher Monsieur, de ne point
disputer avec les gens entêtés ; la contradiction les
irrite toujours, au lieu de les éclairer ; ils se cabrent,
ils prennent en haine ceux dont on leur cite les
opinions. Jamais la dispute n'a convaincu personne ;
on peut ramener les hommes en les fesant penser par
eux-mêmes, en paraissant douter avec eux, en les
conduisant, comme par la main, sans qu'ils s'en
aperçoivent. Un bon livre qu'on leur prête, et qu'ils
lisent à loisir, fait bien plus sûrement son effet, parce
qu'alors ils ne rougissent point d'être subjugués par
la raison supérieure d'un antagoniste. Cette méthode
est la plus sûre, et on y gagne encore l'avantage de
se procurer le repos.

Je suis très-édifié, Monsieur, de voir que vous
érigez un hôpital, et que, par les justes mesures

que vous avez prifes, vous guérirez trois cents perfonnes par année. Nous ne fommes dans ce monde que pour y faire du bien.

Je vois que l'affaire des jéfuites a effarouché quelques efprits, mais tout fera calmé par la fageffe du roi. Vous favez, fans doute, qu'on a condamné au banniffement l'abbé de *Caveirac* qui avait fait l'*Apologie de la Saint-Barthelemi*, et qui s'était mis à faire celle des jéfuites. Vous favez que ces pères ne font plus à Verfailles ; leur éloignement femble diffiper tout efprit de faction ; mais ce qu'il y a de plus heureux, c'eft que les finances font en très-bon état. Les voifins de la France s'y intéreffent autant que les Français, le crédit public renaît, jamais on n'a été plus en droit d'efpérer des jours heureux.

Il faut qu'il y ait eu quelques manœuvres fecrètes de la part des jéfuites, qui ont donné un peu d'alarmes, et qui ont peut-être fait faifir, dans le bureau des poftes, des paquets indifférens qui ont pu être foupçonnés d'avoir quelques rapports à ces tracafferies. C'eft un mal très-médiocre dans la félicité publique. Je ne fais ce que c'eft que la *Lettre du quaker* ; j'en ai entendu parler, mais je ne l'ai point vue, et, fur ce qu'on m'en a dit, je ferais fâché qu'on l'attribuât à mes amis ou à moi.

Vous favez, Monfieur, avec quels fentimens je vous fuis dévoué pour la vie.

LETTRE CLXIII.

A M. DAMILAVILLE.

14 de mars.

Mon cher frère, je reconnais votre cœur au zèle
et à la douleur que l'intérêt d'un ami vous infpire.
Vous avez l'un et l'autre une belle ame. Mais raffu-
rez-vous; votre ami n'a certainement rien à craindre
de la rapfodie dont vous me parlez. Quand même
cette fatire (*) aurait cours pendant huit jours (ce
qui peut bien arriver, grâce à la malignité humaine),
la foule de ceux qui font attaqués dans cette rapfodie
ferait caufe commune avec M. *Diderot*, et cette fatire
ne lui ferait que des amis. Mais, encore une fois,
ne craignez rien; on m'écrit que cet ouvrage a
révolté tout le monde. L'auteur n'eft pas adroit.
Quand on veut nuire dans un ouvrage, il faut qu'il
foit bon par lui-même, et que le poifon foit couvert
de fleurs : c'eft ici tout le contraire.

Il eft vrai que l'auteur a des protecteurs; mais
les protecteurs veulent être amufés, et ils ne le feront
pas. L'ouvrage fera oublié dans quinze jours; et le
grand monument qu'érige M. *Diderot* doit faire à
jamais l'honneur de la nation. J'attends l'*Encyclopédie*
avec l'impatience d'un homme qui n'a pas long-temps
à vivre, et qui veut jouir avant fa mort. Plût à Dieu
qu'on eût imprimé cet ouvrage en pays étranger !
Quand *Saumaife* voulut écrire librement, il fe retira

(*) *La Dunciade*, de *Paliffot*.

en Hollande, quand *Defcartes* voulut philofopher, il quitta la France : mais puifque M. *Diderot* a voulu refter à Paris, il n'a d'autre parti à prendre que celui de s'envelopper dans fa gloire et dans fa vertu.

Il eft bien étrange, je vous l'avoue, que la police fouffre une telle fatire, et qu'on craigne de publier la Tolérance. Mais rien ne m'étonne; il faut favoir fouffrir, et attendre des temps plus heureux.

On dit que l'abbé de *la Tour-du-Pin* eft à la baftille pour les affaires des jéfuites ; c'eft un parent de mademoifelle *Corneille*, devenue madame *Dupuits*. C'eft lui qui follicita fi vivement une lettre de cachet pour ravir à mademoifelle *Corneille* l'afile que je lui offrais chez moi. Où en ferait cette pauvre enfant, fi elle n'avait eu pour protecteur que ce mauvais parent? Mon cher frère, les hommes font bien injuftes ; mais, de toutes les horreurs que je vois, la plus cruelle, à mon gré, et la plus humiliante, c'eft que des gens qui penfent de la même façon fur la philofophie, déchirent leurs maîtres ou leurs amis. On eft indigné quand on voit *Paliffot* infulter continuellement monfieur *Diderot* qu'il ne connaît pas ; mais je fuis bien affligé quand je vois ce malheureux *Rouffeau* outrager la philofophie dans le même temps qu'il arme contre lui la religion. Quelle démence et quelle fureur de vouloir décrier les feuls hommes fur la terre qui pouvaient l'excufer auprès du public, et adoucir l'amertume du trifte fort qu'il mérite !

Mon cher frère, que je plains les gens de lettres ! Je ferais mort de chagrin, fi je n'avais pas fui la France; je n'ai goûté de bonheur que dans ma retraite. Je vous prie de dire à votre ami combien je l'eftime et combien je l'honore. Je lui fouhaite des jours tranquilles; il les aura, puifqu'il ne fe compromet point avec les infectes du Parnaffe, qui ne favent que bourdonner et piquer. Mon ambition eft qu'il foit de l'académie; il faut abfolument qu'on le propofe pour la première place vacante. Tous les gens de lettres feront pour lui, et il fera très-aifé de lui concilier les perfonnes de la cour, qui obtiendront pour lui l'approbation du roi. Je n'ai pas grand crédit, affurément; mais j'ai encore quelques amis qui pourront le fervir. Notre cher ange, M. d'*Argental*, ne s'y épargnera pas.

Je vois bien, mon cher ami, qu'il eft plus aifé d'avoir des fatires contre le prochain, que d'avoir le Mandement de *Chriflophe*, et le livre intitulé : *Il eft temps de parler.*

Je vous embraffe de tout mon cœur. *Ecr. l'inf.*

LETTRE CLXIV.

A M. LE COMTE D'ARGENTAL.

14 de mars.

DIVINS ANGES,

J'AI reçu la *Gazette littéraire*, et j'en fuis fort content. L'intérêt que je prenais à cet ouvrage, et la fageffe à laquelle il eft condamné me fefaient trembler ; mais, malgré fa fageffe, il me plaît beaucoup. Il me paraît que les auteurs entendent toutes les langues;

—— ainfi ce ne ferait pas la peine que je fiffe venir des livres d'Angleterre. Paris eft plus près de Londres que Genève, mais Genève eft plus près de l'Italie; je pourrais donc avoir le département de l'Italie et de l'Efpagne, fi on voulait. J'entends l'efpagnol beaucoup plus que l'allemand, et les caractères tudef-ques me font un mal horrible aux yeux qui ne font que trop faibles. Je penfe donc que, pour l'économie et la célérité, il ne ferait pas mal que j'euffe ces deux départemens, et que je renonçaffe à celui d'An-gleterre; c'eft à M. le duc de *Praflin* à décider. Je n'enverrai jamais que des matériaux qu'on mettra en ordre de la manière la plus convenable. Ce n'eft pas à moi, qui ne fuis pas fur les lieux, à favoir préci-fément dans quel point de vue on doit préfenter les objets au public; je ne veux que fervir et être ignoré.

A l'égard des roués, je n'ai pas dit encore mon dernier mot, et je vois avec plaifir que j'aurai tout le temps de le dire.

Madame *Denis* et moi, nous baifons plus que jamais les ailes de nos anges, nous remercions M. le duc de *Praflin* de tout notre cœur. Les dixmes nous feront fupporter nos neiges.

Je fuis enchanté que l'idée des exemplaires royaux, au profit de *Pierre*, neveu de *Pierre*, rie à mes anges; je fuis perfuadé que M. de *la Borde*, un des bienfai-teurs, l'approuvera.

Nous nous amufons toujours à marier des filles; nous allons marier avantageufement la belle-fœur de la nièce à *Pierre;* tout le monde fe marie chez nous; on y bâtit des maifons de tous côtés, on défriche des terres qui n'ont rien porté depuis le déluge; nous

nous égayons, et nous engraiffons un pays barbare; et, 1764. fi nous étions abfolument les maîtres, nous ferions bien mieux. Je détefte l'anarchie féodale; mais je fuis convaincu par mon expérience que, fi les pauvres feigneurs châtelains étaient moins dépendans de noffeigneurs les intendans, ils pourraient faire autant de bien à la France que noffeigneurs les intendans font quelquefois de mal, attendu qu'il eft tout naturel que le feigneur châtelain regarde fes vaffaux comme fes enfans.

Je demande pardon de ce bavardage; mais quelquefois je raifonne comme *Lubin*, je demande pourquoi il ne fait pas jour la nuit. Mes anges, je radote quelquefois, il faut me pardonner; mais je ne radote point quand je vous adore.

LETTRE CLXV.

A M. DAMILAVILLE.

16 de mars.

En réponfe, mon cher frère, à votre lettre du 9 de mars, je ne fuis point furpris que la plate et ennuyeufe fatire, pour laquelle on avait obtenu une permiffion tacite, ait attiré à fon auteur l'indignation et le mépris. Madame *Denis*, qui a voulu la lire, n'a jamais pu l'achever. Il n'y a certainement que les intéreffés qui puiffent avoir le courage de lire un tel ouvrage jufqu'au bout, et ceux-là n'en diront pas de bien. S'il y avait quelque chofe de plaifant, ce ferait de voir M. *Diderot* au nombre des fots.

Il faut bien fe donner de garde de répondre en

forme à une telle impertinence; mais je penfe qu'on ne ferait pas mal de défigner cet infame ouvrage dans l'*Encyclopédie*, à l'article *Satire*, et d'infpirer au public et à la poftérité l'horreur et le mépris qu'on doit à ces malheureux qui prétendent être en droit d'infulter les plus honnêtes gens, parce que *Defpréaux* s'eft moqué, en paffant, de quelques poëtes. Il faut avouer que le premier qui donna cet affreux exemple, a été le poëte *Rouffeau*, homme, à mon fens, d'un très-médiocre génie. Il mit fes chardons piquans dans des fatires où *Boileau* jetait des fleurs. Les mots de bélître, de maroufle, de louve, &c., font prodigués par *Rouffeau*; mais du moins il y a quelques bons vers au milieu de ces horreurs révoltantes, et la prétendue *Dunciade* n'a pas ce mérite. Ceux qu'il attaque, et ceux qu'il loue, doivent être également mécontens; le public doit l'être bien davantage, car il veut être amufé, et il eft ennuyé : c'eft ce qui ne fe pardonne jamais.

Je crois, mon cher frère, qu'il n'eft pas encore temps de fonger à la publication de la Tolérance; mais il eft toujours temps d'en demander une vingtaine d'exemplaires à M. de *Sartine*. Vous les donneriez à vos amis qui les prêteraient à leurs amis; cela compoferait une centaine de fuffrages qui feraient grand bien à la bonne caufe; car, entre nous, les notes qui font au bas des pages, font auffi favorables à cette bonne caufe que le texte l'eft à la tolérance.

Je vous admire toujours de donner tant de foins aux belles-lettres, à la philofophie, au bien public, au milieu de vos occupations arithmétiques, et des détails prodigieux dont vous devez être accablé.

Puifque

Puifque votre belle ame prend un intérêt fi fenfible à tout ce qui concerne l'honneur des lettres et
les devoirs de la fociété, il faut vous apprendre que
Jean-Jacques, ayant voulu imiter *Platon*, après avoir
imité *Diogène*, vient de donner *incognito* un déteftable opufcule fur les dangers de la poëfie et du
théâtre. Il m'apoftrophe dans cet ouvrage, moi et
frère *Thiriot*, fous des noms grecs; il dit que je n'ai
jamais pu attirer auprès de moi que *Thiriot*, et que je
n'ai réuffi qu'à en faire un ingrat. Si la chofe était
vraie, je ferais très-fâché; j'ai toujours voulu croire
que *Thiriot* n'était que pareffeux.

Je vous embraffe bien tendrement, mon cher
frère. *Ecr. l'inf.*

LETTRE CLXVI.

A MADAME DE FONTAINE.

Ferney, 19 de mars.

MA chère nièce, je n'ai qu'un moment pour
vous dire combien je vous approuve et vous félicite.
Il n'y a rien de fi doux ni de fi fage que d'époufer
fon ami intime. Vos arrangemens, dont vous voulez
bien me faire part, me paraiffent très-convenables
pour toutes les parties intéreffées; Ornoi y gagnera,
votre château s'embellira, la vie y fera plus animée;
tout le mal eft dans cette horrible diftance de votre
château au mien.

Je vous prierai de m'inftruire du jour de votre

Correfp. générale.   Tome VII.   V

départ : il faut qu'un oncle s'arrange pour un petit préfent de noces. Je voudrais bien être de la cérémonie, et figner au contrat. Je vais annoncer, dans l'inflant, cette nouvelle à madame *Denis* qui répète actuellement fon rôle de *Statira*, et qui le jouera bientôt fur un théâtre mieux entendu, mieux orné, mieux éclairé que celui de Paris.

Je fuis très-fâché de ne vous pas marier dans mon églife en préfence d'un grand *Jéfus*, doré comme un calice, qui a l'air d'un empereur romain, et à qui j'ai ôté fa phyfionomie niaife. Nous vous donnerions vraiment une belle fête ; car nous fommes en train, et la tête m'en tourne.

Madame *Denis* arrive ; elle penfe comme moi. Nous vous embraffons tendrement, vous et le grand écuyer de *Cyrus* (*), devenu mon neveu.

LETTRE CLXVII.

A MADAME

LA MARQUISE DU DEFFANT.

21 de mars.

JE ne vous dirai pas, Madame, que nous fommes plus heureux que fages ; car nous fommes auffi fages qu'heureux. Vous tremblez que quelque mal-intentionné n'ait pris le petit mot qui regardait mon confrère *Moncrif*, pour une mauvaife plaifanterie. J'ai reçu

(*) M. le marquis de *Florian*.

de lui une lettre remplie des plus tendres remercîmens.
S'il n'eft pas le plus diffimulé de tous les hommes,
il eft le plus fatisfait. C'eft un grand courtifan, je
l'avoue; mais ne ferait-ce pas prodiguer la politique,
que de me remercier fi cordialement d'une chofe dont
il ferait fâché. Pour moi, je m'en tiens, comme lui,
au pied de la lettre, et je lui fuppofe la même naïveté
que j'ai eue quand je vous ai écrit cette malheureufe
lettre que des corfaires ont publiée.

Sérieufement, je ferais très-fâché qu'un de mes
confrères (et furtout un homme qui parle à la reine)
fût mécontent de moi: cela me ruinerait à la cour,
et me ferait manquer les places importantes auxquelles
je pourrai parvenir, avec le temps; car enfin je n'ai
que dix ans de moins que *Moncrif*, et l'exemple du
cardinal de *Fleuri*, qui commença fa fortune à foixante
et quatorze ans, me donne les plus grandes efpérances.

Vous ferez fort bien, Madame, de ne plus confier
vos fecrets à ceux qui les font imprimer, et qui violent
ainfi le droit des gens. Je favais votre hiftoire du
lion; elle eft fort fingulière, mais elle ne vaut pas
l'hiftoire du lion d'*Androclès*. D'ailleurs mon goût
pour les contes eft abfolument tombé: c'était une
fantaifie que les longues foirées de l'hiver m'avaient
infpirée. Je penfe différemment à l'équinoxe: l'efprit
fouffle où il veut, comme dit l'autre.

Je me fuis toujours aperçu qu'on n'eft le maître
de rien: jamais on ne s'eft donné un goût; cela ne
dépend pas plus de nous, que notre taille et notre
vifage. N'avez-vous jamais bien fait réflexion que
nous fommes de pures machines? J'ai fenti cette

—— vérité par une expérience continue ; fentimens, paffions, goûts, talens, manière de penfer, de parler,
de marcher, tout nous vient je ne fais comment.
Tout eft comme les idées que nous avons dans un
rêve ; elles nous viennent fans que nous nous en
mêlions. Méditez cela ; car nous autres, qui avons
la vue baffe, nous fommes plus faits pour la médi-
tation que les autres hommes qui font diftraits par
les objets.

Vous devriez dicter ce que vous penfez quand
vous êtes feule, et me l'envoyer ; je fuis perfuadé
que j'y trouverais plus de vraie philofophie que dans
tous les fyftêmes dont on nous berce. Ce ferait la
philofophie de la nature ; vous ne prendriez point
vos idées ailleurs que chez vous ; vous ne chercheriez
point à vous tromper vous-même. Quiconque a,
comme vous, de l'imagination et de la juftefſe dans
l'efprit, peut trouver dans lui feul, fans autre fecours,
la connaiffance de la nature humaine ; car tous les
hommes fe reffemblent pour le fonds, et la différence
des nuances ne change rien du tout à la couleur
primitive.

Je vous affure, Madame, que je voudrais bien voir
une petite efquiffe de votre façon. Dictez quelque
chofe, je vous en prie, quand vous n'aurez rien à
faire : quel plus bel emploi de votre temps, que de
penfer ! Vous ne pouvez ni jouer, ni courir, ni avoir
compagnie toute la journée. Ce ne fera pas une
médiocre fatisfaction pour moi de voir la fupériorité
d'une ame naïve et vraie fur tant de philofophes
orgueilleux et obfcurs : je vous promets d'ailleurs
le fecret.

Vous fentez bien, Madame; que la belle place
que vous me donnez dans notre fiècle n'eft point faite
pour moi; je donne, fans difficulté, la première à
la perfonne à qui vous accordez la feconde. Mais
permettez-moi d'en demander une dans votre cœur;
car je vous affure que vous êtes dans le mien.

Je finis, Madame, parce que je fuis bien malade,
et que je crains de vous ennuyer. Agréez mon tendre
refpect, et empêchez que M. le préfident *Hénault* ne
m'oublie. *V.*

1764.

LETTRE CLXVIII.

A M. DAMILAVILLE.

26 de mars.

Vous voyez bien, mon cher frère, que vous aviez
conçu trop d'alarmes au fujet de frère *Platon*, et
qu'un auffi mauvais ouvrage que la *Paliffotie* ne
pouvait nuire en aucune manière qu'à fon auteur. Il
eft vrai qu'il eft protégé par un miniftre (*); mais
ce miniftre, plein d'efprit et de mérite, aime fort la
philofophie, et n'aime point du tout les mauvais
vers. S'il fut un peu févère, il y a quelques années,
envers l'abbé *Morellet*, il faut lui pardonner. L'article
indifcret, inféré dans une brochure, au fujet de
madame la princeffe de *Robecq*, indigna tous les amis
de cette dame qui, en effet, n'apprit que par cette
brochure le danger de mort où elle était. Je fuis

(*) M. le duc de *Choifeul*.

V 3

perfuadé que tous nos chers philofophes, en fe con-
duifant bien, en n'affectant point de braver les puiffances de ce monde, trouveront toujours beaucoup
de protection.

Ce ferait affurément grand dommage que nous
perdiffions madame de *Pompadour* ; elle n'a jamais
perfécuté les gens de lettres, et elle a fait beaucoup
de bien à plufieurs. Elle penfe comme vous ; et il
ferait difficile qu'elle fût bien remplacée.

Je me confole de n'avoir pu parvenir à voir les
fatras de l'archevêque de Paris et de l'abbé de
Caveirac, et je fuis honteux de m'être fait une bibliothéque de tout ce qui s'eft écrit, depuis deux ans,
pour et contre les jéfuites. Il vaut bien mieux relire
Cicéron, *Horace* et *Virgile*.

Vous aurez inceffamment le Corneille commenté ;
j'ai pris la liberté de vous en adreffer un ballot de
quarante-huit exemplaires, dont je vous fupplie d'envoyer douze à M. de *Laleu* ; vous ferez préfent des
autres à qui il vous plaira ; c'eft à vous à diftribuer
vos faveurs. Il y a des gens de lettres qui ne font
pas affez riches pour acheter cet ouvrage, et qui le
recevront de vous bien volontiers, gratis. Je vous
fupplie en grâce d'en faire relier un pour M. *Goldoni*,
d'en donner un exemplaire à M. de *la Harpe*, un
autre à M. *le Mière*. Je compte bien que M. *Diderot*
fera le premier qui aura le fien, quoique le fardeau
immenfe dont il eft chargé ne lui laiffe guère le temps
de lire des remarques fur des vers. Les fanatiques de
Corneille n'y trouveront peut-être pas leur compte ;
mais je fais plus de cas du bon goût que de leur
fuffrage. J'ai tout examiné fans paffion et fans intérêt ;

j'ai toujours dit ce que j'ai penſé , et je ne connais aucun cas dans lequel il faille dire ce qu'on ne penſe point. Comptez , mon cher frère , que je dis la choſe du monde la plus vraie , quand je vous aſſure de mon très-tendre attachement.

LETTRE CLXIX.

AU MEME.

Le 30 de mars.

J'AI à peine le temps , mon cher frère , de vous remercier , en deux mots , de tout ce que vous m'avez écrit de charmant , le 22 de mars. Les belles-lettres font dans un étrange aviliſſement à Paris ! mais je me trompe ; ce ne font pas les belles-lettres , ce font les vilaines , les infames lettres ; c'eſt la fatire fans fel , la groſſièreté fans efprit , l'envie fans aucune raifon d'être envieux , la méchanceté dans toute fa laideur.

Plus on cherche à mordre notre ami *Platon* , et plus je lui fuis attaché. Votre zèle pour la faine littérature eſt infatigable : vous êtes bien loin de reſſembler à ceux (*) qui ont le temps d'aller dîner tous les jours très-loin de chez eux , et qui n'ont pas le temps , pendant fix mois , d'écrire une feule lettre à leurs amis ; ceux-là glacent le cœur , et vous l'échauffez. Je ferais fort étonné fi l'on permettait actuellement la Tolérance. J'ai toujours penſé qu'il

(*) *Thiriot.*

fallait attendre ; mais mon cher frère voit les chofes de plus près , et mieux que moi.

'Je crois que frère *Gabriel Cramer* a fini d'imprimer les Contes de *Guillaume Vadé*. Il y a des chofes un peu vives ; on y a ajouté quelques morceaux de *Jérôme Carré*. *Jérôme* et *Guillaume* font des gens hardis ; mais la plaifanterie fait tout paffer. Vous pouvez dire , dans l'occafion , aux gens difficiles que c'eft un recueil de plufieurs poliffons , dont aucun ne fe donnant pour un homme férieux, ne mérite pas d'être examiné à la rigueur.

Adieu, mon très-cher frère.

LETTRE CLXX.

A M. LE COMTE D'ARGENTAL.

2 d'avril.

IL faut que je demande les ordres de mes anges fur une affaire d'Etat, de la plus grande importance. Je fais que la grande règle des confpirateurs eft de n'admettre jamais dans leur complot que ceux qui peuvent les fervir , et de tuer fans miféricorde tous ceux qui peuvent fe douter de la confpiration. Il y a plufieurs mois que je balance fur la manière dont je dois m'y prendre pour affaffiner M. de *Chauvelin* l'ambaffadeur. Il prétend, depuis un an , que je lui ai promis quelque chofe pour le mois d'avril , et que ce n'eft pas un poiffon d'avril que je lui ai promis. Il était alors très-vraifemblable qu'*Octave* et *Antoine*

paraîtraient avant Pâques ; la deftinée a voulu que
le couvent d'Ephèfe eût la préférence. Enfin, nous
voici au mois d'avril ; voyez, mes anges, fi vous
voulez que M. de *Chauvelin* foit de la confpiration :
fon caractère femble l'en rendre digne ; cela eft
abfolument du miniftère des affaires étrangères. Je
ne ferai rien fans vos ordres. J'ai réfifté une année
entière ; il ne fait rien du tout, et je ne rendrai la
place que quand vous m'aurez ordonné de capituler.
En ce cas, il faudra qu'il faffe ferment, par écrit,
lui et fa jeune femme, de ne jamais révéler la confpiration.

Il n'en eft pas de même de M. de *Thibouville ;*
il croit fermement, avec mademoifelle *Clairon*, que
je travaille à Pierre le cruel. Il eft bon de fixer ainfi
les incertitudes des curieux ; mais le fait eft que je
ne puis travailler à rien ; je fuis très-malade ; la fin
de l'hiver, et le commencement du printemps, m'ont
infiniment affaibli, et je crois qu'il faut dire adieu
à toute efpèce de vers et de profe. Je ne fais fi je ne
me trompe, mais il me femble que j'avais fourni
quelques matériaux affez curieux pour votre gazette.
J'ai encore un petit cahier à vous envoyer, fuppofé
que vous ayez été contens des premiers ; mais, après
cela, je ne fais pas ce que je deviendrai : les nouveautés me manquent, et les forces auffi.

Je vous fupplie de vouloir bien me donner des
nouvelles de la fanté de M. le duc de *Praflin ;* je fuis
fâché de le voir goutteux avant le temps ; car il me
femble que la goutte n'eft bonne qu'à mon âge : il
ne faut jamais qu'un miniftre foit malade. C'eft une
chofe affreufe que de fouffrir et d'avoir à travailler ;

1764.

1764. cela mine l'efprit et le corps. Il n'y a que l'entière liberté de n'avoir jamais rien à faire que ce que je veux, et d'être le maître de tous mes momens, qui m'ait fait fupporter la vie. Portez-vous bien, mes divins anges.

P. S. Voyez d'ailleurs, avec M. le duc de *Praflin*, fi vous voulez que j'affaffine M. de *Chauvelin*, ou que je lui révèle le fecret. Je fais bien qu'affaffiner eft le plus sûr, mais c'eft un parti que je ne peux prendre fans votre permiffion expreffe.

LETTRE CLXXI.

A M. LE MARQUIS DE CHAUVELIN.

2 d'avril.

VOTRE Excellence eft affez bonne pour avoir des griefs contre moi. J'en ai moi-même un bien fort ; c'eft que je n'en peux plus, c'eft que j'ai abfolument perdu la fanté ; et qu'étant menacé de perdre la vue, tout ce que je peux faire, c'eft de dicter une malheureufe lettre. Je fuis tombé tout d'un coup, mais ce n'eft pas de bien haut. Je ne favais pas que madame l'ambaffadrice eût été malade ; je vous affure que je m'y ferais plus intéreffé qu'à ma propre misère, par la raifon que j'aime beaucoup mieux les pièces de *Racine* que celles de *Pradon*, et que les beaux ouvrages de la nature infpirent plus d'intérêt que les autres.

J'avoue que j'ai eu grand tort de ne vous pas envoyer

les Trois manières ; mais, puisque vous les avez, je
ne peux plus réparer mon tort : tout ce que je peux
faire, c'est de vous donner madame Gertrude, si vous
ne l'avez pas.

1764.

A l'égard de ce qui devait vous revenir vers le
mois d'avril, ne prenez pas cela pour un poisson
d'avril, s'il vous plaît ; je tiendrai ma parole, tôt ou
tard ; mais donnez un peu de temps à un pauvre
malade. J'ai été accablé de fardeaux que mes forces
ne pouvaient porter ; et, dans l'état où je suis réduit,
il m'est impossible de m'appliquer. J'ai consumé la
petite bougie que la nature m'avait donnée ; il ne
reste plus qu'un faible lumignon que le moindre effort
éteindrait absolument.

Oserais-je demander à votre Excellence si elle est
contente de la *Gazette littéraire*? Il me semble que
cette entreprise est en bonnes mains, et que, de
tous les journaux, c'est celui qui met le plus au fait
des sciences de l'Europe : c'est dommage qu'il ne parle
point des mandemens d'évêques, qu'on brûle tous les
jours. Tout ce que je vois jette les semences d'une
révolution qui arrivera immanquablement, et dont
je n'aurai pas le plaisir d'être témoin. Les Français
arrivent tard à tout, mais enfin ils arrivent. La
lumière s'est tellement répandue de proche en proche,
qu'on éclatera à la première occasion ; et alors ce sera
un beau tapage. Les jeunes gens sont bien heureux ; ils
verront de belles choses.

A propos, je n'ose vous envoyer un conte à dormir
debout, qui est très-indigne d'un grave ambassadeur ;
mais, pour peu que madame l'ambassadrice se plaise
aux *Mille et une nuits*, je l'enverrai par la première

poſte. En attendant, voici un petit avis d'un nommé Vadé à mes chers compatriotes. Ce Vadé-là était un homme bien difficile à vivre. Mille ſincères et tendres reſpects. V.

LETTRE CLXXII.

A M. DAMILAVILLE.

2 d'avril.

MON cher frère, je vous envoie l'avis d'Eſculape-Tronchin. Tout Eſculape qu'il eſt, il ne vous apprendra pas grand'choſe : vous ſavez aſſez que la vie ſédentaire fait bien du mal aux tempéramens ſecs et délicats. Si j'étais aſſez inſolent pour ajouter quelque choſe aux oracles d'Eſculape, je conſeillerais les eaux de Plombières, ou quelques autres eaux chaudes et douces, en cas que la fortune de la malade lui permette de faire ce voyage ſans s'incommoder ; car il n'eſt permis qu'aux gens riches d'aller chercher la ſanté loin de chez eux ; et, à l'égard des pauvres, ils travaillent et guériſſent. Le voyage, l'exercice des eaux qui lavent le ſang et qui débouchent les canaux, rétabliſſent preſque toujours la machine. Je voudrais auſſi qu'on fît lit à part ; un mari mal-ſain et une femme malade ne ſe feront pas grand bien l'un à l'autre, attendu que mal ſur mal n'eſt pas ſanté. Voilà l'avis d'un vieux routier qui n'eſt pas médecin ; mais qui, depuis long-temps, ne doit la vie qu'à une extrême attention ſur lui-même.

J'ai oublié, dans ma dernière lettre, de vous prier
de m'envoyer Macare imprimé, avec la Lettre au
grand fauconnier. Il faut que ce grand fauconnier ait
le diable au corps de faire imprimer ces rogatons.

Ne pourrai-je jamais m'édifier avec l'*Inftruction*
paftorale de *Chriftophe* ? je fuis fou des paftorales,
depuis celle de *Jean-George;* elles m'amufent infiniment. Eft-il vrai qu'il y a un jéfuite, nommé *Defnoyers*,
qui a bravement figné le formulaire impofé aux
ci-devant foi-difant jéfuites ?

Eft-il vrai qu'on a mis au pilori la groffe face de
l'abbé *Caveirac*, apologifte de la Saint-Barthelemi et
de l'inftitut de *Loyola* ? S'il eft de la maifon de
Caveirac, c'eft un homme de grande qualité; mais
il fe peut que ce foit un poliffon qui ait pris le nom
de fon village.

Il me paraît que noffeigneurs de parlement vont
grand train. Quand ferai-je affez heureux pour avoir
le libelle de ce prêtre? c'eft un coquin qui ne manque
pas d'efprit; il eft même fort inftruit des fadaifes
eccléfiaftiques, et il a une forte d'éloquence. Frère
Thiriot devrait bien s'amufer un quart d'heure à
m'écrire tout ce qu'on dit et tout ce qu'on fait. Vous
ne me parlez plus de ce pareffeux, de ce négligent,
de ce loir, de cet ingrat, de ce liron qui paffe fa
vie à manger, à dormir, et à oublier fes amis. Il
n'a rien à faire, et vous, qui êtes accablé d'occupations défagréables, vous trouvez encore du temps
pour écrire à votre frère.

Dieu vous le rende! Vous avez une ame charmante.
Ecr. l'inf.

LETTRE CLXXIII.

A M. LE COMTE D'ARGENTAL.

4 d'avril.

J'AI vu, mes anges, de fort bons vers de M. de *la Harpe* sur les talens de mademoiselle *Duménil*, et sur les talens acquis de mademoiselle *Clairon*. Je me souviens qu'autrefois cette petite innocente de *Gauffin* me disait tout doucement : *Allez, allez, mademoiselle Clairon sera une grande actrice, mais ne fera jamais pleurer.*

Mais quoi ! est-il possible que mademoiselle *Clairon* ne dise pas, *empêchez-moi surtout de le revoir jamais,* d'une manière à se faire claquer, mais claquer pendant un quart d'heure ? On trouve qu'il n'y a pas assez d'amour dans son rôle ; je maintiens, moi, que ce vers vaut toute une églogue. Allez, allez, la pièce est pleine d'intérêt ; et voilà ce qui la soutient. Que quelque auteur s'avise un jour de mettre un bûcher et point d'intérêt dans sa pièce, comptez qu'on y jettera monsieur, pour réchauffer son ouvrage. Il faut qu'il y ait un grand appareil au spectacle, c'est mon avis ; mais il faut que cet appareil fasse toujours une situation intéressante, et qui tienne les esprits en suspens : tel est le troisième acte de Tancrède, tel est le quatrième acte de Mahomet. Tâchons de parler à la fois aux yeux, aux oreilles et à l'ame ; on critiquera, mais ce sera en pleurant. Je suis bien las des drames qui ne font

que des converfations ; ils font beaux , mais , entre
nous , ils font un peu à la glace.

Je fuis très-fâché que madame d'*Argental* ait pris
médecine par néceffité , mais je ferais plus fâché
encore fi elle l'avait prife fans néceffité ; car c'eft
alors que les médecines font très-grand mal. J'ai lu
votre écriture tout courant, et fans héfiter un moment,
malgré toute la faibleffe de mes yeux. Mon cœur aime
paffionnément les caractères des deux anges. Envoyez-
moi, je vous prie, quand vous n'aurez rien à faire,
toutes les critiques poffibles d'Olimpie : qui fait fi elles
ne me piqueront pas d'honneur , et fi à la fin je
ne trouverai pas quelque chofe de nouveau.

M. *Gilbert de Voifins* n'eft-il pas infiniment plus
vieux que moi ? J'ai une très-mauvaife opinion de ce
corps-là , et je m'imagine qu'il pourrait bien m'aller
juger inceffamment dans l'autre monde : mais furtout
que M. le duc de *Praflin* fe débarraffe vîte de fa
goutte , et qu'il fonge bien férieufement à fa fanté.
Je vous le répète , le miniftère eft un fardeau affreux
quand on fouffre.

On m'avait mandé que madame de *Pompadour*
était abfolument hors d'affaire ; mais ce que vous
me dites, le 29 de mars, me donne beaucoup de
crainte. Je lui avais fait mon compliment fur fa
convalefcence; je fuis bien fâché d'avoir eu tort.
Mille tendres refpects ; tout Ferney baife le bout des
ailes de mes anges. *V.*

LETTRE CLXXIV.

AU MEME.

10 d'avril.

MES divins anges, voilà le tripot fermé; il ne vous revient plus qu'un quatrième acte des roués, que je vous enverrai quand il vous plaira; et ce fera à vous à me dire comment j'en dois ufer avec les ambaffadeurs de France à Turin; c'eft une affaire d'Etat dans laquelle je ne puis me conduire que par vos inftructions et par vos ordres. Mais une affaire d'Etat plus confidérable, que nous mettons plus que jamais, maman et moi, à l'ombre de vos ailes, c'eft cette fatale dixme pour laquelle on recommence vivement les pourfuites. Nous allons être à la merci d'un prêtre ivrogne, notre terre va être dégradée, tous les agrémens dont nous jouiffons vont être perdus, fi M. le duc de *Praflin* n'a pas pitié de nous. Cette affaire eft enfin portée fur le rôle, et elle eft la première pour la rentrée du parlement : on dépouillera le vieil homme à la Quafimodo. Maman m'a propofé de mettre le feu au château, et de tout abandonner. Ce ferait en effet un parti fort agréable à prendre, furtout après m'être ruiné à embellir cette terre ; mais je crois qu'un bel arrêt du confeil vaudrait bien mieux, et je l'efpèrerai jufqu'au dernier moment. Nous vous demandons en grâce de vouloir bien nous dire fur quoi nous pouvons compter, et ce que nous devons faire.

Je

Je n'ai point reçu de nouvelles de M. le maréchal de *Richelieu* touchant son bellâtre de *Bellecour*; 1764. mais je vous avoue que j'ai toujours du faible pour le Droit du seigneur, et que je serais curieux d'apprendre qu'il aura été joué, à la rentrée, par *Grandval*. Est-il possible que vous n'ayez que *le Kain* pour le tragique, et qu'il soit si difficile de trouver des acteurs? Cela décourage des jeunes gens comme moi, et je crains bien d'être obligé de renoncer au théâtre à la fleur de mon âge.

Si vous le jugez à propos aussi, vous brûlerez, ou vous communiquerez à l'abbé *Arnaud* le petit mémoire ci-joint. J'ai cru que ces discussions littéraires pourraient quelquefois piquer la curiosité du public, que le simple énoncé des ouvrages nouveaux n'excite peut-être pas assez. Si l'on ne peut faire nul usage de ces mémoires, il n'y aura de mon côté qu'un peu de temps perdu, et beaucoup de bonne volonté inutile. Il est difficile d'ailleurs de rencontrer de si loin le goût de ceux pour qui l'on travaille.

Respect et tendresse. *V.*

LETTRE CLXXV.

A M. DAMILAVILLE.

12 d'avril.

Mon cher frère, c'est un ex-jésuite, archi-fanatique
et archi-fripon, qui a fait le mandement de l'archevêque gascon, archi - imbécille. On dit que l'archi-
bourreau de Toulouse l'a brûlé au haut ou au bas de
l'escalier des plaids. Je ne sais si vous vous souvenez
d'un chant de la Pucelle, dans lequel tous les person-
nages deviennent fous, et où chacun donne sur les
oreilles à son voisin, qui le lui rend du plus grand
cœur, de sorte que tous combattent contre tous, sans
savoir pourquoi. Voilà bien l'image de tout ce qui se
passe aujourd'hui. Il faut que les honnêtes gens pro-
fitent de la guerre que se font les méchans. La seule
chose qui m'afflige, c'est l'inaction des frères. C'est une
chose déplorable que l'auteur de la *Gazette ecclésiastique*
puisse imprimer, toutes les semaines, les sottises qu'il
veut, et que les frères ne puissent donner, une fois
par an, un bon ouvrage qui achèverait d'extirper
le fanatisme. Les frères ne s'entendent point, ne
s'ameutent point, n'ont point de ralliement ; ils
sont isolés, dispersés ; ils se contentent de dire à
souper ce qu'ils pensent, quand ils se rencontrent.
Si DIEU avait permis que frère *Platon*, vous et
moi, eussions vécu ensemble, nous n'aurions pas
été inutiles au monde. Mon cœur est desséché

quand je fonge qu'il y a dans Paris une foule
de gens qui penfent comme nous , et qu'aucun
d'eux ne fert la caufe commune. Il faudra donc
finir comme *Candide*, par cultiver fon jardin.

Puiffe feulement notre petit troupeau demeurer
fidelle ! Adieu, mon cher frère. *Ecr. l'inf.*

LETTRE CLXXVI.

A M. MARMONTEL.

Aux Délices, 12 d'avril.

On a fait bien de l'honneur , mon cher confrère ,
aux ouvrages de *Simon le Franc*, en les fefant fervir
à envelopper du tabac. Je connais des citoyens de
Montauban qui ont employé les vers et la profe de
ce grand-homme à un ufage qui n'eft pas celui du
nez. Ce qu'il y a de bien bon, c'eft que, lorfque
maître *Simon* nous fit l'honneur de demander une place
à l'académie, c'était dans le deffein d'y introduire
après lui M. fon frère *Aaron*. Tous deux prétendaient
y faire une réforme, et s'ériger en dictateurs. Le ridicule nous a défaits de ces deux tyrans ; Dieu veuille
que nous n'en ayons pas d'autres ! Il me femble que
les lettres font peu protégées , et peu honorées dans
le moment préfent ; et je fuis le plus trompé du
monde, fi nous n'allons pas tomber fous le joug d'un
pédantifme defpotique. Nous fommes délivrés des
jéfuites qui n'avaient plus de crédit, et dont on fe
moquait. Mais croyez-vous que nous aurons beaucoup

à nous louer des janféniftes ? Je plains furtout les pauvres philofophes ; je les vois éparpillés, ifolés et tremblans. Il n'y aura bientôt plus de confolation dans la vie, que de dire au coin du feu une partie de ce qu'on penfe. Que nous fommes petits et miférables, en comparaifon des Grecs, des Romains et des Anglais !

Je ne fais nulle nouvelle de *Pierre Corneille :* les libraires de Genève fe mêlent de tous les détails, et moi je n'ai eu d'autre emploi que celui de dire mon avis fur quelques pièces étincelantes des beautés les plus fublimes, défigurées par des défauts pardonnables à un homme qui n'avait point de modèle. J'ai dit très-librement ce que je penfais, parce que je ne pouvais dire ce que je ne penfais pas.

Je vous ferai parvenir un exemplaire, dès qu'un petit ballot qui m'appartient fera arrivé à Paris. La nièce de *Pierre* va nous donner inceffamment un ouvrage de fa façon ; c'eft un petit enfant. Si c'eft une fille, je doute fort qu'elle reffemble à *Emilie* et à *Cornélie ;* fi c'eft un garçon, je ferai fort attrapé de le voir reffembler à *Cinna :* la mère n'a rien du tout des anciens Romains ; elle n'a jamais lu les pièces de fon oncle ; mais on peut être aimable fans être une héroïne de tragédie.

Adieu, mon cher confrère ; le fort des lettres en France me fait pitié. Confervez-moi votre amitié, elle me confole. *V.*

LETTRE CLXXVII.

A M. DAMILAVILLE.

Aux Délices, 16 d'avril.

MON cher frère, mon cher philofophe, voici le temps arrivé où le fanatifme va triompher de la raifon ; mais la philofophie ne ferait pas philofophie, fi elle ne favait s'accommoder au temps. On reprochait aux jéfuites la perfécution et une morale relâchée ; les janféniftes perfécuteront bien davantage, et auront des mœurs intraitables; il ne fera plus permis d'écrire ; à peine le fera-t-il de penfer. Les philofophes ne peuvent oppofer la force à la force ; leurs armes font le filence, la patience, l'amitié entre les frères. Plût à Dieu que je fuffe avec vous à Paris, et que nous puffions parvenir à les réunir tous ! Plus on cherche à les écrafer, plus ils doivent être unis enfemble. Je le répète, rien n'eft plus honteux pour la nature humaine que de voir le fanatifme raffembler dans tous les temps fous fes drapeaux, faire marcher fous les mêmes lois des fots et des furieux, tandis que le petit nombre des fages eft toujours difperfé et défuni, fans protection, fans ralliement, expofé fans ceffe aux traits des méchans et à la haine des imbécilles.

Je vous ai envoyé, mon cher frère, la réponfe que j'ai faite à M. *Marin;* je vous ai fupplié de la lui faire tenir, après l'avoir lue : il eft même effentiel pour moi que M. de *Sartine* la voye. Frère *Cramer* a imprimé les Contes de *Guillaume Vadé,*

X 3

qui font très-innocens, et y a joint quelques pièces étrangères qui pourraient alarmer les ennemis de la raifon, et fournir des armes aux perfécuteurs. Je fuis bien aife qu'on fache que je ne prends en aucune manière le parti de ces ouvrages, que je ne me mêle pas de faire entrer en France une feuille de papier imprimé, que je n'exige rien, que je ne veux rien. Je n'ai quitté la France que pour vivre en repos. Il faut me laiffer perdre mes yeux, et aller à la mort par la maladie, fans perfécuter mes derniers jours.

Je ne vous parlerai point de frère *Thiriot*; il a mis l'indifférence à la place de la philofophie. Il me faut des cœurs plus fenfibles; le vôtre infpire bien de la chaleur au mien. *Ecr. l'inf.*

LETTRE CLXXVIII.

AU MEME.

18 d'avril.

AH, ah ! mon cher frère, vous faites donc de très-jolis vers ! et vous les faites fur un bien trifte fujet ! voilà la feule confolation de nous autres pauvres français : il nous refte de pouvoir gémir avec nos amis, foit en vers, foit en profe.

Je vous difais, à propos de nos fages difperfés, ce que vous me difiez quand nos lettres fe font croifées. Nous penfons de même en tout. Je vous demande en grâce de penfer comme moi fur *Guillaume Vadé* et *Jérôme Carré.* Je vous répète qu'il

y a, dans ce recueil de *Guillaume* et de *Jérôme*, deux
ou trois pièces que je ne voudrais pas pour rien 1764.
au monde ni avouer ni avoir faites : car enfin, il
faut un peu de politique, et il ne serait que ridicule de se sacrifier pour gens qui ne se soucient point
du tout du sacrifice.

J'ai très-grand peur que les ouvriers de *Gabriel
Cramer* n'aient mis à la tête de l'ouvrage le titre
impertinent de *Collection complète des œuvres de V.*
Ce *V.* ne s'accommoderait point du tout de cette
sottise, et je ne manquerais pas d'écrire à M. de
Sartine pour désavouer le livre, et le prier très-inflam-
ment de le supprimer. Je laisse aux *lé Beau*, aux
Crévier la petite gloire de faire imprimer leurs
noms et leurs qualités, en gros caractères, à la
tête de leurs déclamations de collège; je n'ai jamais
eu cette ambition ; et quand de maudits libraires
ont mis mon nom à mes ouvrages, ils l'ont toujours
fait malgré moi.

Je compte, mon cher frère, que vous avez eu
la bonté de donner ma lettre à M. *Marin.* Je
souhaite que M. de *Sartine* sache combien je m'intéresse peu à la plate gloire d'auteur, et au débit
de mes œuvres. M'imprimera qui voudra ; pourvu
qu'on ne me défigure pas, je suis content.

Avez-vous reçu les quarante-huit exemplaires du
Corneille, que *Cramer* doit vous avoir envoyés ? Je
m'attends bien que des gens, qui n'ont que des préjugés
au lieu de goût, ne feront pas contens de moi ; mais
il faut fouler aux pieds les préjugés dans tous les genres.

Mon cher frère, que ne puis-je m'entretenir
avec vous !

X 4

LETTRE CLXXIX.

A M. LE COMTE D'ARGENTAL.

18 d'avril.

Nous élevons nos cris à nos anges, du fein des mers qui fubmergent nos vallées, entre nos montagnes de glace et de neige. Nous offrons volontiers à notre curé la dixme de tout cela ; mais pour la dixme de nos blés, Dieu nous en préferve !

Après nos dixmes, l'affaire la plus intéreffante eft que mes anges aient la bonté de nous envoyer nos roués. J'y ai fait tant de corrections, tant de changemens, j'y en ferai tant encore, qu'il faut abfolument que je faffe porter fur votre copie tous les petits cartons qu'il y faut faire. Voyez-vous, je cherche, par un travail affidu, à mériter vos bontés. Le *Ximenès* a beau me trouver décrépit, je veux que mes anges me trouvent jeune ; je veux que la confpiration, à la tête de laquelle ils font, réuffiffe. Jamais rien ne m'a tant réjoui que cette confpiration. Mettez tout votre efprit, mes anges, toute votre adreffe, toute votre politique, pour conduire à bien cette plaifante aventure, le plus promptement que vous pourrez. Je vous renverrai votre copie, la première pofte après celle où je l'aurai reçue.

Les frères *Cramer* ont envoyé à Paris les Contes de *Guillaume Vadé*, avec quelques autres pièces qu'on pourrait très-bien brûler comme un mandement d'évêque. Vous penfez bien que ces pièces ne font

pas de moi. Lefdits frères *Cramer* fe font imaginés
très-mal à propos qu'ils vendraient mieux leurs den-
rées, s'ils y mettaient mon nom. Ils ont fait imprimer
un titre qui eft très-ridicule. Ils intitulent ce volume
des Contes de *Guillaume Vadé : Suite de la collection des
œuvres de V.*, *&c.* J'en ai été indigné ; ils m'ont promis
de fupprimer cette impertinence ; j'ai tout lieu de
croire qu'ils ne l'ont pas fait : en ce cas, je vous
demande en grâce de vous fervir de tout votre crédit
pour faire faifir l'ouvrage. J'en écrirai moi-même à
M. de *Sartine* avec une violente véhémence, et je me
vengerai de cet horrible attentat d'une façon exemplaire. Je voudrais que mon nom fût anéanti, et que
mes œuvres fubfiftaffent. J'aime les Contes de *Guillaume
Vadé ;* mais je voudrais qu'on ne parlât jamais de
moi. Je voudrais n'être connu que de mes anges,
et je prétends bien que je ferai entièrement ignoré
dans notre belle confpiration ; mais je vous avertis
qu'il faudra abfolument un nom ; car, fi on ne nomme
perfonne, on me nommera. Il faudra au moins dire
que c'eft un jeune jéfuite ; par exemple, celui au derrière duquel *Pompignan* marchait à la proceffion, ou
bien quelque abbé qui veut être prédicateur du roi.

Que voulez-vous que je dife à M. de *Richelieu*,
quand il me mande qu'il a arrangé tout avec fes
camarades les premiers gentilshommes ? Je ne crois
pas que, de ma petite métairie des Délices, en pays
génevois, je puiffe lutter honnêtement contre quatre
grands officiers de la couronne. Ma deftinée eft d'être
écrafé, perfécuté, vilipendé, bafoué, et d'en rire.
Pour me dépiquer, je mets fous les ailes de mes
anges le petit mémoire ci-joint pour la *Gazette*

1764.

—— *littéraire.* Je n'ai encore rien reçu d'Italie et d'Espagne.
1764. Je tire de mon cerveau ce que je peux ; mais ce
cerveau est bientôt desséché ; il n'y a que le cœur
d'inépuisable.

LETTRE CLXXX.

A MADAME

LA MARQUISE DU DEFFANT.

22 d'avril.

Il faut donc que vous sachiez, Madame, qu'il y
avait un prêtre dans mon voisinage ; son nom était
d'*Estrées*. Ce n'était point la belle *Gabrielle*, et ce
n'était point le cardinal d'*Estrées*, car c'était un petit
laquais natif du village d'Estrées, lequel vint à Paris
faire des brochures, se mettre dans ce qu'on appelle
les ordres sacrés, dire la messe, faire des généalogies,
dénoncer son prochain ; et qui enfin a obtenu un
prieuré à ma porte, et non pas à ma prière.

Il était là le coquin, et il écrivait en cour, comme
nous disons, nous autres provinciaux ; il écrivait
même en parlement ; et il y avait du bruit, et j'étais
très-peu lié avec madame de *Jaucourt*, et je ne savais
pas si elle était plus philosophe qu'huguenotte ; et
il y a des occasions où il faut ne se mêler absolument de rien ; m'entendez-vous à présent ?

M'entendez-vous, Madame ? et ignorez-vous combien l'inquisition est respectable ? Vous êtes au physique

malheureusement comme les rois font au moral ; vous ne voyez que par les yeux d'autrui. Mandez-moi 1764. *s'il y a sureté* ; et soyez très-sûre que toutes les fois qu'on pourra vous amuser, sans rien risquer, sans vous compromettre, on n'y manquera pas.

Ma situation est un peu épineuse ; il y a des curieux qui ouvrent quelquefois les lettres arrivantes de Genève. Vous m'entendez parfaitement, et vous devez savoir que je vous suis tendrement attaché. Je donnerai, quand on voudra, un de mes yeux pour vous faire rattraper les deux vôtres.

M. le chevalier de *Boufflers*, avec son esprit, sa candeur, sa gaucherie pleine de grâces, et la bonté de son caractère, ne sait ce qu'il dit. Le fait est que je suis dans un climat singulier qui ne ressemble à rien de ce que vous avez vu. Il y a, dans une vaste enceinte de quatre-vingts lieues, un horizon bordé de montagnes couvertes d'une neige éternelle. Il part quelquefois de cet olympe de neige un vent terrible qui aveugle les hommes et les animaux : c'est ce qui est arrivé à mes chevaux et à moi, par notre imprudence. Mes yeux ont été deux ulcères pendant près de deux ans. Une bonne femme m'a guéri à peu-près ; mais quand je m'expose à ce maudit vent, adieu la vue. C'était à M. *Tronchin* à m'enseigner ce qu'il fallait faire, et c'est une vieille ignorante qui m'a rendu le jour.

Il faut, à la gloire des bonnes femmes, que je vous dise que, dans notre pays, nous sommes fort sujets au ver solitaire, à ce ver de quinze ou vingt aunes de long, qui se nourrit de notre substance, comme cela doit être dans le meilleur des mondes possibles.

—— C'eſt encore une bonne femme qui en guérit, et le grand *Tronchin* en raiſonne fort bien.

Sachez encore, Madame, que les femmes commencent à inoculer la petite vérole, qu'elles en font un jeu, tandis que votre parlement donne des arrêts contre l'inoculation, et que vos facultés velches diſent des ſottiſes. Voyez donc combien je reſpecte le beau ſexe.

La deſtruction des jéſuites eſt la deſtruction du fanatiſme. C'eſt un excellent ouvrage ; auſſi votre inquiſition velche l'a-t-elle défendu. Il eſt d'un homme ſupérieur qui vient quelquefois chez vous : c'eſt un eſprit juſte, éclairé, qui fait des Velches le cas qu'il en doit faire ; il contribue beaucoup à détruire, chez les honnêtes gens, le plus abſurde et le plus abominable ſyſtême qui ait jamais affligé l'eſpèce humaine. Il rend en cela un très-grand ſervice ; avec le temps les Velches deviendront anglais : Dieu leur en faſſe la grâce !

M. le préſident *Hénault* m'a mandé qu'il avait quatre-vingt-un ans : je ne le croyais pas. La bonne compagnie devrait être de la famille de *Mathuſalem*. J'eſpère du moins que vous et votre ami ſerez de la famille de *Fontenelle*. Mais voici le temps de dire, avec l'abbé de *Chaulieu* :

Ma raiſon m'a montré, tant qu'elle a pu paraître,
Que rien n'eſt en effet de ce qui ne peut être ;
Que ces fantômes vains ſont enfans de la peur, &c.

Voici ſurtout le temps de vivre pour ſoi et ſes amis, et de ſentir le néant de toutes les brillantes illuſions.

Madame la maréchale de *Luxembourg* n'a point
répondu au petit mémoire dont vous me parlez. Il
eſt clair que ſon protégé a tort avec moi; mais il
eſt ſûr auſſi que je ne m'en ſoucie guère, et que je
plains beaucoup ſes malheurs et ſa mauvaiſe tête.

Vous ne me parlez point des *Calas*. N'avez-vous
pas été un peu ſurpriſe qu'une famille obſcure et
huguenotte ait prévalu contre un parlement, que
le roi lui ait donné trente-ſix mille livres, et qu'elle
ait la permiſſion de prendre un parlement à partie ?
On a imprimé à Paris une lettre que j'avais écrite à
un de mes amis, nommé *Damilaville* : on y trouve
un fait ſingulier qui vous attendrirait, ſi vous pouviez avoir cette lettre.

En voilà, Madame, une un peu longue, écrite
toute de ma main; il y a long-temps que je n'en ai
tant fait ; je crois que vous me rajeuniſſez.

Je tâcherai de vous faire parvenir tout ce que je
pourrai, par des voies indirectes. Quand vous aurez
quelques ordres à me donner, ayez la bonté de faire
adreſſer la lettre à M. *Wagnière*, chez M. *Souchay*,
négociant à Genève; et ne faites point cacheter avec
vos armes. Avec ces précautions, l'on dit ce que l'on
veut ; et c'eſt un grand plaiſir, à mon gré, de dire
ce qu'on penſe.

Adieu, Madame; je ſuis honteux d'avoir recouvré
un peu la vue pour quelques mois, pendant que vous
en êtes privée pour toujours. Vous avez beſoin d'un
grand courage dans le meilleur des mondes poſſibles.
Que ne puis-je ſervir à vous conſoler ! *V.*

LETTRE CLXXXI.

A M. DAMILAVILLE.

23 d'avril.

COMPTEZ, mon cher frère, que les vrais gens de lettres, les vrais philofophes doivent regretter madame de *Pompadour*. Elle penfait commé il faut; perfonne ne le fait mieux que moi. On a fait, en vérité, une grande perte.

J'ai lu la *Vie du chancelier de l'Hofpital*; c'eft l'ouvrage d'un jeune homme , mais d'un jeune homme philofophe. Ce chancelier l'était , et je ne crois pas que notre d'*Aguesseau* doive lui être comparé. Il y a des difcours de *l'Hofpital* aux parlemens, dont ils ne feront pas trop contens. On ne parlerait pas aujourd'hui fur un pareil ton.

Il y a des fanatiques par-tout. Ceux qui ne favent pas diftinguer les beautés de *Corneille* d'avec fes défauts, ne méritent pas qu'on les éclaire ; et ceux qui font de mauvaife foi, ne méritent pas qu'on leur réponde. Si je fuis obligé de dire un mot , ce ne fera qu'en faveur de la liberté de penfer, et ce qui me paraît la vérité.

Je fuis trop heureux , je vous le répète, que la philofophie et les lettres m'aient procuré un ami tel que vous.

LETTRE CLXXXII. 1764.

A M. LE COMTE D'ARGENTAL.

Aux Délices, 23 d'avril.

QUOIQUE madame de *Pompadour* eût protégé la détestable pièce de Catilina, je l'aimais cependant, tant j'ai l'ame bonne; elle m'avait même rendu quelques petits services; j'avais pour elle de l'attachement et de la reconnaissance; je la regrette, et mes divins anges approuveront mes sentimens. Je m'imagine que sa mort produira quelque nouvelle scène sur le théâtre de la cour; mes anges ne m'en diront rien, ou peu de chose. Olimpie est morte pour Versailles, et je pense que mademoiselle *Clairon* veut l'enterrer aussi à Paris. Elle est comme *César*; elle ne veut point du second rang, et préfère sa gloire aux intérêts de sa patrie. Tout le monde doit se rendre à des sentimens si nobles.

J'envoie à mes anges, pour leur divertissement, un petit extrait qui peut être inféré dans la *Gazette littéraire*, pour laquelle ils m'ont inspiré un grand intérêt. J'espère que leur protection y fera inférer ce mémoire, quand même les auteurs auraient déjà parlé du sujet. Je me résigne à la volonté de DIEU sur toutes les choses de ce monde, et particulièrement sur les droits des pauvres terres du pays de Gex. Je tremble d'être obligé de plaider à Dijon; je demande en grâce à mes anges de me dire bien nettement à quoi je dois m'attendre. Les bontés de M. le duc de *Praſlin* me ſont encore plus chères que mes dixmes ; et cependant mes dixmes me tiennent terriblement à cœur. Mes divins anges, priez pour nous en ce ſaint temps de Pâques.

Je reconnais la bonté de mes anges à ce qu'ils font pour *Pierre Corneille*. Je crois qu'on peut donner quelques exemplaires à *le Kain*, et qu'on ne peut mieux les placer, quoique, dans mes remarques, je condamne quelquefois les comédiens qui mutilent les pauvres auteurs.

LETTRE CLXXXIII.

AU MEME.

25 d'avril.

JE reçois, mes divins anges, la lettre du 19 d'avril, qui n'eſt point du tout griffonnée, et que mes beaux yeux d'écarlate ont très-bien lue. Nous ſommes pénétrés, maman et moi, de vos bontés angéliques, et de celles de M. le duc de *Praſlin*. Il eſt vrai que nous ſommes un peu embarraſſés avec le parlement de Dijon, parce que ſi nous lui diſons : Notre affaire eſt au conſeil, nous l'indiſpoſons ; ſi nous demandons des délais, nous ſemblons nous ſoumettre à ſa juridiction. Monſieur le premier préſident ne peut refuſer plus long-temps de mettre la cauſe ſur le rôle. Je m'abandonne à la miſéricorde de DIEU.

Pour l'affaire des roués, elle eſt toute prête, et j'oſe croire qu'ils vaudront mieux qu'ils ne valaient.

J'attends

J'attends votre copie pour la charger d'énormes cartons, depuis le commencement jufqu'à la fin.

Honneur et gloire aux auteurs de la *Gazette littéraire:*
qu'ils retranchent, qu'ils ajoutent, qu'ils adouciffent,
qu'ils obfervent les convenances que je ne peux
connaître de fi loin ; tout ce que j'envoie leur appartient, et non à moi. Je me fuis adreffé à *Cramer*
pour l'Efpagne et l'Italie, mais je n'ai rien du tout.

Ce *Duchefne* eft comme la plupart de fes confrères ;
il préfère fon intérêt à tout, et même il entend très-
mal fon intérêt en baiffant un prix qu'il devrait
augmenter. J'ai paffé ma vie dans ces vexations-là ;
je n'ai connu que vexations, et j'efpère bien en effuyer
jufqu'à mon dernier jour. Je m'attends bien auffi aux
clameurs des fanatiques de *Pierre Corneille* ; mais je
n'ai pu dire que ce que je penfe, et non ce que
je ne penfe pas. Il me fuffit du témoignage de ma
bonne confcience. Puiffent mes deux anges jouir
d'une fanté parfaite ! que les eaux faffent tout le
bien qu'elles peuvent faire ! Je vous fouhaite beaucoup
de bonnes tragédies et de comédies pour cet été ;
mais ni les étés ni les hivers ne donnent pas beaucoup
de ces fortes de fruits ; ils font très-rares en tout
pays. Aimez-moi, je vous en conjure, indépendamment de votre paffion pour le théâtre. Je vous aime
uniquement pour vous, et je vous ferai attaché à
tous deux jufqu'au dernier moment de ma vie. *V.*

LETTRE CLXXXIV.

AU MEME.

Aux Délices, 1 de mai.

Mes charmans anges, voici vos roués ; je les ai
rajuftés comme j'ai pu. Ne me demandez pas un vers
de plus, pas un hémiftiche ; car je deviens fi vieux,
fi vieux, fi dur, fi fec, fi ftérile, fi incapable, qu'il
faut avoir pitié de moi. Il faut être poffédé du démon,
pour faire une tragédie. Je n'en connais pas une feule
qui n'ait de grands défauts, et la multitude des
déteftables eft prodigieufe.

Faites-moi un plaifir, mes anges ; dites-moi
habilement fi madame la ducheffe de *Grammont* a
perfonnellement du crédit auprès du roi ; j'aurais
peut-être befoin qu'elle lui dît un mot ; car, tout
fuiffe qu'on eft, on ne laiffe pas de fe fouvenir de
fa patrie : enfin j'ai befoin de favoir fi je peux
m'adreffer à madame la ducheffe de *Grammont* pour
une chofe extrêmement aifée à faire. J'ai pardonné
aux manes de madame de *Pompadour* les prédilections
qu'elle avait pour la Sémiramis de *Crébillon*, pour
fon Catilina et pour fon Triumvirat. Ce font, fans
contredit, les plus impertinens et les plus barbares
ouvrages qu'un ennemi du bon fens ait jamais pu
faire. Madame de *Pompadour* me fefait l'honneur
de me mettre immédiatement après ce grand-homme ;
mais, après tout, elle m'avait rendu quelques bons
offices dont je me fouviendrai toujours.

On dit que M. de *Marigny* fait travailler à un superbe maufolée pour *Pradon*, l'abbé *Nadal* et *Danchet*: je lui recommande *Guillaume Vadé*; car, pour moi, qui ne ferai pas enfeveli en terre fainte, je ne prétends pas aux monumens. Dites-moi, je vous prie, ce qu'on fait au tripot, quel nouveau chef-d'œuvre on repréfente. On dit que la falle eft déferte aux comédies, depuis la retraite de mademoifelle *Dangeville*; vous n'avez qu'un acteur tragique; le tripot me paraît aller mal.

Mes anges, confervez votre fanté l'un et l'autre; que les eaux vous faffent du bien! Ayez tout le plaifir que vous pourrez, cela n'eft pas toujours auffi aifé qu'on le penfe.

Refpect et tendreffe. *V.*

LETTRE CLXXXV.

AU MEME.

Aux Délices, 3 de mai.

MES anges, les anges doivent avoir reçu les roués, cartonnés en cent endroits. Je ne fais pas quel acteur jouera le rôle d'*Octave*, mais il eft impoffible à l'auteur de ne pas faire d'*Octave* un jeune homme; il n'avait que vingt et un ans, au temps des profcriptions; on le donne dans toute la pièce comme un homme qui lutte contre les paffions de la jeuneffe, comme un jeune débauché qui s'eft formé fous *Antoine* à la licence, au crime et à la politique.

Y 2

—— Je me donne mille mouvemens pour empêcher
1764. qu'on ne vende l'édition de *Corneille* à d'autres qu'aux
foufcripteurs , et pour empêcher les libraires d'imprimer les Commentaires à part; mais que puis-je
du fond de mes vallées au pied du mont Jura ? Je
reffemble à St *Jean* comme deux gouttes d'eau; il
s'appelait la voix qui crie dans le défert, et vous favez
que les voix de ces braillards des déferts ne font
guère entendues dans les villes.

Madame ange prend-elle toujours des eaux? monfieur ange va-t-il toujours à la comédie? s'amufe-t-il?
lui donne-t-on de belles pièces nouvelles? J'ignore
tout. Je n'ai pas pu avoir les quatre vers qui font au
bas du portrait du duc de *Sully* , donné par madame de
Pompadour à monfieur le contrôleur général; il était
fort aifé de faire quatre jolis vers fur cette galanterie.

Nous avons un billet de douze mille francs, payable
au mois de feptembre, pour en faire un emploi
en faveur de M. et de madame *Corneille*, réverfible
à leur fille. J'ai prié M. de *Lalew* de chercher un
emploi fûr; j'ai, Dieu merci, rempli tous les devoirs
que je me fuis impofés. Je n'ai plus qu'à traîner
doucement les reftes d'une vieilleffe très-languiffante,
et je voue ce petit refte à mes anges à qui je fouhaite
fanté , profpérité, amufement et gaieté.

LETTRE CLXXXVI. 1764.

A M. DAMILAVILLE.

Aux Délices, le 5 de mai.

JE reçois, mon cher frère, votre lettre de 28 d'avril. Frère *Cramer* m'affure qu'il a ôté mon nom qu'il avait mis malheureufement à la tête des Contes de *Guillaume Vadé*, et qu'il n'en paraîtra pas un feul exemplaire avec ce malheureux titre.

Au refte, je ne prends nul intérêt à *Guillaume Vadé*, ni à fon recueil, ni aux autres pièces qu'on a pu y inférer; et, pour peu que l'on trouve dans ce recueil des chofes trop hardies qui me feraient fans doute imputées, je vous demande en grâce de dire à M. de *Sartine* que non-feulement je n'ai nulle part à ces pièces, mais que j'en demande moi-même la fuppreffion, fuppofé qu'on me les attribue. Je fais à quels excès pourrait fe porter une cabale dangereufe de fanatiques qui n'ont que trop de crédit. J'avais, dans madame de *Pompadour*, une protectrice affurée; je ne l'ai plus. Je fuis dans ma foixante-onzième année, et je veux finir mes jours en paix : je fuis une victime échappée au couteau des prêtres; il faut que je paiffe en repos dans les pâturages où je me fuis retiré.

Mon cher frère, abuferai-je encore de vos bontés jufqu'à vous prier de vouloir bien faire donner à *Briaffon* le papier ci-joint? S'il n'eft pas du nombre des libraires qui ont le privilége de Corneille, il les connaît du moins, et il peut leur faire parvenir cette

Y 3

déclaration de ma part, en cas qu'elle foit approuvée
par vous et par mes anges. Elle peut toujours fervir
à différer l'exécution de l'entreprife très - hafardée
des libraires; c'eft fervir, autant que je le peux, la
famille *Corneille*. L'auteur de Cinna m'eft cher,
malgré Théodore, Pertharite, Agéfilas et Suréna,
comme j'aime les belles-lettres malgré l'horrible abus
qu'on en fait.

La permiffion qu'on a donnée à *Fréron* de les
déshonorer deux fois par mois, la fecrète envie de
gens en place qui prétendaient à l'éloquence, ont
été des coups mortels ; et la littérature eft devenue
un champ de bataille, dans lequel le pédant en robe
noire a écrafé le philofophe, et où l'araignée de
l'*Année littéraire* a fucé fon fang. Le pis de tout cela,
c'eft la difperfion des fidelles : c'eft-là le grand objet
de vos gémiffemens et des miens.

S'ils avaient pu fe raffembler, c'eût été la plus
belle époque de l'hiftoire de l'efprit humain. Les
ftoïciens, les académiciens, les épicuriens, formaient
des fociétés confidérables. Le fénat de Rome, partagé entre ces trois fectes, n'en était pas moins le
maître de la terre connue. Et on ne peut raffembler
fix philofophes dans le miférable pays des Velches!
En ce cas, renonçons de bonne grâce à la petite
fupériorité que nous prétendons dans la littérature,
et avouons franchement que nous fommes des demi-
barbares.

Orate, *fratres*, et *écr. l'inf.* tant que vous pourrez.

Que nos lettres, mon cher frère, ne foient que
pour nous et pour les adeptes.

LETTRE CLXXXVII.

A MADAME

LA MARQUISE DU DEFFANT.

Aux Délices, 9 de mai.

C'EST moi, Madame, qui vous demande pardon de n'avoir pas eu l'honneur de vous écrire ; et ce n'est pas à vous, s'il vous plaît, à me dire que vous n'avez pas eu l'honneur de m'écrire. Voilà un plaisant honneur : vraiment, il s'agit entre nous de choses plus férieufes, attendu notre état, notre âge et notre façon de penfer. Je ne connais que *Judas* dont on ait dit qu'il eût mieux valu pour lui de n'être pas né, encore eft-ce l'Evangile qui le dit : *Mécène* et *la Fontaine* ont dit tout le contraire :

> Mieux vaut fouffrir que mourir :
> C'eft la devife des hommes.

Je conviens avec vous que la vie eft très-courte et affez malheureufe ; mais il faut que je vous dife que j'ai chez moi un parent de vingt-trois ans, beau, bien fait, vigoureux ; et voici ce qui lui eft arrivé : Il tombe un jour de cheval à la chaffe, il fe meurtrit un peu la cuiffe, on lui fait une petite incifion, et le voilà paralytique pour le refte de fes jours, non pas paralytique d'une partie de fon corps, mais paralytique à ne pouvoir fe fervir d'aucun de fes

Y 4

—— membres, à ne pouvoir foulever fa tête, avec la certitude entière de ne pouvoir jamais avoir le moindre foulagement : il s'eft accoutumé à fon état, et il aime la vie comme un fou.

Ce n'eft pas que le néant n'ait du bon ; mais je crois qu'il eft impoffible d'aimer véritablement le néant, malgré fes bonnes qualités.

Quant à la mort, raifonnons un peu, je vous prie : il eft très-certain qu'on ne la fent point ; ce n'eft point un moment douloureux ; elle reffemble au fommeil comme deux gouttes d'eau ; ce n'eft que l'idée qu'on ne fe réveillera plus, qui fait de la peine ; c'eft l'appareil de la mort qui eft horrible, c'eft la barbarie de l'extrême-onction, c'eft la cruauté qu'on a de nous avertir que tout eft fini pour nous.

A quoi bon venir nous prononcer notre fentence ? elle s'exécutera bien fans que le notaire et les prêtres s'en mêlent. Il faut avoir fait fes difpofitions de bonne heure, et enfuite n'y plus penfer du tout.

On dit quelquefois d'un homme : il eft mort comme un chien ; mais vraiment, un chien eft très-heureux de mourir fans tout cet attirail dont on perfécute le dernier moment de notre vie. Si on avait un peu de charité pour nous, on nous laifferait mourir fans nous en rien dire.

Ce qu'il y a de pis encore, c'eft qu'on eft entouré alors d'hypocrites qui vous obfèdent pour vous faire penfer comme ils ne penfent point, ou d'imbécilles qui veulent que vous foyez auffi fots qu'eux ; tout cela eft bien dégoûtant. Le feul plaifir de la vie à Genève, c'eft qu'on peut y mourir comme on veut ; beaucoup d'honnêtes gens n'appellent point de prêtres. On fe tue, fi on veut, fans que perfonne y trouve à redire; ou l'on attend le moment, fans que perfonne vous importune.

Madame de *Pompadour* a eu toutes les horreurs de l'appareil, et celle de la certitude de fe voir condamnée à quitter la plus agréable fituation où une femme puiffe être. Je ne favais pas, Madame, que vous fuffiez en liaifon avec elle ; mais je devine que madame de *M...* avait contribué à vous en faire une amie. Ainfi vous avez fait une très-grande perte ; car elle aimait à rendre fervice. Je crois qu'elle fera regrettée, excepté de ceux à qui elle a été obligée de faire du mal, parce qu'ils voulaient lui en faire ; elle était philofophe.

Je me flatte que votre ami (*), qui a été malade, eft philofophe auffi ; il a trop d'efprit, trop de raifon pour ne pas méprifer ce qui eft très-méprifable. S'il m'en croit, il vivra pour vous et pour lui, fans fe donner tant de peines pour d'autres. Je veux qu'il pouffe fa carrière auffi loin que *Fontenelle*, et que, dans fon agréable vie, il foit toujours occupé des confolations de la vôtre.

Vous vous amufez donc, Madame, des Commentaires fur *Corneille*. Vous vous faites lire fans doute le texte, fans quoi les notes vous ennuieraient beaucoup. On me reproche d'avoir été trop févère ; mais j'ai voulu être utile, et j'ai été fouvent très-difcret. Le nombre prodigieux de fautes contre la langue, contre la netteté des idées et des expreffions, contre les convenances, enfin contre l'intérêt, m'a fi fort épouvanté que je n'ai pas dit la moitié de ce que j'aurais pu dire. Ce travail eft fort ingrat et fort

(*) Le préfident *Hénault*.

désagréable , mais il a servi à marier deux filles: ce qui n'était arrivé à aucun commentateur , et ce qui n'arrivera plus.

Adieu , Madame; supportons la vie qui n'est pas grand'chose , ne craignons pas la mort qui n'est rien du tout; et soyez bien persuadée que mon seul chagrin est de ne pouvoir m'entretenir avec vous, et vous assurer , dans votre couvent, de mon très-tendre et très-sincère respect, et de mon inviolable attachement. *V.*

LETTRE CLXXXVIII.

A M. DE CIDEVILLE.

Aux Délices, le 10 de mai.

QUE vous êtes heureux , mon ancien ami , d'avoir conservé vos yeux, et d'écrire toujours de cette jolie écriture que vous aviez il y a plus de cinquante ans ! Votre plume est comme votre style , et pour moi je n'ai plus ni plume ni style.

Madame *Denis* vous a écrit de sa main ; je ne puis en faire autant. Il est vrai que l'hiver passé je fesais des contes, mais je les dictais ; et actuellement je peux à peine écrire une lettre. Je suis d'une faiblesse extrême, quoi qu'en dise M. *Tronchin;* et mon ame, que j'appelle *Lisette*, est très-mal à son aise dans mon corps cacochyme. Je dis quelquefois à *Lisette :* Allons donc, soyez-donc gaie comme la *Lisette* de mon ami. Elle répond qu'elle n'en peut rien faire , et qu'il faut que le corps soit à son aise

1764.

pour qu'elle y foit auffi. Fi donc, *Lifette*, lui dis-je, fi vous me tenez de ces difcours-là, on vous croira matérielle ! Ce n'eft pas ma faute, a répondu *Lifette* ; j'avoue ma misère, et je ne me vante point d'être ce que je ne fuis pas.

J'ai fouvent de ces converfations-là avec *Lifette*, et je voudrais bien que mon ancien ami fût en tiers ; mais il eft à cent lieues de moi, ou à Paris, ou à Launay, avec fa fage *Lifette* ; il partage fon temps entre les plaifirs de la ville et ceux de la campagne. Je ne peux en faire autant ; il faut que j'achève mes jours auprès de mon lac, dans la famille que je me fuis faite. Madame *Denis*, maîtreffe de la maifon, me tient lieu de femme ; mademoifelle *Corneille*, devenue madame *Dupuits*, eft ma fille ; ce *Dupuits* a une fœur que j'ai mariée auffi ; et, quoique je fois à la tête d'une groffe maifon, je n'ai point du tout l'air refpectable.

J'ai été fort affligé de la mort de madame de *Pompadour* ; je lui avais de l'obligation ; je la pleure par reconnaiffance. Il eft bien ridicule qu'un vieux barbouilleur de papier, qui peut à peine marcher, vive encore, et qu'une belle femme meure à quarante ans, au milieu de la plus belle carrière du monde. Peut-être fi elle avait goûté le repos dont je jouis, elle vivrait encore.

Vous vivrez cent ans, mon ami, parce que vous allez de Paris à Launay et de Launay à Paris, fans foins et fans inquiétudes. Ce qui pourra me conferver, c'eft le petit plaifir que j'ai de défefpérer le marquis de *Lézeau*. Il eft tout étonné de ne m'avoir pas enterré au bout de fix mois. Je lui joue, depuis plus de trente ans , un tour abominable. On dit que nous avons un contrôleur général qui ne penfe pas comme lui, et qui veut que tout le monde foit payé.

Bonfoir, mon ancien ami ; foyez heureux aux champs et à la ville , et aimez-moi.

LETTRE CLXXXIX.

A M. DAMILAVILLE.

Aux Délices, 11 de mai.

MON cher frère, ce que vous me dites de l'Intolérance m'afflige et ne m'étonne point. Je m'y attendais , et c'eft par cette raifon que je vous ai fupplié de dire à M. de *Sartine* que je ne répondais ni ne pouvais répondre de tout ce qu'on s'avife d'imprimer fous mon nom ; bien entendu que vous n'auriez la bonté de faire cette démarche que quand vous la jugeriez néceffaire.

J'écrirai inceffamment à M. le maréchal de *Richelieu* au fujet de ce comte d'*Olban*. Je ne conçois pas cette rage de vouloir paraître en public , quand on déplaît au public. Ce n'eft pas l'amour qu'il fallait peindre aveugle, c'eft l'amour propre.

Je ne fais aucunes nouvelles du théâtre de Paris. On dit que *le Kain* eft le feul qu'on puiffe entendre. Nous manquons d'hommes prefque en tous les genres. Si nous n'avons point de talens , tâchons au moins d'avoir de la raifon.

J'ai toujours fur le cœur la tracafferie qu'on m'a

voulu faire avec *Cramer*. N'eſt-il pas bien ſingulier
qu'un homme s'aviſe d'écrire de Paris à Genève,
que je jette feu et flamme contre les Cramer, que je parle
d'eux dans toutes mes lettres avec dureté et mépris, que
je veux faire ſaiſir leur livre, &c. Et pourquoi, s'il vous
plaît, tout ce fracas ? parce que je n'ai pas voulu
que mon nom figurât avec la famille *Vadé*, et que
je me ſuis cru indigne de cet honneur. Quand on
l'a ôté, j'ai été content, et voilà tout.

Vous me feriez grand plaiſir d'écrire à *Gabriel*
qu'on l'a très-mal informé, que celui qui lui a mandé
ces ſottiſes n'eſt qu'un ſemeur de zizanie. Monſieur
Cromelin, qui eſt un miniſtre de paix, ne la ſèmera pas
ſans doute, et je crois avoir fait aſſez de bien aux
Cramer pour être en droit de compter ſur leur reconnaiſſance. Je ne veux avoir pour ennemis que les
fanatiques et les *Frérons*. Les *Cramer* ſont mes frères ;
ils ſont philoſophes, et les philoſophes doivent être
reconnaiſſans ; je leur ai fait préſent de tous mes
ouvrages, et je ne m'en repens point.

Quant à l'édition qu'on veut faire des Commentaires du *Corneille*, détachés du texte, je crois que
les libraires de Paris doivent me ſavoir quelque gré
des meſures que je leur propoſe, uniquement pour
leur faire plaiſir. Je ne veux que le bien de la choſe.
Je donne tout gratis aux comédiens et aux libraires.
Je fais quelquefois des ingrats ; ce n'eſt pas la ſeule
tribulation attachée à la littérature.

Cramer s'était chargé de donner des exemplaires
du Corneille à *le Kain*, à mademoiſelle *Clairon*, à
mademoiſelle *Duménil;* pour moi, je n'en ai qu'un
ſeul exemplaire, encore eſt-il ſans figures. Je ne me

fuis mêlé de rien, finon de perdre les yeux avec une malheureufe petite édition de *Corneille*, en caractère prefque inlifible; édition curieufe et rare, fur laquelle j'ai fait la mienne. J'ai été le feul correcteur d'épreuves; je me fuis donné des peines affez grandes pendant deux années entières ; elles ont fervi du moins à marier deux filles; mais je ne me fuis mêlé en aucune manière des autres détails.

Adieu, mon cher frère. Vous m'avez envoyé un livre fur l'inoculation; cela me fait croire qu'elle fera bientôt défendue. O pauvre raifon, que vous êtes étrangère chez les Velches !

LETTRE CXC.

A M. LE COMTE D'ARGENTAL.

Aux Délices, 14 de mai.

Voici, mes divins anges, un petit chiffon pour vous amufer, et pour entrer dans la *Gazette littéraire*. Je n'ai rien d'Italie ni d'Efpagne. Si M. le duc de *Praflin* veut m'autorifer à écrire au fecrétaire de votre ambaffadeur à Madrid, et au miniftre de Florence, j'aurai bien plus aifément, et plus vîte, et à moins de frais, tous les livres de ce pays-là qui pourront m'être envoyés en droiture. Je ne crois pas qu'après la belle lettre de *Gabriel Cramer*, que je vous ai envoyée, il s'empreffe beaucoup de me fervir. Il eft évident que c'eft *Cromelin* qui a fait cette tracafferie, uniquement pour le plaifir de la

faire. Il aura trouvé furtout que j'ai manqué de
refpect à la majefté des citoyens de Genève. Vous 1764.
me feriez un très-grand plaifir de me renvoyer la
lettre dans laquelle je me plaignais , affez juftement,
d'avoir vu mon pauvre nom joint au nom illuftre
de *Guillaume Vadé*. Je voudrais voir fi je fuis en
effet auffi coupable qu'on le prétend.

Tout le monde s'adreffe à moi pour avoir des
Corneille. Les foufcripteurs, qui n'avaient point payé
la moitié de la foufcription, n'ont point eu le livre.
Tout ce que je fais , c'eft que ni madame *Denis* , ni
madame *Dupuits*, ni moi, n'en avons encore. Lorfque
je commençai cette entreprife, les deux frères *Cramer*,
qui étaient alors tous deux libraires , offrirent de fe
charger de tout l'ouvrage en donnant quarante mille
francs à mademoifelle *Corneille*. On en a tiré enfin environ cinquante-deux mille livres , dont douze pour le
père , et quarante mille livres de net pour la fille.
De ces quarante mille livres, il y en a eu environ trente
mille de payées, lefquelles trente ont compofé la
dot de la fœur de M. *Dupuits*. Le refte n'eft payable
qu'au mois d'augufte ou de feptembre.

J'imagine que vous avez reçu tout ce qui concerne la confpiration ; ainfi il ne tiendra qu'à vous
de mettre le feu aux poudres quand il vous plaira,
comme difait le cardinal *Alberoni*. Pour moi , mes
anges , je me fens dans l'impoffibilité totale de
travailler davantage à ce drame. Mes roués ne feront
jamais verfer de larmes , et c'eft ce qui me dégoûte;
j'aime à faire pleurer mon monde : mais du moins
les roués attacheront, s'ils n'attendriffent pas. Je vous
demande en grâce qu'on n'y change rien , qu'on

1764.

donne la pièce telle qu'elle eſt. Jouiſſez du plaiſir de cette maſcarade, ſans que les comédiens me donnent l'inſupportable dégoût de mutiler ma beſogne. Les malheureux jouent Régulus ſans y rien changer, et ils défigurent tout ce que je leur donne. Je ne conçois pas cette fureur; elle m'humilie, me déſeſpère, et me fait faire trop de mauvais ſang.

J'avais une grâce à demander à madame la ducheſſe de *Grammont*, mais je ne ſais ſi je dois prendre cette liberté. Je ne ſais rien, je ne vois le monde que par un trou, de fort loin, et avec de très-mauvaiſes lunettes. Je cultive mon jardin comme *Candide*, mais je ne ſuis point de ſon avis ſur le meilleur des mondes poſſibles; je crois ſeulement avec fermeté que vous êtes, de tous les anges, les plus aimables et les plus remplis de bonté pour moi; auſſi ma dévotion pour vous eſt ſans bornes.

LETTRE CXCI.

A M. LE CLERC DE MONTMERCI.

Aux Délices, 16 de mai.

IL y a des traits charmans, Monſieur, dans tous les ouvrages que vous faites, des vers heureux et pleins de génie. Souffrez ſeulement que je vous diſe qu'il ne faut pas prodiguer l'or et les diamans. Quand vous voudrez vous amuſer à faire des vers, gardez-vous de trop d'abondance. Vous ſavez mieux que moi que quatre bons vers valent mieux que

quatre

quatre cents médiocres. Quand vous en ferez peu, —————
vous les ferez tous excellens. Vous fentez qu'il faut 1764.
que je vous eftime beaucoup pour ofer vous parler
ainfi.

Si vous n'avez rien à faire, et que vous vouliez
quelquefois m'écrire des nouvelles de littérature,
ou même des nouvelles publiques, à vos heures
de loifir, vous me ferez beaucoup de plaifir; mais
furtout ne vous gênez pas. On ne doit faire ni
vers ni profe, ni même écrire un billet, que quand
on fe fent en verve. C'eft l'attrait du plaifir qui
doit nous conduire en tout; malheur à celui qui
écrit, parce qu'il croit devoir écrire. Vous êtes philofophe, et par conféquent un être très-libre. Ma
philofophie eft la très-humble fervante de la vôtre,
et l'amitié que vous m'avez infpirée me fait efpérer
que vous en aurez un peu pour moi. Que cette
amitié commence par bannir les cérémonies. *V.*

LETTRE CXCII.

A M. DAMILAVILLE.

Aux Délices, 19 de mai.

JE vous remercie bien, mon cher frère, de votre
lettre du 11 de mai. Je me fouviens que *Catherine
Vadé* penfait comme vous, et difait à *Antoine Vadé*,
frère de *Guillaume* : Mon coufin, pourquoi faites-
vous tant de reproches à ces pauvres Velches? Eh!
ne voyez-vous pas, ma coufine, répondit-il, que

Correfp. générale. Tome VII. Z

ces reproches ne s'adreſſent qu'aux pédans qui ont
voulu mettre ſur la tête des Velches un joug ridicule ? Les uns ont envoyé l'argent des Velches à
Rome; les autres ont donné des arrêts contre l'émétique et le quinquina ; d'autres ont fait brûler des
ſorciers ; d'autres ont fait brûler des hérétiques,
et quelquefois des philoſophes. J'aime fort les Velches,
ma couſine ; mais vous ſavez que quelquefois ils ont
été aſſez mal conduits. J'aime, d'ailleurs, à les piquer
d'honneur et à gronder ma maîtreſſe.

Voilà ce que diſait ce pauvre *Antoine*, dont Dieu
veuille avoir l'ame! et il ajoutait que, tant que les
Velches appelleraient un *angiportus*, *cu de ſac*, il ne
leur pardonnerait jamais.

A l'égard du deſſein où ſont les libraires de Paris
d'imprimer les remarques à part, ce deſſein ne
pourrait être exécuté que long - temps après que
M. *Pierre Corneille*, le petit-neveu, ſe ferait défait
de ſa pacotille; et, ſi je ne puis empêcher cette édition, il vaut mieux qu'elle ſoit bien faite et correcte
qu'autrement. Ainſi, quand vous verrez mes anges,
je vous prie d'examiner avec eux s'il n'eſt pas convenable de faire dire aux libraires, de ma part,
que je les aiderai de tout mon cœur dans leur
projet ; cette eſpérance qu'ils auront les empêchera
de ſe hâter , et ils pourront faire un petit préſent
à M. *Pierre :* voilà quelle eſt mon idée.

Dans ma dernière lettre, il y en avait une pour
Briaſſon, qui ne regarde en aucune manière l'édition
de Corneille. Je lui demande ſeulement la *Démonſtra-*
tion évangélique de *Huet*, dont j'ai beſoin. Je ſais que
cette démonſtration n'eſt pas géométrique, mais on

fe fert quelquefois en français du mot de démonftrations pour fignifier fauffes apparences.

1764.

Il eft fort plaifant qu'on dife que *Jérôme Carré*
a propofé la paix à maître *Aliboron*. En vérité, c'eft
comme fi on prétendait que *Morand*, en difféquànt
Cartouche, lui fit propofer un accommodement.

J'ai reçu le factum pour *Potin* et pour l'humanité;
j'en remercierai frère *Beaumont. Interim écr. l'inf.*

LETTRE CXCIII.

A MADAME GEOFFRIN.

Aux Délices, 21 de mai.

M. le comte de *Creutz*, Madame, était bien digne
de vous connaître; il mérite tout ce que vous m'avez
fait l'honneur de me dire de lui. S'il y avait un
empereur *Julien* au monde, c'était chez lui qu'il
devrait aller en ambaffade, et non chez des gens qui
font des auto-da-fé, et qui baifent la manche des
moines. Il faut que la tête ait tourné au fénat de
Suède, pour ne pas laiffer un tel homme en France.
Il y aurait fait du bien, et il eft impoffible d'en faire
en Efpagne.

Je vous fouhaite, Madame, les jours et l'eftomac
de *Fontenelle*; vous avez tout le refte. Agréez le refpect du vieux de la montagne. *V.*

Z 2

LETTRE CXCIV.

A M. MARMONTEL.

Aux Délices, 21 de mai.

Mon cher confrère, je n'ai eu chez moi M. le comte de *Creutz* qu'un jour. J'aurais voulu paffer ma vie avec lui. Nous envoyons rarement de pareils miniftres dans les cours étrangères. Que de velches, grand Dieu, dans le monde! Je vous avoue que je fuis de l'avis d'*Antoine Vadé*, qui prétend que nous ne devons notre réputation, dans l'Europe, qu'aux gens de lettres. Ils ont fait fans doute une grande perte dans madame de *Pompadour*. Nous ne pouvions lui reprocher que d'avoir protégé Catilina et le Triumvirat; elle était philofophe. Si elle avait vécu, elle aurait fait autant de bien que madame de *Maintenon* a fait de mal. M. le comte de *Creutz* me difait qu'en Suède les philofophes n'avaient befoin d'aucune protection; il en eft de même en Angleterre : cela n'eft pas tout-à-fait ainfi en France. Dieu ait pitié de nous, mon cher confrère! M. de *Creutz* m'apporta auffi une lettre du très-philofophe frère d'*Alembert*. Dites, je vous prie, à ce très-digne et très-illuftre frère que je ne lui écris point, parce que je lui avais écrit quelques jours auparavant.

Vous devez avoir reçu un Corneille; vous en recevrez bientôt un autre. *Cramer* a un chaos à débrouiller; je ne me fuis mêlé en aucune manière des détails de l'édition; et je n'ai encore, en ma poffeffion,

qu'un exemplaire imparfait que je n'ai pas même
relu.

J'ai été très-affligé de la *Dunciade*, ainsi que de
la comédie des Philosophes ; mais j'ai toujours pardonné à *Jérôme Carré* les petits complimens qu'il
a faits de temps en temps à maître *Aliboron* dit *Fréron*.
Ce *Fréron* n'est que le cadavre d'un malfaiteur qu'il
est permis de disséquer.

On dit que frère *Helvétius* est allé en Angleterre,
en échange de frère *Hume*. Je ne sais si notre secré-
taire perpétuel me conserve toujours un peu d'amitié.
Les frères doivent se réunir pour résister aux méchans,
dont on m'a dit que la race pullule. Frère *Saurin*
doit aussi se souvenir de moi dans ses prières.
J'exhorte tous les frères à combattre avec force et
prudence pour la bonne cause. Adressons nos com-
munes prières à St *Zénon*, St *Epicure*, St *Marc-
Antonin*, St *Epictète*, St *Bayle*, et à tous les saints
de notre paradis. Je vous embrasse bien tendrement.
Frère *V*.

LETTRE CXCV.

A M. LE COMTE D'ARGENTAL.

Aux Délices, 21 de mai.

QUE le nom d'anges vous convient bien, et que
vous êtes un couple adorable ! que les libraires
sont velches, et qu'il y a encore de velches dans
le monde ! Tout ira bien, mes divins anges, grâce

1764.

à vos bontés. Vous avez raifon, dans votre lettre du 14 de mai, d'un bout à l'autre. Je conçois bien qu'il y a quelques velches affligés ; mais il faut auffi vous dire qu'il y avait une page qui raccommodait tout ; que cette page, ayant été envoyée à l'imprimerie un jour trop tard, n'a point été imprimée ; que cet inconvénient m'eft arrivé très-fouvent, et que c'eft ce qui redoublait ma colère de *Ragotin* contre les libraires.

J'ai eu une longue converfation avec mademoifelle *Catherine Vadé* qui s'eft avifée de faire imprimer les fadaifes de fa famille. Elle a retrouvé dans fes papiers ce petit chiffon que je vous préfente pour confoler les Velches.

J'ai eu l'honneur auffi de parler aux roués. Il eft très-vrai qu'il ne faut pas dire fi fouvent à *Augufte* qu'il eft un poltron ; mais, quand on veut corriger un vers, vous favez que fouvent il en faut réformer une douzaine. Voyez fi vous êtes contens du petit changement. En voilà quelques-uns depuis la dernière édition ; vous pourriez, pour vous épargner la peine de coudre tous ces lambeaux, me renvoyer la pièce, et je mettrais tout en ordre.

Je corrige tant que je peux avant la repréfentation, afin de n'avoir plus rien à corriger après.

A l'égard des coupures, et de ces extraits de tragédie, et de ces fentimens étranglés, tronqués, mutilés, que le public, laffé de tout, femble exiger aujourd'hui, ce goût me paraît velche. C'eft ainfi que dans Mérope on a mutilé, au cinquième acte, la fcène du récit, en le fefant faire par un homme, ce qui eft doublement velche. Il fallait laiffer la

chofe comme elle était ; il fallait que mademoifelle *Dubois* fît le récit qui ne convient qu'à
une femme, et qui eft ridicule dans la bouche d'un
homme. Ces irrégularités ferraient le cœur du pauvre
Antoine Vadé.

Serez-vous affez adorables pour dire à monfieur
le premier préfident de Dijon combien nous lui
fommes redevables, maman et moi ; combien nous
lui fommes attachés. Le ciel fe déclare en notre
faveur ; car ce M. *le Beault*, qui préfide actuellement
le parlement de Bourgogne, eft celui qui nous fournit
de bon vin, et il n'en fournit point aux curés.

Nota. Ce n'eft point un ex-jéfuite qui a fait les
roués, c'eft un jeune novice qui demanda fon congé
dès qu'il fut la banqueroute du père *la Valette*, et
qu'il apprit que noffeigneurs du parlement avaient
un malin vouloir contre St *Ignace de Loyola.* Le public,
fans doute, protégera ce pauvre diable ; mais le bon de
l'affaire, c'eft qu'elle amufera mes anges. Je crois déjà
les voir rire fous cape à la première repréfentation.

Je ne pourrai me difpenfer de mettre inceffamment M. de *Chauvelin* de la confidence. Comme
c'eft une affaire d'Etat, il fera fidelle. S'il était
à Paris, il ferait un de vos meilleurs conjurés ;
mais vous n'avez befoin de perfonne. Je viens de
relire la pièce, elle n'eft pas fort attendriffante.
Les Velches ne font pas romains ; cependant il
y a je ne fais quel intérêt d'horreur et de tragique qui peut occuper pendant cinq actes.

Je mets le tout fous votre protection. Refpect et
tendreffe. *V.*

LETTRE CXCVI.

A M. DAMILAVILLE.

Aux Délices, 23 de mai.

Vos dernières lettres, mon cher frère, m'ont fait un plaifir bien fenfible. Tout ce que vous me dites m'a touché. J'ai écrit fur le champ à made-moifelle *Catherine Vadé* ; elle m'a envoyé le papier ci-joint, et elle m'a dit que c'eft tout ce qu'elle peut faire pour les Velches. Les véritables Velches, mon cher frère, font les *Omer*, les *Chaumeix*, les *Fréron*, les perfécuteurs et les calomniateurs ; les philofophes, la bonne compagnie, les artiftes, les gens aimables, font les Français, et c'eft à eux à fe moquer des Velches.

On dit que, pour confoler ces Velches de tous leurs malheurs, on leur a donné une comédie fort bonne qui a un très-grand fuccès ; mais j'aimerais encore mieux quelque bon livre de philofophie qui écrasât pour jamais le fanatifme, et qui rendît les lettres refpectables. Je mets toutes mes efpérances dans l'*Encyclopédie*.

Je me doutais bien que quelque libraire de Paris ferait bientôt une édition des Commentaires fur *Corneille*, féparément du texte ; et c'était pour pré-venir cet abus velche que j'avais imaginé de faire les propofitions les plus honnêtes aux libraires qui ont le privilége ; cela conciliait tout ; et *Pierre*, neveu de *Pierre*, aurait eu le temps de fe défaire de fa

cargaifon, par les mefures que je voulais prendre ; ——
mais tout fe vend avec le temps , excepté la belle
édition du galimatias de *Crébillon* , faite au louvre.

Je ne fuis point fâché que mademoifelle *Clairon*
n'ait pas repris Olimpie ; il faut la laiffer défirer un
peu au public. Cette pièce forme un fpectacle fi
fingulier , qu'on la reverra toujours avec plaifir , à
peu-près comme on va voir la rareté , la curiofité;
elle ne doit pas être prodiguée.

Eft-il vrai que frère *Helvétius* eft en Angleterre ?
On dit que la France a fait l'échange d'*Helvétius*
contre *Hume*. Je viens de paffer une journée entière
avec le comte de *Creutz* , ambaffadeur de Suède à
Madrid. Plut à Dieu qu'il le fût en France! c'eft
un des plus dignes frères que nous ayons. Il m'a
dit que le nouveau catéchifme, imprimé à Stockholm,
commençait ainfi :

D. Pourquoi DIEU vous a-t-il créé et mis au
monde ?

R. Pour le fervir et pour être libre.

D. Qu'eft-ce que la liberté?

R. C'eft de n'obéir qu'aux lois, &c.

Ce n'eft pas là le catéchifme des Velches.

Mon cher frère, fi jamais M. *le Clerc de Montmerci*
fait des vers, dites-lui qu'il en faffe moins , par
la raifon même qu'il en fait quelquefois de fort
beaux; mais *multiplicafti gentem , non multiplicafti læti-
tiam.* Le moins de vers qu'on peut faire, c'eft toujours
le mieux.

Je viens de recevoir le mot de l'énigme de la
belle paix entre l'illuftre *Fréron* et moi. *Panckoucke*
m'écrit une longue lettre, par laquelle il demande

une armiftice, et propofe des conditions. Je vous enverrai la lettre et la réponfe, dès que j'aurai des yeux ou la parole.

Bonfoir ; j'ai trente lettres à dicter ; mon imagination fe refroidit, mais mon cœur eft toujours bien chaud pour vous. *Ecr. l'inf.*

LETTRE CXCVII.

A MADAME

LA MARQUISE DU DEFFANT.

24 de mai.

Vous me faites une peine extrême, Madame ; car vos triftes idées ne font pas feulement du raifonner, c'eft de la fenfation. Je conviens avec vous que le néant eft, généralement parlant, préférable à la vie. Le néant a du bon ; confolons - nous ; d'habiles gens prétendent que nous en tâterons. Il eft bien clair, difent-ils, d'après *Sénèque* et *Lucrèce*, que nous ferons, après notre mort, ce que nous étions avant de naître ; mais, pour les deux ou trois minutes de notre exiftence, qu'en ferons-nous ? Nous fommes, à ce qu'on prétend, de petites roues de la grande machine, de petits animaux à deux pieds et à deux mains comme les finges, moins agiles qu'eux, auffi comiques, et ayant une mefure d'idées plus grande. Nous fommes emportés dans le mouvement général imprimé par le maître de la nature. Nous ne nous donnons rien, nous recevons tout ; nous ne fommes pas plus les maîtres de nos idées que 1764. de la circulation du fang dans nos veines. Chaque être, chaque manière d'être, tient néceffairement à la loi univerfelle. Il eft ridicule, dit-on, et impoffible que l'homme fe puiffe donner quelque chofe, quand la foule des aftres ne fe donne rien. C'eft bien à nous d'être maîtres abfolus de nos actions et de nos volontés, quand l'univers eft efclave.

Voilà une bonne chienne de condition, direzvous. Je fouffre, je me débats contre mon exiftence que je maudis et que j'aime ; je hais la vie et la mort. Qui me confolera, qui me foutiendra ? La nature entière eft impuiffante à me foulager.

Voici peut-être, Madame, ce que j'imaginerais pour remède. Il n'a dépendu ni de vous ni de moi de perdre les yeux, d'être privés de nos amis, d'être dans la fituation où nous fommes. Toutes vos privations, tous vos fentimens, toutes vos idées font des chofes abfolument néceffaires. Vous ne pouviez vous empêcher de m'écrire la très-philofophique et très-trifte lettre que j'ai reçue de vous ; et moi je vous écris néceffairement que le courage, la réfignation aux lois de la nature, le profond mépris pour toutes les fuperftitions, le plaifir noble de fe fentir d'une autre nature que les fots, l'exercice de la faculté de penfer, font des confolations véritables. Cette idée, que j'étais deftiné à vous repréfenter, rappelle néceffairement dans vous votre philofophie. Je deviens un inftrument qui en affermit un autre, par lequel je ferai raffermi à mon tour. Heureufes les machines qui peuvent s'aider mutuellement !

Votre machine eft une des meilleures de ce monde. N'eft-il pas vrai que, s'il vous fallait choifir entre la lumière et la penfée, vous ne balanceriez pas ? et que vous préféreriez les yeux de l'ame à ceux du corps? J'ai toujours défiré que vous dictaffiez la manière dont vous voyez les chofes, et que vous m'en fiffiez part; car vous voyez très-bien , et peignez de même.

J'écris rarement, parce que je fuis agriculteur. Vous ne vous doutez pas de ce métier - là; c'eft pourtant celui de nos premiers pères. J'ai toujours été accablé d'occupations affez frivoles qui engloutiffaient tous mes momens; mais les plus agréables font ceux où je reçois de vos nouvelles, et où je peux vous dire combien votre ame plaît à la mienne, et à quel point je vous regrette. Ma fanté devient tous les jours plus mauvaife. Tout le monde n'eft pas comme *Fontenelle*. Allons, Madame, courage; traînons notre lien jufqu'au bout.

Soyez bien perfuadée du véritable intérêt que mon cœur prend à vous, et de mon très-tendre refpect.

P. S. Je fuis très-aife que rien ne foit changé pour les perfonnes auxquelles vous vous intéreffez. Voilà un confeiller du parlement, intendant des finances ; il n'y en avait point d'exemple. Les finances vont être gouvernées en forme. L'Etat , qui a été auffi malade que vous et moi, reprendra fa fanté.

LETTRE CXCVIII. 1764.

A M. PANCKOUCKE, *libraire à Paris.*

Aux Délices, 24 de mai.

Vous me mandez, Monfieur, que vous imprimez mes Romans, et je vous réponds que, fi j'ai fait des romans, j'en demande pardon à DIEU; mais tout au moins je n'y ai jamais mis mon nom, pas plus qu'à mes autres fottifes. On n'a jamais, Dieu merci, rien vu de moi contre-figné et parafé *Cortiat*, fecrétaire, &c. Vous me dites que vous ornerez votre édition de *cus de lampe* : remerciez DIEU, Monfieur, de ce qu'*Antoine Vadé* n'eft plus au monde ; il vous appellerait *velche* fans difficulté, et vous prouverait qu'un ornement, un *fleuron*, un petit *cartouche*, une petite *vignette* ne reffemble ni à un *cu* ni à une *lampe*.

Vous me propofez la paix (*) avec maître *Aliboron*

(*) *Lettre de M. Panckoucke à M. de Voltaire.*

A Paris, le 16 de mai.

MONSIEUR,

J'AI trouvé, dans le fonds de M. *Lambert*, une partie d'édition d'un recueil de vos Romans, &c. Je défirerais en donner une nouvelle au public, en y joignant les Contes de *Guillaume Vadé*, &c. J'ornerai cette édition d'eftampes, de cus de lampe, &c.

Quoique j'aye acquis, Monfieur, par la ceffion de M. *Lambert*, le droit de réimprimer le recueil de ces Romans, je crois devoir vous en demander la permiffion, et je recevrai comme une grâce celle que vous voudrez bien m'accorder.

dit *Fréron*, et vous me dites que c'eſt vous qui voulez bien lui faire ſa litière. Vous ajoutez qu'il m'a toujours eſtimé, et qu'il m'a toujours outragé. Vraiment voilà un bon petit caractère ; c'eſt-à-dire que, quand il dira du bien de quelqu'un, on peut compter qu'il le mépriſe. Vous voyez bien qu'il n'a pu faire de moi qu'un ingrat, et qu'il n'eſt guère poſſible que j'aye pour lui les ſentimens dont vous dites qu'il m'honore. *Paix en terre aux hommes de bonne volonté ;* mais vous m'apprenez que maître *Aliboron* a toujours été de volonté très-maligne. Je n'ai jamais lu ſon *Année littéraire ;* je vous en crois ſeulement ſur votre parole.

Pour vous, Monſieur, je vois que vous êtes de

Il y a bien de l'imprudence, ſans doute, au libraire de l'*Année littéraire* de vous demander des grâces ; mais je vous ai dejà prié de croire, Monſieur, que je ſuis bien loin d'approuver tout ce que fait M. *Freron.* Il vous a ſans doute donné bien des raiſons de le haïr ; et cependant lui, il ne vous hait point. Perſonne n'a de vous une ſi haute eſtime, perſonne n'a plus lu vos ouvrages, et n'en ſait davantage. Ces jours derniers encore, dans la chaleur de la converſation, il trahiſſait ſon ſecret, et diſait du fond de ſon cœur que vous étiez le plus grand-homme de notre ſiècle. Quand il lit vos ouvrages immortels, il eſt enſuite obligé de ſe déchirer les flancs pour en dire le mal qu'il n'en penſe pas. Mais vous l'avez martyriſé tout vivant par vos répliques ; et ce qui doit lui être plus ſenſible, c'eſt que vous l'avez déshonoré dans la poſterité. Tous vos écrits reſteront. Penſez-vous, Monſieur, que dans le ſecret il n'ait pas à gémir des rôles que vous lui faites jouer ? J'ai ſouvent déſiré pour votre repos, pour ma ſatisfaction particulière, et pour la tranquillité de M. *Fréron* de voir la fin de ces querelles. Mais comment parler de paix dans une guerre continuelle ? Il faudrait au moins une trève de deux mois ; et, ſi vous daigniez prendre confiance en moi, vous verriez, Monſieur, que celui que vous regardez comme votre plus cruel ennemi, que vous traitez ainſi, deviendrait, de votre admirateur ſecret, votre admirateur public.

Je ſuis, &c.

PANCKOUCKE.

la meilleure volonté du monde, et je fuis très-per-
fuadé que vous n'avez imprimé contre moi rien
que de fort plaifant, pour réjouir la cour ; ainfi je
fuis très-pacifiquement, Monfieur, votre, &c.

LETTRE CXCIX.

A M. DE CHAMPFORT.

Aux Délices, 25 de mai.

JE vous fais, Monfieur, des remercîmens bien
fincères de votre lettre et de votre pièce. *La Jeune
indienne* doit plaire à tous les cœurs bien faits.
Il y a d'ailleurs beaucoup de vers excellens. J'aime
à m'attendrir à la comédie, pourvu qu'il y ait du
plaifant. Vous avez, ce me femble, très-bien réuffi
dans ce mélange fi difficile : je fuis perfuadé que vous
irez très-loin. C'eft une grande confolation pour
moi qu'il y ait dans Paris des jeunes gens de votre
mérite. Je donnerais ici plus d'étendue aux fentimens que vous m'infpirez, fi mes yeux prefque
aveugles me le permettaient. Je n'écris qu'avec une
difficulté extrême ; mais cette peine eft bien adoucie
par le plaifir de vous affurer de toute l'eftime avec
laquelle j'ai l'honneur d'être,

Monfieur ,

votre &c.
Voltaire.

LETTRE CC.

A M. DE LA HARPE.

Aux Délices, 25 de mai.

Avec une fluxion fur les yeux qui m'a privé de la vue pendant fix mois, avec une extinction de voix qui m'empêche de dicter, il faut pourtant que je vous dife, mon cher confrère, combien vos lettres me font de plaifir. Vous avez l'efprit jufte et vrai, votre goût eft fûr, vous n'êtes dupe d'aucun préjugé; vous avez bien raifon de dire que je n'ai pas remarqué toutes les fautes de *Corneille*, et cependant on crie fur la moitié que j'ai obfervée avec des regards très-refpectueux; mais les clameurs ne font pas des raifons. Voudrait-on que j'euffe fait aux beautés de *Corneille* l'outrage d'encenfer les défauts, et qu'à côté de fes admirables fcènes (je ne dis pas de fes admirables pièces) j'euffe placé Théodore, Pertharite, Andromède, la Toifon d'or, Tite et Bérénice, Othon, Pulchérie, Agéfilas, Suréna? J'ai jugé les ouvrages et non l'auteur. J'ai dit ce que tout homme de goût fe dit à lui-même quand il lit *Corneille*, et ce que vous dites tout haut, parce que vous avez la noble fincérité qui appartient au génie. N'eft-il pas vrai que le grand tragique ne fe rencontre que dans la dernière fcène de Rodogune? Mais ce fublime, fur quoi eft-il fondé? fur quatre actes bien défectueux. Pourquoi *Racine* a-t-il été fi parfait, fans pourtant faire aucun tableau qui approche de la dernière fcène de Rodogune?

c'eft

c'eſt que le goût joint au génie ne produit jamais
rien de mauvais. C'eſt à vous, mon cher confrère,
à réunir ce que la nature partagea entre ces deux
grands-hommes.

Il faut bien du temps pour fixer le jugement du
public. Vous ſavez avec quelle fureur on affectait de
loüer cette partie carrée de l'Electre de *Crébillon* ,
ce roman ténébreux, ces vers durs et hériſſés, ces
dialogues où perſonne ne répond à propos, cet
Itys, cette *Clytemneſtre*, cette *Iphianaſſe*. On commence à peine à ouvrir les yeux. Travaillez, mon
cher confrère ; faites oublier toutes ces extrava-
gances bourſouflées, tous ces vers velches. Il y a
de très-belles choſes dans Rhadamiſte, mais j'eſpère
que votre Timoléon vaudra mieux ; votre goût pour
la ſimplicité eſt le vrai goût, et il n'appartient qu'au
grand talent. Il eſt bien ſingulier que vous n'ayez
pas un Corneille commenté ; vous étiez le premier
ſur la liſte. Je ſuis très-affligé de ce contre-temps ;
il ſera réparé ; il eſt trop juſte que vous ayez votre
modèle pour les belles ſcènes, et les remarques bonnes
et mauvaiſes de votre ami *V*.

1764.

LETTRE CCI.

A M. LE MARQUIS DE CHAUVELIN.

Aux Délices, le 28 de mai.

VOILA votre Excellence affociée à la conjuration. Si quelque curieux ouvre ce gros paquet, il croira, à ce grand mot, qu'il s'agit d'une affaire bien terrible.

Et quand il apprendra que M. le duc de *Praſlin* eſt un des principaux conjurés, il ne doutera pas que vous n'alliez mettre le feu en Italie. Mais, après tout, il n'y a que moi de méchant homme dans tout ceci, en y comprenant mes méchans vers.

Pour vous mettre bien au fait du plan des conjurés, il faut que je vous diſe ce que vous ſavez peut-être déjà auſſi bien que moi. M. de *Praſlin*, qui veut s'amuſer, et qui en a beſoin, et M. et madame d'*Argental* ont fait ferment qu'on ne ſaurait point le nom de l'auteur; vous ferez, s'il vous plaît, le même ferment avec madame l'ambaſſadrice. Il eſt bon de l'accoutumer aux grandes affaires.

On a lu une eſquiſſe de la pièce à noſſeigneurs les comédiens; on leur a fait croire que l'auteur était un jeune, pauvre diable d'ex-jéſuite dont il fallait encourager le talent naiſſant. Les comédiens ont donné dans le panneau; et voilà la première fois de ma vie qu'on m'a pris pour un jéſuite. Je me confie à vous; je ſuis bien ſûr que le ſecret des conjurés eſt en bonnes mains. Je n'ai qu'un remords, et il eſt grand; c'eſt que la pièce n'eſt pas tendre, et que les beaux yeux de madame de *Chauvelin* demeureront à fec. Je lui en demande mille pardons. Mais, en qualité d'ambaffadrice, elle trouvera du *rai-fonner* et de fort vilaines actions qui peuvent amufer des miniftres. Enfin j'envoie ce que j'ai, et ce que j'ai promis. Si je ne vous ai pas ennuyé plutôt, c'eft que la pièce n'était pas faite, et que j'ai été obligé de donner tout mon temps à mon maître *Pierre* que j'ai fi mal imité.

Je crois que, du temps de la fronde, les marauds que j'ai l'honneur de vous préfenter auraient fort réuffi.

Je fuis étonné d'écrire une lettre de ma main; mais c'eft que ma fluxion, qui défolait mes yeux, s'eft jetée ailleurs. Je n'ai rien perdu.

On dit que vous avez à Turin une belle épidémie qui fait mourir les Piémontais. Je me flatte que les ambaffadeurs n'ont rien à craindre, et que l'épidémie refpecte le droit des gens.

J'ai eu l'honneur de voir votre ami que vous avez bien voulu charger d'une lettre pour moi. Il m'a paru digne de votre amitié.

Que vos Excellences reçoivent avec amitié les refpects du vieux de la montagne.

LETTRE CCII.

A M. DAMILAVILLE.

1 de juin.

VRAIMENT, mon cher frère, vous avez bon nez de ne point divulguer la petite correction fraternelle que le neveu de M. *Eratou* fait aux réformateurs et aux réformables. Il ne faut pas que, dans la place où vous êtes, vous vous mêliez de pareilles affaires. Les chers frères ont la force des lions quand ils écrivent, mais il faut qu'ils aient la prudence des serpens quand ils agissent.

J'ai lu enfin le *Mandement* de l'archevêque de Paris ; je vous avoue qu'il m'a paru modéré et raisonnable. Otez le nom de jésuite, il n'y aurait rien à répliquer ; mais il n'y a pas moyen d'avoir raison quand on soutient une société qui avait trouvé le secret, malgré sa politique, de déplaire à la nation depuis deux cents ans.

Est-il vrai qu'une jeune actrice a débuté avec succès dans les rôles ingénus ? Je m'intéresse beaucoup plus à une nouvelle actrice qu'à un nouveau prédicateur. J'aime le tripot, et je veux que les Velches aient du plaisir.

Dès que j'ai un moment de relâche à mes maux, je songe à porter les derniers coups à l'*inf*... ; mais les frères sont dispersés, désunis, et j'ai peur d'être commé le vieux *Priam : Telum imbelle, sine ictu.* La lettre de

M. *Daumart* eft à peu-près de même (*) ; l'archevêque
d'Auch en rit ; il a cinquante mille écus de rente.

Adieu , mon cher frère ; je vous aime tous les
jours davantage ; vous êtes ma confolation , et vous
m'engagez à être plus que jamais *écr. l'inf.*

(*) Voici la copie de cette lettre de M. Daumart à monfieur l'archevêque
d'Auch.

A Ferney , le 29 de mai.

PERMETTEZ , Monfeigneur , qu'un gentilhomme s'adreffe à vous
pour une chofe qui vous regarde et qui me touche.

Affligé depuis quatre ans d'une maladie incurable , j'ai été recueilli
dans un château de M. de *Voltaire* , fur les confins de la Bourgogne ; il
me tient lieu de père , ainfi qu'à la nièce du grand *Corneille.* Je lui dois
tout : vous m'avouerez que j'ai dû être furpris et bleffé quand on m'a
dit que vous aviez traité , dans un mandement , mon bienfaiteur d'auteur
mercenaire , et d'homme dont les fentimens erronès avaient difpofé la
nation à chaffer les jéfuites. Quant à l'épithète de mercenaire , daignez
vous informer de votre neveu , M. de *Billat* , s'il lui a prêté de l'argent
en mercenaire ; et quant aux jéfuites , informez-vous auffi s'il n'a pas
reçu et s'il n'entretient pas chez lui le père *Adam* , jéfuite , qui a profeffé
vingt ans la réthorique à Dijon ; informez-vous fi , dans fes terres , il n'a
pas mis tous les payfans à leur aife par fes bienfaits. Quand vous ferez
inftruit , je m'affure que vous faurez un peu de mauvais gré à celui qui
vous a donné de fi faux mémoires , et qui a fi indignement abufé de
votre nom. La religion et la probité vous engageront fans doute à
réparer fa faute , et vous fentirez quelque repentir d'avoir outragé ainfi ,
fans aucun prétexte , une famille qui fert le roi dans les armées et dans
les parlemens. J'attendrai l'honneur de votre réponfe un mois entier.

J'ai l'honneur d'être dans cette efpérance ,

Monfeigneur , &c.

D'AUMART.

LETTRE CCIII.

A MADAME

LA MARQUISE DU DEFFANT.

Aux Délices, 4 de juin.

J'ECRIS avec grand plaifir, Madame, quand j'ai un fujet. Ecrire vaguement et fans avoir rien à dire, c'eft mâcher à vide ; c'eft parler pour parler, et les deux correfpondans s'ennuient mutuellement et ceffent bientôt de s'écrire.

Nous avons un grand objet à traiter ; il s'agit de bonheur, ou du moins d'être le moins malheureux qu'on peut dans ce monde. Je ne faurais fouffrir que vous me difiez que, plus on penfe, plus on eft malheureux. Cela eft vrai pour les gens qui penfent mal ; je ne dis pas pour ceux qui penfent mal de leur prochain, cela eft quelquefois très-amufant ; je dis pour ceux qui penfent tout de travers : ceux-là font à plaindre, fans doute, parce qu'ils ont une maladie de l'ame, et que toute maladie eft un état trifte.

Mais vous, dont l'ame fe porte le mieux du monde, fentez, s'il vous plaît, ce que vous devez à la nature. N'eft-ce donc rien d'être guéri des malheureux préjugés qui mettent à la chaîne la plupart des hommes, et furtout des femmes ? de ne pas mettre fon ame entre les mains d'un charlatan ? de ne pas déshonorer fon être par des terreurs et des fuperftitions indignes de tout être penfant ?

d'être dans une indépendance qui vous délivre de
la nécessité d'être hypocrite ? de n'avoir de cour à
faire à personne, et d'ouvrir librement votre ame à
vos amis ?

Voilà pourtant votre état. Vous vous trompez
vous-même quand vous dites que vous voudriez
vous borner à végéter ; c'est comme si vous disiez
que vous voudriez vous ennuyer. L'ennui est le pire
de tous les états. Vous n'avez certainement autre
chose à faire, autre parti à prendre, qu'à continuer
de rassembler autour de vous vos amis : vous en
avez qui sont dignes de vous.

La douceur et la sureté de la conversation est
un plaisir aussi réel que celui d'un rendez-vous dans
la jeunesse. Faites bonne chère, ayez soin de votre
santé, amusez-vous quelquefois à dicter vos idées,
pour comparer ce que vous pensiez la veille à ce
que vous pensez aujourd'hui ; vous aurez deux très-
grands plaisirs, celui de vivre avec la meilleure
compagnie de Paris, et celui de vivre avec vous-
même. Je vous défie d'imaginer rien de mieux.

Il faut que je vous console encore, en vous disant
que je crois votre situation fort supérieure à la
mienne. Je me trouve dans un pays situé tout juste
au milieu de l'Europe. Tous les passans viennent
chez moi. Il faut que je tienne tête à des allemands,
à des anglais, à des italiens, et même à des français que je ne verrai plus; et vous ne vivez qu'avec
des personnes que vous aimez.

Vous cherchez des consolations ; je suis persuadé
que c'est vous qui en fournissez à madame la maréchale de *Luxembourg*. Je lui ai connu une imagination

A a 4

bien brillante , et l'efprit du monde le plus aimable; j'ai cru même entrevoir chez elle de beaux rayons de philofophie ; il faut qu'elle devienne abfolument philofophe ; il n'y a que ce parti-là pour les belles amés. Voyez la miférable vie qu'a menée madame la maréchale de *Villars*, dans fes dernières années ; la pauvre femme allait au falut, et lifait en bâillant les *Méditations* du père *Croizet*.

Vous qui relifez Corneille, Madame, mandez-moi, je vous prie, tout ce que vous penfez de mes remarques , et je vous dirai enfuite mon fecret. Daignez toujours aimer un peu votre directeur, qui fe ferait un grand honneur d'être dirigé par vous.

LETTRE CCIV.

A M. LE COMTE D'ARGENTAL.

6 de juin.

ANGES céleftes, quoi, je ne vous ai pas mandé que *Cornélie-chiffon*, que *Chimène-marmotte* nous avait donné une fille ! Il faut donc qu'il y ait eu une lettre de perdue, avec un petit cahier pour la *Gazette littéraire*. J'envoie ce paquet-ci, pour plus de fureté, par M. le duc de *Praflin* à qui je l'adreffe. Il n'eft pas douteux que M. l'abbé *Arnaud* aura un Corneille, auffi-bien que les héros et les héroïnes tragiques ; mais il fallait que le ballot arrivât, et il faut que les exemplaires foient reliés. Je n'ai pas la moitié, à beaucoup près, des exemplaires que j'avais retenus.

Oui, je mourrai dans l'opinion que c'eſt une barbarie velche d'étrangler, de tronquer, de mutiler les
ſentimens : c'eſt l'opéra comique qui a mis à la mode
cette abominable coutume. On ne veut plus rien
aujourd'hui que par extrait ; et voilà pourquoi on n'a
pas fait un bon ouvrage, depuis trente ans, en proſe
ou en vers. O Velches ! vous êtes dans la décadence,
et j'en ſuis bien fâché.

J'ai mis enfin M. de *Chauvelin*, l'ambaſſadeur, dans
la confidence de la conſpiration. J'exige de lui et de
madame ſa femme le ſerment de ne rien révéler. Mais
mon paquet ſera ſurement ouvert par M. le comte de
Viri. Voilà à quoi on eſt expoſé dans les grandes affaires.

Je vous remercie bien, mes anges, des eſpérances que
vous me donnez pour mes dixmes. Si je triomphe
de l'Egliſe, ce ſera votre triomphe. L'Egliſe et le parterre ſont des gens difficiles.

J'écrirai à M. de *Lorenzi* et à M. *Béliard*, s'il ne
me vient rien par la voie *Cramer*. M. *Algarotti*, qui
m'aurait tout fourni, vient de mourir.

J'ai eu l'honneur de voir aujourd'hui madame
de *Puiſégur* ; elle a voulu que je la reçuſſe en bonnet
de nuit et en robe de chambre. Ma fluxion a un
peu quitté mes yeux pour ſe jeter ſur tout le reſte.
Je ſuis l'homme de douleurs ; mais je ſouffre le tout
aſſez gaiement : c'eſt le ſeul parti qu'il y ait à prendre
dans ce monde.

Avez-vous vu les propoſitions de paix que m'a
faites maître *Aliboron*, et ma petite réponſe ?

Portez-vous bien ſurtout, mes divins anges. Ayez
la bonté de préſenter mes très-ſincères remercîmens
à M. *Arnaud*. Pardon. *V.*

LETTRE CCV.

A MADAME

LA PRINCESSE DE LIGNE.

Aux Délices, 6 de juin.

BRIONNE, de ce bufte adorable modèle,
Le fut de la vertu comme de la beauté ;
L'amitié le confacre à la poftérité ,
    Et s'immortalife avec elle.

Vous vous adreffez, Madame, à une fontaine tarie,
pour avoir un peu d'eau d'Hippocrène. Je ne fuis
qu'un vieillard malade au pied des Alpes qui ne font
pas le mont Parnaffe. Ne foyez pas furprife fi j'exécute
fi mal vos ordres. Il eft plus aifé de mettre madame
de *Brionne* en bufte qu'en vers. Vous avez des *Phidias*,
mais vous n'avez point d'*Homère* qui fache peindre
Vénus et *Minerve*.

D'ailleurs , Madame, vous écrivez avec tant d'efprit, que je fuis tenté de vous dire : Si vous voulez
de bons vers, faites-les. Je ne peux que vous repréfenter la difficulté d'une infcription en rimes. Quatre
vers font bien longs fous un marbre ; mais il en
faudrait cent pour exprimer tout ce qu'on penfe
de vous et de madame la comteffe de *Brionne*.

Jetez mes quatre vers au feu, Madame, et mettez
en profe :

L'amitié confacre ce marbre à la beauté et à la vertu.

Cela eft plus dans le ftyle qu'on appelle *lapidaire;* ou bien jetez encore au feu cette infcription , et mettez, en deux mots, votre penfée ; cela vaudra beaucoup mieux.

Pardonnez à mon extrême ftérilité , et agréez le profond refpect, &c.

LETTRE CCVI.

A M. LE COMTE D'ARGENTAL.

Aux Délices, 11 de juin.

JE me flatte que mes anges voudront bien faire payer à la mémoire de M. le comte *Algarotti* le petit tribut ci-joint (*).

Eft-il vrai qu'on va jouer Cromwell, et que c'eft le Cromwell de *Crébillon,* achevé par un M. du *Clairon*? Si on fait parler ce héros du fanatifme comme il parlait, ce fera un beau galimatias ; mais c'eft avec du galimatias qu'il parvint à gouverner l'Angleterre ; et c'eft ainfi qu'on a quelquefois fubjugué le parterre.

Voilà donc l'arrêt des juges de Touloufe caffé , mais les os du pauvre *Calas* ne feront pas raccommodés. Qu'obtiendra-t-on en fuivant ce procès ? les juges de Touloufe feront-ils condamnés à payer les frais de leur injuftice ? Je baife le bout des ailes de mes anges en toute humilité.

(*) Dans la *Gazette littéraire.*

LETTRE CCVII.

A M. DAMILAVILLE.

Aux Délices, 13 de juin.

JE ferais curieux, mon cher frère, d'avoir un exemplaire du *Supplément aux Velches*, et je l'attends de vos bontés.

Cromwell a-t-il fubjugué les efprits à Paris comme en Angleterre ? a-t-il été un fublime fanatique, un refpectable hypocrite, un grand-homme abominable ? *Campiftron* l'aurait fait tendrement amoureux de la femme du major général *Lambert*.

Vous fentez, mon cher frère, combien la caffation de l'arrêt touloufain me ranime. Voilà des juges fanatiques confondus, et l'innocence publiquement reconnue. Mais que peut-on faire davantage ? pourra-t-on obtenir des dépens, dommages et intérêts ? pourra-t-on prendre le fieur *David* à partie ? Je vois qu'il eft beaucoup plus aifé de rouer un innocent, que de lui faire réparation.

Dites-moi, je vous prie, fi la *Gazette littéraire* prend un peu de faveur. Il me femble que cette entreprife pourrait un peu nuire au commerce de maître *Aliboron* dit *Fréron*. Je fuis enfoncé à préfent dans des recherches pédantefques de l'antiquité. Tout ce que je découvre dépofe furieufement contre l'*inf*.... Ah, fi les frères étaient réunis !

Je ne fais, mon cher frère, fi vous avez donné un Corneille commenté à maître *Cicéron de Beaumont;*

1764.

il doit en avoir un de préférence. N'eft-il pas un des élus ? Permettez que je mette ici une lettre pour lui.

Il y a un M. *Blin de Sainmore* qui a fait un joli recueil de vers ; il lui faut un Corneille. Je voudrais bien que frère *Thiriot* me fît l'amitié de le voir, et de lui donner, de ma part, un exemplaire. Frère *Thiriot* pourrait l'engager à donner un fupplément des fautes que je n'ai pas remarquées, et à faire en général quelques bonnes réflexions fur l'art dramatique : ce M. *Blin de Sainmore* en eft très-capable.

Il y a encore un M. du *Belloi* qui a fait des tragédies, qui s'y connaît, qui aime *Racine ;* il demeure dans l'*impaffe*, dit-il, des Quatre-vents. Vous m'avouerez qu'un homme qui donne fon adreffe dans un *impaffe*, et non dans un *cu de fac*, n'eft pas velche, et mérite un Corneille. Il me paraît effentiel d'en donner à ceux qui peuvent défendre le bon goût contre le préjugé.

Je vous fupplie, mon cher frère, d'envoyer le petit billet ci-joint (*) à M. *Mariette ;* vous pouvez lui dire ou lui faire dire que quatre perfonnes lui en enverront chacune autant, et que je paye ma quotepart le premier. Cela m'épargnera la peine d'écrire ; je n'ai pas de temps à perdre ; l'*inf*... m'occupe affez.

Je vous embraffe, mon cher frère ; je vous demande mille pardons de toutes les peines que je vous donne pour le Corneille. J'abufe exceffivement de votre amitié.

(*) M. *Mariette* ne voulut point recevoir le mandat ; il fut renvoyé à M. de *Voltaire.*

LETTRE CCVIII.

A M. LE KAIN.

17 de juin.

J'AI vu, mon cher et grand acteur, ce jeune ex-jéfuite auteur de ce drame barbare. Il dit qu'un opéra comique eft beaucoup plus agréable; il prétend que ces trois coquins, qu'on donne immédiatement après ce coquin de *Cromwell*, révolteraient le public, et que voilà trop de barbaries; il dit qu'on mourra de chaud au mois de juillet, et que la pièce fera mourir de froid; il dit qu'il ne faut aux Velches que de la tendreffe. Je ne peux, aux pieds des Alpes, favoir quel eft le goût de Paris; je m'en rapporte à vous, et je vous plains de jouer la comédie pendant l'été. Heureufement, votre falle eft fraîche aux pièces nouvelles. Il eft à croire que votre ex-jéfuite en fera une belle glacière; fans cette efpérance, je vous aurais confeillé de vous habiller de gaze.

Je vous embraffe du meilleur de mon cœur. *V.*

LETTRE CCIX.

A M. LE COMTE D'ARGENTAL.

17 de juin.

MES anges me permettent-ils de leur adreffer ma réponfe à *le Kain*? ils verront quels font les fentimens du jeune ex-jéfuite.

J'oubliai, dans ma dernière lettre, de dire que j'avais écrit à M. le duc de *Choifeul* pour l'Ecole militaire ; mais j'ai peur de n'avoir pas grand crédit. J'avais flatté le fondateur de la Guyanne d'orner fa colonie d'une trentaine de galériens qui font fur les chantiers de Marfeille, pour avoir écouté la parole de DIEU en pleine campagne. Ils avaient promis de s'embarquer avec chacun mille écus. Croiriez-vous que ces drôles-là, quand il a fallu tenir leur parole, ont fait comme les compagnons d'*Ulyffe*, qui aimèrent mieux refter cochons que de redevenir hommes; mes gens ont préféré les galères à la Guyanne.

Gabriel Cramer arrive à Paris; il jette quelquefois un coup d'œil curieux fur mon bureau, il avife des fatras de vers, et de-là il fe met dans la tête que je fais quelque mauffade tragédie. J'ai beau nier et le gronder, il a cette idée. Avouez-lui que je travaille à Pierre le cruel, fans lui demander le fecret.

Une chofe bien plus intéreffante, c'eft ce procès *Calas*, renvoyé aux requêtes de l'hôtel, c'eft-à-dire, devant les mêmes juges qui ont caffé l'arrêt touloufain. Cette horrible aventure des *Calas* a fait ouvrir les

1764.

yeux à beaucoup de monde. Les exemplaires de la Tolérance fe font répandus dans les provinces où l'on était bien fot ; les écailles tombent des yeux, le règne de la vérité eft proche. Mes anges, béniffons DIEU.

LETTRE CCX.

A M. DAMILAVILLE.

18 de juin.

Vous me feriez plaifir, mon cher frère, de me faire avoir les bêtifes de *Fréron* fur les Commentaires de *Corneille*. Figurez-vous que *Panckoucke* a communiqué à M. d'*Aquin* (*) fa lettre et ma réponfe ; ainfi, puifqu'elles font connues, le droit des gens permet qu'on les imprime. Je crois même que la chofe eft néceffaire pour l'édification publique, et vous favez que l'édification des Français confifte à rire. Je crois ce temps-ci fort ftérile en nouvelles ; je fuis d'ailleurs toujours comme ce perfonnage de l'Ecoffaife, qui difait : Moins de nouvelles, moins de fottifes.

Vous m'avez fait obferver que, fi le roi de Pologne prend tous fes exemplaires, il n'en reftera plus pour faire des préfens. Ma foi, je crois que le roi de Pologne doit faire comme le roi de France et comme moi, ne prendre que la moitié des exemplaires pour lefquels il a foufcrit ; encore n'en ai-je que le tiers, parce qu'il n'en reftait plus : on n'en avait pas affez

(*) Rédacteur de l'*Avant-coureur*.

tiré.

tiré. Il faudrait une cinquantaine d'yeux pour lire ——
vingt-cinq Corneille ; le roi de Pologne n'en a que 1764.
deux, comme moi, et encore ne font-ils pas meilleurs
que les miens. J'ai l'honneur d'être affligé de la vue
comme lui.

Tout ceci, mon cher frère, eft peu philofophique :
j'aime mieux examiner la façon dont certaines chofes
qui vous déplaifent fe font établies dans le monde.

Songez à M. *Blin de Sainmore ;* il m'a écrit une
belle lettre très-bien raifonnée fur les pièces admirables de *Racine*, et fur les fcènes impofantes de *Corneille*.
Il y a quelque foixante ans que l'abbé de *Châteauneuf*
me difait : Mon enfant, laiffez crier le monde ; *Racine*
gagnera tous les jours, et *Corneille* perdra.

Pardonnez-moi, encore une fois, mes importunités,
et permettez que je mette ces trois lettres dans votre
paquet. Vous voilà plus chargé des affaires du Parnaffe que de celles du vingtième.

Je vous embraffe le plus tendrement du monde.
Ecr. l'inf.

LETTRE CCXI.

A MADAME

LA MARQUISE DU DEFFANT.

Aux Délices, 20 de juin.

Il faut, Madame, que je vous parle net., Je ne crois pas qu'il y ait un homme au monde moins capable que moi de donner du plaifir à une femme de vingt-cinq ans, en quelque genre que ce puiffe être. Je ne fors jamais; je commence ma journée par fouffrir trois ou quatre heures., fans en rien dire à M. *Tronchin.*

Quand j'ai bien travaillé, je n'en peux plus. On vient dîner chez moi, et la plupart du temps je ne me mets point à table; madame *Denis* eft chargée de toutes les cérémonies, et de faire les honneurs de ma cabane à des perfonnes qu'elle ne reverra plus.

Elle eft allée voir madame de *Jaucourt*, et c'eft pour elle un très-grand effort; car elle eft malade et paref-feufe. Pour moi, je n'ai pu en faire autant qu'elle, parce que j'ai été quinze jours au lit, avec un mal de gorge horrible.

Il faut vous dire encore, Madame, que je ne vais jamais à Genève; ce n'eft pas feulement parce que c'eft une ville d'hérétiques, mais parce qu'on y ferme les portes de très-bonne heure, et que mon train de vie campagnard eft l'antipode des villes. Je refte donc chez moi, occupé de fouffrances, de

travaux et de charrues, avec madame *Denis*, la nièce ———
à *Pierre Corneille*, fon mari et un ex-jéfuite qui nous 1764.
dit la meffe, et qui joue aux échecs.

Quand je peux tenir quelque pédant comme moi,
qui fe moque de toutes les fables qu'on nous donne
pour des hiftoires, et de toutes les bêtifes qu'on
nous donne pour des raifons, et de toutes les cou-
tumes qu'on nous donne pour des lois admirables,
je fuis alors au comble de ma joie.

Jugez de tout cela, Madame, fi je fuis un homme
fait pour madame de *Jaucourt*. Il m'eft impoffible
de parler à une jeune femme plus d'un demi-quart
d'heure. Si elle était philofophe, et qu'elle voulût
méprifer également St *Auguftin* et *Calvin*, j'aurais alors
de belles conférences avec elle.

Pour M. *Hume*, c'eft tout autre chofe : vous n'avez
qu'à me l'envoyer, je lui parlerai, et furtout je l'écou-
terai. Nos malheureux Velches n'écriront jamais
l'hiftoire comme lui ; ils font continuellement gênés
et garrottés par trois fortes de chaînes ; celles de la
cour, celles de l'Eglife, et celles des tribunaux appelés
parlemens.

On écrit l'hiftoire en France comme on fait un
compliment à l'académie françaife ; on cherche à
arranger fes mots de façon qu'ils ne puiffent choquer
perfonne. Et puis, je ne fais fi notre hiftoire mérite
d'être écrite.

J'aime bien autant encore la philofophie de monfieur *Hume*, que fes ouvrages hiftoriques. Le bon de
l'affaire c'eft qu'*Helvétius* qui, dans fon livre *De
l'efprit*, n'a pas dit la vingtième partie des chofes
fages, utiles et hardies dont on fait gré à M. *Hume*

—— et à vingt autres anglais, a été perſécuté chez les
1764. Velches, et que ſon livre y a été brûlé. Tout cela
prouve que les Anglais ſont des hommes, et les
Français des enfans.

Je ſuis un vieil enfant plein d'un tendre et reſpectueux attachement pour vous, Madame. *V.*

LETTRE CCXII.

A M. LE COMTE D'ARGENTAL.

22 de juin.

JE crois, mes divins anges, toutes réflexions faites,
qu'il faut que le roi de Pologne ſe contente du paquet
qui eſt chez M. de *Laleu*, depuis plus d'un mois, et
qu'il faſſe comme le roi ſon gendre et moi chétif; car,
s'il prend les vingt-cinq exemplaires, il n'en reſtera plus
pour ceux à qui j'en deſtinais. C'eſt une négociation
que vous pouvez très-bien faire avec M. de *Hullin*
qui eſt, ſans doute, un miniſtre conciliant.

Je vous conjure, mes divins anges, de recommander le plus profond ſecret à meſſieurs de la
Gazette littéraire. Je ne fais pas grand cas des vers de
Pétrarque; c'eſt le génie le plus fécond du monde
dans l'art de dire toujours la même choſe; mais ce
n'eſt pas à moi à renverſer de ſa niche le ſaint de
l'abbé de *Sade*.

S'il fait d'auſſi grandes chaleurs à Paris que dans
ma grande vallée entre les Alpes, la glace de nos
roués ſera de ſaiſon. Le temps n'eſt pas trop favorable

pour une pièce nouvelle ; mais vous favez que vous êtes les maîtres de tout. Je confeille toujours aux acteurs de s'habiller de gaze. L'ex-jéfuite qui m'eft venu voir, comme vous favez, m'a prié de vous engager à faire une correction importante ; c'eft de mettre *je me meurs*, au lieu de *je fuccombe*. Je lui ai dit que l'un était aufii plat que l'autre, et que tout cela était très-indifférent. C'eft au fecond acte. C'eft *Julie* qui parle à *Fulvie* :

> A peine devant vous je puis me reconnaître,
> Je me meurs.

Ce *je me meurs* eft en effet plus fupportable que *je fuccombe*, et fert mieux la déclamation. De plus, il y a un autre *fuccombe* dans la même fcène, et il ne faut pas fuccomber deux fois. L'auteur pourra bien fuccomber lui-même ; mais j'efpère qu'on n'en faura rien.

Vraiment, mes anges, il faut confier à beaucoup de bavards que je fais Pierre le cruel, et qu'il fera prêt pour le commencement de l'hiver ; rien ne fera plus propre à dérouter les curieux qui parlent des roués, et qui les attribuent déjà à *Helvétius*, à *Saurin*. Il faut les empêcher de venir jufqu'à nous.

Dites-moi un mot, je vous prie, de ces roués, et recommandez bien au fidelle *le Kain* d'empêcher qu'on n'étrique l'étoffe, qu'on ne la coupe, qu'on ne la recoufe avec des vers velches ; il en réfulte des chofes abominables. Un *Guy Duchefne* achète le manuf-crit mutilé, écrit à la diable ; et l'on eft déshonoré dans la poftérité, fi poftérité y a ; cela defsèche le fang,

1764.
et abrège les jours d'un pauvre homme. Quoi qu'il en foit, je baife le bout de vos ailes avec refpect et tendreffe. *V.*

LETTRE CCXIII.

AU MEME.

Aux Délices, 23 de juin.

JE reçois, au départ de la pofte, une lettre d'un ange, du 18 de juin, et je fuis très-affligé que l'autre ange foit malade. Répondons vîte.

Quant au vers : *Le danger fuit le lâche, et le brave l'évite*, fi ce vers n'était pas précédé de ceux qui l'expliquent, il ferait ridicule ; mais, pour prévenir tout fcrupule, il n'y a qu'à mettre :

Le lâche fuit en vain, la mort vole à fa fuite ;
C'eft en la défiant que le brave l'évite.

Quant à l'affaibliffement qu'on demande de la defcription du combat de *Pompée*, c'eft vouloir être froid pour vouloir paraître plus vraifemblable. Il y a des occafions où c'eft n'avoir pas le fens commun que de vouloir trop rechercher le fens commun. Je demande très-inftamment, très-vivement, qu'on ne change rien à cette fcène. Je demande furtout qu'on fuive les dernières corrections que j'ai envoyées; elles me paraiffent favorifer beaucoup la déclamation, ce qui eft un point très-important. Il ne s'agit pas feulement de faire des vers, il faut en faire qui animent les acteurs.

On fe mourait hier de chaud, on fe meurt aujour-d'hui, on eſt mort. Les comédiens ont le diable au corps de jouer une pièce nouvelle dans un temps où perfonne ne peut venir à la comédie.

Quoi, vous n'auriez pas reçu les lettres où je vous parlais des *Calas !* J'apprends, mes divins anges, qu'il s'eſt tenu un confeil où vous avez admis la pauvre veuve. Vos bontés ne fe refroidiſſent point ; vous avez un grand avantage fur les autres hommes, c'eſt que vos vertus font perféverantes. Vous ne me parlez point de la lettre de *Panckoucke* et de ma réponfe; la chofe eſt pourtant plaifante, et mériterait d'être connue.

Je n'ai encore rien d'Italie : les Italiens, par ce temps-ci, ne font que la méridienne.

Je vous ai envoyé l'éloge d'*Algarotti*, qui figurera bien dans la *Gazette littéraire.* Je vous ai écrit par M. le duc de *Praſlin* et par M. de *Courteille*; celle-ci fera fous l'enveloppe de M. l'abbé *Arnaud*. Remar-quez, s'il vous plaît, que nous nous fommes ren-contrés fous le mafque de Don Pèdre. J'ai confié à M. de *Thibouville* que je travaillais fortement à ce Don Pèdre; ferait-il aſſez méchant pour m'avoir gardé le fecret?

Adieu, mes divins anges; rions, mais furtout que madame d'*Argental* n'ait plus fon rhumatifme; il n'y a pas là de quoi rire.

LETTRE CCXIV.

A MADAME

LA MARQUISE DU DEFFANT.

Ferney , 27 de juin.

NOTRE commerce à tâtons devient vif, Madame. Votre grand'tante fefait très-bien de prendre le temps comme il vient, et les hommes comme ils font; mais, quand le temps eft mauvais, il faut un abri ; et quand les hommes font ou méchans ou prévenus, il faut ou les fuir ou les détromper : c'eft le cas où je me trouve.

Vous ne vous attendiez pas à être chargée d'une négociation, Madame. C'eft ici où le quinze-vingt des Alpes a befoin des bontés de la très-judicieufe quinze-vingt de Saint-Jofeph.

Rouffeau, dont vous me parlez, m'écrivit, il y a trois ans, ces propres mots, de Montmorenci : *Je ne vous aime point. Vous donnez chez vous des fpectacles; vous corrompez les mœurs de ma patrie, pour prix de l'afile qu'elle vous a donné. Je ne vous aime point, Monfieur; et je ne rends pas moins juftice à vos talens.*

Une telle lettre, de la part d'un homme avec qui je n'étais point en commerce, me parut merveilleu-fement folle, abfurde et offenfante. Comment un homme qui avait fait des comédies pouvait-il me reprocher d'avoir des fpectacles chez moi, en France ? pourquoi me fefait-il l'outrage de me dire que Genève m'avait donné un afile? Eh ! j'en donne quelquefois;

je vis dans ma terre, je ne vais point à Genève. ———
En un mot, je ne comprends point fur quel prétexte
Rouſſeau put m'écrire une pareille lettre. Il a fans
doute bien fenti qu'il m'avait offenſé, et il a cru
que je m'en devais venger ; c'eſt en quoi il me connaît
bien mal.

Quand on brûla fon livre à Genève, et qu'il y fut
décrété de priſe de corps, il s'imagina que c'était
moi qui avais fait une brigue contre lui, moi qui
ne vais jamais à Genève.

Il écrit à madame la ducheſſe de *Luxembourg* que
je me fuis déclaré fon plus mortel ennemi; il imprime
que je fuis le plus violent et le plus adroit de fes
perfécuteurs. Moi perfécuteur ! c'eſt *Jeannot* lapin
qui eſt un foudre de guerre. Moi, j'aurais été un
petit père *le Tellier !* quelle folie ! Sérieuſement
parlant, je ne crois pas qu'on puiſſe faire à un
homme une injure plus atroce que de l'appeler perfécuteur.

Si jamais j'ai parlé de *Rouſſeau* autrement que
pour donner un fens très-favorable à fon *Vicaire
ſavoyard*, pour lequel on l'a condamné, je veux être
regardé comme le plus méchant des hommes. Je n'ai
pas même voulu lire un feul des écrits qu'on a faits
contre lui, dans cette circonſtance cruelle où l'on
devait reſpecter fon malheur et eſtimer fon génie.

Je fais madame la maréchale de *Luxembourg* juge
du procédé de *Rouſſeau* envers moi, et du mien
envers lui; je me confie à fon équité, et je vous
fupplie de rapporter le procès devant elle. J'ambitionne
trop fon eſtime pour la laiſſer douter un moment que
je fois capable de me déclarer contre un infortuné.

—— Je fuis fi fenfiblement touché, que je ne puis cette
1764. fois-ci vous parler d'autre chofe.

Vous aurez, fans doute, chez vous M. d'*Argenfon*,
et vous vous confolerez tous deux du mal que la
fortune a fait à l'un, et que la nature a fait à l'autre.

Adieu, Madame. Pour moi je ferai confolé, fi
vous me défendez de l'imputation calomnieufe que
j'effuie. Comptez fur mon très-tendre et très-fincère
attachement. *V.*

LETTRE CCXV.

A M. DAMILAVILLE.

29 de juin.

C'EST à vous, mon cher frère, que je dois adreffer
ma réponfe à madame de *Beaumont*. Me voilà partagé
entre elle et fon mari. Voilà un couple charmant;
l'un protége généreufement l'innocence, l'autre rend
la vertu aimable. Voilà des amis dignes de vous.

Quel M. *Fargés*, s'il vous plaît, a opiné fi noblement?
car il y en a deux. J'en connais un qui eft haut comme
un chou, et dont les jambes reffemblent affez à celles
de l'abbé de *Chauvelin*; il lui reffemble fans doute auffi
par le cœur et par la tête, puifqu'il a parlé avec tant
de grandeur et de force.

J'ai déjà écrit à M. le duc de *la Vallière* pour le
prier, en qualité de grand veneur, de faire tirer fur
le procureur général de la commiffion, s'il ne prend
pas l'affaire des *Calas* auffi vivement que nous-mêmes.

Serez-vous étonné fi je vous dis que j'ai reçu une lettre anonyme de Touloufe, dans laquelle on ofe me faire entendre que tous les *Calas* étaient coupables, et que les juges ne le font que d'avoir épargné la famille ? Je préfume que, fi j'étais à Touloufe, on me ferait un affez mauvais parti.

Que dites-vous de ce fou de *Jean-Jacques* qui prétend que je fuis fon perfécuteur ? Ce miférable, parce qu'il m'a offenfé, ainfi que tous fes amis, s'imagine que je me fuis vengé ; il me connaît bien mal. Aimons la vertu, mon cher frère, et rions des fous. *Ecr. l'inf.*

LETTRE CCXVI.

A M. LE COMTE D'ARGENTAL.

A Ferney, 29 de juin.

MES divins anges, vous devez avoir reçu, de la part de l'ex-jéfuite, force vers pour les roués. Ce pauvre diable me dit toujours que la chaleur de la faifon et la froideur de la pièce le font trembler. Il fe fouvient furtout qu'il a oublié de corriger ce vers :

A mon cœur défolé que votre pitié s'ouvre.

Il dit qu'il ne manquera pas de le corriger pour la première pofte ; il dit qu'il n'eft pas aujourd'hui fort en train.

J'ai reçu une lettre anonyme de Touloufe, affez bien raifonnée en apparence ; mais le fond de la lettre eft que tous les *Calas* étaient complices, et que

les juges n'ont à fe reprocher que de ne les avoir
pas tous condamnés. Cette lettre ne me donne aucune
envie d'avoir un procès à Touloufe.

Je penfe toujours que M. de *Hullin* doit fe contenter
du paquet qui l'attend chez M. de *Laleu* , et que les
rois titulaires feront gloire d'imiter les rois régnans.

Au refte , je me flatte que mes anges auront aifément trouvé quelque bavard qui parlera de Pierre le
cruel à des bavards de fa connaiffance. M. de
Chauvelin l'ambaffadeur eft dans le fecret , comme
vous le favez ; je ne crois pas qu'il en parle à la féré-
niffime république. Je n'ai plus rien à dire. Refpect
et tendreffe.

LETTRE CCXVII.

AU MEME.

30 de juin.

ANGES que je fatigue , et qui ne vous laffez pas
de faire du bien , voici un petit billet pour le conjuré
le Kain. Mais ces extrêmes chaleurs , ce terrible mois
de juillet , font frémir l'ex-jéfuite.

N'eft-ce pas en Ethiopie qu'on va au confeil dans
des cruches pleines d'eau ? Je crois qu'il n'y a plus
que ce moyen d'aller à la comédie cet été.

Je crois que la *Gazette littéraire* m'a brouillé avec
l'abbé de *Sade*. Ce n'eft pas que je me reconnaiffe
à la main d'un grand maître dont l'abbé *Arnaud* a
défigné l'auteur des *Remarques fur Pétrarque* ; mais
enfin, vous favez que j'avais demandé le plus profond

fecret. Je vous fupplie de gronder l'abbé *Arnaud* de
tout votre cœur. Encore une fois, je n'aime point
Pétrarque, mais j'aime l'abbé de *Sade*. Je vois que
j'ai été prévenu fur l'article d'*Algarotti*, et que la
Gazette littéraire eft fervie beaucoup plus promptement
que je ne pourrais l'être. Il me reftera la partie du
caprice. Dès que je trouverai un livre nouveau, je le
prendrai pour prétexte, pour débiter mes rêveries,
comme j'ai fait fur l'article des fonges; cela m'égayera
quelquefois, et pourra égayer la gazette. Mais à
préfent je n'ai pas trop envie de rire; mes yeux ne
vont pas trop bien, ma fanté fort mal. Que mes
deux anges fe portent bien, et je fuis confolé.

LETTRE CCXVIII.

A M. DE LA HARPE.

A Ferney, 30 de juin.

U N vieux ferviteur de *Melpomène* doit aimer fon
jeune favori; auffi, Monfieur, pouvez-vous compter
que je fais mon devoir envers vous. Vous m'aviez
flatté d'un petit voyage avec M. de *Ximenès*.

Je fuis bien aife d'apprendre que l'abbé *Affelin* eft
encore en vie. Il y a environ foixante ans que je
fis connaiffance avec lui, et je crois qu'il était majeur.
Je lui fouhaite les années de *Fontenelle*.

Vous m'avez dit auffi un mot de *Jean-Jacques
Rouffeau*; c'eft un étrange fou que cet étrange philofophe. J'avais encore de la voix et des yeux, il y a

1764.

trois ans, et je jouais les vieillards affez paffablement fur le petit théâtre de mon petit château de Ferney; madame *Denis*, par parenthèfe, jouait les rôles de mademoifelle *Clairon* avec attendriffement ; quelques citoyens génevois venaient quelquefois à nos comédies et à nos foupers : il plut à *Jean-Jacques* de m'écrire ces douces paroles : *Vous donnez chez vous des fpectacles ; vous corrompez les mœurs de ma république , pour prix de l'afile qu'elle vous a donné.*

J'eus affez de fageffe pour ne pas répondre à *J. J.* ; et la république de *Jean-Jacques* ayant jugé à propos depuis de brûler fon livre et de décréter de prife de corps fa perfonne , *J. J.* a imaginé que je m'étais vengé de lui, parce qu'il m'avait offenfé, et que c'était moi qui avais engagé le confeil de Genève à lui donner cette petite marque d'amitié. Le pauvre homme m'a bien mal connu. Il ne fait pas que je vis chez moi, et que je ne vais jamais à Genève ; et il devrait favoir que je ne me venge jamais des infortunés. Un de fes grands malheurs, c'eft que la tête lui a tourné.

Adieu, Monfieur ; vous avez le mérite des véritables gens de lettres , et vous n'en avez pas les injuftices. Comptez que je m'intéreffe à vous auffi vivement que je plains *Jean-Jacques.*

LETTRE CCXIX.

A MADAME

LA MARQUISE DU DEFFANT.

A Ferney, 1 de juillet.

Je paſſe ma vie à me tromper, Madame; mais auſſi il y a des momens où vous n'avez pas raiſon en tout. Vous me dites que je ne veux pas voir madame de *Jaucourt*. Je ferai affurément charmé ſi je peux l'attirer chez moi ; mais je ſuis à deux grandes lieues d'elle, je ne ſors point, et je ne peux ſortir. Ma nièce eſt allée la voir, et madame de *Jaucourt* ne lui a pas rendu ſa viſite. Tout cela s'arrangera comme on pourra, ainſi que toutes les bagatelles de ce monde.

Un autre reproche que vous me faites, c'eſt que je me ſuis vanté d'être votre confrère, et que je ne le ſuis pas tout-à-fait. Voici mon état.

J'ai des fluxions ſur les yeux qui m'ont ôté l'uſage de la vue, des mois entiers; elles ſe promènent quelquefois dans les oreilles, et alors je vois, mais je ſuis ſourd; elles tombent ſur la gorge, et je deviens muet. Voilà un plaiſant état pour courir après une jeune femme, à deux lieues de ma retraite. Les Pariſiennes vont chez *Eſculape-Tronchin*, comme on va aux eaux de Forges ; mais l'air des Alpes fait plus de mal que *Tronchin* ne fait de bien. Il faut un corps d'*Hercule* pour vivre ici ; mais j'y ſuis libre, et j'ai trouvé que la liberté valait encore mieux que la ſanté.

1764.

M'y voilà établi, je m'y fuis fait une famille, je ne me tranfporterai point; je mourrai, comme *Abraham*, dans le coin de terre que j'ai acheté, et ce fera ma feule reffemblance avec le père des croyans.

Vous avez vu, Madame, par ma dernière lettre, que le caractère de *Jean-Jacques* eft auffi inconféquent que fes ouvrages. J'efpère que madame la maréchale de *Luxembourg* me rendra la juftice de croire que je ne hais point un homme qu'elle protége, et que je fuis bien loin de perfécuter un homme fi à plaindre. Il n'a même été perfécuté que pour des fentimens qui font les miens, et je ferais une ame bien noire et bien fotte, de vouloir avilir une philofophie que j'aime, et de faire punir un homme accufé précifément des chofes qu'on m'impute.

J'aime mieux vous parler de *Corneille* que de *Rouffeau;* j'avoue encore que j'aime mille fois mieux *Racine*. Faites-vous relire les pièces de ce dernier, fi vous ne les favez pas par cœur; et vous verrez fi, après avoir entendu dix vers, vous n'aurez pas une forte paffion de continuer. Dites-moi fi, au contraire, le dégoût ne vous faifit pas à tout moment, quand on vous lit *Corneille*. Trouvez-vous chez lui des perfonnages qui foient dans la nature, excepté *Rodrigue* et *Chimène* qui ne font pas de lui?

Cette *Cornélie*, tant vantée autrefois, n'eft-elle pas, en cent endroits, une difeufe de galimatias, et une fefeufe de rodomontades? Il y a des vers heureux dans *Corneille*, des vers pleins de force, tels que *Rotrou* en fefait avant lui, et même plus nerveux que ceux de *Rotrou;* il y a du raifonner; mais, en vérité, il y a bien rarement de la pitié et de la terreur,

qui

qui font l'ame de la vraie tragédie. Enfin, quelle
foule de mauvais vers, d'expreffions ridicules et baf- 1764.
fes, de penfées alambiquées et retournées, comme
vous dites, en trois ou quatre façons également mauvaifes ! *Corneille* a des éclairs dans une nuit profonde ;
et ces éclairs furent un beau jour pour une nation
compofée alors de petits-maîtres groffiers, et de
pédans plus groffiers encore, qui voulaient fortir de
la barbarie.

Je n'ai commenté ce fatras que pour marier mademoifelle *Corneille ;* c'eft peut-être la feule occafion
où les préjugés aient été bons à quelque chofe. Je ne
me paffionne point pour *Racine.* Que m'importe fa
perfonne ? je n'ai vécu ni avec lui ni avec *Corneille.*
Je ne vais point chercher de quelle mine fort un
diamant que j'achète ; je regarde à fon poids, à fa
groffeur, à fon brillant, à fes taches. Enfin, je ne
puis ni fentir qu'avec mon goût, ni juger qu'avec
mon jugement.

Racine m'enchante, et *Corneille* m'ennuie. Je vous
avouerai même que je n'ai jamais lu ni ne lirai
jamais une douzaine de fes pièces que, grâce au
ciel, je n'ai point commentées. Ah! Madame, quand
vous voudrez avoir du plaifir, faites-vous relire *Racine*
par quelqu'un qui foit digne de le lire ; mais, pour
le bien goûter, rappelez-vous vos belles années ; car
Montagne a dit : Crois-tu qu'un malade rechigné goûte
beaucoup les chanfons d'*Anacréon* et de *Sapho ?*

Je vous ai trop parlé de vers ; une autre fois, je
vous parlerai philofophie. Mille tendres refpects. *V.*

LETTRE CCXX.

A M. LE COMTE D'ARGENTAL.

A Ferney, 6 de juillet.

MES divins anges, quoi, toujours un rhumatifme!
Je conçois bien que nous autres agriculteurs des
Alpes nous foyons fouvent affligés de ce fléau ; mais
un ange, une dame de Paris qui n'eft jamais expofée
aux malignes influences de l'air ! non, ce n'eft pas là
une maladie de dame. Que dit à cela M. *Fournièr* ?
Mon cher ange qui n'a point de rhumatifme écrit
très-proprement, quoi qu'il en dife, et moi auffi qui
ai recouvré la vue jufqu'à ce que je la reperde. Cette
vie eft pleine de tribulations. Confervez votre fanté,
mes anges ; cela vaut mieux que des pièces de théâtre, et furtout que les pièces d'aujourd'hui. Je fais
donc Pierre le cruel, comme dit M. de *Thibouville* ;
je l'ai même confié à M. de *Ximenès;* ainfi je ne
crois pas qu'on puiffe en douter. Pour vous, mes
braves conjurés, vous avez employé un jéfuite pour
faire les roués. Je ne fais pas quel nom on donne à
la pièce ; je fais feulement qu'elle ne reffemble pas
à Bérénice. Le petit jéfuite dit qu'il eft très-loin de
fouhaiter qu'on l'imprime fitôt ; il fera tout ce que
vous ordonnez pour *le Kain ;* il défire feulement
qu'on donne un honoraire à un jeune homme qui,
depuis dix ans, a copié cinq ou fix tragédies, dix ou
douze fois chacune, et à qui le petit jéfuite doit
quelque attention. Ledit défroqué ne veut jamais

être connu, à moins qu'ayant été encouragé l'été par ——
un petit fuccès, il n'en ait un grand pendant l'hiver, 1764.
après avoir donné la dernière main à fes roués. Vous
avez terminé noblement l'affaire du roi de Pologne,
et je vous en remercie. *Cramer* viendra fans doute
chez vous, et vous lui recommanderez de preffer
fon correfpondant d'Italie de dépêcher les livres qu'il
a promis, et alors je les aurai. Je fuis toujours aux
ordres de la *Gazette littéraire*, quoiqu'elle ait mis une
certaine note trop flatteufe, à l'extrait de *Pétrarque*;
note à laquelle l'abbé de *Sade* s'obftine, dit-on, à
me reconnaître.

Je fuis à préfent à fec et accablé d'un ouvrage
très-confidérable, en faveur de la bonne caufe. Mes
chers anges, refpect et tendreffe.

LETTRE CCXXI.

A M. DAMILAVILLE.

6 de juillet.

Mon cher frère, je ne perds pas le peu de temps
qui me refte à vivre. Je me doute bien de ce que
frère *Cramer* vous montrera; mais je ne crois pas
que cet ouvrage doive jamais être vendu avec privilége. Je vous demande en grâce de confondre tout
barbare et tout faux frère qui pourrait me foupçonner
d'avoir mis la main à ce faint œuvre. Je veux le
bien de l'Eglife, mais je renonce de tout mon cœur
au martyre et à la gloire. Sachez que DIEU bénit

—— notre Eglife naiffante; trois cents *Meflier* diftribués dans une province ont opéré beaucoup de converfions. Ah , fi j'étais fecondé ! mais les frères font tièdes, les frères ne font point raffemblés : ce malheureux *Rouffeau* n'eft fidelle qu'à fon caprice et à fon amour propre. C'était affurément l'homme le plus capable de réndre de grands fervices, mais DIEU l'a abandonné. Son *Vicaire favoyard* pouvait faire du bien ; mais cela eft noyé dans un roman abfurde qu'on ne peut lire. Enfin , ce malheureux s'eft rendu indigne de la bonne caufe. J'ai été très-fâché de l'excès de folie qui l'a porté à imprimer que je le perfécutais; il eft bien trifte qu'un homme qui a paffé quelque temps pour notre frère, faffe accroire qu'un de nous le perfécute. Mais que voulez-vous ! ce pauvre homme , m'ayant offenfé , s'eft imaginé que je m'étais vengé. Il ne connaît pas les véritables frères. Une des faibleffes de ce pauvre fou , eft de mentir impudemment. Il fe vante qu'on a voulu l'engager à écrire contre les jéfuites : quelle pitié ! les parlemens avaient bien befoin de *Jean-Jacques !* Ils ont écrit eux-mêmes, et affurément mieux que lui.

Je vous embraffe pieufement , mon cher frère,
Ecr. l'inf.

LETTRE CCXXII.

A M. LE COMTE D'ARGENTAL.

12 de juillet.

MES divins anges, je fuis plus affligé des rhuma-
tifmes dont vous me parlez, que de la petite difgrâce
de l'ex-jéfuite. Eft-il poffible que l'un de mes anges
fouffre ? cela eft bien injufte.

J'ai communiqué au petit défroqué l'hiftoire de
fon infortune ; il m'a demandé le fecret. Il craint
que, s'il était connu, cela ne l'empêchât d'avoir un
bénéfice ; mais furtout il vous fupplie de recommander
le fecret à M. de *Chauvelin*. Il vous demande une
grâce, c'eft de revenir en requête civile, et de hafarder
deux ou trois repréfentations ; car ce pauvre *Poinfinet*
ayant protefté que le délit n'a pas été commis par lui,
il fe pourra que le public foit moins barbare. Un
acteur pourrait annoncer que la pièce n'eft point de
celui à qui on l'attribuait, et qu'un jeune homme
docile en étant l'auteur, et ayant fait quelques changemens, on compte fur un peu d'indulgence. Je
penfe qu'alors l'ouvrage pourrait fe relever. On ne
rifque rien à hafarder la révifion. Voyez ce qui eft
arrivé à Orefte, et même à Zaïre. Vous pourriez,
mes anges, en venir à votre honneur ; car enfin, fi
vous croyez la pièce paffable, il faut bien qu'elle le
foit.

On ne pourra refufer à *le Kain*, qui a propofé la
pièce, de la rejouer ; mais enfin, fi la chofe était

impraticable, en ce cas, je vous fupplierais de redemander à *le Kain* l'exemplaire, et de vouloir bien me
le renvoyer pour ce pauvre ex-jéfuite.

J'attends tous les jours des livres d'Italie ; je ne
perds pas affurément de vue la *Gazette littéraire.*

N. B. Mes anges, ne vous découragez pas fur le
drame de l'ex-jéfuite, à moins que vous n'y ayez
fenti du froid ; car à cette maladie point de remède.

LETTRE CCXXIII.

A M. DAMILAVILLE.

13 de juillet.

DIEU me préferve, mon cher frère, d'avoir la
moindre part au *Dictionnaire philofophique portatif !*
j'en ai lu quelque chofe ; cela fent terriblement le
fagot. Mais puifque vous êtes curieux de ces ouvrages
impies, pour les réfuter, j'en chercherai quelques
exemplaires, et je vous les enverrai par la première
occafion.

Frère *Cramer* vous a dit qu'il y avait un vieux
pédant entouré de vieux in-folio dont le nom feul
fait trembler, qui travaillait de tout fon cœur à un
ouvrage fort honnête ; frère *Cramer* a raifon. Je crois
que la meilleure manière de tomber fur l'*inf...* eft
de paraître n'avoir nulle envie de l'attaquer, de
débrouiller un peu le chaos de l'antiquité, de tâcher
de jeter quelque intérêt, de répandre quelque

agrément fur l'hiftoire ancienne, de faire voir combien
on nous a trompés en tout, de montrer combien ce
qu'on croit ancien eft moderne, combien ce qu'on
nous a donné pour refpectable eft ridicule, de laiffer
le lecteur tirer lui-même les conféquences.

Il eft certain qu'en raffemblant certains points de
l'hiftoire, on peut démêler les véritables fources
qu'on nous a long-temps cachées. Cela demande du
temps et de la peine, mais l'objet le mérite. L'auteur
m'a déjà montré quelques cahiers : il dit que l'ou-,
vrage fera fage, qu'il dira moins qu'il ne penfe, et
qu'il fera penfer beaucoup. Cette entreprife m'intéreffe infiniment.

Je fuis bien loin de fonger à des tragédies. On
m'a mandé que les Triumvirs dont vous me parlez
font d'un jeune ex-jéfuite qui a du talent. Les jéfuites
avaient au moins cela de bon, qu'ils aimaient la
comédie, et qu'ils en fefaient. Les janféniftes font les
ennemis de tout plaifir honnête.

Mon cher frère, quoique je fois abforbé dans des
in-folio, je n'oublie pourtant pas *Corneille*. Il y a
un jeune auteur qui a fait la Jeune indienne; il
s'appelle, je crois, M. de *Champfort*. Il y a un
M. *Duclairon*, auteur du Cromwell. Il me femble
que quiconque travaille pour le théâtre a droit à
un Corneille : il faut que les difciples aient notre
maître devant les yeux. Je vous fupplie donc de
vouloir bien avertir *Duchefne* d'envoyer prendre chez
vous deux exemplaires pour ces deux meffieurs: vous
ferez, je crois, une très-bonne œuvre.

Eft-il vrai que monfieur le contrôleur général rem-
bourfe quatre millions d'effets royaux ? cela n'a guère

1764. de rapport à *Corneille*; mais il faut s'inftruire un peu des affaires publiques.

Je ne fais rien de nouveau; je moiffonne mes champs, et quelques vérités éparfes dans de mauvais livres ; ce font de vieux arfenaux dans lefquels je trouve des armes rouillées qui ne laifferont pas d'être aiguifées, et dont je tâcherai de me fervir avec toute la difcrétion poffible.

Je gémis toujours de n'être pas aidé par quelqu'un de nos frères ; cela fait faigner le cœur. Vous feul me confolez et m'encouragez.

Je vous embraffe de tout mon cœur. *Ecr. l'inf.*

LETTRE CCXXIV.

A M. LE COMTE D'ARGENTAL.

16 de juillet.

Voici, mes anges, la lettre du conjuré de Turin, qui m'eft venue après le récit que vous m'avez fait de notre défaite. Je fuis perfuadé que M. de *Chauvelin* vous a écrit dans le même goût ; les conjurés en agiffent rondement les uns avec les autres. Il me paraît bien difficile que mes anges , M. le duc de *Praflin*, M. de *Chauvelin*, maman et moi (qui fommes affez difficiles), nous nous foyons tous fi groffièrement trompés. Mon avis ferait qu'au voyage de Fontaine-bleau , M. de *Praflin* ourdît, fous main , une petite brigue pour faire jouer les roués. Je préfume qu'on ne fe foucie point du tout à la cour d'humilier *Poinfinet de*

Sivry, et que le ton de la pièce ne déplairait pas à ——
beaucoup d'honnêtes gens qui font plus familiarifés **1764.**
que le parterre avec l'hiftoire romaine.

Amufez-vous, je vous prie, à me dire ce qui a
le plus révolté ce cher parterre dans l'œuvre de *Poinfinet*
de Sivry.

Comment fe porte madame l'ange ? Refpect et
tendreffe.

LETTRE CCXXV.

AU MEME.

18 de juillet.

COMMENT fe porte madame l'ange ? Vous fouvenez-vous de Sémiramis ? comme elle fut jouée
froidement, comme elle tomba à la première repréfentation ? On dit qu'il n'y a point d'action dans les
roués ; il me femble qu'il y en a beaucoup, et qu'un
Pompée un peu ferme eût fait une grande impreffion.
Eft-il vrai que *Molé* eft incapable de jouer les rôles
vigoureux ? en ce cas, pourquoi lui avoir donné
Pompée? l'ex-jéfuite comptait que *le Kain* jouerait ce
rôle. Quoi qu'il en foit, mes divins anges, *le Kain*
a écrit au défroqué ; et voici ma réponfe que je prends
la liberté de vous adreffer.

Plus j'y penfe, plus je crois que la pièce, jouée
avec chaleur, n'aurait point refroidi. Si je me trompe,
détrompez-moi ; car j'aime encore plus la vérité que
je n'aime les jéfuites, et prefque autant que j'aime
mes anges à qui je fuis dévoué pour toute ma vie. *V.*

LETTRE CCXXVI.

A M. DAMILAVILLE.

21 de juillet.

On m'a dit, mon cher frère, qu'une traduction d'une pièce anglaife, en trois actes, intitulée Saül et David, fe débite à Paris fous mon nom. C'eft un libraire, nommé *Befogne*, qui a eu cette infolence et cette malice. Je regarde ces fupercheries des libraires comme des crimes de faux : on eft auffi coupable de mettre fur le compte d'un auteur un ouvrage dangereux, que de contrefaire fon écriture.

Je me trouve dans des circonftances épineufes où ces odieufes imputations peuvent me faire un tort irréparable, et empoifonner le refte de ma vie. Je veux bien être confeffeur, mais je ne veux pas être martyr. Je vous prie, mon cher frère, au nom de l'amour de la vérité qui nous unit, de vouloir bien faire parvenir cette lettre à M. *Marin*. Il me femble qu'il vaut mieux s'adreffer à ceux qui font à portée de parler aux gens en place, que de fatiguer, par des défaveux, dans des journaux, un public qui ne vous croit pas. C'eft un trifte métier que celui d'homme de lettres ; mais il y a quelque chofe de plus dangereux, c'eft d'aimer la vérité.

Je ne me confole point de voir que ceux qui devraient combattre les uns pour les autres, fous le même drapeau, foient ou des poltrons, ou des déferteurs, ou des ennemis. La folie de *Rouffeau* m'afflige.

Eſt-il vrai que c'eſt à *Duclos* qu'il écrivait cette indigne
lettre dans laquelle il diſait que j'étais *le plus violent*
et le plus adroit de ſes perſécuteurs ? y eut-il jamais une
démence plus abſurde ? moi, perſécuter l'auteur du
Vicaire ſavoyard ! moi, perſécuter quelqu'un ! j'ai toû-
jours ſur le cœur cette étrange calomnie. Faut-il,
mon cher frère, qu'on ait à la fois les fidelles et les
infidelles à combattre, et qu'on paſſe pour un perſécu-
teur ; tandis qu'on eſt ſoi-même perſécuté ! tout cela
fait ſaigner le cœur : l'amitié ſeule d'un philoſophe
peut guérir ces bleſſures.

J'attends toujours une occaſion pour vous envoyer
un petit paquet pour vous et pour vos intimes. Dieu
nous garde de jeter le pain de DIEU aux chiens !

Si la lettre de M. *Panckoucke* m'a fait rire, celle
de M. *Elie de Beaumont* m'afflige. Eſt-il poſſible qu'on
perde un tel procès, et qu'on ne ſoit pas le fils de
ſon père, parce que ce père a fait un voyage en Suiſſe !
Qu'on diſe à préſent que les Français ne ſont pas des
velches !

Embraſſez, je vous prie, pour moi M. et madame
Elie. Leur imagination eſt comme le char de leur
patron, elle eſt toute brillante ; mais leur patron ne
les valait pas.

Je vous embraſſe tendrement, mon cher frère.

P. S. Frère *Thiriot* eſt donc à préſent attaché à un
archevêque, et le voilà devenu grand-vicaire de Cam-
brai. Il a paſſé ſa vie dans des attachemens qui ne lui
ont pas réuſſi ; il aurait été heureux, s'il avait ſu qu'un
ami vaut mieux que vingt protecteurs auxquels on
ſe donne ſucceſſivement.

1764.

1764.

J'oubliais de vous dire que frère *Gabriel* n'a point imprimé affez d'exemplaires du Corneille. Je l'ai laiffé, comme de raifon, le maître de toute l'affaire. S'il avait imprimé autant d'exemplaires qu'il y avait de foufcripteurs, il aurait eu plus d'argent, et mademoifelle *Corneille* auffi ; mais il n'a compté que ceux qui avaient fait le premier payement. J'en fuis bien fâché, mais ce n'eft pas ma faute ; j'ai rempli mon devoir, et cela me fuffit. Ceux qui n'ont pas eu d'exemplaires, et qui en demandent, peuvent en prendre chez M. *Corneille*, à qui le roi en a donné cent cinquante : madame d'*Argental* fe fait un plaifir d'en débiter, pour gratifier cet honnête homme. Je m'étonne que cela ne foit pas public dans Paris ; mais dans Paris on ne fait jamais rien, on n'eft inftruit de rien, on ne fait à qui s'adreffer, on ignore tout au milieu du tumulte.

Frère *Gabriel* a bien mal fait encore d'imprimer les trois volumes de Remarques à part, fans me le dire. Les fautes d'impreffion font innombrables. Il y a affez loin de ma campagne à Genève, et je n'ai pu revoir les épreuves. Tout va de travers en ce monde. Dieu foit loué !

LETTRE CCXXVII.

A M. LE MARECHAL DUC DE RICHELIEU.

A Ferney , 21 de juillet.

MA main me refuſe le ſervice aujourd'hui , Monſeigneur , attendu que mes yeux ſont affligés de leur ancienne fluxion; ainſi mon héros permettra que je reprenne ma charge de dictateur. Il m'a été abſolument impoſſible d'aller à Genève faire ma cour à M. le duc de *Lorges*. Vous ſavez d'ailleurs que je n'aime à faire ma cour qu'à vous.

M. le duc de *Virtemberg* n'eſt point allé à Veniſe , comme on le diſait ; il reſte chez lui pour mettre ordre à ſes affaires, ce qui ne ſera pas aiſé. Son frère eſt toujours mon voiſin , et mène la vie du monde la plus philoſophique. Quoique les finances de la France ſoient encore plus dérangées que celles du Virtemberg , il paraît cependant qu'on a beaucoup de confiance dans le nouveau miniſtère. M. de *Laverdy* fait aſſurément mieux que ſes prédéceſſeurs, car il ne fait rien du tout , et cela donne de grandes eſpérances.

Je crois actuellement M. de *Lauraguais* jugé. Vous croyez bien que je m'intéreſſe au bienfaiteur du théâtre ; il l'a tiré de la barbarie ; et s'il y a aujourd'hui un peu d'action ſur la ſcène , c'eſt à lui qu'on en eſt redevable. Avec tout cela , on peut fort bien avoir tort avec ſa femme et avec ſoi-même ; j'ai peur qu'il ne ſoit dans ce cas, et qu'il ne ſoit ni ſage ni heureux.

J'ai toujours eu envie de prendre la liberté de vous demander ce que vous penfez de l'affaire de M. de *Lalli* : on commence toujours en France par mettre un homme trois ou quatre ans en prifon, après quoi on le juge. En Angleterre, il n'aurait du moins été emprifonné qu'après avoir été condamné, et il en aurait été quitte pour donner caution, comme dans la comédie de l'Ecoffaife. *La Bourdonnais* fut quatre ans à la baftille; et quand il fut déclaré innocent, il mourut du fcorbut qu'il avait gagné dans ce beau château.

Je ne fais fi j'ai eu l'honneur de vous mander que M. *Fargès*, maître des requêtes, en opinant dans l'affaire des *Calas*, avait dit, en renforçant fa petite voix, qu'il fallait faire rendre compte au parlement de Touloufe de fa conduite inique et barbare. M. d'*Aguéffeau* trouva l'avis un peu trop ferme : *Oui*, *Meffieurs*, reprit M. *Fargès*, *je perfifte dans mon avis; ce n'eft pas ici le cas d'avoir des ménagemens*. Voilà tout ce qui eft parvenu dans ma profonde retraite.

On me parle beaucoup de vos landes qu'on a voulu défricher, et de votre mer qu'on a voulu deffaler; je ne croirai ni l'un ni l'autre que quand vous aurez daigné me dire fi la chofe eft vraie. Ces deux entreprifes me paraiffent également difficiles. Je fouhaite non-feulement que vous deffaliez l'Océan et la Méditerranée, mais que vous faffiez cette expérience fur cent vaiffeaux de ligne.

Vous favez, Monfeigneur, que j'ai eu la hardieffe de vous demander fi, dans la Saintonge et l'Aunis, les huguenots ont des efpèces de temples. Je vous demande bien pardon d'être fi queftionneur.

Daignez recevoir, avec votre indulgence ordinaire, ——
mes queſtions, mon tendre reſpect et mon inviolable 1764.
attachement. *V.*

LETTRE CCXXVIII.

A MADEMOISELLE CLAIRON.

Aux Délices, 24 de juillet.

QUOIQUE j'aye très-peu vécu à Paris, Mademoiſelle,
j'y ai vu retrancher au théâtre la première ſcène de
Cinna. Je vous félicite de l'avoir rétablie, et encore
plus de n'avoir point dit : *ma chère ame.* Je vous prie
de vouloir bien lire les remarques ſur l'épître dédi-
catoire qui eſt au-devant de Théodore : vous y verrez
que je mérite, auſſi-bien que M. *Huern*, les cenſures
de maître *le Dain;* mais vous y verrez en même temps
que les papes et leurs confeſſeurs approuvent un art
que vous avez rendu reſpectable par vos talens et
par votre mérite. J'ai paſſé ma vie à combattre en
faveur de votre cauſe, et je ſuis preſque le ſeul qui ait
eu ce courage. Si les acteurs qui ont du talent avaient
aſſez de fermeté pour déclarer qu'ils ceſſeront de ſervir
un public ingrat, tant qu'on ceſſera de leur rendre les
droits qui leur appartiennent, on ferait bien obligé
alors de réparer une ſi cruelle injuſtice. Il y a long-
temps que je l'ai propoſé ; mes conſeils ont été auſſi
inutiles que mes ſervices.

Je ne ſais comment les imprimeurs allemands ont
imprimé dans les Horaces, *ſituation plus haute* au lieu

—— de *fituation plus touchante* ; mais ce font des allemands, et les Français ne feront que des Velches tant qu'ils s'obftineront à vouloir flétrir le feul art qui leur faffe honneur dans l'Europe. Médiocres et faibles imitateurs, prefque dans tous les genres, ils n'excellent qu'au théâtre, et ils veulent le déshonorer.

J'ai un affez joli théâtre à Ferney, mais je vais le faire abattre, fi vous n'êtes pas affez philofophe pour y venir. Vous feule m'avez quelquefois fait regretter Paris. Comptez que perfonne ne vous honore autant que votre, &c.

LETTRE CCXXIX.

A MADAME

LA MARQUISE DU DEFFANT.

26 de juillet.

JE commence, Madame, par vous fupplier de me mettre aux pieds de madame la maréchale de *Luxembourg*. Son protégé *Jean-Jacques* aura toujours des droits fur moi, puifqu'elle l'honore de fes bontés; et j'aimerai toujours l'auteur du *Vicaire favoyard*, quoi qu'il ait fait et quoi qu'il puiffe faire. Il eft vrai qu'il n'y a point en Savoie de pareils vicaires ; mais il faudrait qu'il y en eût dans toute l'Europe.

Il me femble, Madame, qu'au milieu de toutes vos privations vous penfez précifément comme madame de *Maintenon*, lorfqu'à votre âge elle était

reine

1764.

reine de France : elle était dégoûtée de tout , c'eſt qu'elle voyait les choſes comme elles font , et qu'elle n'avait plus d'illuſions. Vous ſouvient-il d'une de ſes lettres dans laquelle elle peint ſi bien l'ennui et l'inſipidité des courtiſans ?

Si vous jouiffiez de vos deux yeux , je vous tiendrais bien plus heureuſe que les reines , et furtout que leurs ſuivantes. Maîtreſſe de vous-même , de votre temps , de vos occupations, avec du goût, de l'imagination , de l'eſprit, de la philoſophie et des amis, je ne vois pas quel fort pourrait être au-deſſus du vôtre; mais il faut deux yeux, ou du moins un , pour jouir de la vie.

Je fais ce qui en eſt, avec mes fluxions horribles, qui me rendent quelquefois entièrement aveugle : je n'ai pas vos reſſources ; vous êtes à la tête de la bonne compagnie , et je vis dans la retraite ; mais je l'ai toujours aimée, et la vie de Paris m'eſt inſupportable.

Dieu ſoit béni de ce que M. le préſident *Hénault* aime le monde autant qu'il en eſt aimé, et qu'il vit dans une heureuſe diſſipation ! J'aimerais peut-être encore mieux qu'il ſe partageât uniquement entre vous et lui-même; il ne trouvera jamais de ſociété plus charmante que ces deux-là.

On m'a dit aujourd'hui du mal de la ſanté de M. d'*Argenſon;* c'eſt le ſeul mal qu'on puiſſe dire de lui. Il ne ſe ſoucie guère que je m'intéreſſe à ſon bien-être; mais cela ne me fait rien, et je lui ſerai toujours très-attaché. Il n'y a plus de ſanté dans le monde; j'entends dire que mon frère d'*Alembert*, qui vous fait quelquefois ſa cour , eſt aſſez mal. Celui-là

—— eſt bien philoſophe, et mépriſe ſouverainement les pauvres préjugés qui empoiſonnent la vie. La plupart des hommes vivent comme des fous, et meurent comme des ſots ; cela fait pitié.

Ne liſez-vous pas quelquefois l'hiſtoire ? ne voyez-vous pas combien la nature humaine eſt avilie depuis les beaux temps des Romains ? n'êtes-vous pas effrayée de l'excès de la ſottiſe de notre nation ? et ne voyez-vous pas que c'eſt une race de ſinges, dans laquelle il y a eu quelques hommes ?

Adieu, Madame ; je ſuis un peu malade, et je ne vois pas le monde en beau. Ayez ſoin de votre ſanté, ſupportez la vie, mépriſez tout ce qui eſt mépriſable ; fortifiez votre ame tant que vous pourrez, digérez, converſez, dormez.

J'oubliais de vous parler de *Cornélie*. C'était, à ce que dit l'hiſtoire, une aſſez ſotte petite femme qui ne ſe mêla jamais de rien. *Corneille* a très-bien fait de l'ennoblir ; mais je ne puis ſouffrir qu'elle traite *Céſar* comme un marmouſet.

Permettez-moi de croire que l'amour n'eſt pas la ſeule paſſion naturelle ; l'ambition et la vengeance ſont également l'apanage de notre eſpèce, pour notre malheur. Je ſouſcris d'ailleurs à toutes vos idées, excepté à ce que vous dites ſur l'abbé *Pellegrin* et ſa *Pélopée*. Le grand défaut de notre théâtre, à mon gré, c'eſt qu'il n'eſt guère qu'un recueil de converſations en rimes.

Mille tendres reſpects. *V.*

LETTRE CCXXX.

A M. DAMILAVILLE.

26 de juillet.

ON dit frère *Protagoras* malade : Dieu nous le conferve, mon cher frère ; car, fans lui et frère *Platon*, que deviendraient les initiés ?

Faudra-t-il donc que je meure fans avoir vu les derniers tomes de cette *Encyclopédie* dont j'attends mon falut ? Dieu veuille que ces derniers tomes foient cent fois plus forts que les premiers ! c'eft ainfi qu'il faut répondre aux perfécuteurs.

On en eft en Hollande à la troifième édition de la Tolérance ; cela prouve qu'on eft plus raifonnable en Hollande qu'à Paris. Par quelle fatalité craint-on toujours la raifon dans votre pays? eft-ce parce que les Velches ne font pas faits pour elle ? ou eft-ce parce qu'ils la faifiraient avec trop d'empreffement? Que nos frères de Paris fe confolent au moins par les progrès que fait la vérité dans les pays étrangers ; ils font prodigieux. Prefque tous les juifs portugais, répandus en Hollande et en Angleterre, font convertis à la raifon : c'eft un grand pas, comme vous favez , mon cher frère , vers le chriftianifme. Pourquoi donc tant craindre la raifon chez les Velches? O pauvres Velches! ne ferez-vous célébres en Europe que par l'opéra comique ?

M. *Panckoucke* eft tout effaré de ce qu'une partie de fa lettre a couru; il dit qu'il la défavouera. J'ai la lettre fignée de fa main, et je là ferai contrôler comme un billet au porteur. Ce que j'ai, je crois, de meilleur à faire, c'eft de vous envoyer l'original. Vous verrez qu'on ne l'a point falfifié, et vous ferez à portée de convaincre les incrédules, pièces en main.

Mon cher frère aura, dans quinze jours, un petit paquet qu'un génevois, venu d'Angleterre, lui apportera. Je fuis bien malade, mais je combats jufqu'au dernier moment pour la bonne caufe. *Ecr. l'inf.*

LETTRE CCXXXI.

A M. LE KAIN.

Juillet.

MON cher grand acteur, le petit ex-jéfuite, auteur de ce malheureux drame, m'eft venu trouver; il faut encourager la jeuneffe : je l'ai engagé à retravailler fon ouvrage, et il doit vous être remis. Je doute fort que, malgré tous fes foins, vous trouviez un libraire qui veuille l'imprimer; il n'y a que les fuccès qui enhardiffent les libraires. Je crois que votre intérêt ferait de reprendre la pièce fans annoncer de corrections; mais, en diftribuant de nouveaux rôles, il fe pourrait que cette pièce bien repréfentée plût au moins à quelques amateurs. Je fais que le fujet n'en eft pas fort touchant; je fais même que l'opéra comique, où l'on joue les contes de *la Fontaine*, et où il n'eft quéftion que de tetons, de baifers et de jouiffances, infpire beaucoup de froideur pour tout fpectacle férieux; mais il y a un petit nombre de gens qui

1764.

aiment les sujets tirés de l'histoire romaine ; et, si ce petit nombre est content, vous tirerez alors quelque parti de l'impression. L'auteur m'a conjuré de vous engager à ne point demander de privilége ; il vous prie encore de supprimer ce titre emphatique de *partage du monde*, titre qui promet trop, qui ne tient rien, et qui n'est pas le sujet de la pièce. Il prétend que vous pourriez obtenir un ordre des premiers gentilshommes de la chambre pour jouer sa pièce à Fontainebleau ; c'est une vraie pièce de ministres ; vous en donneriez quelques représentations à Paris, cela demanderait peu de travail. Voyez ce que vous pouvez faire ; mandez-moi vos idées, afin que je les communique au jeune auteur. Je vous embrasse du meilleur de mon cœur.

Si vous voulez absolument faire imprimer l'ouvrage du petit défroqué, je pense qu'il faudra changer ses *a* en *o*. Il a voulu suivre mon orthographe, cela lui ferait tort ; on le prendrait pour un disciple.

N. B. Si vous prenez ce stérile parti d'imprimer sans jouer, si vous jouez sans imprimer, si vous gardez le manuscrit du prêtre sans imprimer ni jouer ; en un mot, quelque chose que vous fassiez, il vous prie de retrancher au quatrième acte, scène troisième, tout ce qui est entre ces deux vers.

Elle coûtera cher, elle sera fatale.

. . . .

Adieu ; que mon épouse, en apprenant mon sort

Plus on retranche en prose, en vers, en tout genre, excepté en finance, moins on fait de sottises.

LETTRE CCXXXII.

A MADAME

LA COMTESSE D'ARGENTAL.

6 d'augufte.

MADAME ANGE,

Puisque votre belle main écrit, je me flatte que vos jambes vont mieux; et c'eft-là une de mes confolations. Quand il fait bien beau, j'écris auffi; mes fluxions fur les yeux me laiffent alors quelque relâche, et je redeviens aveugle au temps des neiges: c'eft du moins de la variété, et il en faut un peu dans la vie. J'aime déjà votre ambaffadeur vénitien de tout mon cœur. Je le fupplierais d'accepter ma maifon des Délices, où il pourrait vivre comme le fignor *Pococurante*, et rétablir fa fanté à fon aife, fi MM. les ducs de *Lorges* et de *Randan* n'avaient prévenu votre ambaffadeur. Ils amènent des acteurs, ils veulent jouer la comédie fur mon petit théâtre de Ferney: vous devinez combien tout cela entraîne d'embarras. Les plaifirs bruyans ne font pas faits pour un vieillard malingre tel que j'ai l'honneur de l'être. J'aimerais bien mieux philofopher paifiblement avec M. *Tiepolo*. Je tâcherai de m'arranger pour le recevoir et pour lui plaire; je fuis plus languiffant que lui, et il me paraît que je lui conviens affez.

Je ne fais fi c'eft vous, Madame, ou monfieur d'*Argental* qui a reçu un petit mémoire tiré d'Efpagne, fort propre à figurer dans la *Gazette littéraire*. J'ai découvert un ancien Cid dont *Corneille* avait encore plus tiré que de celui de *Guilain de Castro*, le seul qu'on connaisse en France. C'est une anecdote curieuse pour les amateurs : je voudrais bien en déterrer quelquefois de pareilles ; mais les correspondans que *Cramer* m'avait donnés ne me fourniffent rien. Je ne fais s'il vous a rendu fes devoirs à Paris. Il a bien mal fait de faire imprimer féparément les Commentaires fur *Corneille* ; il aurait été plus utile à la famille *Corneille* et aux *Cramer* d'augmenter le nombre des exemplaires pour les foufcripteurs, et de fupprimer fa petite édition : tout cela d'ailleurs eft plein de fautes d'impreffion qu'il avait promis de corriger : mais qui promet de fe corriger ne tient jamais fa parole en aucun genre ; il n'y a que mon petit ex-jéfuite qui fonge férieufement à fe réformer. Il y travaille déjà ; il m'a envoyé des fituations nouvelles, des fentimens, des vers ; j'efpère que vous n'en ferez pas mécontente. Il dit qu'il veut abfolument en venir à fon honneur , et qu'une confpiration conduite par vous doit réuffir tôt ou tard. J'ai été affez édifié de la conftance de ce jeune défroqué. Il ne s'eft point dépité, il ne s'eft point découragé, il a couru fur le champ au remède. Voici un petit mot qu'il vous fupplie, Madame , de faire remettre au grand acteur. Le petit jéfuite fupplie fes anges de lui renvoyer fa guenille ; vous en aurez bientôt une nouvelle : il n'abandonne jamais ce qu'il a commencé ; il dit qu'il faut mourir à la peine ou réuffir ; c'eft un opiniâtre perfonnage. Voici bientôt le temps où nous allons établir la penfion de *Pierre Corneille ;* ce fera M. *Tronchin* qui s'en chargera ; elle ne peut être en meilleures mains. L'affaire

1764.

fera plus prompte et plus nette; c'eft un grand plaifir que M. *Tronchin* nous fait. La petite *Corneille-Dupuits* eft à vos pieds, et moi auffi.

Ma nièce partage tous les fentimens qui m'attachent à vous pour la vie.

LETTRE CCXXXIII.

A M. DAMILAVILLE.

9 d'auguſte.

Mon cher frère, vous fatiguerai-je encore du dépôt de mes lettres que vous avez la bonté de faire parvenir à leur deftination? En voici une que je vous fupplie de faire tenir à M. *Blin de Sainmore*, à qui vous avez donné un Corneille. Il a fait une petite brochure contre les préjugés de la littérature, qui me paraît affez bien, quoiqu'elle ne foit pas affez approfondie. Vous favez qu'il faut encourager tous les ennemis des préjugés.

S'il vous reftait quelques exemplaires de Corneille, je vous fupplierais d'en faire tenir un à M. le marquis *Albergati*, fénateur de Bologne; mais comment envoyer à Bologne? Je crois que tout va par les voitures publiques, et qu'en mettant le paquet à la diligence de Lyon, il arriverait à bon port; mais je ne veux pas vous caufer un tel embarras, et abufer à ce point de votre amitié et de votre activité, deux bonnes qualités que je fouhaite à frère *Thiriot*.

Il faut que je vous conte que *Paliſſot* ne s'éloigne

pas de vouloir fe raccommoder avec les philofophes.
Il m'a écrit plufieurs fois; je lui ai répondu que
je ne pouvais lui pardonner d'avoir attaqué dès gens
de mérite, qui, pour la plupart ayant été perfécutés,
devaient être facrés pour lui.

J'en reviens toujours à gémir avec vous de voir
les philofophes attaqués par ceux mêmes qui devraient
l'être, par ceux qui penfent comme nous, et qui
auraient combattu fous les mêmes étendards, s'ils
n'avaient pas été poffédés du démon de l'envie et
de celui de la fatire. Par quelle fureur enragée,
quand on veut être fatirique, n'exerce-t-on pas ce talent
contre les perfécuteurs des gens de bien, contre les
ennemis de la raifon, contre les fanatiques ?

Dites-moi, je vous prie, fi frère *Platon* eft lié avec
le fecrétaire de notre académie. Je crois que ce fecrétaire ne fera jamais l'ennemi de la philofophie; mais
je ne crois pas qu'il veuille fe compromettre pour
elle. Nous avons des compagnons, mais nous n'avons
point de guerriers.

Vous fouvenez-vous du petit ouvrage attribué à
Saint-Evremond? On le réimprime en Hollande, revu
et corrigé, avec plufieurs autres pièces dans ce goût.
On m'en a promis quelques exemplaires que je ne
manquerai pas de faire paffer à mon cher frère.

Bonfoir; je ferme ma lettre, et je vous jure que
ce n'eft pas pour être oifif. *Ecr. l'inf.*

LETTRE CCXXXIV.

A. M. HELVETIUS.

13 d'augufte.

J'ai lu deux fois votre lettre, mon cher philofophe, avec une extrême fenfibilité ; c'eft ma deftinée de relire ce que vous écrivez. Mandez-moi, je vous prie, le nom du libraire qui a imprimé votre ouvrage en anglais, et comment il eft intitulé ; car le mot *efprit*, qui eft équivoque chez nous, et qui peut fignifier l'ame, l'entendement, n'a pas ce fens louche dans la langue anglaife. *Wit* fignifie efprit dans le fens où nous difons avoir de l'efprit, et *underftanding* fignifie efprit dans le fens que vous l'entendez.

Certainement votre livre ne vous eût point attiré d'ennemis en Angleterre ; il n'y a ni fanatiques ni hypocrites dans ce pays-là ; les Anglais n'ont que des philofophes qui nous inftruifent, et des marins qui nous donnent fur les oreilles. Si nous n'avons point de marins en France, nous commençons à avoir des philofophes ; leur nombre augmente par la perfécution même : ils n'ont qu'à être fages, et furtout être unis. Comptez qu'ils triompheront ; les fots redouteront leur mépris, les gens d'efprit feront leurs difciples. La lumière fe répandra en France comme en Angleterre, en Pruffe, en Hollande, en Suiffe, en Italie même ; oui, en Italie. Vous feriez édifié de la multitude des philofophes qui s'élèvent fourdement dans le pays de la fuperftition. Nous ne nous foucions

pas que nos laboureurs et nos manœuvres foient
éclairés, mais nous voulons que les gens du monde 1764.
le foient, et ils le feront ; c'eſt le plus grand bien
que nous puiſſions faire à la ſociété ; c'eſt le ſeul
moyen d'adoucir les mœurs que la ſuperſtition rend
toujours atroces.

Je ne me conſole point que vous ayez donné
votre livre ſous votre nom ; mais il faut partir d'où
l'on eſt.

Comptez que la grande dame a lu les choſes
comme elles ſont imprimées , qu'elle n'a point lu
le mot *abominable*, et qu'elle a lu *le repentir du grand
Fénélon*. Soyez ſûr encore que ce mot a fait un très-bon
effet ; ſoyez ſûr que je ſuis très-inſtruit de ce qui ſe paſſe.

Je n'ai lu dans *Paliſſot* aucune critique des propoſitions dont vous me parlez : il faut que ces critiques mal-honnêtes ſoient dans quelques feuilles
ou ſupplémens de feuilles qui ne me ſoient pas
encore parvenus.

Vous pouvez m'écrire, mon cher philoſophe,
très-hardiment. Le roi doit ſavoir que les philoſophes
aiment ſa perſonne et ſa couronne, qu'ils ne for-
meront jamais de cabale contre lui, que le petit-fils
d'*Henri IV* leur eſt cher , et que les *Damiens* n'ont
jamais écouté des diſcours affreux dans nos anti-
chambres. Nous donnerions tous la moitié de nos
biens pour fournir au roi des flottes contre l'Angleterre ; je ne ſais ſi ſes tuteurs en feraient autant. Pour
moi, je défriche des terres abandonnées, je deſſéche
des marais, je bâtis une égliſe, je ſoulage comme
vous les pauvres, et je dis hardiment, par la poſte,
que le diſcours de maître *Joli de Fleuri* eſt un

très-mauvais difcours. Je prends tout le refte fort gaiement, et j'ai un peu les rieurs de mon côté.

J'ai trouvé de très-beaux vers dans le poëme que vous m'avez envoyé ; je fouhaite paffionnément d'avoir tout l'ouvrage ; adreffez-le à M. *le Normand*, ou à quelque autre contre - figneur. Vivez, penfez, écrivez librement , parce que la liberté eft un don de DIEU , et n'eft point licence.

Il y a des chofes que tout le monde fait , et qu'il ne faut jamais dire, à moins qu'on ne les dife en plaifantant. Il eft permis à *la Fontaine* de dire que cocuage n'eft point un mal, mais il n'eft pas permis à un philofophe de démontrer qu'il eft du droit naturel de coucher avec la femme de fon prochain. Il en eft ainfi, ne vous déplaife , de quelques petites propo- fitions de votre livre. L'auteur de la fable des abeilles vous a induit dans le piège.

Au refte , il ne faut jamais rien donner fous fon nom. Je n'ai pas même fait la Pucelle ; maître *Joli de Fleuri* aura beau faire un réquifitoire , je lui dirai qu'il eft un calomniateur, que c'eft lui qui a fait la Pucelle qu'il veut méchamment mettre fur mon compte.

Adieu, mon cher philofophe ; je vous falue en *Platon*, en *Confucius* , vous, madame votre femme , vos enfans ; élevez-les dans la crainte de DIEU , dans l'amour du roi et dans l'horreur des fanatiques , qui n'aiment ni DIEU , ni le roi , ni les philofophes.

LETTRE CCXXXV.

A MADAME

LA COMTESSE D'ARGENTAL.

13 d'augufte.

VOTRE ami M. *Tiepolo*, Madame, eft arrivé très-malade. J'ai envoyé tous les jours chez lui. Je lui ai mandé que j'étais à fes ordres. Je n'ai pu aller le voir; et voici mes raifons. J'ai prêté les Délices à MM. les ducs de *Randan* et de *Lorges*. M. le prince *Camille* arrive; madame la préfidente de *Gourgue* et madame la marquife de *Jaucourt* font à Genève; c'eft une proceffion qui ne finit point. Je fuis à deux lieues de cette ville. Si je fefais une vifite, il faudrait que j'en fiffe cent; ma fanté ne me le permet pas. Je pafferais ma vie à courir, je perdrais tout mon temps, et je ne veux pas en perdre un inftant. Les triftes affujettiffemens auxquels mes maladies continuelles me condamnent, me forcent à la vie fédentaire. Tout ce que je puis faire, c'eft de bien recevoir ceux qui me font l'honneur de venir dans mon hermitage. J'ai acheté affez cher la liberté tranquille dans laquelle je finis mes jours, pour n'en faire pas le facrifice. Monfieur l'ambaffadeur de Venife m'a promis qu'il viendrait à Ferney; nous aurons grand foin de l'amufer et de lui plaire; nous le promènerons; il verra un pays plus beau que fa Brenta, et nous lui joüerons la comédie : c'eft tout ce que je ferais pour un doge.

Je crois que vous recevrez à la fois M. d'*Argental* et ma lettre ; ainfi , Madame , je vais parler à tous deux de mon petit ex-jéfuite. Il m'eft venu trouver avec une lettre de M. de *Chauvelin*, l'ambaffadeur, qui perfifte toujours dans fon goût pour les roués. Je lui ai dit que votre avis était qu'ils fuffent imprimés , mais qu'il fallait en retrancher des longueurs, et même des fcènes qui font languir l'action ; qu'il fallait fur- tout y femer des beautés frappantes, et faire paffer l'atrocité du fujet à la faveur de quelques morceaux faillans , fortifier le dialogue , retrancher, ajouter, corriger. Il n'en a pas dormi ; il a réformé des actes entiers; un peu de dépit , peut-être , lui a valu du génie. Il a voulu que fes anges en vinffent à leur honneur , et que ce qu'ils ont cru paffable devînt digne d'eux. Je fuis très-content des fentimens de ce pauvre diable qui paraît vous être infiniment attaché ; cela eft tout jeune et plein de bonne volonté.

Ayez donc la bonté , mes anges , de faire retirer l'exemplaire de *le Kain* auffi-bien que les rôles. Je confeillerais à *le Kain* de faire imprimer l'ouvrage lui-même, et de le débiter à fon profit ; peut-être y gagnerait-il plus qu'avec un libraire. Il y a tant de gens qui font des recueils de toutes les pièces bonnes ou mauvaifes, qu'on ne rifque prefque rien. D'ailleurs le petit prêtre ferait très-fâché qu'il y eût un privilége ; ces priviléges entraînent toujours des procès. C'eft affez que notre grand acteur faffe un profit honnête de cette édition.

L'auteur compte vous envoyer l'ouvrage dès qu'il fera au net. Il ne faudra à *le Kain* qu'une permif- fion tacite. On mettra une petite préface au-devant

de l'ouvrage, le tout fous l'approbation des anges, à ——
qui l'ex-jéfuite a voué un culte d'hyperdulie pour le 1764.
moins.

Je n'ai pas la moindre facétie italienne pour fournir à la gazette. De plus, comment pourrai-je y
pourvoir à préfent que j'ai les roués fur les bras ?
Un petit jéfuite à conduire n'eft pas une befogne
aifée. Toutefois, divins anges, daignez dire dans
l'occafion un mot des dixmes. Je crains la Saint-Martin
autant que les buveurs l'aiment. Je fuis à vos pieds
et au bout de vos ailes. *V.*

LETTRE CCXXXVI.

À M. LE COMTE D'ARGENTAL.

20 d'augufte.

MES divins anges, j'ai montré votre lettre et
votre favant mémoire au petit défroqué. Je lui ai
dit : Vous voyez que les anges penfent comme moi.
Combien de fois, petit frère, vous ai-je averti qu'il
ne fallait pas qu'on envoyât *Julie* prier DIEU, quand
on va affaffiner les gens ; cela feul ferait capable de
faire tomber une pièce. Je m'en fuis bien douté,
m'a-t-il répondu, et j'ai eu toujours de violens fcru-
pules. Que n'avez-vous donc fupprimé cette fottife ?
elle eft corrigée, a dit le pauvre enfant, auffi-bien
que tous les endroits que vos anges reprennent. J'ai
penfé abfolument comme eux, mais j'ai corrigé trop
tard. Je m'étais follement imaginé que la chaleur de

—— la représentation fauverait mes fautes : je fuis jeune, j'ai peu d'expérience, je me fuis trompé. J'ofe croire que fi la pièce, telle qu'elle eft aujourd'hui, était bien jouée à Fontainebleau, elle pourrait reprendre faveur.

Je vous avoue, mes anges, que la fimplicité, la candeur et la docilité de ce bon petit frère m'ont attendri. Je vous envoie fon drame que je crois affez paffablement corrigé. Je le mets fous l'enveloppe de M. le duc de *Praflin*, et je vous en donne avis.

Je n'ai pas encore pu voir votre aimable ambaffadeur vénitien. Il eft malade à Genève, et moi à Ferney. Des pluies horribles inondent la campagne, et interdifent tout voyage. J'envoie favoir tous les jours de fes nouvelles.

Vous ne m'aviez pas dit que vous feriez bientôt un tour à Villars. M. le duc de *Praflin* a fans doute le plus beau palais qui foit autour de Paris, et dans la plus vilaine fituation. On dit que tout eft horriblement dégradé.

Je compte bien fur fes bontés pour nos pauvres dixmes. Gare la Saint-Martin.

Refpect et tendreffe.

J'oubliais de vous dire que ce pauvre ex-jéfuite a été très-fâché qu'on ait intitulé fon drame : Le partage du monde. C'eft un titre de charlatan.

LETTRE

LETTRE CCXXXVII. 1764.

AU MEME.

22 d'augufte.

Vous avez probablement, divins anges, reçu le gros paquet adreffé à M. le duc de *Praflin*. Vous devez être las des fatras de mon ex-jéfuite. Il n'y a que vos exceffives bontés, foutenues de l'amour du tripot, qui puiffent combattre le dégoût que doit vous donner cette œuvre tant rapetaffée. Pour moi je n'en fuis plus juge, et, à force de regarder, je ne vois plus rien. Monfieur l'ambaffadeur perfifte toujours dans fon goût pour les roués; mais il eft comme moi chez des allobroges, et il fe peut que, dans la difette du bon, il trouve le mauvais paffable. On me mande que la pauvre comédie françaife eft déferte, et qu'il faut que vous vous en teniez dorénavant à l'opéra comique. Vous êtes en tout fens dans le temps de la décadence. Continuez, ô Velches! Je viens de lire deux nouveaux tomes de l'*Hiftoire de France. Maimbourg*, *Daniel*, font des *Tite-Live* en comparaifon de cette rapfodie ampoulée. Tout eft du même genre. Je ne veux plus rien écrire du tout, de peur que la maladie ne me gagne.

Eft-il vrai que le marquis, frère de la marquife, n'a plus les bâtimens, et que tous les artiftes le regrettent? Les mémoires de ce fou de *Déon* courent l'Europe. Nouvel aviliffement pour les Velches.

Que faire? cultiver fon jardin; mais furtout conferver fes dixmes. Je vous implore contre la fainte Eglife.

LETTRE CCXXXVIII.

A M. DAMILAVILLE.

24 d'augufte.

MON cher frère, je vous garderai affurément le
fecret fur ce que vous me mandez du fecrétaire.
Ce n'était pas ainfi qu'en ufaient les premiers fidelles.
Pierre et *Paul* fe querellèrent , mais ils n'en contri-
buèrent pas moins à la caufe commune. Quand
je fonge quel bien nos fidelles pourraient faire, s'ils
étaient réunis, le cœur me faigne.

Je n'ai affurément nulle envie de lier aucun commerce avec le calomniateur; j'ai été bien aife feulement
de vous informer qu'il commençait à fe repentir.

Eh bien , vous voyez que, de tous les gens de
lettres qui m'ont écrit que je n'avais pas affez cri-
tiqué *Corneille*, il n'y a que M. *Blin de Sainmore* qui
ait pris ma défenfe. Soyons étonnés après cela que
les philofophes nous abandonnent. Les hommes font
prefque tous pareffeux et poltrons, à moins qu'une
grande paffion ne les anime.

Je fens bien qu'on aurait pu faire un ouvrage
plus inftructif que la lettre de *Sainmore;* mais il
importe fort peu qu'on fe charge d'éclairer les
hommes fur de mauvais vers, fur des penfées alem-
biquées et fauffes , fur des perfonnages qui ne font
point dans la nature , fur des amours bourgeois et
infipides : c'eft contre des erreurs plus importantes
et plus dangereufes qu'il faudrait leur donner du

contre-poifon. Ce qu'il y a de cruel, c'eſt que les
empoiſonneurs ſont récompenſés , et les bons médecins perſécutés. Ne pourrai-je jamais faire avec vous
quelque conſultation? Vous avez d'excellens remèdes; mais nos malades ſont comme M. de *Pourceaugnac*
qui voulait battre ſon médecin.

Adieu, mon cher frère; vous êtes courageux, et
n'êtes point pareſſeux : *non ſic Thiriot , non ſic.* Ne
nous rebutons pas, nous avons fait quelques cures,
et c'eſt de quoi nous conſoler. Courage; *écr. l'inf.*

LETTRE CCXXXIX.

A MADAME

LA MARQUISE DU DEFFANT.

A Ferney , 31 d'auguſte.

J'APPRENDS, Madame, que vous avez perdu
M. d'*Argenſon*. Si cette nouvelle eſt vraie , je m'en
afflige avec vous. Nous ſommes tous comme des
priſonniers condamnés à mort, qui s'amuſent un
moment ſur le préau juſqu'à ce qu'on vienne les
chercher pour les expédier. Cette idée eſt plus vraie
que conſolante. La première leçon que je crois qu'il
faut donner aux hommes , c'eſt de leur inſpirer du
courage dans l'eſprit; et puiſque nous ſommes nés
pour ſouffrir et pour mourir, il faut ſe familiariſer
avec cette dure deſtinée.

Je voudrais bien ſavoir ſi M. d'*Argenſon* eſt mort

———— en philofophe ou en poule mouillée. Les derniers momens font accompagnés, dans une partie de l'Eùrope, de circonftances fi dégoûtantes et fi ridicules, qu'il eft fort difficile de favoir ce que penfent les mourans. Ils paffent tous par les mêmes cérémonies. Il y a eu des jéfuites affez impudens pour dire que M. de *Montefquieu* était mort en imbécile, et ils s'en fefaient un droit pour engager les autres à mourir de même.

Il faut avouer que les anciens, nos maîtres en tout, avaient fur nous un grand avantage. Ils ne troublaient point la vie et la mort par des affujettiffemens qui rendent l'une et l'autre funeftes. On vivait du temps des *Scipions* et des *Céfars*, on penfait et on mourait comme on voulait ; mais, pour nous autres, on nous traite comme des marionnettes.

Je vous crois affez philofophe, Madame, pour être de mon avis. Si vous ne l'êtes pas, brûlez ma lettre ; mais confervez-moi toujours un peu d'amitié pour le peu de temps que j'ai encore à ramper fur le tas de boue où la nature nous a mis. *V.*

LETTRE CCXL.

A M. LE MARECHAL DUC DE RICHELIEU.

A Ferney, 31 d'augufte.

J'EUS une belle alarme ces jours paffés, Monfei-gneur, pour votre commandant de Guienne. J'envoyai de mon lit, dont je ne fors guère, favoir des nou-velles de la brillante fanté que *Tronchin* lui avait promife; il venait de recevoir fes facremens, et de faire fon teftament. La raifon de cette opération fou-daine, la voici.

Tronchin l'a condamné à ne manger que des légu-mes, des carottes, des féves cuites à l'eau : Monfieur, a dit M. le duc de *Lorges*, je ne peux digérer votre galimafrée, elle me fait enfler le devant et le der-rière. On lui a appliqué les fangfues pour le derrière, et on lui a fait la pónction pour le devant ; les vents ont redoublé de fureur, mais les facremens ont un peu apaifé la tempête, et il eft actuelle-ment hors de danger. M. le duc de *Randan*, fon frère, et M. le duc de *la Trimouille*, font arrivés avec vingt officiers : madame *Denis* veut abfolument leur donner la comédie. Je vais recevoir mes facre-mens auffi, pour avoir une raifon valable de ne point faire le baladin à foixante et dix ans.

J'apprends dans ce moment la mort de monfieur d'*Argenfon*, et j'en fuis plus touché que de celle de l'empereur *Ivan*, parce qu'il était plus aimable. Il va fe raccommoder avec madame de *Pompadour*,

E e 3

———— car ils ne pouvaient bien vivre ensemble que dans l'autre monde.

J'ai le ridicule de m'intéresser à l'élection d'un roi de Pologne ; mais je crains fort que l'aventure du prince *Ivan*, supposé qu'elle soit vraie, n'empêche M. *Poniatowski*, favori de l'impératrice, d'être élu roi, comme il s'en flattait. On prétend qu'il y aura un peu de trouble au fond du Nord, pendant que mon héros fait régner la paix et les plaisirs dans son beau duché d'Aquitaine. Continuez cette douce vie, et daignez vous ressouvenir avec bonté de votre vieux courtisan redevenu aveugle, qui vous présente son tendre et profond respect. *V.*

LETTRE CCXLI.

A M. LE COMTE D'ARGENTAL.

7 de septembre.

MES divins anges, je vous crois à présent bien établis dans votre nouvelle maison. Vous vous êtes rapprochés de M. le duc de *Praslin*, et vous avez très-bien fait. J'ai montré vîte votre dernière lettre au petit défroqué : elle ne l'a point effrayé ; c'est un ingénu personnage. Je m'étais toujours défié, m'a-t-il dit, de cette *Julie* qu'on envoyait réciter son office dans sa chambre, et de ce *Pompée* qui se disait soldat, et de bien d'autres choses sur lesquelles cependant je me fefais illusion. J'étais si rempli de la prétendue beauté de quelques situations et de

quelques caractères, que j'étouffais mes remords
sur le reste.

Faites choix d'un ami dont la raison vous guide,
Et dont le crayon sûr d'abord aille chercher
L'endroit que l'on sent faible et qu'on veut se cacher.

Il m'assure que *Pompée* ne sera plus soldat ; il
voit bien que ce changement en exige d'autres,
et qu'il faut raccommoder le bâtiment de manière
que l'architecture ne soit point gâtée ; cela demande
un peu de soin ; il est prêt de s'y livrer : il dit
que la destinée de son pauvre drame est de voyager ; il supplie mes anges de le lui renvoyer ; il
veut en venir à votre honneur et au sien ; il pro-
teste qu'il n'omettra rien pour gagner en dernier
ressort ce procès qu'il a perdu en première instance ;
il aime à plaider quand vous prenez en main sa
cause ; il n'en démordra pas, je connais sa tête.

Mes anges, il me paraît que *Catherine* fournit de
grands sujets de tragédie. Un feseur de drames aurait
beaucoup à apprendre chez *Catherine* et chez *Frédéric* ;
mais je ne veux pas croire tout ce qu'on dit.

Quelque chose qui se passe dans le Nord, ren-
voyez-nous nos roués du Midi ; notre jeune homme
vous en renverra d'autres ; c'est sa consolation. Il
est venu quatre-vingts personnes dans sa chaumière
avec MM. les ducs de *Randan*, de *la Trimouille*,
non pas le *la Trimouille* de Dorothée, &c. &c. Madame
Denis leur a joué Mérope, leur a donné une fête,
et moi, je me suis mis au lit.

Vous ne m'avez pas seulement parlé du décès

1764.

de M. d'*Argenfon*, mon contemporain ; vous ne vous fouvenez pas que nous l'appelions *la chèvre ;* vous ne vous fouvenez de rien , pas même du prince *Ivan.*

Cependant je baife le bout de vos ailes.

LETTRE CCXLII.

A MADEMOISELLE CLAIRON.

10 de feptembre.

VOTRE eftampe eft digne de vous et de M. *Vanloo,* Mademoifelle ; c'eft un très-beau tableau qui paffera à la poftérité , ainfi que votre nom. La grâce que le roi vous a faite , montre que les arts ne font pas entièrement abandonnés. Je me flatte que le roi ne fera pas la même grâce au curé de Saint-Sulpice. J'ai vu , dans quelques papiers publics , que ce prêtre avait fait banqueroute , et j'en ai été très-édifié. Ce qui eft bien fûr , c'eft que ce maraud-là ne m'enterrera pas. Je fouhaite que vous enterriez tous ceux de Paris , et que vous ayez autant de bons acteurs qu'il y a de curés et de vicaires. Comptez , Mademoifelle , fur le véritable attachement de celui qui a l'honneur de vous écrire.

LETTRE CCXLIII. 1764.

A M. LE COMTE D'ARGENTAL.

12 de septembre.

ANGES, conjurés, protecteurs des roués, j'ai fait lire, sans tarder, votre lettre du 3 de septembre au petit frère ex-jésuite ; je lui ai donné votre mémoire. Vos anges, m'a-t-il dit, ne sont pas des sots ; et sur le champ il s'est mis à refaire ce que je vous envoie, et ce que je vous supplie de me renvoyer enrichi de vos observations. Il a changé, en conséquence, le commencement du cinquième acte, et il me charge de mettre ces deux esquisses dans mon paquet. Il est convenu que les discours d'*Octave* et d'*Antoine* n'étaient que raisonnables, et ne pouvaient intéresser. J'avoue, me disait ce jeune homme avec candeur, que tout ce qui ne concerne pas le péril de *Pompée* et le cœur de *Julie*, doit indisposer les spectateurs. Il faut toujours faire paraître les tyrans le moins qu'on peut. Les malheureux qu'ils oppriment, et ceux qui veulent se venger, ne peuvent trop paraître. J'avais manqué à cette règle, en m'attachant trop à développer le caractère d'*Auguste :* mais ce qui est bon dans un livre n'est pas bon dans une tragédie. Ces dissertations d'*Octave* et d'*Antoine* étouffaient toute l'action ; elle semble marcher à présent avec rapidité et avec intérêt, grâce aux belles idées des anges. Il ne s'agira plus que de retoucher le tableau, et de lui donner du coloris. J'espère que les anges renverront le tout , c'eft-à-dire les cinq actes , le nouveau troifième acte et le nouveau commencement du cinquième ; après quoi le petit jéfuite, aidé de leurs lumières, travaillera à fon aife.

Les anges font conftans dans leur bonne volonté, et ils ont trouvé un petit drôle qui a mis fon opiniâtreté à leur obéir.

Si je pouvais parler d'affaires, je remercîrais tendrement des bontés qu'on a pour mes dixmes ; je ne conçois pas trop comment on peut féparer la caufe de Genève de la mienne. Je fuis trop occupé de *Pompée* pour raifonner jufte fur les traités faits avec les Suiffes.

Refpect, tendreffe, reconnaiffance.

LETTRE CCXLIV.

AU MEME.

14 de feptembre.

DIVINS anges, vous devez avoir reçu des fatras tragiques. Permettez que je vous parle d'un fatras de profe ; c'eft un Dictionnaire philofophique portatif, qu'on m'attribue, et que jamais je n'aurai fait. Cela eft rempli de vérités hardies que je ferais bien fâché d'avoir écrites. M. *Marin* peut aifément empêcher que ce diabolique ouvrage n'entre chez les Velches. Si vous daignez lui dire ou lui faire dire un mot, je vous ferai très-obligé. Il faut furtout qu'il foit perfuadé que cette œuvre infernale n'eft

point de moi. Si j'étais l'auteur de tout ce qu'on
met fur mon compte, j'aurais à me reprocher plus
de volumes que tous les pères de l'Eglife enfemble.
Le petit ex-jéfuite eft toujours au bout de vos ailes.
Il attend les cinq, plus les trois, plus la première
page du cinq. Cet opiniâtre candidat dit toujours
qu'il n'en démordra pas, dût-il travailler deux ans
de fuite; c'eft bien dommage que cela foit fi jeune.
On a de la peine à le former ; mais fa docilité et
fa patience lui tiendront lieu de talent. Vous ne
fauriez croire, mes anges, combien il vous aime.

LETTRE CCXLV.

A M. DAMILAVILLE.

Le 19 de feptembre.

MON cher frère, je reçois votre lettre du 13,
par laquelle vous me demandez un Dictionnaire
philofophique portatif. Ce Dictionnaire effarouche
cruellement les dévots. Je ne veux jamais qu'il foit
de moi ; j'en écris fur ce ton à M. *Marin* qui m'en
avait parlé dans fa dernière lettre, et je me flatte
que les véritables frères me feconderont. On doit
regarder cet ouvrage comme un recueil de plufieurs
auteurs, fait par un éditeur de Hollande. Il eft bien
cruel qu'on me nomme; c'eft m'ôter déformais la
liberté de rendre fervice. Les philofophes doivent
rendre la vérité publique, et cacher leur perfonne.

J'ai fait acheter le *Portatif* à Genève ; il n'y en

avait alors que deux exemplaires. Le confiftoire des prêtres pédans, fociniens, l'a déféré aux magiftrats; alors les libraires en ont fait venir beaucoup. Les magiftrats l'ont lu avec édification, et les prêtres ont été tout étonnés de voir que ce qui eût été brûlé, il y a trente ans, eft aujourd'hui très-bien reçu dans le monde. Il me paraît qu'on eft beaucoup plus avancé à Genève qu'à Paris. Votre parlement n'eft pas encore philofophe.

Je voudrais bien avoir les factums des capucins. Mais pourquoi faut-il qu'il y ait des capucins? Courage, le royaume de DIEU n'eft pas loin : les efprits s'éclairent, d'un bout de l'Europe à l'autre. Quel dommage, encore une fois, que ceux qui penfent de la même manière ne foient pas tous frères ! que ne fuis-je à Paris ! que ne puis-je raffembler le faint troupeau ! que ne puis-je mourir dans les bras des véritables frères ! *Interim, écr. l'inf.*

LETTRE CCXLVI.

A MADAME DU BOCAGE.

Ferney, 19 de feptembre.

JE n'ai point voulu vous remercier, Madame, fans avoir joui de vos bienfaits. C'eft en connaiffance de caufe que je vous réitère les fentimens d'eftime et de reconnaiffance que je vous avais voués dès long-temps. J'ai lu la très-jolie édition dont vous avez voulu me gratifier. Je ne connaiffais point vos

agréables lettres fur l'Italie ; elles font fupérieures
à celles de madame de *Montaigu.* Je connais Conf-
tantinople par elle , et Rome par vous ; et , grâce
à votre ftyle, je donne la préférence à Rome. Je
ne m'attendais pas, Madame , de voir mon petit
hermitage auprès de Genève, célébré par la main
brillante qui a fi bien peint les vignes des cardinaux.
Les grands peintres favent également exercer leurs
talens fur les palais et fur les chaumières.

Soyez bien fûre, Madame, que je fuis auffi reconnaiffant qu'étonné de l'extrême bonté avec laquelle
vous avez bien voulu parler de moi. Je ne nie pas
que je ne fois infiniment flatté de voir mon nom
dans vos lettres qui pafferont à la poftérité; mais
mon cœur, j'ofe le dire , eft encore plus fenfiblement touché de recevoir ces marques d'amitié de la
première perfonne de fon fexe et de fon fiècle. J'ofe
dire, Madame, que perfonne n'a plus fenti votre
mérite que moi ; mais je ne me bornerai pas à
vous admirer : j'aimais votre caractère autant que
votre efprit, et l'éloignement des lieux n'a point
diminué ces fentimens. Madame *Denis* les partage ;
elle eft pénétrée, comme moi, de ce que vous
valez. Recevez les hommages de l'oncle et de la nièce.
Vous êtes au-deffus des éloges, vous devez en être
fatiguée. On eft bien plus fûr de vous plaire quand
on vous dit qu'on vous eft très-tendrement attaché,
et c'eft bien certainement ce que je fuis avec le plus
fincère refpect. *V.*

LETTRE CCXLVII.

A MADAME

LA MARQUISE DU DEFFANT.

21 de septembre.

Eh bien, oui, Madame ; il ferait tout auffi bon, pour le moins, de n'être pas né. L'*Evangile* ne l'a dit que de *Judas*, mais l'*Ecclésiafte* l'a dit de tous les hommes : et fi *Salomon* a fait l'*Ecclésiafte*, vous êtes de l'avis du plus fage et du plus voluptueux de tous les rois. Remarquez feulement que *Salomon* ne parlait ainfi que quand il digérait mal. L'abbé de *Chaulieu*, qui valait bien *Salomon*, dit :

> Bonne ou mauvaife fanté
> Fait notre philofophie.

Je fuis donc volontiers de votre avis quand je fouffre, et nous n'aurons plus de querelles fur cet article. Je croirai avec vous qu'il eût beaucoup mieux valu au prince *Ivan* de n'être pas né, que d'être empereur au berceau pour vivre vingt-quatre ans dans un cachot, et pour y mourir de huit coups de poignard. Je ferais homme à fouhaiter de n'être pas né, fi on m'accufait d'avoir fait le Dictionnaire philofophique ; car, quoique cet ouvrage me paraiffe auffi vrai que hardi, quoiqu'il refpire la morale la plus pure, les hommes font fi fots, fi méchans,

les dévots font fi fanatiques, que je ferais furement
perfécuté.

Cet ouvrage, que je crois très-utile, ne fera
jamais de moi; je n'en ai envoyé à perfonne; j'ai
même de la peine à en faire venir quelques exemplaires pour moi-même. Dès que j'en aurai, je vous
en ferai parvenir, mais par quelle voie? je n'en fais
rien. Tous les gros paquets font faifis à la pofte.
Les miniftres n'aiment pas qu'on envoye fous leur
nom des chofes dont on peut leur faire des reproches; il faut attendre l'occafion de quelques voyageurs.

Je fuis indigné qu'un homme qui avait le fens
commun, ait paffé les cinq dernières heures de fa
vie avec un prêtre; deux minutes fuffifaient. S'il
faut payer chez vous ce tribut à l'ufage, on doit
acquitter cette dette le plus vîte qu'il eft poffible.
Je vous prie de dire à M. le préfident *Hénault* combien je regrette fon ami.

Mais fi nous avions eu le malheur de perdre
M. *Hénault*, aurait-il fallu écrire à M. d'*Argenfon*?
Je n'ai point écrit à fon fils, parce que fon fils
ne m'écrirait pas fur la mort de mon père.

Savez-vous, Madame, qu'il m'en coûte infiniment
d'écrire? je vois à peine mon papier, et je fuis très-
malade. Je vous écris parce que vous vous croyez très-
malheureufe, et que vous avez une ame forte à
qui je dis quelquefois des vérités fortes; parce que
vous m'avez dit quelquefois que mes lettres vous
confolaient un moment; parce que j'aime à vous
parler des malheurs de la vie humaine, des préjugés
qui l'empoifonnent, et des horreurs ridicules dont
on accompagne la mort.

Soyons philofophes, au moins dans nos derniers jours; ne les employons pas à nous facrifier aux vanités du monde, à fuivre des fantômes, à nous éviter nous-mêmes, à nous prodiguer au dehors, à nous repaître de vent. Vivez, philofophez avec vos amis; qu'ils trompent le temps avec vous; qu'ils égayent avec vous le chagrin fecret de la vieilleffe; qu'ils vivent pour eux et pour vous.

Adieu, Madame; je vous aime de loin, et je vous aimerais encore plus de près. *V.*

LETTRE CCXLVIII.

A M. LE MARQUIS DE CHAUVELIN.

Ferney, 21 de feptembre.

J'AI été fi occupé de mon petit ex-jéfuite, et enfuite fi malingre, que je n'ai pas remercié votre Excellence de l'extrême bonté qu'elle a eue de daigner s'intéreffer pour un gentilhomme favoyard. Ce favoyard, nommé M. de *la Balme*, fera tout ce qui lui plaira; il fuivra, s'il veut, les bons confeils de votre Excellence. Je vous préfente mes très-humbles remercîmens et les fiens, et je reviens à mon défroqué. Il veut abfolument juftifier la bonne opinion que vous avez eue de fon entreprife; il veut que fon drame foit auffi intéreffant que politique. Ces deux avantages fe trouvent rarement enfemble, témoin les douze ou treize dernières pièces du grand *Corneille* qui raifonne, qui differte et qui eft bien loin de toucher.

Notre

1764.

Notre petit drôle ajoute encore qu'il faut que le
ftyle foit de la plus grande pureté, fans rien perdre
de la force qui doit l'animer, ce qui eft extrêmement difficile; que toute tragédie doit être remplie
d'action, mais que cette action doit toujours produire dans l'ame de grands mouvemens, et fervir
à développer des fentimens qui aient toute leur
étendue; car c'eft le fentiment qui doit régner,
et fans lui une pièce n'eft qu'une aventure froide,
récitée en dialogues. Enfin, il veut vous plaire, et
il vous enverra fa pièce que vous ne reconnaîtrez
pas.

Malheureufement, il n'y a point de rôle ni pour
mademoifelle *Clairon* de Paris ni pour celle de
Turin. Je me mets aux pieds de madame *Chauvelin-
Clairon*, dont il faut adorer les talens et les grâces.
Que l'une et l'autre Excellence confervent leurs bontés
au vieux laboureur de Ferney, qui a quitté le cothurne
pour le femoir, et qui fait des infidélités à *Melpomène*
en faveur de *Cérès*, mais qui ne vous en fera
jamais.

LETTRE CCXLIX.

A M. LE COMTE D'ARGENTAL.

25 de septembre.

JE ne manque jamais de faire lire au petit prêtre les ordres céleftes des anges ; il a dévoré le dernier mandat, et voici comme il m'a parlé :

J'avais déjà travaillé conformément à leurs idées, de forte que les derniers ordres ne font arrivés qu'après l'exécution des premiers. On trouvera des prêtres plus favans, mais non de plus dociles.

J'ai fait tout ce qui était en mon pouvoir ; et, fi je n'ai pas réuffi , je fuis un jufte à qui la grâce a manqué.

J'ai ôté toutes les differtations cornéliennes qui anéantiffent l'intérêt. Je refpecte fort ce *Corneille*, mais on eft sûr d'une lourde chute quand on l'imite.

Il me paraît qu'à préfent toutes les fcènes font néceffaires , et ce qui eft néceffaire n'ennuie point.

Il paraît qu'on s'eft trompé quand on a dit que la pièce manquait d'action : il fallait dire que l'action était refroidie par les difcours qu'*Octave* et *Antoine* tenaient fur l'amour, et fur le danger qu'ils ont couru.

L'action, dans une tragédie, ne confifte pas à agir fur le théâtre, mais à dire et à apprendre quelque chofe de nouveau ; à fortir d'un danger pour retomber dans un autre ; à préparer un événement, et à y mettre des obftacles. Je crois qu'il y a beaucoup

de cette action théâtrale dans mon drame, de l'intérêt, des caractères, de grands tableaux de la
fituation de la république romaine, que le ftyle en eft
affez pur et affez vif, et qu'enfin, tous les ordres
de vos divins anges ayant été exécutés, je dois m'attendre à une réparation d'honneur, fi la pièce eft
bien jouée.

Je préfume qu'il faut obtenir qu'on la repréfente
à Fontainebleau, et que, fi elle y réuffit, on fera
fûr de Paris; ce n'eft pas la première fois qu'on
a gagné un procès perdu en première inftance,
témoin Brutus, Orefte, Sémiramis.

Il n'eft ni de l'intérêt de *le Kain*, ni de celui
de l'auteur, ni de celui des comédiens, qu'on commence par imprimer ce qui, étant tombé à la
repréfentation, n'engagerait pas les lecteurs à jeter
les yeux fur l'ouvrage.

Ainfi a parlé le jeune prêtre, et il a fini par
chanter une antienne à l'honneur des anges.

J'ai commencé, comme de raifon, par le tripot;
je paffe aux dixmes.

Je n'ai point de termes, ni en profe ni en vers,
pour exprimer ma reconnaiffance. J'écrirai donc à
ce M. de *Fontète*.

Paffons aux feigneurs *Cramer*. On a un peu gâté
les Génevois; ils n'ont pas daigné feulement faire
prendre les armes à leur garnifon pour MM. les
ducs de *Randan*, de *la Trimouille* et de *Lorges*,
tandis qu'elle les prend pour un confeiller des vingt-
cinq, lequel, en parlant au peuple affemblé, l'appelle
mes fouverains feigneurs. Ce pays-ci eft l'antipode
du vôtre.

Tout ce que je peux vous dire des princes en question, c'eſt que quand j'arrivai ils n'avaient pas de chauffes, et qu'ils font à préfent fort à leur aife.

Ils m'avaient toujours fait accroire qu'ils avaient écrit à un libraire de Florence pour me faire avoir les livres italiens nouveaux. M. de *Lorenzi* m'a mandé que ce libraire n'avait pas reçu de leurs nouvelles; c'eſt ce qui fait que j'ai ſi mal fervi votre *Gazette littéraire.*

Il n'y a pas, je crois, d'autre voie que celle de M. le duc de *Praſlin* pour vous faire tenir le livre infernal. Je mettrai fur votre enveloppe : *Mémoire aux anges ;* mais donnez-moi vos ordres.

LETTRE CCL.

A M. DE LA CHALOTAIS.

A Ferney, le 26 de feptembre.

AGRÉEZ, Monfieur, que M. de *la Vabre*, qui vous préfenta l'an paſſé une lettre de ma part, et que vous reçutes avec tant de bonté, ait encore l'honneur de vous en préfenter une. Il vous parlera de fon affaire; mais moi je ne peux vous parler que de vous-même, de votre éloquence, des excellentes méthodes que vous avez daigné donner pour élever des jeunes gens en citoyens, et pour cultiver leur raifon qu'on a ſi long-temps pervertie dans les écoles. Vous me paraiſſez le procureur général de la France entière.

1764.

J'ai relu plufieurs fois tout ce que vous avez bien voulu rendre public, et toujours avec un nouveau plaifir. Vous ne vous contentez pas d'éclairer les hommes, vous les fecourez. J'ai vu, dans des mémoires d'agriculture, combien vous l'encouragez dans votre patrie. Je me fuis mis au rang de vos difciples; j'ai femé du fromental à votre exemple, et j'ai forcé les terres les plus ingrates à rapporter quelque chofe. Je trouve que *Virgile* avait autant raifon de dire : *O fortunatos nimiùm fua fi bona norint!* qu'il avait de tort de quitter la vie dont il fefait l'éloge. Il renonça à la charrue pour la cour; j'ai eu le bonheur de quitter les rois pour la charrue. Plût à Dieu que mes petites terres fuffent voifines des vôtres! Les hommes qui penfent font trop difperfés, et le nombre des philofophes eft encore bien petit, quoiqu'il foit beaucoup plus grand que dans notre jeuneffe. J'ai vu l'empire de la raifon s'étendre, ou plutôt fes fers devenus plus légers. Encore quelques hommes comme vous, Monfieur, et le genre-humain en vaudra mieux.

Je vous fupplie d'être bien perfuadé du refpect infini avec lequel je ferai toute ma vie, &c.

Voltaire.

LETTRE CCLI.

A M. DAMILAVILLE.

Ce 29 de septembre.

MON cher frère, la tempête gronde de tous côtés contre le *Portatif*. Quelle barbarie de m'attribuer un livre farci de citations de St *Jérôme*, d'*Ambroise*, d'*Augustin*, de *Clément* d'Alexandrie, de *Tatien*, de *Tertullien*, d'*Origène*, &c.! N'y a-t-il pas de l'absurdité de soupçonner un pauvre homme de lettres d'avoir seulement lu aucun de ces auteurs? Le livre est reconnu pour être d'un nommé *Dubut*, petit apprenti théologien d'Hollande. Hélas! je m'occupais tranquillement de la tragédie de Pierre le cruel, dont j'avais déjà fait quatre actes, quand cette funeste nouvelle est venue troubler mon repos. J'ai jeté dans le feu et ce malheureux *Portatif* que je venais d'acheter, et la tragédie de Pierre, et tous mes papiers; et j'ai bien résolu de ne me mêler que d'agriculture le reste de ma vie.

Je vous le dis, je vous le répète, ce maudit livre sera funeste aux frères, si on persévère dans l'injustice de me l'attribuer. On sait comment la calomnie est faite. Voilà son style, dit-elle; ne le reconnaissez-vous pas à ce tour de phrase? Eh! madame l'impudente, qui vous a dit que M. *Dubut* n'a pas le même style? est-il donc si rare de trouver deux auteurs qui écrivent dans le même goût? est-il donc permis de persécuter un pauvre innocent, parce qu'on a cru reconnaître fa manière d'écrire ? La calomnie répond à cela qu'elle n'entend point raifon, qu'il faut venger *Pompignan* et maître *Aliboron*, et qu'elle pourfuivra les philofophes tant qu'elle pourra.

Oppofez donc, mon cher frère, votre éloquence à fes fureurs. En vérité, les philofophes font inté-reffés à repouffer des accufations de cette nature. Non-feulement il faut crier, mais il faut faire crier les criailleurs en faveur de la vérité. Rien ne ferait d'ailleurs plus dangereux pour l'*Encyclopédie*, que l'im-putation d'un Dictionnaire philofophique à un homme qui a travaillé quelquefois pour l'*Encyclopédie* même; cela réveillerait la fureur des *Chaumeix*, et le *Journal chrétien* ferait beau bruit.

Je vous prie de m'envoyer des *Remarques* impri-mées depuis peu fur l'*Encyclopédie*, en forme de lettres. C'eft apparemment le fecrétaire de l'envie qui a fait cet ouvrage. Mandez-moi fi on daigne y répondre, et s'il ferait à propos que les héritiers de *Guillaume Vadé* s'égayaffent fur cet animal, quand ils n'auront rien à faire ?

Je ne peux avoir fitôt le recueil que je vous ai promis ; mais eft-il poffible qu'il ne vienne rien de Paris dans ce goût ? Vos prophètes font muets, les oracles ont ceffé. Il y a trop peu de *Meflier*, trop peu de Sermons, et trop de fripons.

Eft-il vrai que l'archevêque de Paris revient à Conflans ? il fera peut-être un mandement contre le *Portatif*, pour s'amufer ; mais il n'amufera pas le public.

Je vous embraffe tendrement, mon cher frère.

LETTRE CCLII.

A M. LE COMTE D'ARGENTAL.

1 d'octobre.

LE petit ex-jéfuite, qui me vient voir fouvent, m'a dit aujourd'hui : Je ne fuis point content du monologue qui finit le troifième acte ; je deviens tous les jours plus difficile, à mefure que j'avance en âge et que j'approche de la majorité. Voici donc une nouvelle fcène que je vous fupplie de préfenter à vos anges ; il eft aifé de la fubftituer à l'autre. Je fuis un peu guéri des illufions de l'amour propre, tout jeune que je fuis ; mais je m'imagine qu'on pourrait facilement obtenir de meffieurs les premiers gentilshommes de la chambre que le drame fût joué à Fontainebleau. Une de mes craintes eft qu'il ne foit mal joué, mais il faut fe fervir de ce qu'on a.

O mes anges, j'avoue que je n'ai prêté qu'une attention légère au difcours de notre prêtre. J'avais la cervelle tout entreprife d'une requête de nos petits Etats au roi, pour obtenir la confirmation des lettres patentes d'*Henri IV*, enregiftrées au parlement de Dijon, en faveur des dixmes de notre pays. Je me conforme en cela aux vues et aux bontés de M. le duc de *Praflin*, et je me flatte qu'un curé ne tiendra pas contre *Henri IV* et *Louis XV*.

Je gémis toujours devant DIEU de l'injuftice criante qu'on me fait de m'attribuer un *Portatif* ; vous favez quelle eft mon innocence. Je me fuis

avifé d'écrire, il y a quelques jours, une lettre à ——
frère *Marin*, adreffée tout ouverte chez monfieur le 1764.
lieutenant général de police. Dans cette lettre, je le
priais d'empêcher un fcélérat de libraire, nommé
Befogne, natif de Normandie, d'imprimer l'infernal
Portatif; je ne fais fi frère *Marin* a reçu cette lettre.
En attendant, je trouve vos confeils divins, et je vais
engager l'auteur à vous envoyer un *Portatif* raifonnable, décent, irréprochable, et même un peu
pédantefque; et fi frère *Marin* n'était pas riche, fi
on pouvait lui propofer de tirer quelque avantage de
l'impreffion, cela ne ferait peut-être pas mal avifé.
J'en ai parlé à l'auteur qui eft proche parent de l'ex-
jéfuite; en vérité, ils font tout-à-fait dociles dans cette
famille-là; il lui a dit qu'il s'allait mettre à travailler, tout malade qu'il eft. Cet auteur s'appelle
Dubut, mais il a encore un autre nom; il a étudié
en théologie, et pofsède *Tertullien* fur le bout du
doigt. Ce ferait bien là le cas de donner les roués;
il eft bon de faire des diverfions.

Je baife le bout des ailes de mes anges en toute
humilité, avec la plus vive reconnaiffance.

LETTRE CCLIII.

AU MEME.

3 d'octobre.

Divins anges, vous avez à étendre vos ailes fur deux hommes affez finguliers ; c'eft le petit ex-jéfuite en vers, et le petit huguenot *Dubut* en profe. Ce *Dubut*, auteur du Dictionnaire, trouve vos idées et vos confeils tout auffi bons que le jéfuite, et il y défère tout auffi vîte. Il m'apporta hier un gros cahier d'articles nouveaux et d'anciens articles corrigés. Je les ai lus, je les ai trouvés à la fois plus circonf-pects et plus intéreffans que les anciens. C'eft un travailleur qui ne laiffe pas d'avoir quelque érudition orientale, et qui cependant a quelquefois dans l'efprit une plaifanterie qui reffemble à celle de votre pays. S'il n'était pas fi vieux et fi malade, vous pourriez en faire quelque chofe.

Ce ferait un grand coup d'engager frère *Marin* à faire imprimer les nouveaux cahiers de frère *Dubut*. Il y aurait affurément du bénéfice ; et, fi on n'ofe pas propofer à frère *Marin* cette rétribution, il peut en gratifier quelque ami. Il peut furtout adoucir quelques teintes un peu trop fortes, s'il y en a, ce que je ne crois pas ; car *Dubut* s'eft tenu par les cordons.

Dans quelques jours on enverrait le refte de l'ou-vrage ; il pourrait aifément être répandu dans Paris, avant que fon diabolique prédéceffeur fût connu.

Tout ce que je puis dire fur ce livre, c'eft qu'il ——
n'eft point de moi, et que ceux qui me l'attribuent 1764.
font des mal-avifés, des gens fans pitié, des velches.

Je voudrais que mon ami le défroqué fervît fon
ami *Dubut ;* qu'il pût faire jouer le drame des
roués pour faire diverfion, comme *Alcibiade* fefait
couper la queue à fon chien, pour empêcher les
Athéniens de remarquer certaine frafque dont on
commençait à parler.

Voici *Dubut* qui entre chez moi ; il ne me
donne aucun repos. Il faut donc que je vous en
donne, et que je finiffe.

Le paquet du huguenot eft adreffé à M. le duc de
Praflin.

Refpect et tendreffe.

LETTRE CCLIV.

A MADAME

LA MARQUISE DU DEFFANT.

Aux Délices, 3 d'octobre.

IL y a huit jours que je fuis dans mon lit, Madame.
J'ai envoyé chercher à Genève le livre que vous
voulez avoir, et qui n'eft qu'un recueil de plufieurs
pièces dont quelques-unes étaient déjà connues.
L'auteur eft un nommé *Dubut,* petit apprenti
prêtre huguenot. Je n'ai pu en trouver à Genève ;
j'ai écrit à madame de *Florian.* Cet ouvrage eft regardé
par les dévots comme un livre très-audacieux et

1764.

très-dangereux. Il ne m'a pas paru tout-à-fait fi méchant ; mais vous favez que j'ai beaucoup d'indulgence.

Je n'ai pas moins d'indignation que vous de voir qu'on m'impute ce petit livre, farci de citations des pères du fecond et du troifième fiècle. Il y eft queftion du *Targum* des Juifs : la calomnie me prend donc pour un rabbin ; mais la calomnie eft abfurde, de fon naturel ; et, tout abfurde qu'elle eft, elle fait fouvent beaucoup de mal. Elle m'a attribué ce livre auprès du roi, et cela trouble ma vieilleffe qui devrait être tranquille. La nature nous fait déjà affez de mal, fans que les hommes nous en faffent encore.

Cette vie eft un combat perpétuel ; et la philofophie eft le feul emplâtre qu'on puiffe mettre fur les bleffures qu'on reçoit de tous côtés : elle ne guérit pas, mais elle confole, et c'eft beaucoup.

Il y a encore un autre fecret, c'eft de lire les gazettes. Quand on voit, par exemple, que le prince *Iwan* a été empereur à l'âge d'un an, qu'il a été vingt-quatre ans en prifon, et qu'au bout de ce temps il eft mort de huit coups de poignard, la philofophie trouve là de très-bonnes réflexions à faire, et elle nous dit alors que nous devons être heureux de tous les maux qui ne nous arrivent pas, comme la maîtreffe de l'avare eft riche de ce qu'elle ne dépenfe point.

Je cherche encore un autre fecret, c'eft celui de digérer. Vous voyez, Madame, que je me bats les flancs pour trouver la façon d'être le moins malheureux qu'il me foit poffible ; car, pour le mot d'heureux, il ne me paraît guère fait que pour les romans.

Je fouhaiterais paffionnément que ce mot vous convînt.

Il y a peut-être un état affez agréable dans le monde, c'eft celui d'imbécille ; mais il n'y a pas moyen de vous propofer cette manière d'être ; vous êtes trop éloignée de cette efpèce de félicité. C'eft une chofe affez plaifante, qu'aucune perfonne d'efprit ne voudrait d'un bonheur fondé fur la fottife ; il eft clair, pourtant, qu'on ferait un très-bon marché.

Faites-donc comme vous pourrez, Madame, avec vos lumières, avec votre belle imagination et votre bon goût ; et, quand vous n'aurez rien à faire, mandez-moi fi tout cela contribue à vous faire mieux fupporter le fardeau de la vie. *V.*

LETTRE CCLV.

A M. DE BORDES, *à Lyon.*

Aux Délites, 6 d'octobre.

Madame *Cramer* m'a parlé, Monfieur, d'une comédie remplie d'efprit et de bonnes plaifanteries. Si vous voulez quelque jour en gratifier le petit théâtre de Ferney, les acteurs et actrices tâcheront de ne point gâter un fi joli ouvrage. Je ferai fpectateur ; car, à mon âge de foixante et onze ans, j'ai demandé mon congé, comme le vieux bon homme *Sarrafin.* Il me paraît impoffible qu'avec l'efprit que vous avez, vous n'ayez pas fait une très-bonne pièce ; j'ai vu de vous des chofes charmantes dans plus d'un

—— genre. Nous vous promettrons le fecret, et nous remplirons, madame *Denis* et moi, toutes les conditions que vous nous impoferez.

Permettez-moi de vous parler d'un livre nouveau qu'on m'attribue très-mal à propos; il eft intitulé Dictionnaire philofophique. L'auteur eft un jeune homme affez inftruit, nommé *Dubut*. C'était un apprenti prêtre qui a renoncé au métier, et qui paraît affez philofophe. Comme on prétend qu'il n'eft plus permis en France de l'être, je ferais très-fâché qu'on imprimât cet ouvrage à Lyon; car je m'intéreffe fort à ce pauvre M. *Dubut*. Pourriez-vous avoir la bonté de me dire fi en effet on imprime le Dictionnaire philofophique dans votre ville; au moins *Dubut* enverrait un *errata*. Il dit qu'il s'eft gliffé des fautes intolérables dans l'édition qui fe débite. Il ferait mieux qu'on n'imprimât pas ce livre; mais, fi on s'obftine à en faire une feconde édition, *Dubut* fouhaite qu'elle foit correcte. Il implore votre médiation, et je me joins à lui.

Le marquis d'*Argens* vient d'imprimer à Berlin le *Difcours de l'empereur Julien contre les Galiléens*, difcours, à la vérité, un peu faible, mais beaucoup plus faiblement réfuté par St *Cyrille*.

Vous voyez qu'on ofe dire aujourd'hui bien des chofes auxquelles on n'aurait ofé penfer il y a trente années. Des amis du genre-humain font aujourd'hui des efforts de tous côtés pour infpirer aux hommes la tolérance, tandis qu'à Touloufe on roue un homme pour plaire à DIEU, qu'on brûle des juifs en Portugal, et qu'on perfécute en France des philofophes.

Adieu, Monfieur; n'aurai-je donc jamais le
plaifir de vous revoir ? Je vous avertis que, fi vous ‹1764›
ne venez point à Ferney, je me traînerai à Lyon
avec toute ma famille. Je vous embraffe en philofophe, fans cérémonie et de bon cœur.

LETTRE CCLVI.

A M. DAMILAVILLE.

8 d'octobre.

CHER frère, vous me raviffez. Comment pouvez-
vous écrire des lettres de quatre pages, étant malade
et chargé d'affaires ? moi, qui ne fuis chargé de
rien, j'ai bien de la peine à écrire un petit mot. Je
deviens auffi pareffeux que frère *Thiriot;* mais je ne
change pas de patron comme lui. Apparemment
qu'il fert la meffe de fon archevêque. Pour moi, qui
ne la fers ni ne l'entends, je fuis toujours fidelle aux
philofophes.

J'efpère que le petit recueil fait par M. *Dubut*
ne fera de tort ni à la philofophie ni à moi. Je
voudrais que chacun de nos frères lançât, tous les
ans, les flèches de fon carquois contre le monftre,
fans qu'on sût de quelle main les coups partent.
Pourquoi faut-il que l'on nomme les gens ? il s'agit
de bleffer ce monftre, et non pas de favoir le nom
de ceux qui l'ont bleffé. Les noms nuifent à la
caufe, ils réveillent le préjugé. Il n'y a que le nom
de *Jean Meflier* qui puiffe faire du bien, parce que
le repentir d'un bon prêtre, à l'article de la mort,

—— doit faire une grande impreffion. Ce *Meflier* devrait être entre les mains de tout le monde.

Nous avons converti, depuis peu, un grand feigneur attaché à monfieur le dauphin; c'eft un grand coup pour la bonne caufe. Il y a dans la province des gens zélés qui commencent à combattre avec fuccès.

J'aurais bien voulu que des *Cahufac*, des *Defmahis* n'euffent pas travaillé à l'*Encyclopédie*, qu'on fe fût affocié de vrais favans, et non pas de petits freluquets; et qu'on n'eût pas eu la malheureufe complaifance d'inférer, à côté des articles des *Diderot* et des d'*Alembert*, je ne fais quelles puériles déclamations qui déshonorent un fi bel ouvrage. Je fuis fi attaché à cette belle entreprife, que je voudrais que tout en fût parfait; mais le bon y domine à tel point, qu'elle fera l'honneur de la nation, et qu'affurément on doit à M. *Diderot* des récompenfes.

On dit qu'on a donné des lettres de nobleffe et une groffe penfion au fieur *Outrequin*, pour avoir arrofé le boulevard. Si je travaillais à l'*Encyclopédie*, je dirais, à l'article *Penfion* : M. *Outrequin* en a reçu une très-forte, et M. *Diderot* a été perfécuté.

Bonfoir, belle ame qui gémiffez comme moi fur le fort de la philofophie. *Ecr. l'inf.*

LETTRE

LETTRE CCLVII.

A M. LE CLERC DE MONTMERCI.

8 d'octobre.

L'AMITIÉ d'un philosophe comme vous, Monsieur, peut consoler de toutes les sottises qu'on fait et qu'on dit chez les Velches. Je ne connaissais point ce M. *Robinet*, et je ne savais pas qu'il fût l'auteur du *Traité de la nature*. Il me semble que c'est un ouvrage de métaphysique, et je suis bien étonné qu'un philosophe s'amuse à faire imprimer deux volumes de mes lettres. Où aurait-il pris de quoi faire ces deux volumes ?

A l'égard des six commentateurs, il faut que ce soit la troupe qui travaille au *Journal chrétien*. Elle ne me donnera sans doute que des avis charitables et fraternels ; elle priera DIEU pour moi, et cela me fera beaucoup de bien.

On dit que tous les musiciens ont été à l'enterrement de *Rameau*, et qu'ils ont fait chanter un très-beau *De profundis*. Quand je mourrai, les poëtes feront contre moi des épigrammes que les dévots larderont de maudissons. En attendant, je me recommande à vous et aux philosophes.

LETTRE CCLVIII.

A MADAME

LA MARQUISE DU DEFFANT.

8 d'octobre.

MADAME de *Florian* vous remettra, Madame, le livre que vous demandez, presque aussitôt que vous aurez reçu cette lettre. Vous verrez bien aisément quelle injustice l'on me fait de m'attribuer cet ouvrage ; vous connaîtrez que c'est un recueil de pièces écrites par des mains différentes. Il est d'ailleurs rempli de fautes d'impression et de calculs erronés, qui peuvent faire quelque peine au lecteur. Il y a quelques chapitres qui vous amuseront, et d'autres qui demandent un peu d'attention. Si vous lisez le *Caté-chisme des Japonais*, vous y reconnaîtrez aisément les Anglais, vous y verrez d'un coup d'œil que les Bruxhé sont les Hébreux, les pipastes, les papistes, *Therlu* et *Vincal*, *Calvin* et *Luther* ; et ainsi du reste.

Je vous exhorte surtout à lire le *Catéchisme chinois*, qui est celui de tout esprit bien fait. En général, le livre inspire la vertu, et rend toutes les superstitions détestables.

C'est toujours beaucoup, dans les amertumes dont cette vie est remplie, d'être guéri d'une maladie affreuse qui ronge le cœur de la plupart des hommes, et qui conduit au tombeau par des chemins bordés de monstres.

J'ai été si malade, depuis deux mois, Madame, que je n'ai pu aller une seule fois chez madame de *Jaucourt*. Je crois vous avoir déjà mandé que j'avais renoncé à tout ce qu'on appelle devoirs, comme à tout ce qu'on nomme plaisirs.

Je prie M. le président *Hénault* de souffrir que je ne le sépare point de vous dans cette lettre, et que je lui dise ici que je lui serai attaché jusqu'au dernier moment de ma vie. Il voit mourir tous ses amis, les uns après les autres ; cela doit lui porter de la tristesse dans l'ame, et vous devez vous servir l'un à l'autre de consolation.

Un redoublement de mes maux, qui me prend actuellement, me remet dans mon lit, et m'empêche de dicter plus long-temps combien je suis dévoué à tous deux. Recevez ensemble les protestations bien sincères de mes tendres sentimens, et conservez-moi des bontés qui me sont bien précieuses. *V.*

LETTRE CCLIX.

A M. LE MARQUIS DE CHAUVELIN.

A Ferney, 9 d'octobre.

QUAND la faiblesse et les maladies augmentent, on est un mauvais correspondant, et votre Excellence est très-indulgente, sans doute, pour les gens de mon espèce. Vous ne devez point d'ailleurs regretter que je ne vous aye pas instruit de ce que madame de *Was* peut être. Elle est venue chez moi, mais je ne

—— l'ai point vue. Je me mets rarement à table, quand il
1764. y a du monde ; ma pauvre fanté ne me le permet
pas. On dit qu'elle eft fort aimable, ce qui eft affez
indifférent à un pauvre malade.

Vous devriez bien engager les anges à vous faire
copier les roués de la nouvelle fournée ; ils vous
l'enverraient par le premier courier que M. le duc
de *Praflin* ferait paffer par Turin. Vous jugeriez fi,
en fupprimant quelques morceaux de politique, on
a pu jeter plus d'intérêt dans l'ouvrage. La politique
eft une fort bonne chofe, mais elle ne réuffit guère
dans les tragédies : c'eft, je crois, une des raifons
pour lefquelles on ne joue plus la plupart des pièces
de ce grand *Corneille*. Il faut parler au cœur plus
qu'à l'efprit : *Tacite* eft fort bon au coin du feu,
mais ne ferait guère à fa place fur la fcène.

Au refte, je fuis d'autant plus fâché d'avoir renoncé
au théâtre, que c'eft quitter un temple où madame
l'ambaffadrice eft adorée. Je ne peux plus être un de
fes prêtres, la vieilleffe et la faibleffe m'ont fait
réformer. J'ai pris mon congé au même âge que
Sarrafin, et j'ai pouffé la carrière auffi loin que je
l'ai pu. A combien de chofes n'eft-on pas obligé de
renoncer ? L'âge amène chaque jour une privation ;
il faut bien s'y accoutumer, et n'en pas murmurer,
puifqu'on n'eft né qu'à ce prix. Il y a une chofe qui
m'étonnera toujours ; c'eft comment le cardinal de
Fleuri a eu la rage d'être premier miniftre à l'âge de
foixante et quatorze ans ; cela eft plus extraordinaire
que de faire des enfans à cent années. Je vous fouhaite
ces deux miniftères, et je voudrais alors faire votre
panégyrique.

J'ai vu votre petit anglais qui a une maîtreffe, et
point de précepteur. Ils font tous dans ce goût-là. 1764.
Nous avons eu long-temps le fils de M. *Fox*. Il voya-
geait, à quinze ans, fur fa bonne foi, et dépenfait
mille guinées par mois : les Velches n'en font pas
encore là.

Je préfente mes refpects à leurs Excellences, et
je les prie très-inftamment de me conferver leurs
bontés.

LETTRE CCLX.

A M. LE MARQUIS D'ARGENCE DE DIRAC.

10 d'octobre.

Mon cher frère en *Bayle*, en *Defcartes*, *Lucrèce*, &c.,
continuez à faire tout le bien que vous pourrez
dans votre province ; foyez le digne vicaire du curé
Meflier. Si vous aviez pu diftribuer à vos voifins les
trois cents jambons qu'il a laiffés à fa mort, vous
leur auriez fait faire une excellente chère. Il eft bon
de manger des truites, mais vous favez qu'il faut
auffi une autre nourriture.

Il eft venu des adeptes, immédiatement après votre
départ ; ils cultiveront la vigne du Seigneur d'un
côté, tandis que vous la provignerez de l'autre, et
DIEU bénira vos foins. Ma fanté s'affaiblit tous les
jours ; mais je mourrai content, fi j'apprends que vous
fervez tous les jours fur votre table de ces bons jambons du curé. Cette nouvelle cuifine eft très-faine ;

elle ne donne point d'indigeſtion, elle ne porte point au cerveau des nuages comme l'ancienne cuiſine. Je ſuis perſuadé que vous aurez toujours beaucoup de convives, et que vous n'admettrez pas les ſots à vos feſtins.

Mille reſpects à tout ce qui vous environne ; je mets à la tête madame votre femme et monſieur votre frère.

LETTRE CCLXI.

A M. DAMILAVILLE.

12 d'octobre.

VOICI, mon cher frère, un petit mot pour frère *Protagoras*.

Je ne ſais ſi je vous ai mandé que l'article *Meſſie*, du *Portatif*, était du premier paſteur de l'Egliſe de Lauſane. L'original eſt encore entre mes mains, et on en avait envoyé une copie, il y a cinq à ſix ans, aux libraires de l'*Encyclopédie*. Ce morceau me parut aſſez bien fait; vous pouvez voir ſi on en a fait uſage. Il me ſemble que le même miniſtre, qui ſe nomme *Polier de Bottens*, en avait envoyé pluſieurs autres.

L'article *Apocalypſe* eſt fait par un homme d'un très-grand mérite, nommé M. *Abauzit* ; et l'article *Enfer* eſt traduit, en grande partie, de M. *Warburton*, évêque de Gloceſter.

Vous voyez que l'ouvrage eſt inconteſtablement de pluſieurs mains, et qu'ainſi on a très-grand tort de me l'attribuer. On m'a véritablement alarmé ſur cet

ouvrage ; ainfi ne foyez point étonné de la fréquence
de mes lettres.

Informez-vous de ce qu'eft devenu le *Meffie* de
Polier ; vous verrez la vérité de vos propres yeux, et
vous ferez en droit de la perfuader aux autres ; vous
verrez furtout , par le détail que je vous fais, qu'il y
a dans toute l'Europe d'honnêtes gens, très-inftruits,
qui penfent et qui écrivent librement. Chacun, de
fon côté, combat le monftre de la fuperftition fanatique ; les uns lui mordent les oreilles , d'autres le
ventre, et quelques-uns aboient de loin. Je vous
invite à la curée ; mais il ne faut pas que le tonnerre
tombe fur les chaffeurs.

Lifez , je vous prie , les *Queftions propofées à qui
pourra les réfoudre*, page 117, dans le *Journal encyclopédique*, du 15 de feptembre. L'auteur a mis par-
tout , à la vérité, le mot de *bête* à la place de celui
d'*homme*, mais on voit affez qu'il entend toujours les
bêtes à deux pieds, fans plumes. Il n'y a rien de
plus fort que ce petit morceau ; il ne fera remarqué
que par les adeptes ; mais la vérité n'eft pas faite
pour tout le monde, le gros du genre-humain en eft
indigne. Quelle pitié que les philofophes ne puiffent
pas vivre enfemble !

J'apprends, dans le moment, une nouvelle que
je ne veux pas croire, parce qu'elle m'afflige trop
pour vous. On dit qu'on fupprime tous les emplois
concernant le vingtième. Je ne puis croire qu'on
laiffe inutile un homme de votre mérite. Mandez-
moi, je vous prie , ce qui en eft, et comptez, mon
cher frère, que je m'intéreffe plus encore à votre
bien-être qu'à *écr. l'inf*.

LETTRE CCLXII.

AU MEME.

15 d'octobre.

J'AI parcouru, mon cher frère, la *Critique* des sept volumes de l'*Encyclopédie*. Je voudrais bien savoir qui sont les gadouards qui se sont efforcés de vider le privé d'un vaste palais dans lequel ils ne peuvent être reçus ? je leur appliquerais ce que l'électeur palatin me fesait l'honneur de m'écrire au sujet de maître *Aliboron : Tel qui critique l'église de Saint-Pierre de Rome, n'est pas en état de dessiner une église de village.* Belles paroles, et bien sensées ! et qui prouvent que la raison a encore des protecteurs dans ce monde.

Je crois que le public ne se souciera guère qu'une des îles Marianes s'appelle *Agrignon* ou *Agrigan*, ni qu'il faille prononcer *Barassa* ou *Bossera ;* mais je crains que les ennemis de la philosophie ne regardent cette critique comme un triomphe pour eux.

Je suis surtout indigné de la manière dont on traite M. d'*Alembert*, page 172 et 178. Pour monsieur *Diderot*, il est maltraité dans tout l'ouvrage. Ce qu'il y a de pis, c'est que ces misérables sonnent le tocsin. Ils sont bien moins critiques que délateurs ; ils rappellent, à la fin du livre, quatre articles des arrêts du conseil et du parlement contre l'*Encyclopédie ;* ils ressemblent à des inquisiteurs qui livrent des philosophes au bras séculier.

Voilà donc la perſécution viſiblement établie ; et , ſi on ne rend pas ces ſatellites de l'envie auſſi odieux et auſſi mépriſables qu'ils doivent l'être , les pauvres amis de la raiſon courent grand riſque. Je ne conçois pas que , parmi tant de gens de lettres qui ont tous le même intérêt , il n'y en ait pas un qui s'empreſſe à porter au moins un peu d'eau , quand il voit la maiſon de ſes voiſins en flamme. La ſienne ſera bientôt embraſée , et alors il ne ſera plus temps de chercher du ſecours.

Je voudrais bien que M. d'*Alembert* ſuſpendît , pour quelques jours , ſes autres occupations , et que , ſans ſe faire connaître , ſans ſe compromettre , il fît , ſelon ſon uſage , quelque ouvrage agréable et utile , dans lequel il daignerait faire voir , en paſſant , l'inſolence , la mauvaiſe foi et la petiteſſe de ces meſſieurs. Il eſt comme *Achille* qui a quitté le camp des Grecs ; mais il eſt temps qu'il s'arme et qu'il reprenne ſa lance. Je l'en prie comme le bon homme *Phœnix* , et je vous prie de vous joindre à moi.

Il eſt triſte que le Dictionnaire philoſophique paraiſſe dans ce temps-ci , et il eſt bien eſſentiel qu'on ſache que je n'ai nulle part à cet ouvrage dont la plupart des articles ſont faits par des gens d'une autre religion et d'un autre pays.

Avez-vous à Paris la *Traduction du plaidoyer de l'empereur Julien contre les Galiléens* , par le marquis d'*Argens* ? il ſerait à ſouhaiter que tous les fidelles euſſent ce bréviaire dans leur poche.

Adieu , mon cher frère ; recommandez-moi aux prières des fidelles , et ſurtout *écr. l'inf.*

LETTRE CCLXII.

A MADAME

LA COMTESSE D'ARGENTAL.

Aux Délices, 19 d'octobre.

VOUS avez écrit, Madame, une lettre charmante à madame *Denis*; j'y ai vu la bonté de votre ame et la bienfefance de votre caractère : tous les *Corneille* feront heureux. Il ne m'appartient pas de l'être à mon âge de foixante et onze ans, malingre et prefque aveugle au pied des Alpes : cependant je le ferais, je conferverais encore ma gaieté, et je travaillerais avec l'ex-jéfuite pour vous plaire, fi je n'étais un peu affommé par la perfécution. La clique *Fréron*, la clique *Pompignan* crie que je fuis l'auteur de je ne fais quel Dictionnaire philofophique portatif, tout farci de citations des pères de l'Eglife, et des rêveries des rabbins. On fait très-bien, dans le pays que j'habite, que c'eft un recueil de plufieurs auteurs, raffemblé par un libraire ignorant qui a fait des fautes abfurdes ; mais, à la cour, on n'eft pas fi bien informé. La calomnie y arrive en pofte, et la vérité, qui ne marche qu'à pas comptés, a la réputation de n'y être pas trop bien reçue.

Cependant, comme M. d'*Argental* eft à Fontainebleau, la vérité a là un bon appui. Je compte fur les bontés de M. le duc de *Praflin*. Pourquoi m'attribuer un livre que je renie, un recueil de dix ou douze mains différentes ? condamne-t-on les gens

fans preuve, et fur des foupçons auffi mal fondés ? ———
Le roi eft jufte ; il ne me jugera pas fans doute fur **1764.**
des préfomptions fi légères ; et , puifqu'il fait élever
une ftatue à *Crébillon* , il ne me fera pas brûler aux
pieds de la ftatue : car enfin , ce *Crébillon* a fait cinq
tragédies , et j'en ai fait environ trente , et furement
je n'ai point fait le *Portatif.*

Il eft fi vrai que le livre eft de plufieurs auteurs,
que j'ai en main l'original d'un des articles connus
depuis quelques années.

On dit qu'un nommé l'abbé d'*Eftrées* , autrefois
affocié avec *Fréron* , depuis généalogifte et fauffaire ,
et qui a un petit prieuré dans mon voifinage , a
donné le *Portatif* au procureur général , lequel
inftrumente. Je vous fupplie , Madame , de communiquer cette lettre à M. d'*Argental* qui eft à
Fontainebleau.

Je n'ai pas un moment à moi ; mais tous les
momens de ma vie vous font confacrés à tous deux
avec le plus tendre refpect. *V.*

LETTRE CCLXIV.

A M. LE COMTE D'ARGENTAL.

Aux Délices , 20 d'octobre.

Mon divin ange , je vous ai écrit un petit mot
par M. le duc de *Praflin ;* j'ai écrit à madame
d'*Argental* qui vous communiquera ma lettre. Le
petit ex-jéfuite eft toujours plein de zèle et d'ardeur,
et , quand il reverra fes roués , il attendra quelque

—— moment d'enthoufiafme pour faire réuffir votre confpiration. Vous connaiffez l'opiniâtreté de fa docilité.

Pour moi, vieux ex-parifien et vieux excommunié, je fuis toujours occupé de ce malheureux
Portatif, qu'on s'obftine à m'imputer. Un petit abbé
d'*Eftrées*, dont je vous ai, je crois, parlé dans mon
billet, qui a travaillé autrefois avec *Fréron*, qui s'eft
fait généalogifte et fauffaire, qui, à ce dernier métier,
a obtenu un petit prieuré dans le voifinage de Ferney, et qui a tous les vices d'un fréronien et d'un
prieur; ce petit monftre, dis-je, eft celui qui a eu
la charité de fe rendre mon dénonciateur.

Il faut que vous fachiez que ce poliffon vint,
l'année paffée, prendre poffeffion de fon prieuré dans
une grange, en fe difant de la maifon d'*Eftrées*,
promettant fa protection à tout le monde, et fe
fefant donner des fêtes par tous les gentilshommes
du pays. Je n'eus pas l'honneur de lui aller faire ma
cour; il m'écrivit que j'étais fon vaffal pour un pré
qui relevait de lui; que mes gens étaient allés chaffer
une fouine auprès de fa grange épifcopale; qu'il
voulait bien me donner à moi perfonnellement permiffion de chaffer fur fes terres, mais qu'il procé-
derait, par voie d'excommunication, contre mes
gens qui tueraient des fouines fur les fiennes.

Comme je fuis fort négligent, je ne lui fis point
de réponfe. Il jura qu'il s'en vengerait devant DIEU
et devant les hommes, et il clabaude aujourd'hui
contre moi chez monfieur l'évêque d'Orléans et chez
monfieur le procureur général. Un fripon armé des
armes de la calomnie et de la vraifemblance peut
faire beaucoup de mal.

On m'impute le *Portatif*, parce qu'en effet il y a
quelques articles que j'avais deftinés autrefois à l'*Encyclopédie*; comme *Amour*, *Amour propre*, *Amour focratique*, *Amitié*, &c. ; mais il eft démontré que le
refte n'en eft pas. J'ai heureufement obtenu qu'on
remît entre mes mains l'article *Meffie*, écrit tout
entier de la main de l'auteur. Je ne vois pas ce qu'on
peut répondre à une preuve auffi évidente. Tout le
refte eft pris de plufieurs auteurs connus de tous les
favans.

En un mot, je n'ai nulle part à cette édition, je
n'ai envoyé le livre à perfonne, je n'ai d'autres
imprimeurs que les *Cramer* qui, certainement, n'ont
point imprimé cet ouvrage. Le roi eft trop jufte et
trop bon pour me condamner fur des calomnies
auffi frivoles, qui renaiffent tous les jours, et pour
vouloir accabler, fur une accufation auffi vague et
auffi fauffe, un vieillard chargé d'infirmités.

Je finis, mon cher ange, parce que cette idée
m'attrifte; et je ne veux fonger qu'à vos bontés qui
me rendent ma gaieté.

N. Non, je ne finis pas; le roi a chargé quelqu'un
d'examiner le livre, et de lui en rendre compte; c'eft,
ou le préfident *Hénault*, ou M. *d'Aguesseau*. Je foupçonne que l'illuftre abbé *d'Eftrées* a dîné, avec le
préfident, chez le procureur général dont il fait,
fans doute, la généalogie. Cet abbé *d'Eftrées* a mandé
à fon fermier qu'il me perdrait; il a toujours fa
fouine fur le cœur. Dieu le béniffe !

J'ai actuellement les yeux dans un pitoyable état;
cela peut paffer, mais les méchans ne pafferont point.

1,764.

Malgré mes yeux, j'ajoute que *Montpéroux*, réfi-dent à Genève, aurait mieux fait de me payer l'argent que je lui ai prêté, que d'écrire ce qu'il a écrit à M. le duc de *Praflin*.

Sub umbra alarum tuarum.

LETTRE CCLXV.

A M. LE PRESIDENT HENAULT.

Aux Délices, le 20 d'octobre.

A la mort de M. d'*Argenfon* je ne pouvais écrire à perfonne, mon cher et refpectable confrère ; j'étais très-malade, ce qui m'arrive fouvent ; et je fuis toujours prêt à faire l'éternel voyage qu'a fait votre ami, que nous ferons tous, et qui n'eft que la fin d'un rôle ou pénible, ou infipide, ou frivole, que nous jouons pour un moment fur ce petit globe. Je ne pus alors écrire ni à vous, fon illuftre ami, ni à MM. de *Paulmi* et de *Voyer*.

Quelque temps après, dans une lettre que je fus obligé d'écrire, tout malade que j'étais, à madame *du Deffant*, pour une commiffion qu'elle m'avait donnée, je vous adreffai fept ou huit lignes un peu à la hâte, mais c'était mon cœur qui les dictait. J'étais d'ailleurs très-embarraffé de l'exécution des ordres de madame *du Deffant*. Il s'agiffait de lui procurer un exemplaire d'un petit livre intitulé : *Dictionnaire philofophique portatif*, imprimé à Liége ou à Bâle. C'eft un recueil de pièces déjà connues, tirées de différens auteurs. Il y a trois ou quatre articles affez hardis, et je vous avoue que j'étais au défefpoir qu'on me les imputât. Ce qui a donné lieu à cette calomnie, c'eft que l'éditeur a mis dans l'ouvrage une demi-douzaine de morceaux que j'avais deftinés autrefois au *Dictionnaire encyclopédique*, comme *Amour*, *Amour propre*, *Amour focratique*, *Amitié*, *Gloire*, &c.

Les autres articles font pris par-tout. *Baptême* eft du docteur *Midleton*, traduit mot pour mot; *Enfer*, *Chriftianifme*, font traduits de milord *Warburton* évêque de Glocefter. *Apocalypfe* eft un extrait du manufcrit curieux de M. *Abauzit*, l'un des plus favans hommes de l'Europe, et des plus modeftes; mais l'extrait eft très-mal fait. *Meffie* eft tout entier du premier pafteur de l'Eglife de Laufane, nommé M. *Polier de Bottens*, homme de condition et de beaucoup de mérite, qui envoya cet article aux encyclopédiftes, il y a quelques années. Cet article me paraît favant et bien fait. J'ai obtenu, depuis peu, qu'on m'envoyât l'original écrit de fa main, que je pofsède.

Ainfi vous voyez, mon cher et illuftre confrère, que l'ouvrage n'eft pas de moi; mais il faudra toujours que les gens de lettres foient perfécutés par la calomnie; c'eft leur partage, c'eft leur récompenfe.

Je pourrais, fi je voulais, me plaindre qu'à l'âge de foixante et onze ans, accablé d'infirmités et prefque aveugle, on ne veuille pas me laiffer achever ma carrière en paix; mais je ne fuis pas affez fot pour me plaindre, et j'aime mieux rire, jufqu'au bout, des vains efforts de la clique des *Patouillets* et des *Frérons*. Vos bontés me les font oublier, mon aimable et illuftre confrère; et, quand je fuis toujours un peu aimé du feul homme qui ait appris aux

Français leur hiftoire, je me rengorge et je fuis toujours fier dans mes déferts.

Vivez, pouffez votre carrière auffi loin que *Fontenelle*, et, quand je ferai mort, dites : J'ai perdu un admirateur.

LETTRE CCLXVI.

A M. LE MARECHAL DUC DE RICHELIEU.

Aux Délices, 22 d'octobre.

MONSEIGNEUR, mon héros, je ne fais où vous êtes ; je ne fais où eft madame la ducheffe d'*Aiguillon* qui m'a honoré de deux gros volumes et d'un très-joli petit billet. Permettez que je m'adreffe à vous pour lui préfenter mes remercîmens. Souffrez que je vous parlé du tripot de la comédie, qui tombe en décadence comme tant d'autres tripots. Il y a un acteur excellent, à ce qu'on dit, nommé *Aufrefne*, garçon d'efprit, belle figure, bel organe, plein de fentiment. Il eft actuellement à la Haie. Auteurs et acteurs, tout eft en pays étranger.

Je me fouviens d'avoir vu chez moi cet *Aufrefne* qui me parut fait pour valoir mieux que *Dufrefne*; je vous en donne avis. Monfieur le premier gentilhomme de la chambre fera ce qui lui plaira.

Il y a dans le monde quelques exemplaires d'un livre infernal, intitulé : *Dictionnaire philofophique portatif*. Ce livre affreux enfeigne, d'un bout à l'autre, à s'anéantir devant DIEU, à pratiquer la vertu, et à croire que deux et deux font quatre.

Quelques

Quelques dévots, comme les *Pompignans*, me l'attribuent; mais ils me font trop d'honneur. Il n'eft 1764.
point de moi; et, fi je fuis un geai, je ne me pare
point des plumes des paons. Il y a un autre livre
bien plus diabolique, et fort difficile à trouver;
c'eft le célèbre *Difcours de l'empereur Julien contre les*
Galiléens ou *chrétiens*, très-bien traduit à Berlin par le
marquis d'*Argens*, et enrichi de commentaires curieux.
Et comme vous êtes curieux de ces abominations,
pour les réfuter, je tâcherai de concourir à vos bonnes
œuvres, en fefant venir de Berlin un exemplaire
pour vous l'envoyer, fi vous me l'ordonnez.

Je conçois à préfent que c'eft au printemps que
mon héros conduira fa très-aimable fille fur le chemin
d'Italie; et, fi je ne fuis pas mort dans ce temps-là,
je me ranimerai pour me mettre à leurs pieds. Le
fouffigné *V.* n'eft pas dans un moment heureux pour
fes yeux; il préfente fon refpect à tâtons. *V.*

LETTRE CCLXVII.

A M. LE COMTE D'ARGENTAL.

22 d'octobre.

DIVIN ange, laiffons un moment les roués, et
parlons des brûlés. Deux confeillers du confeil de
Genève font venus dîner aujourd'hui chez moi; ils
ont conftaté que le Dictionnaire philofophique qu'on
m'impute eft de plufieurs mains; ils ont reconnu l'écriture et la fignature de l'auteur de l'article *Meffie*, qui eft,

—— comme vous savez, un prêtre. Ils ont reconnu mot
1764. pour mot l'extrait de l'article *Apocalypse*, de M. *Abauzit*,
français réfugié depuis la révocation de l'édit de Nan-
tes, et aussi plein d'esprit et de mérite que d'années.
Ils certifient à tout le monde que l'ouvrage est de
plusieurs mains. Ils sont d'avis seulement qu'il ne faut
pas compromettre les auteurs d'une douzaine d'articles répandus dans cet ouvrage. Tout le monde
sait que c'est un pauvre libraire de Lausane, chargé
d'une nombreuse famille, et accablé de misère, à
qui un homme de lettres de ce pays-là donna le
recueil, il y a quelques années, par une compassion
peut-être imprudente. En un mot, on est persuadé
ici que je n'ai nulle part à cette édition.

Il ferait donc bien triste qu'on m'accusât en France
d'une chose dont on ne me soupçonne pas à Genève.

D'ailleurs, dès que j'ai vu que l'imprudence de
quelques gens de lettres m'attribuait à Paris cet
ouvrage, j'ai été le premier à le dénoncer dans une
lettre ostensible, écrite à M. *Marin*, et envoyée toute
ouverte dans une adresse à M. de *Sartine*.

J'ai écrit à monsieur le vice-chancelier, à M. de
Saint-Florentin; en un mot, j'ai fait ce que j'ai pu
pour prévenir les progrès de la calomnie auprès du
roi. Je sais que le roi en avait parlé au président
Hénault d'une manière un peu inquiétante.

Je suis pressé de faire un voyage dans le Virtemberg et dans le Palatinat pour l'arrangement de mes
affaires, ayant presque tout mon bien dans ce pays-
là; mais je ne veux point partir que je n'aye détruit
auparavant une imposture qui peut me perdre.

Vous me direz peut-être que j'aurais dû m'adresser

à M. de *Montpéroux* qui eſt réſident à Genève ; mais
il eſt tombé en apoplexie , et il a même tellement
perdu la mémoire, qu'il oublie l'argent qu'on lui a
prêté. Il s'enferme chez lui avec un vicaire de village,
qu'il a pris pour aumônier , lequel vicaire , par
parenthèſe , n'eſt pas l'ami des poſſeſſeurs de dixmes,
et excite violemment les curés contre les ſeigneurs.
Ce pauvre M. de *Montpéroux* a été piqué , je ne ſais
pas pourquoi , que les articles pour la *Gazette littéraire* n'aient pas paſſé par ſes mains. C'eſt une étrange
choſe que cette petite jaloufie ; mais que faire ? il
faut paſſer aux hommes leurs faibleſſes. Nous nous
flattons , madame *Denis* et moi , que ni M. de
Montpéroux ni ſon vicaire turbulent n'empêcheront
l'effet des bontés de M. le duc de *Praſlin* pour madame
Denis , contre le concile de Latran.

Le grand point eſt que le roi ſoit détrompé ſur ce
petit Dictionnaire qu'il ne lira aſſurément pas. Des
beaux eſprits de Paris pourront dire : C'eſt lui ,
Meſſieurs ; voilà ſon ſtyle. Il a fait l'article *Amour* et
Amitié, il y a cinq ou ſix ans , donc il a fait *Apocalypſe*
et *Meſſie*. Le roi eſt trop bon et trop équitable pour
me condamner ſur les diſcours de M. de *Pompignan*.

Croyez-vous qu'il ſoit néceſſaire que j'écrive à
M. le prince de *Soubiſe* pour détromper ſa Majeſté ?

Le petit abbé d'*Eſtrées* , qui n'eſt pas aſſurément
deſcendant de *Gabrielle* , emploie toutes les reſſources
de ſon métier de généalogiſte pour prouver que le
diable engendra *Voltaire* , et que *Voltaire* a engendré
le Dictionnaire philoſophique.

Vraiment , le marquis d'*Argens* eſt bien autrement
engendré du diable ; il a traduit l'admirable *Diſcours*

Hh 2

de l'empereur Julien contre les chrétiens; il l'a enrichi de remarques très-curieufes, et d'un difcours préliminaire plus curieux encore. C'eft un ouvrage diabolique : on eft forcé de regarder *Julien* comme le premier des hommes de fon temps. Il eft bien trifte qu'un apoftat comme lui ait eu plus de vertu dans le cœur, et plus de jufteffe dans l'efprit, que tous les pères de l'Eglife. Le marquis d'*Argens* s'eft furpaffé en commentant cet ouvrage.

A l'ombre de vos ailes.

LETTRE CCLXVIII.

AU MEME.

Aux Délices, 29 d'octobre.

J'ECRIS aujourd'hui à mon ange comme un ange de paix. Nous fommes voifins d'un commandeur de Malte, favoyard de nation, chicaneur de profeffion. Une partie des terres de la commanderie eft enclavée dans celle de notre gendre *Dupuits*. Le père de notre gendre, par convenance, s'était chargé de l'adminiftration de la commanderie. Le bail eft rompu ; le commandeur affigne notre gendre par-devant le grand confeil à Paris.

J'ai écrit à monfieur l'ambaffadeur de Malte, pour le fupplier d'engager le commandeur favoyard à s'en remettre à des arbitres. Nous avons M. le bailli de *Groflier*, dans le voifinage, qui peut être arbitre au nom de l'ordre, et M. le marquis de *Billac*, l'un des plus honnêtes hommes du monde, ferait

nommé par notre gendre qui a promis d'en paffer par ——
leur fentence. — 1764.

M. le bailli de *Froulai* m'a mandé qu'il confulterait
mon ange, et certainement il ne peut pas mieux
faire ; quel autre confulterait-on , quand il s'agit de
faire du bien ?

Je crois que j'ai pris trop d'alarmes fur ce livre
miférablement imprimé , qu'on fait bien ici être de
plufieurs mains ; mais le pauvre *Montpéroux* n'a pas
joué un beau rôle dans cette affaire.

On dit *le Kain* malade. On m'a parlé d'un acteur,
nommé *Aufrefne*, qu'on dit très-bon ; il eft à la
Haie. Je l'ai entendu , il y a fix ou fept ans; il me
parut alors n'avoir de défaut que celui de jouer tout.
On dit qu'il s'en eft corrigé. En ce cas, ce ferait une
bonne acquifition pour le tripot que Dieu béniffe,
et que je ne peux plus fervir.

Je me mets bien humblement à l'ombre des ailes
de mon ange.

LETTRE CCLXIX.

A M. LE MARQUIS ALBERGATI CAPACELLI.

29 d'octobre.

Le *Barretti* dont vous me parlez, Monfieur, m'a
bien l'air d'être de la fecte de ces flagellans qui, dans
leurs proceffions, donnaient cent coups d'étrivières
à ceux qui marchaient devant eux, et en recevaient de
ceux qui étaient derrière. Si vous voulez m'envoyer

Hh 3

1764.

une poignée de fes verges, on pourra le payer avec ufure.

J'ai reçu la traduction de Tancrède par M. *Claudio Zucchi*, qui me paraît avoir la politeffe d'un homme de qualité, et ne point reffembler du tout au fieur *Barretti*. Heureux ceux qui cultivent comme vous les lettres par goût et par grandeur d'ame! les autres font des laquais qui médifent de leurs maîtres dans l'antichambre.

Comptez toujours, Monfieur, fur mon très-tendre refpect. *V.*

LETTRE CCLXX.

A M. LE COMTE D'ARGENTAL.

2 de novembre.

LE S neiges font fur nos montagnes, et me voilà redevenu aveugle; Dieu foit béni!

Mon divin ange me parle de mademoifelle *Doligny* et de mademoifelle *Luzy*; je le fupplie de mander quels rôles il faut donner à l'une et à l'autre : j'exécuterai vos ordres fur le champ. En attendant, elles peuvent apprendre ceux que vous leur deftinez.

M. le maréchal de *Richelieu* aura peut-être oublié qu'il m'a écrit que je pouvais difpofer de tous ces rôles; mais heureufement j'ai fa lettre, ainfi que j'ai des preuves convaincantes que le *Teftament politique* n'eft point du cardinal de *Richelieu*. Je brave monfieur le maréchal, et madame la ducheffe d'*Aiguillon*, et M. de *Foncemagne*, et le dépôt des affaires étrangères. Je leur réponds à tous, et vous croyez bien

que ce n'eſt pas pour leur dire des choſes qui
leur déplaiſent. Ma réponſe eſt bien reſpectueuſe,
bien flatteuſe, mais, à mon gré, bien curieuſe.
J'eſpère qu'elle vous amuſera, et que M. le duc
de *Praſlin* n'en ſera pas mécontent. J'y dis un
petit mot ſur les livres qu'on impute à de pauvres
innocens. Au reſte, mon cher ange, je n'ai point
prétendu que M. le duc de *Praſlin* débutât, dans
une ſéance du conſeil, en diſant : *Le Portatif n'eſt
pas de V;* mais il eſt indubitable, il eſt démontré
que le *Portatif* eſt de pluſieurs mains ; et, ſi vous
en doutez, je vous enverrai l'original de *Meſſie*, avec
la lettre de l'auteur, toutes deux de la même écriture. Alors, étant convaincu de la vérité, vous la
ferez mieux valoir ; et M. le duc de *Praſlin*, convaincu par ſes yeux, ferait plus en droit de dire
dans l'occaſion : *V.* n'a point fait le *Portatif;* il eſt
de pluſieurs mains.

Je ſais qu'on fait actuellement une très-belle édition de ce *Portatif* en Hollande, revue, corrigée et
terriblement augmentée. C'eſt un ouvrage très-édi-
fiant, et qui ſera fort utile aux ames bien nées.

Au reſte, que peut-on dire à *V.* quand *V.* n'a
donné cet ouvrage à perſonne, et quand il a crié
le premier au voleur, comme *Arlequin* dévaliſeur
de maiſons ? *V.* eſt intact ; *V.* s'enveloppe dans ſon
innocence ; *V.* reprendra les roués en conſidération,
quand il pourra avoir au moins la moitié d'un œil.
V. remercie tendrement ſon ange pour notre gendre,
lequel eſt aſſigné à comparoir au grand conſeil, et
à plaider contre les religieux corſaires de Malte.
Nous ſommes très-diſpoſés à en paſſer par ce que

1764.

Hh 4

1764.

monfieur l'ambaffadeur de Malte voudra. Je fuis perfuadé que l'ordre dépenferait beaucoup d'argent à cette affaire, et y gagnerait très - peu de chofe. *V.* remercie furtout pour la grande affaire des dixmes, dans laquelle heureufement fon nom ne fera point prononcé ; ce nom fait un affez mauvais effet, quand il s'agit de la fainte Eglife.

Sub umbra alarum tuarum.

LETTRE CCLXXI.

AU MEME.

Aux Délices, 5 de novembre.

VOICI, mon cher ange, un autre procès ; jugez-moi avec M. le duc de *Praflin*, et jugez le cardinal de *Richelieu.* Ce petit procès peut amufer et faire diverfion. Je crois que M. le maréchal de *Richelieu*, et madame la ducheffe d'*Aiguillon*, tout opiniâtres qu'ils font, m'accorderont liberté de confcience fur le *Teflament* de leur grand oncle ; et je me flatte que M. de *Foncemagne*, leur avocat, ne fera pas mécontent de la difcrétion avec laquelle je plaide contre lui.

Dès que mes fluxions fur mes yeux me permettront d'entrevoir le jour, je reprendrai les roués en fous-œuvre ; et, dès que vous m'aurez marqué quels rôles il faut donner à mademoifelle *Doligny* et *Luzy*, je leur enverrai les provifions de leurs charges.

Je vous fupplie de remarquer que c'eft une vérité certaine que le *Portatif* eft de plufieurs mains ; et ce n'eft pas un petit avantage pour l'affermiffement du

règne de la raison , que plusieurs personnes , parmi
lesquelles il y a même des prêtres , aient contribué
à cet ouvrage. Des conseillers de Genève en ont
vu de leurs yeux dès preuves démonstratives , et
doivent même l'avoir mandé à M. *Cromelin ;* c'est
une vérité dont personne ne doute ici. La sottise qu'on
a faite à Genève n'a été qu'un sacrifice au parti de
Jean-Jacques qui a toujours crié qu'il fallait brûler
l'*Evangile* , puisqu'on avait brûlé *Emile.* Où serait
donc le mal ? où serait l'inconvenance , si M. le
duc de *Praslin* , convaincu de la vérité que le *Portatif*
est de plusieurs mains , disait dans l'occasion : Il est
de plusieurs mains ? en quoi cela pourrait-il le compromettre ? J'ai su que les *Omer* se trémoussaient
beaucoup ; cette famille n'est pas philosophe. Le règne
de la raison avance; mais plus elle fait de progrès,
plus le fanatisme s'arme contre elle. On ne laisse pas
d'avoir quelque obligation à ceux qui combattent
pour la bonne cause , mais il ne faut pas qu'ils soient
martyrs. Le fanatisme , qui a tant désolé le monde , ne
peut être adouci que par la tolérance , et la tolérance ne
peut être amenée que par l'indifférence. Voilà ce qui
fait que les Anglais sont heureux , riches et triom-
phans, depuis environ quatre-vingts ans. J'en souhaite
autant aux Velches.

Mes yeux en compote m'obligent à remettre mon
voyage de Virtemberg et du Palatinat. Je crierai
toujours sur le *Portatif* comme un aveugle qui a perdu
son bâton , pour peu que maître *Omer* instrumente.
Respect et tendresse. *V.*

LETTRE CCLXXII.

A M. DAMILAVILLE.

7 de novembre.

Mon cher frère, comptez que je ne me fuis pas alarmé mal à propos fur ce *Portatif* qu'on m'imputait, et qu'il a été néceffaire de prendre à la cour des précautions qui ont coûté beaucoup à ma philofophie. Le mal vient de ce que les frères zélés m'ont nommé d'abord. Il faudrait que les ouvrages utiles n'appartinffent à perfonne. On doute encore de l'auteur de l'*Imitation* de JESUS-CHRIST. Qu'importe l'auteur d'un livre, pourvu qu'il faffe du bien aux bonnes ames ? Je fais, à n'en pouvoir douter, que le procureur général a ordre d'examiner le livre, et d'en pourfuivre la condamnation. C'eft un nommé l'abbé d'*Eftrées*, petit généalogifte, et un peu fauffaire de fon métier, qui a donné l'ouvrage au procureur général. On trouve par-tout des monftres.

Il a fallu toute la protection que j'ai à la cour, pour affaiblir feulement un peu l'opinion où était le roi que j'étais l'auteur de ce *Portatif*. Il fera plus difficile d'arrêter la fureur des *Omer*. L'un d'eux a fait venir l'ouvrage, et j'ai vu des lettres de lui qui ne font pas d'un homme modéré. On ne pourra empêcher ces perfécuteurs de fuivre leurs infames ufages dont on fe moque depuis affez long-temps. Tout ridicules qu'ils font, ils ne laifferont pas de faire impreffion, et même fur l'efprit du fouverain qui,

en voyant l'ouvrage condamné, le trouvera encore
plus condamnable.

Je vous supplie, mon cher frère, de continuer
à réparer le mal. Si quelque chose peut arrêter la
fureur des barbares, c'est que le public soit instruit
que le livre est un recueil de pièces de différens
auteurs, dès long-temps publiées, et que je n'ai nulle
part à cette édition. L'effet des premiers bruits ne
se répare presque jamais ; il faut cent efforts pour
détruire l'impression d'un moment.

Admirons cependant la Providence qui a suscité
jusqu'à un prêtre, qui est le premier de son Eglise,
pour faire un des articles *Messie*; et le fameux *Midleton*,
auteur de la *Vie* de *Cicéron*, pour un autre article.
Frère *Protagoras* dit qu'il ne veut rien écrire ; mais,
si tous les sages en avaient dit autant, dans quel
état serait le genre-humain ? et dans quelle horrible
superstition ne serions-nous pas plongés? La superstition est, immédiatement après la peste, le plus
horrible des fléaux qui puissent affliger le genre-
humain. Il y a encore des sorciers à six lieues de
chez moi, sur les frontières de la Franche-Comté,
à Saint-Claude, pays où les citoyens sont esclaves.
Et de qui esclaves ? de l'évêque et des moines.
Il y a quelques années que deux jeunes gens furent
accusés d'être sorciers ; ils furent absous, je ne sais
comment, par le juge. Leur père qui était dévot,
et que son confesseur avait persuadé du prétendu
crime de ses enfans, mit le feu dans la grange
auprès de laquelle ils couchaient, et les brûla tous
deux, pour réparer auprès de DIEU l'injustice du
juge qui les avait absous. Cela s'est passé dans un

gros bourg appelé Longchaumois ; et cela fe pafferait dans Paris, s'il n'y avait eu des *Défcartes*, des
Gaffendi, des *Bayle*, &c. &c.

On a donc plus d'obligation aux philofophes
qu'on ne penfe ; eux feuls ont changé les bêtes en
hommes. Le *Julien* du marquis d'*Argens* réuffit beaucoup chez tous les favans de l'Europe ; mais il n'eft
pas connu à Paris ; on y craint trop pour l'erreur
qui eft encore chère à tant de gens.

Avez-vous entendu parler de la nouvelle édition
du *Teftament du cardinal de Richelieu* ? On croit
m'avoir démontré que ce *Teftament* eft authentique,
mais je me fens de la pâte des héréfiarques ; je n'ai
jamais été plus ferme dans mon opinion, et vous
entendrez bientôt parler de moi. Cela vous amufera ; je m'en rapporterai entièrement à votre jugement.

Je ne fais pourquoi frère *Protagoras* ne m'écrit
point ; je n'en compte pas moins fur fon zèle fraternel.
Hélas ! fi les philofophes s'entendaient, ils deviendraient tout doucement les précepteurs du genre-
humain.

LETTRE CCLXXIII.

A M. LE MARQUIS D'ARGENCE DE DIRAC.

12 de novembre.

Si vous avez été malade, mon cher Monsieur, je suis devenu aveugle depuis que les neiges ont couvert nos montagnes; c'est ce qui m'arrive tous les ans, et bientôt je perdrai entièrement la vue. Il aurait été bien à souhaiter, en effet, que les trois cents petits pâtés, dont vous m'avez parlé tant de fois, eussent été mangés à Bordeaux; mais un gourmand, qui arrive de cette ville, m'assure qu'il n'a pu en trouver chez aucun pâtissier, et c'est de quoi on m'avait déjà assuré plus d'une fois. M. le maréchal de *Richelieu*, qui aime les petits pâtés plus que personne, en aurait fait servir à sa table; il faut assurément qu'il soit arrivé malheur à votre four, et qu'il n'ait pas été assez chaud. Je ne sais pas pourquoi vous m'attribuez une pièce de *Grécourt*, qui n'est que grivoise, et dont vous citez ce vers:

L'amour me dresse son pupitre.

Vous devez bien sentir que la belle chose dont il est question ne ressemble point du tout à un pupitre. Ce n'est pas là le ton de la bonne compagnie. Tous les habitans de notre petit hermitage vous font, Monsieur, les complimens les plus sincères, ainsi qu'à monsieur votre frère. Vous savez avec quelle tendresse inaltérable je vous suis attaché pour toute ma vie.

LETTRE CCLXXIV.

A M. LE COMTE D'ARGENTAL.

14 de novembre.

MON gendre et moi, nous fommes aux pieds des anges ; et, avant que j'aye fermé ma lettre, je compte bien que M. *Dupuits* aura écrit celle de remercîmens qu'il vous doit, après quoi il fera de point en point tout ce que vous avez la bonté de lui confeiller.

Je ne fuis pas auffi heureux que lui dans la petite guerre avec M. le maréchal de *Richelieu*, puifque je lui ai déjà envoyé les chofes que vous voulez que je fupprime. Il me permet, depuis quarante ans, de difputer contre lui, et je ne me fouviens pas d'avoir jamais été de fon avis ; mais, heureufement, il m'a donné toujours liberté de confcience.

Je conçois bien, mon cher ange, qu'on oublie aifément les anciennes petites brochures écrites à propos du *Teftament* : il y était queftion du capucin *Jofeph*, et de fa prétendue lettre à *Louis XIII*. Je répondis, en 1750, ce que je dis aujourd'hui avoir répondu en 1750, parce que je l'ai trouvé dans mes manufcrits reliés, écrit de la main du clerc que j'avais en ce temps-là. Comment avez-vous pu imaginer que j'euffe voulu antidater cette réponfe ? quel bien cette antidate aurait-elle pu faire à ma caufe ? Croyez que je dis auffi vrai fur cette petite brochure que fur le *Portatif*. Croyez que M. *Abauzit*, auteur de l'article *Apocalypfe* et d'une partie de *Chriftianifme*,

eft non-feulement un des plus favans hommes de ———
l'Europe, mais à mon gré le mieux favant.

Croyez que M. *Polier*, premier pafteur de l'Eglife de Laufane, auteur de *Meffie*, entend très-bien fa matière, et ne reffemble en rien à vos évêques qui n'en favent pas un mot.

Croyez que *Midleton*, ce même *Midleton* qui a fait cette belle *Vie de Cicéron*, a fait un excellent ouvrage fur les miracles, qu'il nie tous, excepté ceux de NOTRE SEIGNEUR JESUS-CHRIST. C'eft de cet illuftre *Midleton* qu'on a traduit le conte du miracle de *Gervais* et de *Protais*, et celui du favetier de la ville d'Hippone. Remerciez DIEU de ce qu'il s'eft trouvé à la fois tant de favans perfonnages, qui tous ont contribué à démolir le trône de l'erreur, et à rendre les hommes plus raifonnables et plus gens de bien.

Enfin, mon cher ange, foyez bien convaincu que je fuis trop idolâtre et trop enthoufiafte de la vérité, pour l'altérer le moins du monde.

A l'égard du *Teftament relié en marroquin rouge*, la faute en eft faite. Cette petite et innocente plaifanterie pourrait-elle bleffer M. de *Foncemagne*, furtout quand ce n'eft pas une *viande fans fauce*, et quand j'affaifonne la raillerie d'un correctif et d'un éloge? J'ai envoyé l'ouvrage à M. de *Foncemagne*, l'eftimant trop pour croire qu'il en fût offenfé.

Enfin, pourquoi voudriez-vous que je fupprimaffe le trait de l'hoftie, et du marquis *Dupuis*, duc de la *Vieuville*, quand cette aventure eft rapportée, mot pour mot, dans mon Effai fur l'hiftoire générale, tome V, page 29, édition de 1761? Supprimer un tel article dans ma réponfe, après l'avoir imprimé dans mon

Hiſtoire, et après l'avoir envoyé à M. le maréchal de *Richelieu* lui-même; ôter d'une édition ce qui eſt dans une autre, ce ſerait me décréditer ſans aucune raiſon.

Vous voyez donc bien, mon cher ange, que la vérité et la convenance exigent que l'ouvrage paraiſſe dans Paris, dans le même état où je ſoupçonne que le roi l'a déjà vu; ſans quoi je paraîtrais déſavouer les faits ſur leſquels je me ſuis fondé.

Pardonnez, je vous prie, à mes petites remontrances. L'hiſtoire deviendrait un beau recueil de menſonges, ſi l'on n'oſait rapporter ce qu'ont fait les rois et les miniſtres, il y a cent cinquante années, de peur de bleſſer la délicateſſe de leurs arrière-couſins. Je vous ſupplie donc inſtamment de vouloir bien agréer la bonté de M. *Marin*, qui veut bien faire imprimer ma réponſe à M. de *Foncemagne*, avec les dernières additions que j'ai envoyées nouvellement.

Au reſte, il réſultera de toute cette diſpute, ou que le *Teſtament du cardinal de Richelieu* n'eſt point de lui, ou que, s'il en eſt, il a fait là un bien déteſtable ouvrage. Je ſais, à n'en pouvoir douter, que le roi a lu deux fois ce *Teſtament*, il y a environ vingt ans; et je crois qu'il eſt bien important pour le royaume que le roi perde l'opinion où il peut avoir été que cet ouvrage doit être la règle de la conduite d'un prince.

Quand on m'a mandé que vous aviez bien voulu corriger quelques paſſages, j'avais cru que c'était la faute qu'on a faite d'oublier les *jeunes magiſtrats*, et de dire que les *avocats* inſtruiſent les *magiſtrats*, en oubliant *jeunes*. Que cette expreſſion, la *France eſt le ſeul pays ſouillé de cet opprobre*, vous avait paru trop forte, et que c'était-là qu'il fallait ménager les termes.

Je

Je me foumets à vos lumières et à vos bontés ; et
en même temps je vous demande grâce pour l'hoftie
de la Vieuville , pour le marroquin rouge de l'abbé
de *Rothelin* , et pour l'hiftoire du capucin *Jofeph.* Je
vous fupplie de vouloir bien faciliter et d'approuver
la bienveillance de M. *Marin* , à qui je renouvelle
mes inftances de laiffer imprimer l'ouvrage tel que
je l'ai envoyé en dernier lieu à vous et à lui.

LETTRE CCLXXV.

A MADAME DE CHAMPBONIN.

Aux Délices, 17 de novembre.

JE ne fais fi vous favez , mon cher *Gros - Chat* ,
que je deviens aveugle ; vous me direz que je fuis
très-clair-voyant fur le mérite des *Pompignans ;* je vous
affure que je ne le fuis pas moins fur les devoirs de
l'amitié. Je vous écrirais plus fouvent, fi j'avais du
temps et des yeux ; mais tout cela me manque : vous
favez de plus que j'ai l'honneur d'avoir foixante et dix
ans ; et qu'étant né très-faible , je n'acquiers pas de la
force avec l'âge. On meurt en détail, ma chère amie ;
puiffiez-vous jouir d'une meilleure fanté que la
mienne ! Je n'ai pas la confolation d'efpérer de vous
revoir ; nous fommes l'un et l'autre dans des hémif-
phères différens. J'ai un ami dans ce pays-ci , qui
va fouvent en Amérique , mais qui en revient comme
de Verfailles à Paris. Il n'en eft pas de même d'un
Gros-Chat dont la gouttière eft en Champagne , et

d'un aveugle pofté dans les Alpes. Il faut fe dire adieu, ma chère amie; cela eft douloureux. Je fens que je pafferais avec vous des momens bien agréables; mais nous fommes cloués, par la deftinée, chacun chez nous; et, malheureufement pour nous, nos folitudes ne font pas bien fécondes en nouvelles. Tout ce que j'efpère faire, c'eft de vous dire que je vous aime de tout mon cœur. Quand cela eft dit, je vous le redis encore; c'eft comme l'*Ave-Maria* qu'on répète; on dit qu'il ennuie la fainte Vierge, et j'ai peur d'ennuyer *Gros-Chat* par de pareilles répétitions. Que n'êtes-vous la nièce de *Corneille!* je vous aurais remariée, et vous feriez groffe actuellement, et nous vivrions enfemble le plus gaiement du monde.

Adieu, mon cher *Gros-Chat;* vivons tant que nous pourrons : mais la vie n'eft que de l'ennui ou de la crême fouettée.

LETTRE CCLXXVI.

A M. PIERRE ROUSSEAU,

Auteur du Journal encyclopédique.

Aux Délices, près de Genève, 19 de novembre.

IL eft vrai, Monfieur, comme vous le dites dans votre lettre du 4 du courant, qu'on débite toujours quelque chofe fous mon nom, comme on donne quelquefois du vin du cru pour des vins étrangers. Ceux qui font ce négoce fe trompent encore plus

qu'ils ne trompent le public ; mon vin a toujours été
fort médiocre, et ceux qui débitent le leur fous   1764.
mon nom ne feront pas fortune.

J'apprends que pour furcroît on vient d'imprimer
en Hollande mes Lettres fecrètes ; je crois qu'en effet
ce recueil fera très-fecret, et que le public n'en faura
rien du tout. Il me femble que c'eft à la fois offenfer
ce public et violer tous les droits de la fociété,
que de publier les lettres d'un homme avant fa mort,
fans fon confentement ; mais lui imputer des lettres
qu'il n'a point écrites, c'eft le métier d'un fauffaire.
Ce recueil n'eft point parvenu dans ma retraite ;
on m'affure qu'il eft fort mauvais, et j'en fuis très-
bien aife.

Je préfume, au refte, que, dans ces lettres fami-
lières qu'on débite fous mon nom, il n'y en aura
aucune qui commence comme celles de *Cicéron: Si
vous vous portez bien, j'en fuis bien aife ; pour moi je me
porte bien.* Ce ferait-là trop clairement un menfonge
imprimé.

Je conçois qu'on imprime les lettres d'*Henri IV*,
du cardinal d'*Offat*, de madame de *Sevigné* ; *Racine* le
fils a même donné au public quelques lettres de
fon illuftre père, dont on pardonne l'inutilité en
faveur de fon grand nom ; mais il n'eft permis
d'imprimer les lettres des hommes obfcurs, que
quand elles font auffi plaifantes que celles que vous
connaiffez fous le titre de *Litteræ virorum obfcurorum.*

Ne voilà-t-il pas un beau préfent à faire au public,
que de lui préfenter de prétendues lettres très-
inutiles et très-infipides ; écrites par un homme retiré
du monde à des gens que le monde ne connaît pas

—— du tout! Il faut être auffi mal-avifé pour imprimer de telles fadaifes, que frivole pour les lire; auffi toutes ces paperaffes tombent-elles au bout de quinze jours dans un éternel oubli; et prefque toutes les brochures de nos jours reffemblent à cette foule innombrable de moucherons qui meurent après avoir bourdonné un jour ou deux, pour faire place à d'autres qui ont la même deftinée.

La plupart de nos occupations ne valent guère mieux : et ce n'était pas un fot que celui qui dit le prémier que tout était vanité, excepté la jouiffance paifible de foi-même.

La fubftance de tout ce que je vous dis, Monfieur, mériterait une place dans votre journal, fi elle était ornée par votre plume.

J'ai l'honneur d'être, &c.

LETTRE CCLXXVII.

A M. LE COMTE D'ARGENTAL.

20 de novembre.

Vous êtes les anges des *Corneille*, comme vous êtes les miens; ainfi je compte que madame *Dupuits* n'eft pas trop téméraire en fuppliant M. d'*Argental* de vouloir bien faire rendre le paquet ci-joint à M. *Corneille*. Le marquis eft arrivé, et il a bien promis d'envoyer les feuilles qu'on demande; et je ne doute pas que le prince et le marquis n'ordonnent à leurs principaux officiers de faire les recherches néceffaires

dans leur chancellerie; moyennant quoi, l'héritier
du nom de *Corneille* peut fe flatter de recevoir, dans 1764.
quelques mois, un paquet fcellé du grand fceau.

Mes anges m'avaient tenu le cas fecret fur les
lettres fecrètes; je ne les ai point lues. C'eft un nommé
Robinet, qui eft allé exprès à Amfterdam. Je ne crois
pas que fon entreprife lui paye fon voyage. Il prétend
aufli faire imprimer ma correfpondance avec le roi
de Prufle; en ce cas, il publiera de bien mauvais vers.
Vous croyez bien que j'entends les miens, car ceux
d'un roi font toujours bons.

Il me paraît que je reffemble affez à un homme
dont le bien eft à l'encan. On vend tous mes effets,
comme fi j'étais décédé infolvable; et on fourre dans
l'inventaire bien des chofes qui ne m'appartiennent
pas : mais, comme je fuis mort, ce n'eft pas la
peine de me plaindre.

Dieu béniffe les vivans, et qu'il accorde à mes
anges la vie fempiternelle, le plus tard qu'il pourra!

LETTRE CCLXXVIII.

A M. DAMILAVILLE.

23 de novembre.

LES hommes feraient trop heureux, mon cher
frère, s'ils n'avaient à combattre que des erreurs
femblables à celle qui impute au cardinal de *Richelieu*
un très-ennuyeux et très-deteftable *Teftament*. Je ne
crois pas qu'on ait jamais débité une morale plus per-
nicieufe, ni propofé de plus extravagans fyftêmes.

I i 3

M. *Marin* s'eft chargé de faire imprimer, avec permiffion, ma réponfe à M. de *Foncemagne*, réponfe que je crois polie et honnête. Si quelque confidération particulière, dont je ne puis avoir connaiffance, l'empêchait de faire fur cela ce qu'il m'a promis, je vous ferais, en ce cas, très-obligé de donner à *Merlin* l'exemplaire corrigé que je vous fais tenir; et je crois que M. *Marin* y donnerait volontiers fon aveu. On ne pourrait lui reprocher d'être éditeur; il n'aurait fait que ce que fa place exige de lui. Il me femble néceffaire que l'ouvrage paraiffe; je fuis dans le cas d'une défenfe légitime; il ne ferait pas bien à moi d'abandonner, fur la fin de ma vie, une opinion que j'ai foutenue pendant trente années. Je vous jure que je me rétracterais publiquement, fi on me donnait de bonnes raifons; mais il me femble qu'on en eft bien loin.

Montrez, je vous en prie, cette double copie à votre ami M. de *Beaumont*. Je crois que l'article qui regarde les avocats ne lui déplaira pas; je voudrais, d'ailleurs, avoir fon avis fur le fond du procès. Je vous avoue que je ferais tenté de propofer à M. de *Foncemagne* de prendre une demi-douzaine d'avocats pour arbitres. Il me paraît qu'on ne peut former que deux opinions fur cette affaire; l'une, que le *Teftament*, attribué au cardinal, n'eft point de lui; l'autre, que, s'il en eft, il a fait un ouvrage impertinent. Il y a plus d'un livre refpecté dont on pourrait en dire autant.

Tâchez, mon cher frère, d'animer frère *Protagoras*; c'eft l'homme du monde qui peut rendre les plus grands fervices à la caufe de la vérité. Les mathéma-

tiques font fort belles ; mais, hors une vingtaine de 1764.
théorèmes utiles pour la mécanique et pour l'aftro-
nomie, tout le refte n'eft qu'une curiofité fatigante.
Plût à Dieu que notre *Archimède* pût trouver un point
fixe pour y pendre le fanatifme.

LETTRE CCLXXIX.

A M. MARIN.

24 de novembre.

Si jamais, Monfieur, quelque homme de lettres
vient vous dire que fon métier n'eft pas le plus ridicule, le plus dangereux, le plus miférable des métiers,
ayez la bonté de m'envoyer ce pauvre homme. Il y
a tantôt cinquante ans que je puis rendre bon témoi-
gnage de ce que vaut la profeffion. Un de fes revenant-
bons eft que chaque année on m'a imputé quelque
ouvrage ou bien impertinent ou bien fcandaleux. Je
fuis dans le cas du célèbre M. *Arnoud*, et de l'illuftre
M. *le Lièvre*, deux braves apothicaires, dont on
contrefait tous les jours les fachets et le baume
de vie. On débite continuellement, fous mon nom,
de plus mauvaifes drogues. On a fabriqué une
Hiftoire de la guerre de 1741, avec mon nom à
la tête. Je ne fais quel fripier prétend avoir trouvé
mon porte-feuille ; il a donné hardiment un recueil
de vers tirés du *Mercure*, et cela eft intitulé : *Mon
porte-feuille retrouvé.*

M. *Robinet*, que je n'ai pas l'honneur de connaître, a fait imprimer mes lettres fecrètes qui, fi

elles font fecrètes, ne devaient pas être publiques ; et M. *Robinet* ne fera pas affurément fortune avec mes prétendus fecrets.

En voici un autre qui donne mes Oeuvres philofophiques ; et ces Oeuvres font d'abominables rogatons imputés autrefois à *la Métrie* , et indignes même de lui.

Quel remède à tout cela, s'il vous plaît ? je n'y vois que celui de la patience ; autrefois je m'en fâchais, j'ai pris le parti d'en rire. Je ne puis imiter les charlatans qui avertiffent le public de fe donner de garde de ceux qui contrefont leur élixir. Il faut fubir cette deftinée attachée à la littérature. Il eft très-inutile de fe plaindre au public qui n'a jamais plaint perfonne, et qui ne fonge qu'à s'amufer de tout.

Il faut qu'un homme de lettres fe prépare à paffer fa vie entre la calomnie et les fifflets. Si vous vous plaignez à votre ami d'un libelle fait contre vous, il vous demande vîte où on le vend ; fi vous êtes affligé qu'on vous impute un mauvais ouvrage, il ne vous répond pas, et il court à l'opéra comique ; fi vous lui dites qu'on n'a pas rendu juftice à vos derniers vers , il vous rit au nez : ainfi le mieux eft toujours de rire auffi.

Je ne fais fi votre *Duchefne* s'appelle *André* ou *Gui;* mais, foit *Gui* foit *André* , il a impitoyablement maffacré mes tragédies ; il les a imprimées comme je les ai faites , avec des fautes innombrables de fa part, comme moi de la mienne. De toutes les républiques, celle des lettres eft fans contredit la plus ridicule.

LETTRE CCLXXX.

A M. LE COMTE D'ARGENTAL.

27 de novembre.

A l'un de mes anges, ou aux deux enfemble.

LES lettres fe croifent, et le fil s'embrouille. La lettre du 21 de novembre m'apprend, ou qu'on n'avait pas encore reçu les lettres patentes de mefdemoifelles *Doligny* et *Luzy*, ou qu'elles ont été perdues avec un paquet adreffé, autant qu'on peut s'en fouvenir, à M. de *Courteille*. Tous mes paquets ont été envoyés depuis un mois à cette adreffe, excepté un ou deux à l'abbé *Arnaud* ou à *Marin*. Il ferait trifte qu'il y eût un paquet d'égaré. Dans ce doute, voici de nouvelles patentes.

Je vous avais mandé que M. de *Richelieu* m'avait donné toute liberté fur la diftribution de ces bénéfices : fi M. de *Richelieu* change d'avis, je n'en changerai point ; je crois fon goût pour mademoifelle d'*Epinai* paffé, et j'imagine que fa fureur de vous contre-carrer fur les affaires du tripot eft auffi fort diminuée.

Je vous fupplie, mes divins anges, d'affurer M. *Marin* de ma très-vive reconnaiffance. Je voudrais bien pouvoir la lui marquer, et vous me feriez grand plaifir de me dire comment je pourrais m'y prendre.

Il eft très-vrai que j'avais fait une balourdife

énorme, en ajoutant à la réponfe faite à M. de *Foncemagne* en 1750 , les noms du cardinal *Alberoni* et du maréchal de *Bellifle ;* je fis cette fottife en corrigeànt l'épreuve à la hâte. On eft bien heureux d'avoir des anges gardiens qui réparent fi bien de pareilles fautes. Mais je jure encore , par les ailes de mes anges , que j'ai retrouvé , parmi mes pape-raffes , cette lettre de 1750 , écrite de la main du clerc qui griffonnait alors mes penfées ; je ne trompe jamais mes anges.

On m'a mandé qu'un honnête homme, qui a approfondi la matière du *Teftament* , et qui ne laiffe rien échapper , a porté une fentence d'arbitre entre M. de *Foncemagne* et moi. On la dit fage, polie , inftructive et très-bien motivée.

Il paraît tous les mois, fous mon nom, en Angleterre ou en Hollande, quelques livres édifians. Ce n'eft pas ma faute; je ne dois m'en prendre qu'à ma réputation de bon chrétien, et mettre tout aux pieds du crucifix.

J'ai bien peur que maître *Omer* ne veuille me procurer la couronne du martyre. Ces *Omer* font très-capables de joindre au *Portatif* la tragédie fainte de Saül et David, que le fcélérat *Befogne*, libraire de Rouen , a imprimée fous mon nom ; *meffieurs* pourraient bien me décréter ; et, quoique je ne faffe cas que des décrets éternels de la Providence, cette aventure ferait auffi embarraffante que défagréable. Je connais toute la mauvaife volonté des *Omer ;* je n'ai jamais été content d'aucun *Fleuri*, pas même du cardinal, pas même du confeffeur du roi, auteur de l'*Hiftoire eccléfiaftique ;* je ne conçois pas comment

il a pu faire de si excellens discours et une histoire ——
si puérile.

Au reste, je ne me porte pas assez bien pour me
fâcher , et mes yeux sont dans un trop triste état
pour que je revoye les roués. Je me sers d'une drogue
qui me rendra ou qui m'ôtera la vue tout-à-fait;
je n'aime pas les partis mitoyens.

Mes chers anges, conservez-moi vos célestes bontés.
Toute ma famille se prosterne à l'ombre de vos
ailes.

On nous parle aussi d'une petite assignation de
notre curé. La robe de tous côtés me persécute ;
mais je ne m'épouvante de rien. Je trouve que plus
on est vieux, plus on doit être hardi. Je suis du
sentiment du vieux *Renaud* qui disait qu'il n'appar-
tenait qu'aux gens de quatre-vingts ans de conspirer.

LETTRE CCLXXXI.

A M. LE MARQUIS DE FLORIAN.

29 de novembre.

VRAIMENT, vous serez très-bien reçus , Monsieur,
vous et les vôtres, dans le petit château de Ferney;
et je vous réponds que, si j'étais jeune, je viendrais
prendre madame de *Florian* à Ornoy, pour la conduire chez nous ; mais je ne lui conseille pas d'aller
en litière. Le chemin de Lyon à Genève est actuellement un des plus beaux du royaume ; et il faut
toujours choisir les routes les plus fréquentées et

——— les plus longues, parce qu'on y trouve toujours plus de reſſources et plus de ſecours dans les accidens.

Nous ne nous flattons pas de vous donner la comédie ; il eſt trop difficile de trouver des acteurs.

Pour moi, j'ai fait comme *Sarrazin* ; j'ai demandé mon congé dès que j'ai eu ſoixante et dix ans.

Si mes fluxions ſur les yeux continuent, je deviendrai bientôt aveugle, et je ne pourrai jouer que le rôle de *Tyréſie*. Nous avons un jéſuite qui peut fort bien jouer le rôle de grand-prêtre dans l'occaſion ; mais cela compoſerait, ce me ſemble, une troupe aſſez lugubre.

Il faudra, je crois, ſe réduire aux plaiſirs ſimples de la ſociété. Genève n'en fournit guère ; nous les trouverons dans nous-mêmes. Vous ferez contens de M. *Dupuits* et de ſa petite femme. Il a très-bien fait de l'épouſer. S'il avait eu le malheur de n'être pas réformé, il était ruiné ſans reſſource ; ſes tuteurs avaient bouleverſé toute ſa petite fortune.

Si vous comptez aller en Languedoc, vous abré-gerez beaucoup votre chemin en paſſant par Lyon, et nous irons au-devant de madame de *Florian*. J'eſ-père que je ſerai en état de la mieux recevoir qu'à ſon premier voyage. Mes affaires ont été un peu dérangées depuis quelque temps ; mais je me flatte qu'elles ſeront inceſſamment rétablies avec des avan-tages nouveaux.

Je vois avec grand plaiſir que vous avez embelli Ornoi. Je répète toujours qu'on n'eſt véritablement bien que chez ſoi, et que, quand on ſait ſe pré-ſerver un peu du poiſon mortel de l'ennui, on ſe trouve bien plus à ſon aiſe dans ſon château,

que dans le tumulte de Paris et dans le miférable ———
ufage de paffer une partie de fon temps dans les
rues, de fortir pour ne rien faire, et de parler pour
ne rien dire. Cette vie doit être infupportable pour
quiconque a quarante ans paffés.

Tout Ferney fait mille tendres complimens à tout
Ornoi. Autrefois les feigneurs châtelains de Picardie
n'allaient guère voir les feigneurs châtelains du
pays des Allobroges; mais à préfent que la fociété
eft perfectionnée, on peut fans rifque faire de ces
longs voyages. Vous ferez attendus avec impatience,
et reçus avec tranfport.

LETTRE CCLXXXII.

A M. LE COMTE D'ARGENTAL.

29 de novembre.

JE commencerai par dire que celui de mes anges
qui m'a béatifié de fes réflexions fur *Octave*, a la
plus grande raifon du monde; et que, fi le génie
du jeune homme égale la fageffe de ces confeils,
l'ouvrage ne fera pas indigne du public, tout dégoûté
et tout difficile qu'il eft.

Je fuis, comme vous favez, le ferviteur de monfieur *Chabanon*; je m'intéreffe à fes fuccès; il doit
favoir avec quel plaifir je recevrai fa Virginie. J'ai
reçu *le Tuteur dupé* de M. de *Leflandoux*; je l'en
remercierai inceffamment. Je prends la liberté de
mettre dans ce paquet une lettre pour *le Kain* : voilà
pour tout ce qui regarde le tripot.

Comme mes anges daignent s'intéreffer à la nièce de *Corneille*, il eft jufte que je leur dife que notre enfant en a fait un autre gros comme mon poing, que nous avons mis dans une boîte à tabac doublée de coton, et qui n'a pas vécu trois heures. L'enfant-mère fe porte bien, et toute la famille eft aux pieds et aux ailes de mes anges.

Venons à préfent aux tracafferies de Genève.

Le fecrétaire d'Etat eft venu me remercier de la part du confeil, de la manière impartiale et du zèle défintéreffé avec lequel je me fuis conduit. J'ai eu le bonheur jufqu'à préfent d'avoir obtenu quelque confiance des deux partis, et de leur avoir fait approuver ma franchife; mais je me fuis aperçu que ce procès me fait perdre tout mon temps, et qu'il faudrait que je fuffe à Genève, où je le perdrais encore davantage. Ni ma fanté, ni mon goût, ni mes travaux, ne me permettent de quitter ma douce retraite. Vous favez, mes divins anges, que je vous ai parlé une fois d'un M. *Fabry*, fyndic des petits Etats de mon pays de Gex, maire de la ville de Gex, qui a été long-temps employé au règlement des limites avec la Suiffe et Genève; il eft chargé des affaires en attendant l'arrivée de M. *Hénin*. Il m'a paru n'être pas mécontent des moyens de pacification que j'ai imaginés, et de ceux que j'ai ajoutés depuis; il m'a paru défirer de travailler fur ces principes, et de préparer l'ouvrage que M. *Hénin* doit confommer; il a cru que ce fervice lui mériterait les récompenfes qu'il attend d'ailleurs de M. le duc de *Praflin*.

J'ai penfé, mes divins anges, que je devais lui

faire le sacrifice de cette petite négociation, sans
pourtant abandonner le rôle que je joue, et ce
rôle est de jeter de l'eau sur les charbons ardens
allumés par *Jean-Jacques* ; cela me suffit, je n'en
veux pas davantage. Je me flatte que M. le duc
de *Praslin* agréera ma conduite, et que M. *Hénin*
n'en sera pas mécontent.

Si vous voyez monsieur le coadjuteur, je vous
supplie de lui dire que je suis aussi fâché que lui
du train qu'ont pris les choses. On a, ce me semble, trop fatigué le roi et le ministère par des
expressions pleines d'aigreur. On a hasardé de perdre
jusqu'aux libertés de l'Eglise gallicane dont tous
les parlemens ont toujours été si justement et si inva-
riablement les défenseurs. Cela fait de la peine à
un pauvre historien qui aime sa patrie, et qui est
entièrement de l'avis de l'archevêque de Novogorod
la grande. La raison commençait à pénétrer chez les
hommes, le fanatisme ecclésiastique peut l'écraser.
J'en gémis jusqu'au fond de mon cœur; mais je
compte toujours sur la sagesse du roi et de ses ministres
qui empêcheront que ces étincelles ne deviennent
un embrasement.

Pardonnez à la bavarderie du vieux suisse, qui
aura toute sa vie pour vous la tendresse la plus res-
pectueuse.

LETTRE CCLXXXIII.

A M. DAMILAVILLE.

30 de novembre.

MON cher frère, les auteurs du *Portatif*, dont la plupart font à Laufane, font un peu étonnés du bruit qu'a fait leur livre ; ils ne s'y attendaient pas. Je m'attendais encore moins à en être foupçonné ; mais , dès que je fus certain qu'on en avait parlé au roi en termes très-forts, et qu'on avait voulu exciter contre moi l'évêque d'Orléans, je fus obligé d'aller au-devant des coups qu'on me portait. Je me trouvais précifément alors dans des circonftances très-épineufes ; j'y fuis encore ; mais c'eft déjà beaucoup que l'on ait dit en pleine académie la vérité dont j'ai befoin. On m'avertit que les *Omer* fe préparent à faire incendier ce *Portatif* au bas de l'efcalier , et qu'ils veulent abfolument me l'attribuer ; je ne fais même fi la chofe n'eft pas déjà faite.

Je me réfigne, mon cher frère, à la volonté divine , et je m'enveloppe dans mon innocence. Le parlement velche ne voit pas plus loin que fon nez. Il devrait fentir combien il eft de fon intérêt de favorifer la liberté de la preffe, et que plus les prêtres feront décrédités, plus il aura de confidération. Le fénat romain fe garda bien de condamner le livre de *Lucrèce*, et le parlement d'Angleterre ne foutient la liberté d'écrire que pour affermir la fienne.

Je

Je n'ai point vu les *Lettres de J. J.* ; on ne les connaît point encore dans notre Suiffe. On a auffi imprimé, fous mon nom, des Lettres fecrètes. On dit que c'eft un M. *Robinet* qui m'a joué ce beau tour. Si ces lettres font fecrètes, il ne fallait donc pas les mettre au jour; mais on croit que ce fecret reftera entre M. *Robinet* et fon imprimeur. On m'a mandé que c'eft un recueil auffi infipide que fi on avait imprimé les mémoires de mon tailleur et de mon boucher. Vous voyez qu'on me regarde comme un homme mort, et qu'on vend tous mes effets à l'encan. *Robinet* s'eft chargé de mon pot de chambre.

J'attends toujours des *Dumarfais*, des *Saint-Evremond*, des *Meflier* ; j'ai reçu des *Enoch* : cela n'eft pas *publici faporis*. On ne trouve pas un feul Dictionnaire philofophique actuellement dans toute la Suiffe. Perfonne ne m'attribue cet ouvrage dans le pays où je vis ; il n'y a que des *Frérons* qui puiffent m'en accufer à Paris ; mais je ne crains ni les *Frérons* ni les *Pompignans* : ces malheureux ne m'empêcheront jamais de vivre et de mourir libre.

Sur ce je vous embraffe ; je ris des Velches et je plains les philofophes. *Ecr. l'inf.*

LETTRE CCLXXXIV.

A M. LE MARQUIS D'ARGENCE DE DIRAC.

30 de novembre.

JE vois, mon cher philofophe, que vous avez perdu un adepte qui fera difficile à remplacer. Ce que vous me mandez de lui, et le petit billet qu'il écrivit avant fa mort, me donnent bien des regrets. On dit que vous avez auffi perdu monfieur votre père; il était d'un âge à ne devoir s'attendre à vivre plus long-temps. Il n'aura pas, fans doute, écrit un billet femblable à celui de votre ami. Les chofes fe tournent bien différemment dans les têtes des hommes. Il y a l'infini entre celui qui a lu avec fruit, et celui qui n'a rien lu : le premier foule à fes pieds les préjugés, et le fecond en eft la victime. Songez à rétablir votre fanté. Pour peu que vous joigniez la fobriété à vos autres mérites, vous n'aurez pas plus befoin des médecins du corps que de ceux de l'ame. Je vous embraffe de tout mon cœur ; je vous ferai attaché pour le refte de ma vie qui ne peut être bien longue. V.

LETTRE CCLXXXV. 1764.

A MADAME

LA COMTESSE D'ARGENTAL.

Aux Délices, novembre.

MADAME l'ange eſt ſuppliée d'être arbitre entre M. de *Foncemagne* et moi; ſi elle me condamne, je me tiens pour très - bien condamné. Je ſais bien que j'ai affaire à forte partie; car c'eſt plutôt contre madame la ducheſſe d'*Aiguillon* et M. le maréchal de *Richelieu*, que contre M. de *Foncemagne* que je plaide. Il me ſemble que le procès eſt aſſez curieux.

Quant au *Portatif*, je ne plaide point, et je décline toute juridiction. Il eſt très-avéré que cet ouvrage (horriblement mal imprimé, quoiqu'il ne l'ait pas été chez les *Cramer*) eſt fait depuis plu-ſieurs années; ce qui eſt très-aiſé à voir, puiſqu'à l'article *Chaîne des événemens*, page 70, il eſt parlé de ſoixante mille ruſſes en Poméranie.

Il n'eſt pas moins certain que la plupart des articles étaient deſtinés à l'*Encyclopédie*, par quelques gens de lettres, dont les originaux ſont encore entre les mains de *Briaſſon*. S'il y a quelques articles de moi, comme *Amitié*, *Amour*, *Anthropophages*, *Carac-tère*, *Chine*, *Fraude*, *Gloire*, *Guerre*, *Lois*, *Luxe*, *Vertu*, je ne dois répondre en aucune façon des autres. L'ouvrage n'a été imprimé que pour tirer de la miſère une famille entière. Il me paraît fort bon, fort utile; il détruit des erreurs ſuperſtitieuſes

K k 2

que j'ai en horreur, et il faut bénir le fiècle où nous vivons, qu'il fe foit trouvé une fociété de gens de lettres, et dans cette fociété des prêtres qui prêchent le fens commun. Mais enfin, je ne dois pas m'approprier ce qui n'eft pas de moi. L'empreffement très-inconfidéré de deux ou trois philofophes de Paris, de donner de la vogue à cet ouvrage, au lieu de ne le mettre qu'en des mains sûres, m'a beaucoup nui. Enfin, la chofe a été jufqu'au roi qu'il fallait détromper; et vous n'imagineriez jamais de qui je me fuis fervi pour lui faire connaître la vérité. Je n'ai pas les mêmes facilités auprès de Mᵉ *Omer*, mon ennemi, qui me défigna indignement et très-mal à propos, il y a quelques années, dans fon réquifitoire contre *Helvétius*. Son frère, l'ancien intendant de Bourgogne, a fait venir le livre pour le lui remettre, et pour en faire l'ufage ordinaire.

Cet ufage ne me paraît que ridicule; mais il eft pour moi de la dernière importance qu'on fache bien qu'en effet l'ouvrage eft de plufieurs mains, et que je le défavoue entièrement; c'eft le féntiment de toute l'académie; je lui en ai écrit par le fecrétaire perpétuel. Quelques académiciens, qui avaient vu les originaux chez *Briaffon*, ont certifié une vérité qui m'eft fi effentielle. Au refte, j'ai pris toutes mes mefures depuis long-temps pour vivre et pour mourir libre, et je n'aurai certainement pas la baffeffe de demander, comme M. d'*Argenfon*, la permiffion de venir expirer à Paris entre les mains d'un vicaire. Un des *Omer* difait qu'il ne mourrait pao content qu'il n'ait vu pendre un philofophe; je peux l'affurer que ce ne fera pas moi qui lui donnerai ce plaifir.

1764.

Soyez bien perfuadée, Madame, que d'ailleurs toutes ces misères ne troublent pas plus mon repos que la lecture de l'*Alcoran* ou celle des pères de l'Eglife, et foyez encore plus perfuadée de mon tendre et inviolable refpect.

Voulez-vous bien, Madame, donner à M. de *Foncemagne* ma réponfe, dans laquelle je ne crois avoir manqué à aucun des égards que je lui dois.

Nota. Je reçois la petite lettre de M. le duc de *Praflin*. C'était, ne vous déplaife, monfieur l'évêque d'Orléans qui avait déjà parlé; mais je préfère la protection de M. le duc de *Praflin* à celle de tout le clergé. Pour M. le duc de *Choifeul*, il m'a écrit: *Vieux fuiffe, vieille marmotte, vous vous agitez comme fi vous étiez dans un bénitier, et vous vous tourmentez pour bien peu de chofe.*

Je ne fuis pas tout-à-fait de fon avis.

LETTRE CCLXXXVI.

A M. DE CHABANON,

Qui lui avait adreffé l'Eloge de *Rameau.*

A Ferney, 9 de décembre.

Si l'on était sûr, Monfieur, d'avoir après fa mort des panégyriftes tels que vous, il y aurait bien du plaifir à mourir. Vous faites de toutes façons honneur aux beaux arts. Je vois une belle ame dans tout ce que vous faites. Si tous les gens de lettres penfaient comme vous, leur état deviendrait le premier du royaume, et leurs perfécuteurs feraient dans la

Kk 3

fange. Continuez à rendre honorable un mérite perfonnel que l'infolence des pédans et la fureur des fanatiques voudront enfin avilir. Les grands artiftes doivent être tous frères; et fi la famille de ces frères eft unie, la famille des fots fera confondue. Nos pères, ignorans, légers et barbares, ne connaiffaient, avant *Lully*, que les vingt - quatre violons du roi; et, avant *Corneille*, le cardinal de *Richelieu* avait à fes gages quatre poëtes du Pontneuf, dignes de travailler fous fes ordres. Il n'y a que les cœurs fenfibles et les efprits philofophes qui rendent juftice aux vrais talens. Puiffe cet efprit philofophique germer dans la nation! Après l'éloge que vous avez fait de *Rameau*, je ferai toujours le vôtre; vous m'infpirez un fentiment d'eftime qui approche bien de l'amitié; j'ofe vous demander la vôtre; les fentimens que j'ai pour vous la méritent. Comptez que c'eft du meilleur de mon cœur, et fans complimens, que j'ai l'honneur d'être, &c. *V.*

LETTRE CCLXXXVII. 1764.

A M. LE COMTE D'ARGENTAL.

10 de décembre.

JE vous écrivis, le famedi 8, par M. l'abbé *Arnaud*. De nouvelles provifions pour les emplois comiques étaient dans ma lettre. Je foupçonne violemment monfieur l'abbé d'avoir égaré les premières. Il doit être fi occupé de fes deux gazettes, et fi entouré de paperaffes, qu'on peut fans injuftice le foup-çonner d'égarer des paquets. Il a négligé deux paquets qu'on lui avait adreffés pour moi. Je vous fupplie de lui redemander non-feulement la lettre du 8 de décembre, mais celle de novembre qu'il pourra retrouver.

Vous favez, fans doute, que vous avez perdu l'abbé de *Condillac*, mort de la petite vérole natu-relle, et des médecins d'Italie, tandis que l'*Efculape* de Genève affurait les jours du prince de Parme par l'inoculation. Nous perdons là un bon philo-fophe, un bon ennemi de la fuperftition; l'abbé de *Condillac* meurt, et *Omer* eft en vie. Je me flatte qu'il n'aura pas l'impudence de faire de nouveaux réquifitoires contre l'inoculation, après ce qui vient de fe paffer à Parme. La plupart de vos médecins ne favent que cabaler. Votre forbonne eft toujours la forbonne; je ne dis rien de votre parlement, car je fuis trop fage.

J'ignore ce qui s'eft fait à votre affemblée de

K k 4

1764. pairs, s'il s'eſt agi des jéſuites dont perſonne ne ſe
ſoucie, ou d'affaires d'argent après leſquelles tout
le monde court, grands yeux ouverts, bouche
béante.

Le marquis demande quelles feuilles il faut
envoyer à M. *Pierre* pour le prince. Je vous ai déjà
dit que cela eſt au-deſſous de lui ; et *quod de minimis
non curat princeps.*

On m'a envoyé un arbitrage fort honnête entre
M. de *Foncemagne*, le défenſeur du préjugé, et moi
pauvre avocat de la raiſon. Cet arbitrage me donne
un peu gain de cauſe. Je ne ferais pas fâché d'avoir
caſſé quelques doigts à une idole qu'on admirait
ſans ſavoir pourquoi.

Mes divins anges, conſervez-moi vos bontés qui
font le charme de ma vie. *V.*

LETTRE CCLXXXVIII.

A M. DAMILAVILLE.

11 de décembre.

CECI eſt une réponſe du 5 de décembre, reçue
aujourd'hui. Il eſt bon de vérifier les dates. Je vous
parlerai d'abord de l'objet le plus intéreſſant de
votre lettre. Frère *Cramer* viendra chez moi dans
deux jours, et je conclurai probablement avec lui la
petite affaire recommandée par vous et par la philoſophie. Je ne ſuis point ſurpris que les Velches
faſſent des difficultés ſur cet ouvrage ; il n'eſt plus

permis d'imprimer chez eux que des almanachs et —————
des arrêts du parlement.   1764.

Il eſt très-bon qu'on ſe ſoit défait des jéſuites,
mais il ne faut pas auſſi perſécuter la raiſon, dans
la crainte chimérique d'eſſuyer des reproches d'avoir
ſacrifié les jéſuites à l'introduction de la raiſon en
France. La fureur d'écraſer les jéſuites d'une main,
et la philoſophie de l'autre, n'eſt plus l'ouvrage
de la juſtice ; c'eſt celui d'un parti violent, également ennemi des jéſuites et des gens raiſonnables.

Je ſais tout ce que les omériſtes projettent, et
je crois même qu'ils iront plus loin que vous ne
dites ; mais celui que ces monſtres perſécutent, eſt
et ſera à l'abri de leurs coups.

Un voyageur s'eſt chargé, mon cher frère, de
vous apporter, dans huit ou dix jours, deux petits
recueils aſſez curieux, et on trouvera le moyen
de vous en faire avoir d'autres ; mais il faut attendre
quelque temps. La raiſon eſt une étoffe étrangère
et défendue qui ne peut entrer que par contrebande.
Je me ſervirais de la voie que vous m'indiquez,
ſi le paquet n'était entre les mains d'un médecin
anglais, que vous verrez inceſſamment à Paris.

Vous ſavez que l'abbé de *Condillac*, un de
nos frères, eſt mort de la petite vérole naturelle,
immédiatement après que l'*Eſculape* de Genève avait
donné des lettres de vie au prince de Parme, en
l'inoculant. Vous remarquerez qu'il y avait alors
une épidémie mortelle de petite vérole en Italie ;
elle y eſt très-fréquente ; la mère du prince en était
morte. Quelle terrible réponſe aux ſottiſes de votre
faculté, et au réquiſitoire d'*Omer* ! Ce malheureux

veut-il donc que la famille royale périffe ? L'abbé de *Condillac* revenait en France avec une penfion de dix mille livres, et l'affurance d'une groffe abbaye (*) ; il allait jouir du repos et de la fortune ; il meurt, et *Omer* eft en vie ! Je connais un impie qui trouve en cette occafion la Providence en défaut.

Je voulais écrire à *Archimède-Protagoras* tout ce que je vous mande, mais je ne me porte pas affez bien pour dicter deux lettres de fuite. Trouvez bon que celle-ci foit pour vous et pour lui. Dites-lui qu'il fera fervi avec le plus profond fecret. Vous n'avez qu'à m'envoyer inceffamment l'hiftoire de la décadence, et fur le champ on travaillera.

Je prie inftamment tous les frères de bien crier, dans l'occafion, que le *Portatif* eft d'une fociété de gens de lettres ; c'eft fous ce titre qu'il vient d'être imprimé en Hollande. Je prie le philofophe *Archimède-Protagoras* de confidérer combien il m'était néceffaire de combattre l'erreur où l'on était à la cour fur le *Portatif*. Je n'ai fait que ce que des gens bien inftruits m'ont confeillé ; j'ai prévenu, par un antidote, le poifon qu'on me préparait. Je fais très-bien de quoi on eft capable. La notoriété publique aurait fuffi pour opérer certaines petites formalités qui ont fort déplu à *Jean-Jacques*, et qui l'ont conduit, par le plus court, à la petite vallée de Moutier-Travers.

Avouons pourtant, mes chers frères, que notre fiècle eft plus raifonnable que le beau fiècle de *Louis XIV*. Un homme qui aurait ofé alors écrire contre le *Teftament politique du cardinal de Richelieu*,

(*) Cette nouvelle était fauffe.

aurait été chaffé de l'académie , et aurait paffé pour
le defcendant d'un laquais d'*Eroftrate*. Nous avons
fait quelques pas dans le veftibule de la raifon.
Courage , mes frères ; ouvrez les portes à deux bat-
tans , et affommez les monftres qui en défendent
l'entrée. *Ecr. l'inf.*

LETTRE CCLXXXIX.

A M. LE CLERC DE MONTMERCI.

12 de décembre.

Tout ce que vous me dites , mon cher Monfieur ,
fur le *Teftament du cardinal de Richelieu*, eft d'un
vrai philofophe ; et ceux qui ont pris parti pour ce
Teftament ne le font guère ; ceux qui pourfuivent
le *Portatif* le font encore moins. C'eft affez , d'ailleurs ,
qu'on m'ait imputé cet ouvrage , pour que certaines
gens le perfécutent. Il eft de plufieurs mains. On
l'a imprimé d'abord à Liége, enfuite à Amfterdam,
et ces deux éditions font très-différentes ; je n'ai
pas plus de part à l'une qu'à l'autre. Si on me défi-
gne dans un réquifitoire , l'orateur méritera la peine
des calomniateurs. Je fuis confolé en voyant que
je n'ai d'ennemis que ceux de la raifon ; il eft digne
d'eux de perfécuter un vieillard prefque aveugle, qui
paffe fes derniers jours à défricher des déferts , à
bannir la pauvreté d'un canton qui n'avait que des
pauvres , et qui , par les fervices qu'il a rendus à
la famille de *Corneille* , méritait peut-être que ceux

qui veulent fe piquer d'éloquence ne s'armaffent pas fi indignement contre lui : mais tel eft le fort des gens de lettres. Le plus dangereux des métiers de ce monde eft donc celui d'aimer la vérité ! encore s'ils étaient unis enfemble , ils impoferaient filence aux méchans! mais ils fe dévorent les uns les autres, et les monftres à réquifitoire avalent les carcaffes qui reftent.

Ecrivez-moi , je vous prie , ce qu'on fait et ce que vous penfez. Vous m'apprendrez bien des fot-tifes , et je profiterai de vos bonnes réflexions. J'ofe compter fur votre amitié , et vous pouvez être fûr de la mienne.

LETTRE CCXC.

A M. DAMILAVILLE.

15 de décembre.

FRÈRE *Cramer* eft d'accord, mon cher frère ; ainfi, envoyez au plutôt l'hiftoire de meffieurs de *Loyola ;* mais n'oubliez pas de me parler des nouveaux édits. Tous mes correfpondans me mandent d'ordinaire , quand il s'agit d'une chofe bien intéreffante : *Je ne vous la mande pas , car vous la favez.* Gardez-vous bien de les imiter; dites-moi tout , car je ne fais rien.

On parle de la fuppreffion de tous les receveurs et contrôleurs du dixième. Je crois encore que cela ne vous regarde pas , et que votre emploi eft à l'abri d'un nouveau règlement. Je vous prie de m'en

inſtruire ; je ſuis un vrai frère ; je m'intéreſſe à vous
ſpirituellement et temporellement.

Je crois que, dans le moment préſent, on ne s'in-
téreſſera guère aux rêveries du *Teſtament du cardinal
de Richelieu.* Les ſottiſes préſentes occupent toujours
tout le monde, et les ſottiſes paſſées n'amuſent qu'un
très-petit nombre de gens oiſifs.

Les nouveaux édits retarderont probablement le
beau morceau d'éloquence qu'*Omer* prépare ; s'il eſt
encore aidé par *Chaumeix*, cela ſera divin. Continuez
à échauffer le génie de *Protagoras;* DIEU le deſtine,
ſans doute, à un grand apoſtolat; il faut qu'il écraſe
le monſtre. N'eſt-ce pas une choſe honteuſe qu'on
ait tant reproché aux philoſophes de s'unir pour
faire triompher la raiſon, et qu'aucun d'eux n'écrive
en ſa faveur ? Il faudrait au moins qu'ils méritaſſent
les reproches qu'on leur fait. Mourrai-je ſans
avoir vu les derniers coups portés à l'hydre abominable qui empeſte et qui tue ?

Je vous embraſſe bien tendrement. *Ecr. l'inf.*

LETTRE CCXCI.

A M. LE MARÉCHAL DUC DE RICHELIEU.

A Ferney, 19 de décembre.

R EMONTRE très-humblement *François de V.* l'aveugle, à fon héros :

1°. Que fon héros n'a pas autant de mémoire que d'imagination et de grâces ; qu'il daigna mander, le premier de feptembre, à fon vieux courtifan : *Vous êtes et ferez toujours le maître des rôles de toutes vos pièces ; c'eft un droit qui vous ferait moins difputé qu'à perfonne, et une loi où l'on obéira en vous battant des mains ; je le veux abfolument.*

Voilà les propres paroles de monfeigneur le maréchal.

2°. Que ces propres paroles étaient en réponfe d'un placet préfenté par l'aveugle, dans lequel ledit aveugle avait fupplié fon héros de lui permettre de faire une nouvelle diftribution de ces rôles.

3°. Que ledit fuppliant a été, depuis environ quarante ans en çà, berné par fondit héros, lequel lui a donné force ridicules le plus gaiement du monde.

4°. Que ledit pauvre diable ne mérite point du tout le ridicule d'être accufé d'avoir entrepris quelque chofe de fa tête dans cette importante affaire, et qu'il n'a rien fait, rien écrit, que muni de la per- miffion expreffe de fon héros, et de fon ordre pofitif qu'il garde foigneufement.

5°. Qu'il écrivit, en conféquence, au graffeyeur *Grandval* ; qu'il inftruifit ledit graffeyeur de la permiffion de monfeigneur le maréchal, et que, partant, il eft clair que le berné n'a manqué à aucun de fes devoirs envers fon héros le berneur.

6°. Qu'il n'a confulté en aucune manière Parme et Plaifance, fur les acteurs et actrices du tripot de Paris ; mais que, fur le rapport de plufieurs farceurs, grands connaiffeurs, barbouilleurs de papier, et autres grands perfonnages, il a diftribué fes rôles, felon toute juftice, fous le bon plaifir de monfeigneur le maréchal et des autres gentilshommes de la chambre ; ce qu'il a expreffément recommandé dans toutes fes lettres aux connaiffeurs repréfentant le parterre.

7°. Qu'il n'a envoyé au graffeyeur fes dernières difpofitions fous une enveloppe parmefane, que pour éviter les frais de la pofte au graffeyeur, et pour faire parvenir la lettre plus furement, une première ayant été perdue.

Ces fept raifons péremptoires étant clairement expofées, le fuppliant efpère en la miféricorde de fon héros, et en fes plaifanteries.

Il fupplie fon héros d'examiner la chofe un moment de fang froid, fans humeur et fans bons mots, et de lui rendre juftice.

Il y a plus de quinze jours que j'ai écrit pour faire venir quatre exemplaires de ce cher *Julien l'apoftat*, pour vous en faire parvenir un par la voie que vous m'avez ordonnée.

Vous croyez bien que j'ai reçu de mon mieux l'ambaffadeur de madame d'*Egmont*. Je vois que votre voyage dans mon pays de neiges eft affez éloigné encore; mais, fi jamais madame d'*Egmont* veut paffer le mont Cénis, et aller à Naples, je me ferais prêtre pour l'accompagner en qualité de fon aumônier pouffatin.

Je fuis honteux de mourir fans avoir vu le tombeau de *Virgile*, la ville fouterraine, Saint-Pierre de Rome, et les facéties papales.

Je me mets aux pieds de mon héros avec une extrême colère, un profond refpect, et un attache-ment fans bornes. *V.*

LETTRE CCXCII.

A M. LE COMTE D'ARGENTAL.

19 de décembre.

Vous faurez, mes divins anges, que M. le maréchal de *Richelieu* m'a écrit une lettre fulminante fur la diftribution des bénéfices du tripot. Il m'accufe d'avoir confpiré avec vous contre les quatre premiers gentilshommes de la chambre : je viens de le con-fondre par des raifons auxquelles on ne peut répondre que par humeur et par autorité. Je lui ai envoyé la copie de fa lettre, par laquelle il m'avait non-feule-ment permis de difpofer des dignités comiques, mais dans laquelle même il m'affurait que c'était mon droit, qu'on ne me l'ôterait jamais, et qu'il voulait que j'en ufaffe.

Je lui ai certifié que vous n'aviez nulle part aux réfolutions que j'ai prifes, en conféquence de fes ordres. Je ne fais ce qui arrivera de cette grande affaire ;

affaire ; mais je n'ai pas voulu que vous souffrissiez pour ma caufe. Il ferait injufte qu'on vous fît une affaire d'Etat, dans le temps préfent, pour les héros du temps paffé. Je vous fupplie de me mander en quel état eft cette tracafferie théâtrale.

Je foupçonne le *Portatif* d'avoir été noyé dans les flots d'édits portés en parlement ; et, quand on voudra le mettre en *lumière*, après l'aventure des édits, ce ne fera que du réchauffé. On ne faura pas feulement de quoi il eft queftion, et maître *Omer* en fera pour fon réquifitoire.

On dit que quelques philofophes ont ajouté plufieurs chapitres infolens au *Portatif*, qu'on l'a imprimé en Hollande avec ces additions irréligieufes, qu'il s'en eft débité quatre mille en huit jours, et que la facro-fainte baiffe à vue d'œil dans toute l'Europe. Dieu béniffe ces bonnes gens ! ils ont rendu un fervice effentiel à l'efprit humain. On ne peut établir la tolérance et la liberté qu'en rendant la perfécution ridicule. Il faut avoir les yeux crevés, pour ne pas voir que l'Angleterre n'eft heureufe et triomphante que depuis que la philofophie a pris le deffus chez elle ; auparavant elle était auffi fotte et auffi malheureufe que nous.

Il fait un temps affez doux dans notre grand baffin entre les Alpes et le mont Jura ; fi cela continue, je pourrai bientôt relire les roués. Daignez me mander, je vous prie, fi l'on a reçu au tripot quelque héros qui ait une voix fonore, la mine fière, la contenance affurée, la poitrine large et remplie de fentiment, avec des yeux pleins de feu, qui fachent parler plus d'un langage.

1764.

J'ai lu mes Lettres fecrètes. Voilà de plaifans fecrets! Le poliffon qui a fait ce recueil n'y fera pas une grande fortune.

Je baife le bout de vos ailes avec une effufion de cœur, remplie d'onction et de la plus refpectueufe tendreffe.

Comme cette lettre allait partir, je reçois celle de mon ange, du 11 de décembre. On doit avoir reçu ma réponfe au fujet de *Luc*, envoyée fous l'enveloppe de M. le duc de *Praflin*. J'ai vu depuis un des meurtriers appartenans à *Luc ;* il confirme fa bonne fanté ; mais je crois qu'il ne fait rien ni pour ni contre. J'efpère favoir dans peu quelque chofe de plus pofitif.

Je fuis très-fâché de la mort de madame de *la Marche*, car on dit qu'elle était très-aimable.

J'aurai bien de la peine avec les roués. La fcène du troifième acte, étant toute en mines et en geftes, pourrait devenir comique, fi les perfonnages exprimaient en vers la crainte qu'ils ont d'être reconnus. Je crains l'arlequinade. D'ailleurs, je ferai ce que je pourrai, et non pas ce que je voudrai. Tout ce que je puis dire, c'eft qu'il faut des hommes à la comédie, et que nous en manquons.

LETTRE CCXCIII.

A M. LE MARQUIS ALBERGATI CAPACELLI.

A Ferney, 21 de décembre.

J'AI reçu par la pofte, Monfieur, l'énorme poignée de verges de l'*Ariflarque* ou du *Zoïle* d'Italie ; mais dans l'état où font mes yeux, il leur eft impoffible de lire cet ouvrage : mes fluxions me fauvent de la *frufta*. C'eft une chofe prodigieufe que le nombre de journaux dont l'Europe eft inondée. La rage d'imprimer des livres, et d'imprimer fon avis fur les livres, eft montée à un tel point qu'il faudrait une douzaine de bibliothéques du vatican pour contenir tout ce fatras. Les belles-lettres font devenues un fléau public. Il n'y a d'autre parti à prendre que d'en ufer avec les livres comme avec les hommes ; de choifir quelques amis dans la foule, de vivre avec eux, et de fe foucier très-peu du refte.

Mon malheur fera toujours d'avoir vécu loin d'un ami auffi refpectable que vous. Ce qui me fait le plus regretter la perte de mes yeux, c'eft de ne pouvoir plus lire l'*Ariofte ;* mais je regrette votre fociété bien davantage.

LETTRE CCXCIV.

A M. LE COMTE D'ARGENTAL.

23 de décembre.

JE commence, mon cher ange, et je dois commencer toutes mes lettres par le mot de reconnaissance. Nous vous demandons en grâce, madame *Denis* et moi, de répéter à M. le duc de *Praslin* ce mot qui est gravé dans nos cœurs pour vous et pour lui. Tandis que vous prenez des mesures politiques avec le tripot de la comédie, il y a vraiment de belles querelles dans le tripot de Genève.

Quelques conseillers ont voulu que je vous en prévinsse, comptant que, dans l'occasion, vous serez leur médiateur auprès de M. le duc de *Praslin*. M. *Cromelin* doit vous en parler ; mais je ne crois pas que la querelle devienne jamais assez violente pour que la France s'en mêle. Le fond en est excessivement ridicule. Permettez-moi de vous ennuyer, en vous disant de quoi il s'agit.

La république de Genève est un petit Etat, moitié démo, moitié aristocratique. Le conseil du peuple, qu'on appelle le conseil des Quinze-cents, est en droit de destituer les premiers magistrats, qu'on appelle syndics. *Jean-Jacques Rousseau* (afin que vous le sachiez) était du conseil des Quinze-cents. Les magistrats, qui exercent la justice, s'étant divertis à faire brûler les livres de J. J., J. J. du haut de sa montagne, ou du fond de sa vallée, excita les chefs de la populace à demander raifon aux magiftrats de l'infolence qu'ils avaient eue d'incendier les penfées d'un bourgeois de Genève. Ils allèrent, deux à deux, au nombre d'environ fix cents, repréfenter l'énormité du cas ; et *J. J.* ne manqua pas de leur faire dire que, fi on rôtiffait les écrits d'un génevois, il était bien trifte qu'on n'en fît pas autant à ceux d'un français. Un magiftrat vint me demander poliment la permiffion de brûler un certain *Portatif ;* je lui dis que fes confrères étaient bien les maîtres, pourvu qu'ils ne brûlaffent pas ma perfonne, et que je ne prenais nul intérêt à aucun *Portatif.*

Pendant ce temps, *J. J.* fefait imprimer dans Amfterdam un gros livre bien ennuyeux pour toutes les monarchies, et qui ne peut guère être lu que par des génevois ; cela s'appelle les *Lettres de la montagne.* Il y fouffle le feu de la difcorde, il excite tous les petits ordres de ce petit Etat les uns contre les autres ; et, à la première lecture, on a cru qu'il y aurait une guerre civile. Pour moi, je crois qu'il n'y aura rien, et que le tocfin de *Rouffeau* ne fera pas un bruit dangereux. S'il y a quelques coups de poing donnés, je ne manquerai pas de vous en avertir, foit pour vous amufer, foit pour vous prier d'engager M. le duc de *Praflin* à mettre le holà.

Je ne fais quel miniftre de je ne fais quelle puiffance ou quelle faibleffe chrétienne à la Porte ottomane, demanda un jour audience au grand vifir pour lui apprendre que les troupes de fon maître chrétien avaient battu les troupes d'un autre prince chrétien. Que m'importe, lui dit le vifir, que le chien ait mordu le porc, ou que le porc ait mordu le chien ?

Vous ne ferez point le vifir, dans une occafion pareille ; vous ferez un médiateur bienfefant.

Si M. *Cromelin* vous parle de toutes ces tracafferies, je vous prie de lui dire que je vous en ai parlé comme je le devais.

Madame d'*Argental* m'inquiète beaucoup plus que Genève. Je ne fais rien de pis que de n'avoir point de fanté. Ma mie *Fournier* n'a-t-elle pas d'elle un foin extrême ?

Refpect et tendreffe.

LETTRE CCXCV.

A M. DAMILAVILLE.

26 de décembre.

J'AI reçu, mon cher frère, l'*Hiftoire de la deftruction*, qui eft l'ouvrage de la raifon et de l'efprit, mais qui ne fera pas enregiftré. J'ai reçu auffi l'autre ouvrage qui l'a été, mais qui, ce me femble, ne vaut pas l'autre. *Cramer* va faire, avec grand plaifir, tout ce que vous avez recommandé. Vous me paraif-fez juger auffi bien de la déraifon en finances que du galimatias en théologie. Une des grandes confolations de ma vie, c'eft que j'ai retrouvé toujours ma façon de penfer dans tout ce que vous m'avez écrit ; cela eft affez à l'honneur de la philofophie. Le bon fens parle le même langage. Les géomètres font, dans tout l'univers, les mêmes démonftrations, fans s'être donné le mot.

Voici un petit mot de lettre pour *Archimède-Protagoras*, dont l'ouvrage m'a enchanté. Que j'aime 1764; sa précision, sa force et sa plaisanterie ! qu'il est sage et hardi ! qu'il est le contraire de *Jean-Jacques* !

Ce *J. J.* vient de traiter le conseil de Genève comme il a traité *Christophe de Beaumont*. Il veut mettre le feu dans sa patrie avec les étincelles du bûcher sur lequel on a brûlé son *Emile*. Je crois qu'il s'attirera quelque méchante affaire. Il n'est ni philosophe ni honnête homme ; s'il l'avait été , il aurait rendu de grands services à la bonne cause.

Je suis étonné que le médecin anglais ne soit pas encore arrivé à Paris, et qu'il ne vous ait pas rendu le petit paquet ; apparemment qu'il s'amuse à tuer des français en chemin. Savez-vous que *Marc-Michel Rey*, imprimeur de *Jean-Jacques*, a eu l'abominable impudence de mettre sous mon nom le *Jean Meslier*, ouvrage connu de tout Paris pour être de ce pauvre prêtre ; le *Sermon des cinquante*, de *la Métrie*; l'*Examen de la religion* , attribué à *Saint-Evremond* ; &c. Tout a été incendié à la Haie avec le *Portatif*; voilà une bombe à laquelle on ne s'attendait point.

Je prends toutes les mesures nécessaires pour détruire tant de calomnies ; mais j'ai grand'peur qu'*Omer* ne se réveille au bruit de la bombe. Il serait triste qu'on vînt m'enfumer dans mon terrier à l'âge de soixante et onze ans. Madame *Denis*, ma nièce, a écrit à d'*Ornoi*, son neveu, conseiller au parlement, et lui a insinué d'elle-même qu'il devait aller, si cela était nécessaire, parler à *Omer* au palais, et lui dire que , s'il fait une sottise, il ne doit pas au moins me nommer dans sa sottise ; qu'il offenserait, fans raifon, une famille nombreufe qui fert le roi dans la robe et dans l'épée; qu'il eft fûr que le *Portatif* n'eft point de moi, et que cet ouvrage eft d'une fociété de gens de lettres, très-connus dans les pays étrangers.

Vous avez vu mon d'*Ornoi* à l'occafion d'une certaine Olimpie; feriez-vous homme à le voir à l'occafion d'un certain *Portatif*? pourriez-vous l'encourager, s'il a befoin qu'on l'encourage? Vous êtes un vrai frère qui fecourez, dans l'occafion, les frères opprimés.

On doit avoir actuellement les édits; j'en fuis curieux, comme d'une pièce nouvelle. Mandez-moi, je vous prie, fi cette pièce réuffit, ou fi elle eft fifflée. L'arbitrage ne fera pas une grande fenfation, on eft las de toutes ces difputes; et, quand il s'agit de fottifes préfentes, on fe foucie fort peu de celles qui font attribuées au cardinal de *Richelieu*.

Il y a d'autres fottifes qui doivent être l'objet éternel de l'attention des frères; partant, *écr. l'inf.*

LETTRE CCXCVI.

A M. LE COMTE D'ARGENTAL.

Mémoire pour Pierre Corneille du Pont-Marie, au sujet de Pierre Corneille, auteur de Cinna.

Mes anges, protecteurs des deux *Pierre*, font priés humblement de confidérer :

Que, le roi ayant foufcrit pour deux cents exemplaires, M. de *la Borde* ayant favorifé cette entreprife avec toute la générofité poffible, et ayant payé d'avance la moitié de la foufcription de fa Majefté, il demande aujourd'hui la délivrance de ces deux cents exemplaires, après nous avoir flattés que le roi n'en prendrait qu'une douzaine.

Il eft certain que le roi n'a que faire de ces deux mille quatre cents volumes qui compofent les deux cents exemplaires foufcrits par fa Majefté.

Si le roi en prend cinquante, c'eft beaucoup. Ne pourrait-on pas engager le roi, ou fes ayans-caufe, à faire préfent de ces cent cinquante exemplaires reftans, à *Pierre Corneille* du Pont-Marie ? cela pourrait compofer une fomme de trois cents louis d'or pour ledit *Pierre*. Mais, pour lui procurer cet avantage, il ne faudrait pas baiffer le prix. On pourrait dépofer les volumes entre les mains de quelque homme intelligent et fidelle, qui, moyennant un profit honnête, fe chargerait de la vente. On pourrait même, du produit, faire une petite rente fur la tête de

M. *Pierre* et de fa femme. Je foumets ma propofition aux lumières et aux bontés de mes anges, et je leur demande bien pardon de ne leur envoyer aujourd'hui que trois mémoires.

N. B. Les exemplaires font en chemin.

LETTRE CCXCVII.

A M. GILLI,

Sur la compagnie des Indes.

MONSIEUR,

JE crois que le mot d'adminiſtration fignifie manu-tention, geſtion. Les directeurs de la compagnie des Indes, demeurant à Paris, ne peuvent gérer dans l'Inde; et il eſt impoſſible qu'un conſeil, qui donne des ordres de ſi loin, puiſſe être reſponſable à Paris des malverſations, des négligences et des démarches inconfidérées qu'on peut faire dans la province de Carnate.

En ouvrant le mémoire de la compagnie des Indes, contre M. *Dupleix*, je trouve ces mots à la page 161 des pièces juſtificatives : D'*Almède; compte de ſes friponneries.*

Je trouve à la page 153 : Compte des révérends pères jéſuites pour 67490 livres; plus 6000 livres; et, ſi j'étais janféniſte, je pourrais demander où Sᵗ *Ignace* a pris cette fomme.

La page 95 du mémoire m'apprend qu'un domef-
tique d'un confeiller de Pondichéri, qui était devenu
receveur général de la province, a commis une infinité
de *brigandages*.

Je me flatte que, quand je lirai le refte du mémoire,
je trouverai quelques autres articles auffi délicats.
En attendant, fi vous favez l'anglais, je vous exhorte
à lire, dans *Pope*, l'*Hifloire de fir Balaam*. Le diable
voulait abfolument acquérir l'ame de fir *Balaam;* il
ne trouva point de meilleur fecret, pour s'en affurer,
que de le faire fupercargo de la compagnie des Indes
de Londres.

Que voulez-vous qu'on penfe lorfque l'on voit la
faction de M. *Dupleix* accufer le conquérant de
Madrafs d'infames rapines, le faire enfermer à la
baftille avant qu'il ait été entendu, et faire perdre
à la France tout le fruit de la conquête ?

Enfin, il eft évident que M. *Dupleix* lui-même eft
accufé de malverfations dans le mémoire de la compagnie des Indes, tandis qu'il redemande une fomme
de treize millions. Je ne connais point M. *Dupleix*,
je n'ai point connu M. de *la Bourdonnaie*, je fais
feulement que l'un a pris Madrafs, et que l'autre a
fauvé Pondichéri.

Il eft bien vrai, Monfieur, comme vous le dites,
que l'un n'aurait pu défendre Pondichéri, ni l'autre
prendre Madrafs, fi on ne leur avait fourni des forces
fuffifantes ; mais, en vérité, aucun hiftorien, depuis
Hérodote jufqu'à *Hume*, ne s'eft avifé d'obferver que
ceux qui ont pris ou défendu des villes, aient reçu
des foldats et des munitions des puiffances pour
lefquelles ils combattaient : la chofe parle d'elle-

même; on ne fait ni on ne foutient de fiége, fans quelques dépenfes et quelques fecours préalables.

J'ajoute encore qu'on peut prendre et fauver des villes et des provinces, et faire de très-grandes fautes. Vous en reprochez d'importantes à M. *Dupleix*, qui en a reproché à M. de *la Bourdonnaie*, lequel en a reproché à d'autres. Le fieur *Amat* eft accufé de ne s'être pas oublié à Madrafs, et le fieur *Amat* a accufé plufieurs perfonnes de ne s'être pas oubliées ailleurs. Enfin, votre général eft à la baftille ; c'eft donc vous, bien plus que moi, qui vous plaignez de *brigandages*.

Il y en a donc eu ; les lois divines et humaines permettent donc de le dire. Ces brigandages ne peuvent avoir été commis que dans l'Inde où vos nababs donnent des exemples peu chrétiens, et où les jéfuites font des lettres de change.

Il réfulte de tout cela que l'adminiftration dans l'Inde a été extrêmement malheureufe, et je penfe que notre malheur vient en partie de ce qu'une compagnie de commerce dans l'Inde doit être néceffairement une compagnie guerrière. C'eft ainfi que les Européans y ont fait le commerce depuis les *Albuquerque*. Les Hollandais n'y ont été puiffans que parce qu'ils ont été conquérans. Les Anglais, en dernier lieu, ont gagné, les armes à la main, des fommes immenfes que nous avons perdues ; et j'ai peur qu'on ne foit malheureufement réduit à être oppreffeur ou opprimé. Une des caufes principales de nos défaftres ; eft encore d'être venus les derniers en tout, à l'occident comme à l'orient, dans le commerce comme dans les arts ; de n'avoir jamais fait les chofes qu'à demi. Nous avons perdu nos poffeffions et notre argent dans les deux Indes, pré- cifément de la même manière dont nous perdîmes autrefois Milan et Naples.

Nous avons été toujours infortunés au dehors. On nous a pris Pondichéri deux fois, Québec quatre; et je ne crois pas que de long-temps nous puiffions tenir tête, en Afie et en Amérique, aux nations nos rivales.

Je ne fais, Monfieur, comment l'éditeur du livre dont vous me faites l'honneur de me parler, a mis huit lieues au lieu de vingt-huit, pour marquer la diftance de Pondichéri à Madrafs. Pour moi, je voudrais qu'il y en eût deux cents, nous ferions plus loin des Anglais.

Je vous avoue, Monfieur, que je n'ai jamais conçu comment la compagnie d'occident avait prêté réellement cent millions au roi, en 1717. Il faudrait qu'elle eût trouvé la pierre philofophale. Je fais qu'elle donna du papier; et je vous avoue que j'ai toujours regardé l'affignation de neuf millions, que le roi nous donne par an, comme un bienfait. Je ne fuis pas directeur, mais je fuis intéreffé à la chofe, et je dois au roi ma part de la reconnaiffance.

Je fuis fâché que nous ayons eu quatre cents cinquante canons à Pondichéri, puifqu'on nous les a pris. Les Hollandais en ont davantage, et on ne les leur prend point, et ils profpèrent, et leurs actionnaires font payés fur le gain réel de la compagnie. Je fouhaite que nous en faffions beaucoup, que nous dépenfions moins, et que nous ne nous mêlions de faire des nababs que quand nous aurons affez de troupes pour conquérir l'Inde.

Au refte, Monfieur, ne vous comparez point aux

Juifs. On peut faire des complimens à un honnête
et eſtimable juif, ſans être extrêmement attaché à la
ſemence d'*Abraham* ; mais, quand je vous dirai que
je ſuis très-attaché à votre perſonne, et que je
regarde tous les directeurs de notre compagnie comme
des hommes dignes de la plus grande conſidération,
je ne vous ferai pas un vain compliment.

Je ſais qu'on travaille actuellement à des recherches
hiſtoriques aſſez curieuſes. On doit y inférer un
chapitre ſur la compagnie des Indes. On m'aſſure
que vous en ferez content ; et, ſi vous voulez avoir
la bonté de fournir quelques mémoires curieux à la
même perſonne à qui vous avez bien voulu envoyer
votre paquet, on ne manquera pas d'en faire uſage.
Celui qui y travaille n'a pour objet que la vérité et
ſon plaiſir ; il vous aura double obligation.

J'ai l'honneur d'être avec tous les ſentimens que je
vous dois, &c.

LETTRE CCXCVIII.

A M. DAMILAVILLE.

31 de décembre.

LES gens de bien, et ſurtout mon cher frère,
doivent ſavoir que *Jean-Jacques* a fait un gros libelle
contre la parvuliſſime république de Genève, dans
l'intention de ſoulever le peuple contre les magiſtrats
Le conſeil de Genève eſt occupé à examiner le livre,
et à voir quel parti il convient de prendre.

Dans ce libelle, *J. J.*, fâché qu'on ait brûlé *Emile*, m'accufe d'être l'auteur du Sermon des cinquante. Ce procédé n'eft pas affurément d'un philofophe ni d'un honnête homme. Je voudrais bien favoir ce qu'en penfe M. *Diderot*, et s'il ne fe repent pas un peu des louanges prodiguées à *Jean-Jacques* dans l'*Encyclopédie*. Vous remarquerez que, pendant que *J. J.* fefait cette belle manœuvre à Genève, il fefait imprimer le Sermon des cinquante, et d'autres brochures, par fon libraire d'Amfterdam, *Marc-Michel Rey*, fous le titre de *Collection complète des œuvres de M. de V.* Cela peut être adroit, mais cela n'eft pas honnête.

1764.

Mon cher frère avait bien raifon de me dire, quand *Jean-Jacques* maltraita fi fort les philofophes dans fon roman d'*Emile*, que cet homme était l'opprobre du parti. Je prie mon cher frère de me mander s'il a reçu le paquet du médecin anglais. Ce médecin aurait dû faire l'opération de la transfufion à *J. J.*, et lui mettre d'autre fang dans les veines ; celui qu'il a eft un compofé de vitriol et d'arfenic. Je le crois un des plus malheureux hommes qui foient au monde, parce qu'il eft un des plus méchans.

Omer travaille à un réquifitoire pour le Dictionnaire philofophique. On continue toujours à m'attribuer cet ouvrage auquel je n'ai point de part. Je crois que mon neveu, qui eft confeiller au parlement, l'empêchera de me défigner.

Voilà, mon cher frère, toutes les nouvelles que je fais. La philofophie eft comme l'ancienne Eglife, il faut qu'elle fache fouffrir pour s'affermir et pour s'étendre.

Je crois qu'on commence aujourd'hui l'édition de la *Deſtruction*. C'eſt un livre qui ne ſera point brûlé, mais qui fera autant de bien que s'il l'avait été.

J'embraſſe tendrement mon cher frère, et je me recommande à ſes prières, dans les tribulations où les méchans m'ont mis. Les orages ſont venus des quatre coins du monde, et ont fondu ſur ma petite barque que j'ai bien de la peine à ſauver.

Fin du Tome ſeptième.

TABLE

TABLE ALPHABETIQUE

DES LETTRES

CONTENUES DANS CE VOLUME.

A.

Corresp. générale.   Tome VII.   M m

ARGENTAL. (M. le comte d')

B.

C.

D.

E.

F.

G.

T.

V.

Fin de la Table du tome septième.

VOLTAIRE

58

CORRESPONDAN

GENERALE

TOM VII

www.ingramcontent.com/pod-product-compliance
Lightning Source LLC
Chambersburg PA
CBHW070347030726
47504CB00001B/96